세 개의 관

이 동 윤

서울대학교에서 사회학을 전공했다. 미스터리 애독자인 그는 고전부터 현대, 본격 추리부터 코지까지 폭넓은 미스터리를 독자에게 소개하기 위해 번역가의 길을 선택했다. 옮긴 책으로 앤서니 버클리의 『독 초콜릿 사건』, 피터 러브시의 『가짜 경감 듀』, 루이즈 페니의 『치명적인 은총』 등이 있다.

THE THREE COFFINS
by John Dickson Carr

이 도서의 국립중앙도서관 출판예정도서목록(CIP)은 서지정보유통지원시스템 홈페이지(http://seoji.nl.go.kr)와
국가자료공동목록시스템(http://www.nl.go.kr/kolisnet)에서 이용하실 수 있습니다.
CIP제어번호 : CIP2016008905

THE THREE COFFINS

세 개의 관

존 딕슨 카

이동윤 옮김

무덤 속에서 실종된 유령

엘릭시르

차례

009 첫 번째 관 – 학자의 서재

171 두 번째 관 – 캐글리오스트로 스트리트의 수수께끼

331 세 번째 관 – 일곱 탑의 문제

486 작가 정보

498 해설 – 박광규

THE THREE COFFINS

1st COFFIN

THE PROBLEM OF THE SAVANT'S STUDY

1st COFFIN

학자의 서재

첫 번째 관

The Three Coffins

John Dickson Carr

001

협박

그리모 교수 살인 사건과, 뒤이어 캐글리오스트로 스트리트에서 일어난 마찬가지로 믿을 수 없는 살인 사건에는 당연하지만 온갖 기괴한 말들이 따라붙었다. 불가능한 상황을 따지기 좋아하는 펠 박사의 친구들조차 그의 사건집에서 이보다 더 당혹스럽고 무시무시한 사건은 찾을 수 없을 터였다. 사건의 개요는 다음과 같다. 두 건의 살인 사건이 발생했는데, 살인범은 다른 사람의 눈에 보이지 않는 것도 모자라 무게도 공기보다 더 가벼운 사람인 듯했다. 증언에 따르면 이자는 첫 번째 희생자를 살해한 후 문자 그대로 사라져버렸다. 그리고 다시 증언에 따르면, 그는 텅 빈 거리 한복판에서 두 번째 피해자를 살해했다. 거리의 양쪽 끝에 사람들이 있었지만,

범인은 그림자조차 눈에 띄지 않았거니와 눈 위에 발자국조차 남기지 않았다는 것이다.

해들리 경정은 물론 도깨비니 마법 같은 건 한순간도 믿어본 적이 없는 사람이다. 이 이야기를 진행하면서 자연스럽게 설명하게 될 마술 이야기를 믿지 않는 한 지극히 옳다고 할 사고방식이다. 그런데 이 사건의 처음부터 끝까지 활보하고 다닌 범인이, 사실은 껍데기만 존재할 뿐 속이 텅 비어 있는 사람이 아닐까 의심하는 사람이 여럿 등장하기 시작했다. 마치 H.G. 웰스의 유명한 소설에 등장하는 투명 인간처럼, 범인에게서 모자와 검정 코트와 어린아이가 쓰는 가면을 벗겨내면 그 속에 아무것도 없지 않겠느냐는 것이다. 어찌되었든 범인은 소름 끼치는 존재였다.

앞서 '증언에 따르면'이라는 표현을 사용한 바 있다. 직접 들은 게 아니라면 증언을 판단할 때 신중을 기해야 한다. 이 사건에서는 독자들의 혼란을 피하기 위해 전적으로 신뢰할 만한 증인이 누구인지 처음부터 말해두고자 한다. 바꿔 말하면, 지금 이야기할 '모 사람'을 진실을 말하는 사람으로 상정해두라는 뜻이다. 그렇지 않으면 논리적인 추리소설이란 존재하지 않으며, 사실상 소설이라는 양식 자체가 성립 불가능하다.

그러므로, 그리모 교수 집에서 일하는 스튜어트 밀스는 거짓말을 하지도 어떤 것도 누락하거나 첨가하지도 않았으며, 모든 사안에 대해 목격한 사실 그대로 진술했음을 밝혀둔다. 또한 캐글리오스트로 스트리트에서 벌어진 사건에 대한 각각의 세 증인인 쇼트 씨, 블랙윈 씨, 위더스 순경 역시 정확한 사실만을 진술하고 있다는 점도 밝혀두는 바이다.

이런 상황이니, 범죄의 서곡이 된 사건들 중 하나에 대해서는 단순한 회고를 넘어 좀더 자세한 개요를 그려보는 편이 좋으리라. 이 사건은 뒤이어 벌어진 범죄의 중심축이자 범죄를 촉발시킨 도화선이자 경찰에게는 도전이었다. 앞으로의 이야기는 펠 박사의 수첩을 참고하여 서술한 것으로, 핵심 세부 사항은 사건이 일어난 이후 스튜어트 밀스가 펠 박사와 해들리 경정에게 진술한 내용을 정확하게 옮겨놓은 것이다. 이 사건은 2월 6일 수요일 밤, 살인 사건이 발생하기 사흘 전 뮤지엄 스트리트에 있는 워릭 주점의 뒷방에서 일어났다.

샤를 베르네 그리모 교수는 거의 삼십 년 동안 영국에서 거주했기 때문에 외국어 억양이 드러나지 않는 영어를 구사했다. 흥분하면 다소 퉁명스럽게 구는 버릇과 꼭대기가 평평한 구식 중산모와 가느다란 검정 타이를 매는 습관을 빼면, 그는 친구인 영국인들보다 훨씬 영국인다운 사람이었다. 그의 젊은 시절에 대해 자세히 아는 이는 아무도 없었다. 일을 하지 않아도 생활을 꾸려나갈 수 있는 수입이 있었지만 그가 일부러 '바쁜 생활'을 택했고, 그 덕분에 상당한 수익을 올렸다는 정도만 알려져 있었다. 과거 그리모 교수는 교사이자 인기 강연자 겸 저술가였다. 반면 최근에는 별달리 하는 일 없이 무급으로 영국 박물관에서 분명치 않은 직책을 맡고 있었고, 그 덕택에 그가 질 낮은 마법이라고 부르는 것에 관한 필사본을 열람하며 지냈다. 이 질 낮은 마법은 그가 취미로 파고드는 분야였다. 흡혈귀에서부터 악마 숭배 의식에 이르기까지 고풍스러운 초자연적 마법과 관련된 일에 대해서라면 그는 종류를 가리지 않았고, 어린아이가 즐길 법한 이런 오락거리에 고개를 끄덕이며 키득거리곤 했다. 그리고 이 취미 활동 때문에 폐에 총알 하나가 박히게 되었다.

그리모는 장난기로 눈을 반짝거리는, 건전한 상식을 갖춘 사람이었다. 말투는 빨랐고, 목청 깊은 곳에서 울리는 목소리는 터질 듯 걸걸했다. 또한 이를 악문 채 키득대는 재주도 있었다. 체구는 중간 정도였지만 가슴팍이 건장했고 체력이 엄청났다. 박물관 근처에 사는 이라면 누구나 그에 대해, 즉 바싹 다듬어 마치 잿빛으로 센 것처럼 보이는 수염, 그가 늘상 쓰는 안경, 퉁명스럽게 모자를 들어 보이거나 우산으로 수신호를 보내며 꼿꼿하게 내딛는 종종걸음 등에 대해 잘 알았다.

그가 실제 사는 곳은 러셀 스퀘어 서쪽 지역 모퉁이를 돌면 나오는 탄탄하고 오래된 집이었다. 그 집에 함께 사는 사람은 그의 딸 로제트와 가정부 뒤몽 부인, 비서 스튜어트 밀스, 그리고 이제는 완전히 기력이 쇠해 그리모의 장서를 돌보면서 소일하는 전직 교사 드레이먼이었다.

그러나 그의 몇 안 되는 진짜 친구들은 뮤지엄 스트리트의 워릭 주점에 그들이 결성한 일종의 클럽에서 만날 수 있었다. 그들은 일주일에 사오 일 정도 아늑한 주점 뒷방에 모여 비공식적인 비밀회의를 열었다. 그들만의 사적인 장소로 공인된 적은 없었지만, 주점에서 그 방으로 넘어오는 실수를 범하는 외부인은 거의 없었고 간혹 있다 한들 환영받지 못했다. 클럽에 가장 정기적으로 얼굴을 내미는 사람은 신경질적인 대머리 땅딸보이자 유령 이야기의 권위자인 페티스, 신문기자 맹건, 화가 버너비였다. 하지만 이 클럽에서 존슨 박사• 역할은 바로 그리모 교수라는 점에는 이론의 여지가 없었다.

이곳은 그리모 교수가 지배하는 공간이었다. 그는 박물관 업무가 있는 토요일과 일요일을 제외하면 거의 매일 밤 스튜어트 밀스를 대동하고 워릭 주점으로 향했다. 그리고 그곳에서 불길이 일렁이는 벽난로 앞에 놓인 등나무 안락의자에 앉아 뜨거운 물을 탄 럼주酒를 마시며, 즐겨 사용하는 독선적인 말투로 장황하게 이야기를 늘어놓곤 했다. 밀스의 말에 따르면 훌륭한 토론이 벌어지는 경우도 종종 있었지만, 페티스와 버너비를 제외하면 그리모 교수에게 진지하게 맞서는 사람은 아무도 없었다. 그리모 교수는 붙임성 있는 태도와는 별개로 성질이 난폭했기 때문이다. 대개는 그가 마법 및 가짜 마법에 대한 지식의 보고를 늘어놓으면 다른 사람들은 듣는 데 그쳤다. 그야말로 사기꾼이 어수룩한 사람들을 속여먹는 광

• **존슨 박사** _ 18세기 영국의 시인 및 평론가로, 최초의 영어 사전을 편찬해 영문학 발전에 크게 이바지한 새뮤얼 존슨을 가리킨다. 이 클럽에서 그리모 교수가 가장 학식과 지식이 풍부한 중심인물임을 뜻한다.

경이나 진배없었다. 그는 혼란스러우면서도 극적인 상황을 만드는 것에 어린아이와도 같은 열정을 품고 있어서, 중세 마법에 대한 이야기를 늘어놓다가도 마지막에는 불쑥 추리소설의 방식을 따라 모든 트릭을 설명했다. 그들은 블룸즈버리•의 가스등을 등지고 주점에 콕 박혀 있는 처지였지만, 마치 시골 여관에 머무르는 듯한 정취를 느끼며 매일 밤을 만끽했다. 그런 즐거운 밤은 2월 6일까지 계속되었다. 그런데 그날 밤, 마치 바람이 문을 벌컥 열어젖히는 것처럼 갑자기 공포의 전조가 들이닥쳤다.

밀스의 말에 따르면, 그날 밤에는 거친 눈발과 함께 바람이 새된 소리를 내며 몰아쳤다. 당시 벽난롯가에 모여 앉아 있던 사람은 밀스 자신과 그리모, 페티스, 맹건, 버너비뿐이었다. 그리모 교수는 손에 든 시가로 무언가를 가리키는 동작을 취하며 흡혈귀 전설에 대한 이야기를 하고 있었다.

페티스가 질문을 던졌다.

"솔직히 말하자면, 무엇보다 이해할 수 없는 건 이 모든 사안을 대하는 자네의 태도라네. 자, 나는 그저 허구에 대해 연구할 뿐이지. 유령 이야기는 실제로 일어난 일이 아니니까. 그래도 나는 어느 정도는 유령을 믿고 있다네. 그런데 자네는 실존 사건, 그러니까 우리가 딱히 반박할 수 없으면 그냥 사실이라고 하더라도 별수 없는 일들에 대한 권위자가 아닌가? 하지만 인생에서 가장 중요한 일로 삼은 분야에 대해 조금도 믿지 않아. 마치 철도 여행 안내서를 쓴

브래드쇼가 증기기관차라는 물건은 존재할 수 없다는 논문을 쓴다거나, 백과사전 편집자가 사전 전체를 통틀어 믿을 항목은 하나도 없다는 서문을 삽입하는 것과 다름없지."

"뭐, 그러지 말아야 할 이유라도 있나? 교훈거리를 찾아볼 수 있지 않나."

그리모는 입을 거의 벌리지도 않은 채 걸걸한 목소리로 빠르게 일갈했다.

"'지나치게 공부하면 사람이 미친다'는 교훈?"

버너비가 넌지시 비꼬았다.

그리모는 계속해서 난롯불을 응시했다. 나중에 밀스는 그가 평소와 별다르지도 않은 조롱을 들은 것치고 지나치게 화가 난 듯 보였다고 말했다. 그는 정확히 입술 중앙에 시가를 물고 어린아이가 박하 막대사탕을 빨듯이 담배 연기를 들이마시고 있었다.

"나는 지나치게 많은 것을 아는 사람이지."

그러고는 잠시 말을 끊었다가 계속해서 이야기했다.

"그리고 수도원 사제들이 모두 독실한 신앙인이었다는 기록도 없지 않은가. 하지만 그건 요점을 벗어난 문제고, 나는 미신 뒤에 숨은 진짜 이유에 흥미를 느껴. 미신은 어떻게 시작됐을까? 미신이 순진무구한 사람들을 속여넘길 수 있었던 추진력은 무엇일까? 예를 들어보지! 우리는 흡혈귀 전설에 대해 이야기하고 있었지. 오늘날 흡혈귀 전설은 슬라브 지역에 널리 퍼져 있다네. 다들 동의할 테

● **블룸즈버리** _ 런던에 위치한 지역으로, 런던 대학교, 영국 박물관이 있으며, 많은 예술가, 작가, 학생들이 거주하는 곳이다.

지? 이 전설은 1730년부터 1735년 사이에 헝가리에서부터 급격히 퍼져나가기 시작해서 전 유럽을 장악해버렸다네. 자, 헝가리인들은 죽은 사람이 관에서 일어나 지푸라기나 솜털 같은 모습을 하고 공중을 떠다니다가 인간 모습으로 변해 사람을 공격한다는 증거를 어떻게 얻었을까?"

"증거란 게 있기나 했나?"

버너비가 물었다.

그리모는 다 알지 않느냐는 투로 어깨를 으쓱했다.

"사제들은 교회 묘지에서 시신을 몇 구 발굴해보았어. 그중 시체 몇 구가 온몸이 뒤틀린 채 발견되었고, 얼굴과 손은 물론이고 수의까지 피범벅이 되어 있었지. 그런 게 증거라는 식이었어……. 그래서 이런 해석은 어떤가? 당시는 전염병이 창궐하던 시절이었어. 죽은 줄 알고 산 사람을 생매장해버린 일화를 떠올려보게나. 그들은 정말로 사망하기 전에 관에서 빠져나오려고 갖은 애를 썼을 걸세. 이제 알겠나, 제군들? 내가 말한 미신 뒤에 숨은 진짜 이유란 바로 이런 거야. 내가 흥미를 느끼는 부분이기도 하고."

"저 또한 그렇습니다."

낯선 목소리가 말했다.

"아주 흥미를 느끼고 있죠."

밀스는 열린 문 사이로 들어오는 공기의 흐름을 느꼈지만 남자가 들어오는 소리는 듣지 못했다고 증언했다. 사람들은 좀처럼 없는 낯선 사람의 등장에 깜짝 놀랐을 터였다. 이방인이 방에 들어오는 일은 거의 없었거니와, 그중 그가 입을 연 첫 사람이었기 때문이다. 어쩌면 음흉하게 승리감을 숨기고 있는 듯한, 냉혹하고 허스키하며 외국 억양이 살짝 섞인 남자의 말투 때문인지도 몰랐다. 어쨌든 예상 밖의 일에 사람들은 모두 시선을 집중했다.

밀스의 말에 따르면, 남자에게 특별히 눈에 띄는 점은 없었다. 그는 허름한 검정 코트의 깃을 세우고 역시 허름한 중절모를 눌러쓴 채, 난롯가에서 멀리 떨어진 곳에 서 있었다. 사람들에게는 극히 일부의 얼굴만 보였지만, 장갑 낀 손으로 턱을 쓰다듬는 행동 탓에 그림자에 가려 그마저 제대로 보이지 않았다. 키가 크고 행색이 남루하며 여윈 몸매였다는 사실을 제외하면 밀스가 그에 대해 할 말은 전혀 없었다. 그러나 일부러 꾸민 것일지는 몰라도 그의 목소리나 태도가 왠지 친숙했고, 그럼에도 이국적인 느낌도 여전했다.

그가 다시 입을 열었다. 마치 그리모의 말투를 우스꽝스럽게 흉내내려는 듯 말투가 뻣뻣하고 현학적이었다.

"신사 여러분, 대화에 끼어든 제 결례를 부디 용서해주시기 바랍니다. 하지만 고명하신 그리모 교수께 드릴 질문이 있어 부득이 방해를 하게 되었습니다."

그의 말투에 담긴 승리감은 점점 또렷해졌다.

밀스의 말에 따르면, 아무도 그를 제지할 생각을 하지 못했다. 오히려 그들은 강한 흥미를 보이며 그를 주시했다. 남자에게서 느껴지는 알 수 없는 차가운 힘이 난롯불로 포근해진 방을 뒤흔들었던 것이다. 조각가 엡스타인의 작품처럼 어둡고 흔들림 없고 추한 모습으로 앉아 있던 그리모 교수마저 시가를 입에서 반쯤 뗀 채 얇은 안경알 너머로 눈을 반짝이며 남자를 주시했다. 그러나 교수는 이렇게 한 마디 툭 던지고 끝이었다.

"흠?"

"당신은 믿지 않는군요."

남자는 턱을 쓰다듬고 있던 장갑 낀 손을 살짝 돌려 손가락을 하나 들어올리며 말을 이었다.

"죽은 사람이 스스로 관에서 빠져나올 수 있고, 눈에 보이지 않고 어느 곳이든 갈 수 있고, 사방이 벽으로 막혀 있다 한들 그에게는 아무 의미가 없고, 그가 지옥에서 빠져나온 존재만큼이나 위험할 수 있다는 것을 믿지 않는 것 같습니다만?"

"믿지 않소. 당신은 어떤데?"

그리모가 매몰차게 대꾸했다.

"믿습니다. 내가 그랬으니까. 하지만 그게 다가 아니오! 내게는 내가 할 수 있는 것 이상을 할 수 있는 동생이 있지. 당신에게 굉장히 위험한 존재일 거요. 당신 목숨을 원하는 건 내가 아니야. 내 동생이지. 만약 그가 당신을 마주한다면……."

마치 석판 조각이 난롯불 속에서 폭발한 것처럼, 이 거친 대화는 절정에 이르는 순간 뚝 끊기고 말았다. 젊은 전직 축구 선수 맹건이 자리에서 벌떡 일어선 것이었다. 왜소한 페티스는 신경질적으로 주변을 둘러보았다.

"여보게, 그리모, 이 친구 완전히 미쳤어. 내가……."

페티스가 이렇게 말하며 어색한 손짓으로 종이 있는 방향을 가리키는데 이방인이 끼어들었다.

"그러기 전에 먼저 그리모 교수를 보는 게 좋을 텐데."

그리모는 깊은 경멸을 담은 무거운 눈빛으로 그를 응시하고 있다가 말했다.

"아니, 아니, 울리지 말게! 내 말 들었나? 그냥 놔두게. 저자가 하는 말을 들어보자고. 자기 동생과 관 이야기를……."

"세 개의 관이오."

낯선 사람이 끼어들었다.

"그래, 세 개의 관. 원하는 대로 하자고."

그리모는 온화한 태도 속에 가시를 담아 말을 이었다.

"원한다면 몇 개의 관이든 말해보시게나. 도대체 원! 자, 그러면 당신이 누구인지 말해줄 텐가?"

낯선 사내는 주머니에서 왼손을 빼더니 지저분한 카드 한 장을 테이블 위에 내려놓았다. 그나마 그 카드는 평범한 명함이었기에 사람들은 현실감각이 돌아오는 듯했다. 망상 같은 모든 것은 농담이 되어 굴뚝을 통해 날아가버리고, 냉혹한 말투의 방문객은 모자 아래에 벌 한 마리가 숨어 있는 허수아비 역을 맡아 연기하는 배우에 지나지 않는 듯 느껴졌다. 밀스가 본 명함에는 '마술사 피에르 플레'라고 씌어 있었다. 한쪽 귀퉁이에는 '런던 캐글리오스트로 스트리트 2B번지, WC1'이라는 주소가 찍혀 있고, 그 위로 '아카데미 극장으로도 연락 가능'이라고 휘갈겨 쓰여 있었다. 그리모는 웃음을 터뜨렸다. 페티스가 욕설을 내뱉으며 종을 울려 급사를 불렀다.

"자, 이럴 줄 알았다니까. 마술쟁이셨구먼?"

그리모가 엄지손가락으로 명함을 살짝 두드리며 말했다.

"명함에 그렇게 적혀 있나?"

"이런, 직업의 격을 낮추는 표현이었다면 사과하리다."

그리모는 고개를 끄덕였다. 천식 환자 같은 웃음소리가 그의 콧구멍을 타고 흘러나왔다.

"그렇다면 우리가 당신 마술을 하나 보게 되는 거요?"

"기꺼이 보여드리죠."

뜻밖에도 플레는 이렇게 대답했다.

동작이 굉장히 빨랐기 때문에 아무도 그의 행동을 예상하지 못했다. 마치 누군가를 공격하는 듯했지만, 물질적인 의미에서의 공격은 아니었다. 그는 테이블 너머 그리모를 향해 몸을 숙이고는 장갑 낀 두 손으로 코트 옷깃을 홱 잡아당겨 내리더니 다른 사람들이 그의 얼굴을 언뜻 보기도 전에 다시 홱 올려버렸다. 그러나 밀스는 그가 씩 웃는 것만 같았다. 그리모는 여전히 미동도 않은 채 굳은 표정을 고수했다. 턱을 치켜든 채였기 때문에, 듬성듬성한 턱수염 사이로 입술이 경멸을 담아 원호를 그리고 있을 뿐이었다. 안색은 조금 어두워져 있었지만, 여전히 엄지손가락은 소리 없이 명함을 두드리고 있었다.

"자, 그러면 이만 퇴장하기 전에, 고명하신 교수님께 드리는 마지막 질문이 있소."

플레는 무뚝뚝하게 말을 이었다.

"머지않은 저녁에 누군가 당신을 방문할 거요. 동생과 엮이면 나 역시 위험에 처할 테지만, 그쯤은 감수할 각오가 되어 있소. 다시 말하지만, 누군가 당신을 방문할 거요. 그 사람이 나였으면 좋겠소, 아니면 동생이 좋겠소?"

"동생을 보내. 그리고 당장 꺼져버려!"

자리에서 벌떡 일어난 그리모가 으르렁거렸다.

플레의 등뒤로 문이 닫힐 때까지 아무도 움직이거나 입을 열지 않았다. 문이 닫히자 2월 9일 토요일 밤에 벌어진 사건의 서곡이 되는 여러 일들 중 사람들이 선명하게 지켜볼 수 있던 유일한 무대 역시 막을 내렸다. 그 일 외에는 모두 순식간에 끝나버리거나 흘깃 볼 수밖에 없어서, 나중에 펠 박사가 지그소 퍼즐을 맞추듯 까맣게 타버린 조각들을 그러모아 두 장의 유리 사이에 끼워 설명할 수밖에 없었다. 앞서 언급한 바로 그 토요일 밤, 마침내 투명 인간은 치명적인 첫발을 내디뎠다. 눈이 내려 고요해진 런던의 골목길에 세 개의 관과 관련된 예언이 이루어진 것이다.

002

문

에이델파이 테라스 1번지에 있는 펠 박사의 서재는 난로를 중심으로 쾌활한 이야깃소리로 가득했다. 얼굴이 붉게 달아오른 박사는 낡았지만 서재에서 가장 커다랗고 편안한 의자에 마치 왕좌를 차지한 듯 앉아 있었다. 의자는 엉덩이가 닿는 가운데가 푹 꺼지고 크게 갈라져 있었는데, 그 점은 의자를 더욱 편안하게 하는 유일한 비결이자 부인네들이 의자를 보고 기겁하게 만드는 이유이기도 했다. 펠 박사는 검정 리본 끈이 달린 안경 너머로 만면에 환한 미소를 지으며, 낄낄거리는 자신의 웃음소리에 맞춰 지팡이로 난로 앞 깔개를 두드렸다. 그는 마음놓고 흥청거리는 중이었다. 펠 박사는 친구들이 오면 환영차 파티를 여는 것을 좋아했다. 사실 다른 이유가 있을 때도 있었다. 그리고 이날은 흥청대는 파티를 벌일 이유가 두 개나 있었다.

첫째는, 그의 젊은 친구들인 테드와 도러시 램폴 부부가 원기왕성한 모습으로 미국에서 돌아왔기 때문이다. 둘째는, 친구 해들리가 베이스워터 위조 사건에서 빛나는 성과를 거둔 후 이제는 런던 경찰청 경정이 되어 느긋하게 쉬고 있었기 때문이다. 테드 램폴은 난롯가 한쪽 끝에, 해들리는 그 반대편 끝에 자리를 잡고 있었으며, 박사는 두 사람 사이에서 김이 모락모락 피어오르는 펀치 그릇을 앞에 두고 파티를 주재했다. 위층에서는 펠 부인과 해들리 부인, 램폴 부인이 무언가에 대해 의견을 나누고 이곳 아래층에서는 펠 박사와 해들리 경정이 이미 또 다른 무언가에 대해 과격한 언쟁을 벌이느라 여념이 없었으니, 테드가 집에 돌아온 기분을 느끼는 것은 당연했다.

느긋하게 의자 깊숙이 몸을 파묻고 있으니 옛일이 떠올랐다. 테드 램폴의 맞은편에는 해들리 경정이 깔끔하게 다듬은 콧수염과 칙칙한 강철빛 머리카락을 뽐내며 앉아, 파이프에 대고 뭐라고 빈정거리며 미소를 짓고 있었다. 펠 박사는 펀치 뜨는 국자를 이리저리 휘둘렀다.

두 사람은 범죄학에서의 과학, 그중에서도 특히 사진에 대해 논쟁을 벌이는 듯했다. 램폴은 과거 똑같은 대화를 들은 기억이 났다. 런던 경찰청의 상스러운 웃음소리를 불러일으킨 바 있는 대화였다.

당시 펠 박사는 취미 활동을 한 건 마치고 딴 데 정신이 팔린 채 잠시 쉬고 있던 중이었다. 그는 친구인 메이플험 교구 주교가 놓은 덫에 걸려 그로스 및 제서릭, 미첼의 저작을 읽은 뒤 그 내용에 푹 빠져버리고 말았다. 다행이라고 해야 할지, 그에게는 과학 연구에는 두뇌라고 할 법할 것이 없다. 그리고 운 좋게도 화학 실험을 시작하기 전에 그가 언제나처럼 실험 기구를 망가뜨리는 바람에 실험의 결과로 지붕이 날아가는 일은 막을 수 있었다. 분젠버너에 불을 붙이다가 커튼에 불을 내고 만 것이 고작이어서 손해는 거의 없었다. 어쨌든 그는 사진은 굉장히 성공적인 결과를 냈다고 주장했다. 그는 무색 렌즈가 달린 데번틀의 현미경 카메라를 구입해, 특히 소화불량에 걸린 위를 찍은 방사선사진 같은 것들로 집안을 어지럽혔다. 그리고 불타버린 종이에서 글자를 판독하는 그로스 박사의 방식을 완벽하게 보완했다고 주장하기도 했다.

램폴은 그 사건을 조롱하는 해들리의 목소리를 들으며 꾸벅꾸벅 졸기 시작했다. 책들이 꽂혀 있어 울퉁불퉁한 벽쪽 서가 위로 벽난로 불빛이 일렁였고, 닫힌 커튼 너머로 창유리를 때리는 눈발 소리가 기분 좋게 들려왔다. 그는 기분이 한없이 편안해진 나머지 혼자 빙그레 미소를 지었다. 이 멋진 세상에 그를 괴롭히는 것은 아무것도 없었다. 아니, 있던가? 그는 자세를 고쳐 앉으며 불꽃을 바라보았다. 가장 편안한 순간에야말로 깜짝 선물 상자가 열리듯 사소하게 신경쓰이는 것들이 꼬리를 물고 생각나기 마련이다.

형사사건! 물론 그럴 리는 없었다. 재미있는 이야기에 살을 붙이고 싶은 맹건의 병적인 열망이 빚어낸 작품에 불과할 것이다. 그렇지만…….

"그로스가 뭐라고 했든 콧방귀도 뀌지 않을 걸세."

해들리는 의자 팔걸이에 올려두었던 손을 휘저으며 선언했다.

"자네 같은 사람들은 그가 철두철미한 사람이라는 이유만으로 항상 정밀한 이론을 자랑할 거라고 생각하지만, 대부분의 경우 불에 탄 종이에서는 아무런 글자도 나타나지……."

램폴은 평화적인 태도로 헛기침을 하고는 말했다.

"그런데 '세 개의 관'이라는 말을 들으면 생각나시는 게 없습니까?"

그가 바랐던 대로 갑작스러운 침묵이 찾아들었다. 해들리는 미심쩍은 눈초리로 그를 바라보았다. 펠 박사는 마치 그 표현을 담배 이름이나 술집 이름 중에서 찾아보려는 듯, 국자를 든 채 어리둥절한 표정으로 눈을 깜빡거렸다. 잠시 후 그의 눈이 반짝거리기 시작했다.

펠 박사가 양손을 비비며 입을 열었다.

"허허, 어허허허! 우리 둘을 화해시키고 싶은 게로군? 아니면, 혹시 지금부터 그러려는 건가? 무슨 관이라고?"

"음, 반드시 형사사건이라고 할 순 없을 것 같습니다만……."

램폴의 말에 해들리가 휘파람을 불었다. 램폴이 말을 이었다.

"맹건이 과장한 게 아니라면 기묘한 사건이긴 합니다. 보이드 맹건이라는 친구는 제가 잘 알죠. 그가 이 년 정도 저쪽 나라에 있을 때 알게 되었어요. 정말로 괜찮은 친구입니다. 전 세계를 수없이 떠돌아다닌데다 켈트인다운 풍부한 상상력을 갖고 있죠."

그는 잠시 맹건의 모습을 떠올리며 입을 다물었다. 맹건은 피부색이 어두웠고 차림새는 단정치 못했지만, 다소 방탕하다 싶게 생긴 미남이었다. 흥분하기 쉬운 성격과 달리 행동거지는 느릿느릿했고, 관대함을 발휘하는 데 주저함이 없고 편안한 미소를 짓는 사람이었다.

"어쨌든 그는 현재 《이브닝 배너》에서 일하고 있습니다. 오늘 오전 헤이마켓에서 우연히 마주쳤는데, 곧바로 저를 끌고 들어가더니 모든 이야기를 해주더군요. 그러다가……."

램폴은 과장되게 이야기를 계속했다.

"제가 위대한 펠 박사님과 친분이 있다는 사실을 알게 되자……."

"제기랄, 사건 이야기나 해보라고."

해들리가 날카로운 눈으로 빈틈없이 그를 응시하며 말했다.

"어허허!"

펠 박사는 굉장히 기뻐하며 입을 열었다.

"좀 닥쳐주겠나, 해들리? 굉장히 흥미로운 이야기처럼 들리는군, 친구. 그래서?"

"음, 그는 그리모라고 하는 강연자 겸 저술가를 몹시 숭배하는 듯하더군요. 또한 그리모의 딸에게 단단히 빠져 있는데, 그 때문에 그 노인을 훨씬 더 숭배하는 모양입니다. 그리모라는 노인은 친구 몇몇과 함께 영국 박물관 근처 주점에 모이는 습관이 있는데, 며칠 전 밤에 보통 미치광이가 저지르는 짓 따위는 상대도 안 되는, 두려워 덜덜 떨릴 정도의 일이 일어났다고 합니다. 노인이 무덤에서 걸어나오는 시체 같은 쾌활한 주제에 대해 떠들어대고 있는데, 기이하게 생긴 키 큰 낯선 남자가 안으로 들어와 자신과 자신의 동생이 실제로 무덤에서 걸어나와 지푸라기처럼 허공을 떠다닌다는 말도 안 되는 얘기를 횡설수설 늘어놓았나 봅니다."

이 대목에서 해들리는 메스껍다는 소리를 내며 주의를 환기시키려 했지만, 펠 박사는 계속 흥미롭다는 표정으로 램폴을 바라보았다.

"사실, 그건 그리모 교수에 대한 일종의 협박이었던 것 같습니다. 마지막에 가서 낯선 남자가 자신의 동생이 곧 그리모를 찾아갈 거라며 위협했다니까요. 그런데 이상한 점이 있습니다. 그리모는 눈썹 하나 까딱하지 않았지만 실제로는 얼굴이 파랗게 질릴 정도로 겁에 질렸다고 해요. 맹건이 똑똑히 봤다더군요."

해들리가 툴툴댔다.

"그런 일은 자네에게 블룸즈버리다운 일이다 싶겠지. 그런데, 그게 뭐 어쨌단 거지? 겁먹은 노파 같은 남자가……."

펠 박사가 찡그리며 으르렁거리듯 대꾸했다.

"바로 그 점이 문제라네. 그는 그럴 사람이 아니거든. 나는 그리모에 대해 잘 알아. 해들리, 자네가 그리모라는 사람에 대해 알지 못하기 때문에 이 일이 얼마나 괴상한지 모르는 거야. 흐음. 계속하게나, 친구. 그래서 어떻게 됐나?"

"그리모는 아무 말도 하지 않았습니다. 그저 그 일을 농지거리로 치부하며 미치광이가 하는 헛소리를 능란하게 일소에 부쳐 흐지부지 만들어버렸죠. 낯선 남자가 사라진 직후, 거리의 악사 한 명이 주점 문에 기대고 서서 〈공중그네 위의 대담한 청년〉을 연주하기 시작했습니다. 모두들 크게 웃음을 터뜨렸고, 비로소 분별을 회복할 수 있었답니다. 그리모가 웃으며 입을 열었다더군요.

'자, 여러분, 그 되살아난 시체가 내 서재 창문 위로 날아와 내려앉을 생각이라면, 아주 날렵하지 않고야 어림도 없는 일일 거야.'

그 말을 마지막으로 모두들 머릿속에서 그 일을 떨쳐버렸습니다. 하지만 맹건은 이 피에르 플레라는 방문자의 정체가 궁금해 미칠 지경이었죠. 플레가 그리모에게 건넨 명함에는 극장 이름이 적혀 있었습니다. 그래서 다음날 맹건은 기삿거리를 찾는 척 극장으로 갔습니다. 막상 가보니, 이스트엔드에 위치한 극장은 완전히 쇠락해버린데다 평도 그다지 좋지 않은 싸구려 보드빌 극장이었습니다. 맹건은 플레와 마주치고 싶지 않았습니다. 그래서 극장 수위에게 말을 걸어보았더니, 플레보다 앞선 시간에 공연을 하는 곡예사를 한 명 소개시켜주더랍니다. 곡예사는 자신을 "위대한 팔리아치(광대)"라고 소개했습니다. 아일랜드인이라는데 왜 이탈리아 이름을 붙였는지는 하느님도 모르실 테지만요. 어쨌든 그는 눈치가 빠른 사람이라 맹건에게 이런저런 이야기를 해주었다고 합니다.

플레는 그 극장에서 "루니(미치광이)"로 통한다더군요. 그에 대해 알려진 것은 아무것도 없어요. 그는 아무하고도 말을 섞지 않고, 공연이 끝나면 도망치듯 사라진다고 합니다. 하지만 이 점이 중요한 부분인데, 그의 실력이 대단하다는 거죠. 곡예사의 말로는, 어째서 웨스트엔드의 극단 단장들 중 일찍이 그의 실력을 알아차린 사람이 단 한 명도 없었는지 이해할 수 없을 정도라고 했어요. 어쩌면 그저 그가 야심이 없어서일 수도 있죠. 그는 특히 사라지는 마술에 출중하다고 하더군요……."

해들리는 다시 한번 툴툴댔다. 이번은 비웃는 태도였다.

램폴이 항변했다.

"비웃을 게 아닙니다, 제가 전해 들은 이야기에 따르면 낡아빠진 트릭이 아니에요. 맹건의 말로는, 그의 마술은 조수 한 명 없이 이루어지며 사용하는 도구라고는 관 크기의 상자 하나뿐이라고 하더군요. 마술사에 대해 조금이라도 알고 계신다면, 이게 얼마나 믿기 어려운 일인지 눈치채셨겠죠. 사실 그는 관에 엄청난 애착을 갖고 있는 듯합니다. 한번은 위대한 팔리아치가 그 이유를 물은 적이 있었는데, 기대도 하지 않았던 대답이 돌아오더랍니다. 플레는 고개를 돌리더니 환하게 미소를 지으며 이렇게 말했다는군요.

'과거 날 포함한 셋이서 생매장된 적이 있거든. 그중에서 한 명만이 빠져나왔다네.'

팔리아치는 또 물었답니다.

'자네는 어떻게 탈출할 수 있었지?'

그러자 플레가 조용히 대답하더랍니다.

'빠져나온 사람은 내가 아니야. 나는 그러지 못한 두 사람 중 하나라네.'"

어느덧 심각해진 표정으로 귓불을 잡아당기고 있던 해들리가 이내 진지한 태도로 입을 열었다.

"뭐, 내가 생각했던 것보다는 아주 조금 중요한 일일 수도 있겠군. 그 친구 단단히 미친 게 틀림없어. 만약 그가 헛된 망상 탓에 원한을 품고 있다면……. 그가 외국인이라고 했나? 이민국에 전화를 걸어 그에 대해 알아보는 게 좋을지도 모르겠어. 그래서 만약 그자가 자네 친구에게 뭔가 해코지라도 하려 든다면……."

"이미 해코지를 한 건 아닌가?"

펠 박사가 물었다.

램폴이 자세를 바꿔 앉으며 대답했다.

"지난 수요일부터 매일 편지 같은 것이 교수에게 배달되었다고 합니다. 그는 아무 말 없이 편지를 찢어버렸지만, 주점에서 벌어진 일을 딸이 귀띔으로 전해 듣고 걱정을 하기 시작했어요. 그러다 결국 상황이 최악으로 치닫고 말았는지, 그리모가 어제부터 괴상한 행동을 하더란 겁니다."

"어떤 행동 말인가?"

펠 박사가 물었다. 그리고 눈가에 그림자를 만들고 있던 손을 치웠다. 램폴을 바라보는 그의 작은 두 눈은 놀랄 정도로 날카롭게 반짝거리고 있었다.

"그가 어제 맹건에게 전화를 걸어 말했답니다.

'토요일 밤에 우리집에 와주면 좋겠네. 누가 나를 찾아오겠다고 협박을 하고 있어.'

당연히 맹건은 경찰에 신고하라고 조언했지만, 그리모는 들으려 하지 않았습니다. 그래서 맹건이 반문했고요.

'맙소사, 교수님, 그자는 완전히 미친놈이어서 위험할지도 모릅니다. 교수님을 지키기 위한 아무런 조치도 취하지 않을 생각이십니까?'

그러자 교수는 이렇게 대답했다고 합니다.

'아, 물론 하고말고. 나는 그림을 한 점 살 작정이라네.'"

"뭘 산다고?"

해들리가 자세를 바로 하며 물었다.

"벽에 거는 그림 말입니다. 아니, 농담이 아니에요. 그는 실제로 그림을 구입했어요. 일종의 풍경화로 나무와 묘석이 여럿 기묘하게 묘사된 작품인데, 엄청나게 큰 그림이라 위층으로 옮기는 데 일꾼이 두 명이나 필요했다더군요. '엄청나게 큰 그림'이라는 말은 좀 신중하게 해야 된다 싶긴 한데, 제가 그림을 실제로 본 적은 없기 때문입니다. 그림은 버너비라는 화가의 작품으로, 그는 그리모가 주재하는 클럽의 회원이자 아마추어 범죄학자이기도 한데……. 어쨌든 그 그림을 산 것은 그리모가 자신을 보호하고자 취한 조치였습니다."

해들리는 다시 한번 수상쩍다는 눈초리로 그를 바라보았고, 그러자 램폴은 다소 맹렬한 어조로 이야기를 반복했다. 이윽고 두 사람 모두 고개를 돌려 펠 박사를 바라보았다. 그는 이중턱 위로 숨을 쌕쌕거리며 앉아 있었다. 숱 많은 머리카락은 온통 헝클어져 있었고, 두 손은 지팡이 위에 포개 놓은 채였다. 그는 불길을 응시하며 고개를 끄덕였다. 마침내 그가 입을 열자, 방안을 채우고 있던 안락한 기운이 점점 옅어지는 듯했다.

"자네 혹시 교수의 집주소를 알고 있나?"

그의 목소리에는 아무런 감정이 실려 있지 않았다.

"좋아. 차에 시동을 걸어두는 게 좋겠어, 해들리."

"알겠네. 하지만 여보게!"

"미치광이 같은 사람이 멀쩡한 사람을 협박하는 상황이라면……."

펠 박사는 다시 고개를 끄덕이며 말을 이었다.

"불안해해야 할지 말아야 할지는 자네 마음이야. 하지만 멀쩡한 사람이 누가 봐도 미치광이처럼 굴기 시작했다면, 적어도 나는 기꺼이 불안해하는 쪽을 택하겠네. 별일이 아닐 수도 있지. 하지만 왠지 마음이 편치 않군."

그는 가쁜 숨을 몰아쉬며 자리에서 일어섰다.

"어서 가세, 해들리. 그저 스쳐지나가기만 해도 좋으니, 그 집으로 한번 가보자고."

날카로운 바람이 에이델파이 테라스의 좁은 골목 사이로 몰아쳤다. 어느덧 눈은 그쳐 있었다. 에이델파이 테라스와 그 아래쪽 빅토리아임뱅크먼트 가든에 쌓인 눈은 하얗다 못해 비현실적으로 보였다.

연극이 한창 상연되고 있을 시간이라 스트랜드 대로는 불빛으로 밝게 빛났지만 거리에서 사람 자취는 찾아볼 수 없었다. 길바닥은 바큇자국으로 지저분했다. 그들이 올드위치에 접어들었을 때 시각은 10시 5분을 가리켰다. 해들리는 옷깃을 세운 채 말없이 운전대를 잡고 있었다. 펠 박사가 속도를 더 높이라며 노성을 지르자, 해들리는 먼저 램폴을 바라보고 그다음에는 뒷좌석에 구겨 앉은 펠 박사에게 시선을 옮기며 딱딱거렸다.

"말도 안 되는 소리라는 건 자네도 잘 알지 않나. 게다가 우리가 상관할 일도 아니야. 만약 방문객이 있었다 한들 지금쯤이면 사라져버렸을 걸세."

"알아. 바로 그게 걱정되는 점이야."

펠 박사가 말했다.

자동차는 사우샘프턴 로 안으로 뛰어들었다. 해들리는 마치 자신의 감정을 표현하듯 계속 경적을 울려댔다. 차가 점점 속도를 높였다. 도로는 마치 황량한 협곡 같았고, 뒤이어 등장한 러셀 스퀘어는 훨씬 더 황량했다. 러셀 스퀘어의 서쪽 편에는 발자국도 거의 없었고 바큇자국은 그보다 훨씬 적었다. 케펠 스트리트를 지나 북쪽 끝에 이르면 공중전화박스가 하나 있었고, 교수의 집은 전화박스 바로 맞은편이었다. 알아차리지 못할 수 없을 정도로 지척이었다. 별다른 장식이 없고 폭이 넓은 삼 층 건물의 정면이 램폴의 눈에 들어왔다. 1층은 회갈색 석재로 지어졌고 그 위는 붉은 벽돌로 이루어져 있었다. 정문 계단을 여섯 단 오르면 커다란 현관이었고, 현관문에는 놋쇠로 가장자리를 장식한 우편함 입구와 놋쇠 손잡이가 달려 있었다. 지하실로 내려가는 연결 통로 위로 난 두 창문의 블라인드 뒤로 조명이 밝혀져 있었지만, 그 외에는 전부 어두컴컴했다. 지극히 평범한 동네에 있는 지극히 평범한 집이었다. 하지만 그런 분위기는 더이상 지속되지 못했다.

블라인드가 찢어지듯 옆으로 젖혀졌다. 펠 박사 일행이 느린 속도로 그 옆을 지나가는데 불 켜진 창문 하나가 큰 소리를 내며 위로 올라가 열렸다. 웬 사람 형체 하나가 창틀 위 젖혀진 블라인드를 배경으로 모습을 드러내더니, 잠시 주저하다가 밖으로 몸을 날려 징이 박힌 울타리 너머로 훌쩍 뛰어내렸다. 그렇게 한 발로 눈 덮인

인도에 착지하던 사람은 그만 연석 너머로 튕겨나와 자동차 바퀴 아래 깔릴 뻔했다.

해들리는 급하게 브레이크를 밟았다. 자동차가 미끄러져 연석에 부딪히며 멈추자 해들리는 넘어진 사람이 일어나기 전에 차에서 내려 얼른 그의 팔을 붙잡았다. 그런데 램폴의 눈에 자동차 전조등에 비친 남자의 얼굴이 언뜻 들어왔다.

"맹건 아닌가! 대체 이 무슨……."

맹건은 모자도 코트도 걸치지 않은 차림이었다. 전조등에 비친 그의 눈이 팔과 손 위에 내려앉은 눈발처럼 흐리멍덩하게 반짝였다.

"누구십니까?"

그가 쉰 목소리로 해들리에게 물었다.

"아니, 아니, 난 괜찮습니다! 젠장, 놓으란 말입니다!"

그는 해들리의 손을 뿌리치더니 상의에 두 손을 닦기 시작했다.

"당신들은 누구……. 테드! 내 말 좀 들어보게. 누구라도 좋으니 불러와줘. 자네도 따라오고. 서둘러! 그놈이 우리를 안에 가뒀어. 위층에서 총성이 울렸다고. 방금 소리가 들렸다니까. 놈이 우리를 가뒀는데……."

램폴이 맹건의 뒤편으로 시선을 돌려보니, 창문을 등진 여자의 실루엣이 눈에 들어왔다. 해들리가 횡설수설하는 맹건의 말을 자르며 끼어들었다.

"진정하시오. 누가 당신을 안에 가뒀습니까?"

"그 사람이 그랬습니다. 플레 말입니다. 아직 안에 있습니다. 총성이 들렸는데, 문이 너무 두꺼워 부술 수가 없습니다. 자, 함께 가 주시겠습니까?"

그는 이미 정문 계단을 뛰어 올라가고 있었다. 해들리와 램폴이 그의 뒤를 따랐다. 두 사람은 정문 현관이 잠겨 있을 거라고 생각했지만, 맹건이 문고리를 돌리자 문은 활짝 열렸다. 저 뒤편 테이블 위에 놓인 램프 하나가 타고 있는 것을 제외하면, 천장 높은 복도는 온통 어두컴컴했다. 안쪽에서 누군가가 서서 그들을 바라보고 있는 듯했다. 그 얼굴은 그들이 상상했던 피에르 플레보다 훨씬 더 기괴했다. 그러다가 램폴은 그 형체가 악마 같은 가면으로 치장한 일본식 갑옷 한 벌이라는 사실을 깨달았다. 맹건은 서둘러 오른편에 있는 문가로 다가가더니 열쇠 구멍에 꽂힌 열쇠를 잡고 돌렸다. 그러자 문이 안쪽에서 열렸다. 문을 연 사람은 조금 전 창문에 비친 여자였다. 맹건이 팔을 뻗어 그녀를 붙잡으며 제지한 순간 위층에서 무거운 물건이 쾅 부딪히는 소리가 들렸다.

램폴은 목구멍에서 심장이 튀어나올 것 같은 기분으로 외쳤다.

"다 괜찮을 걸세, 보이드! 이분은 해들리 경정님이야. 내가 얘기한 적 있지? 어디서 난 소리야? 대체 무슨 소린데?"

맹건은 계단을 가리켰다.

"어서 가게. 나는 로제트를 돌보고 있을 테니. 그자는 아직 위층에 있어. 빠져나갈 수는 없을 거야. 제발 조심하게나!"

그들이 두꺼운 양탄자가 깔린 계단을 올라가기 시작하자, 맹건은 벽에 걸린 투박한 무기를 향해 손을 뻗었다. 2층은 어두컴컴했고 아무런 인기척도 느껴지지 않았다. 그러나 3층으로 통하는 계단 벽감에서 빛이 내리비치고 있었다. 쾅 소리는 이제 쿵쿵대는 듯한 둔탁한 소리로 바뀌어 계속해서 들려왔다.

"그리모 교수님! 그리모 교수님! 대답해주세요! 거기 계십니까?"

누군가 큰 소리로 외치고 있었다.

램폴은 이 집에 맴돌고 있는 이국적이면서도 무거운 분위기에 대해 분석할 틈이 없었다. 그는 해들리를 따라 서둘러 3층으로 가는 계단을 올라 계단 꼭대기의 아치형 입구를 통과해 길이가 짧은 대신 건물 폭만큼이나 넓은 복도에 들어섰다. 벽면은 천장까지 오크 널빤지로 되어 있었고, 계단 맞은편에 가로로 길게 뻗은 벽에는 커튼이 드리워진 창문이 세 개 나 있었다. 바닥에는 두꺼운 검정색 양탄자가 깔려 있어 발소리가 나지 않았다. 직사각형 복도의 좁은 쪽 면에는 각각 문이 하나씩 서로 마주보고 나 있었다. 계단에서 멀리 떨어진 곳에 있는 왼쪽 문은 열려 있었다. 오른쪽에 있는 문은 계단에서 고작 삼 미터 정도밖에 떨어져 있지 않았는데, 한 남자가 굳게 닫힌 그 문을 주먹으로 두드리고 있었다.

그들이 다가가자 남자가 몸을 휙 돌렸다. 복도 안에는 조명이 없었지만 계단 벽감의 노란 불빛이 아치형 입구를 통해 흘러 들어왔다. 바로 벽감 안에 놓여 있는 커다란 놋쇠 불상의 배에서 흘러나오는 빛이었다. 이 때문에 사람들의 눈에 이 모든 상황이 또렷이 보였다. 숨을 가쁘게 몰아쉬는 작달막한 남자가 온몸에 불빛을 받으며 머뭇머뭇 손짓을 했다. 머리가 크고 머리카락은 도깨비처럼 부스스하게 흐트러진 그는 커다란 안경 너머로 이쪽을 응시했다.

"보이드? 아니면 드레이먼 씨입니까? 맞습니까? 아니, 당신들 누구요?"

"경찰이오."

질문에 대답을 한 사람은 해들리였다. 남자가 펄쩍 뛰듯 뒤로 물러나자, 해들리는 그를 지나쳐 성큼성큼 문가로 다가갔다.

"들어갈 수가 없습니다."

조그만 남자가 손가락 관절을 꺾어 소리를 내며 말했다.

"하지만 들어가야만 합니다. 문이 안쪽에서 잠겨 있어요. 안에 누군가 그리모 교수님과 함께 있습니다. 총소리가 났는데…… 그리모 교수님의 대답이 없습니다. 뒤몽 부인은 어디 있습니까? 뒤몽 부인을 불러오세요! 그자가 아직 안에 있습니다, 정말이라니까요!"

해들리는 퉁명스러운 태도로 몸을 돌렸다.

"오두방정 그만 떨고 펜치나 하나 찾아오시오. 열쇠는 열쇠 구멍에 꽂혀 있으니 밖에서 한번 돌려봅시다. 펜치가 필요합니다. 혹시 없습니까?"

"어…… 어디 있는지 모릅니다만……."

해들리는 램폴을 바라보았다.

"어서 내려가 내 차에 있는 공구 상자를 뒤져보게. 뒷좌석 아래에 있어. 그중에서 가장 작은 펜치를 가져다주게나. 그리고 무거운 스패너도 두 개 정도 가져다주면 좋겠군. 만약 이자가 무장하고 있다면……."

램폴이 몸을 돌리자 펠 박사가 씩씩거리며 아치형 입구에 들어서는 모습이 보였다. 박사는 아무 말도 하지 않았지만, 그의 얼굴은 조금 전처럼 상기되어 있지 않았다. 램폴은 한 걸음에 세 단씩 계단을 뛰어내려가, 마치 몇 시간을 허비하는 듯한 기분을 느끼며 헛된 공구들을 끄집어낸 끝에 펜치를 찾아냈다. 집안으로 돌아오자 문 닫힌 1층 방안에서 여자가 발작을 일으키는 것 같은 소리가 들렸다.

해들리는 여전히 무표정한 얼굴로 조심스럽게 펜치를 열쇠 구멍 안으로 끼워 넣었다. 그리고 억센 두 손으로 펜치를 꽉 붙잡고 왼쪽으로 돌리기 시작했다.

"안에서 뭔가 움직이고 있는데……."

몸집이 작은 남자가 말했다.

"열렸군. 물러서시오!"

해들리가 말했다.

그리고 장갑을 끼고 전의를 가다듬은 후, 문을 안쪽으로 확 열어젖혔다. 문이 벽에 부딪혀 쾅 소리를 내며 되튕겼고, 방안에서는 샹들리에가 찰랑대며 흔들렸다. 밖으로 나온 것은 아무것도 없었지만, 무언가 밖으로 나오려 애를 쓰고 있었다. 그것을 제외하면 밝은 방안은 텅 비어 있었다. 램폴의 눈에 엄청난 양의 피를 뒤집어쓰고 있는 무언가가 들어왔다. 그것은 검정색 양탄자 위에서 고통스럽게 네 발로 기어나오려 애쓰고 있었다. 그러다가 숨이 막힌 듯 한쪽으로 나가떨어져 움직이지 않았다.

003 가면

"두 사람 모두 안으로 들어오게. 신경이 가는 사람은 이쪽을 보지 말고."

해들리가 퉁명스럽게 말했다.

펠 박사가 그의 뒤를 따라 느릿느릿 안으로 들어왔고, 램폴은 문가에 서서 양팔을 벌려 문을 막았다. 그리모 교수는 육중한 사람이라 해들리는 억지로 그의 자세를 바로잡을 엄두를 내지 못했다. 그리모는 문가로 기어가려 악전고투하던 중 피를 토했다. 그러나 이렇게 피바다가 된 것은 전적으로 피를 토한 탓만은 아니었던 것이, 그는 피를 토하지 않으려 이를 악물고 있었다. 해들리는 그리모의 상체를 일으켜 자신의 한쪽 무릎에 기대게 했다. 거무스름한 수염이 텁수룩하게 난 얼굴은 핏기가 빠져 푸르죽죽했다. 두 눈은 감긴 채였고 눈가는 퀭하니 푹 꺼져 있었다. 교수는 아직도 가슴에 난 총상 위를 흠뻑 젖은 손수건으로 누르고 있었다. 그의 가느다란 숨소리가 들렸다. 찬바람이 들이닥쳤지만, 방안은 아직 코를 찌르는 화약 연기로 자욱했다.

"죽었나?"

펠 박사가 중얼거리듯 물었다.

"죽어가고 있네. 안색 보이지? 폐를 맞았다네."

해들리가 대답하고는 몸집이 작은 남자를 향해 몸을 휙 돌렸다.

"전화를 걸어 구급차를 부르시오. 서둘러야 합니다! 살아날 가망은 없지만, 죽기 전에 뭔가 말을 해줄 수 있을지도……."

"그렇군. 우리가 무엇보다 관심을 기울일 사안이 그런 거란 말이지?"

펠 박사는 다소 성마르면서도 침울한 태도로 말했다. 해들리가 냉정하게 대답했다.

"할 수 있는 일이라고는 그뿐이니까. 저쪽에 있는 소파 쿠션들을 가져다주게. 가능한 한 편하게 해주고 싶군."

해들리는 그리모의 머리를 쿠션 위에 얹고 그 위로 몸을 숙였다.

"그리모 교수님! 그리모 교수님! 내 말 들립니까?"

밀랍 같은 눈꺼풀이 떨렸다. 그리모가 간신히 눈을 반쯤 뜨자 그의 눈동자는 어리둥절한 듯 기묘하면서도 무력하게 움직였다. 마치 어린아이의 표정 같았다. '영리하다'거나 '어른스럽다'고 해석될 얼굴이었다. 그는 무슨 일이 일어났는지 이해하지 못하는 듯했다. 그의 안경은 실내복에 달린 끈에 매달려 있었는데, 그는 마치 그것을 집어 들려는 듯 쇠약한 동작으로 손가락을 움직였다. 떡 벌어진 가슴은 여전히 조금씩 오르락내리락했다.

"경찰에서 나왔습니다, 그리모 교수님. 누가 그랬습니까? 대답이 힘들다면 억지로 입을 열지 마십시오. 그저 고개만 끄덕이면 됩니다. 피에르 플레라는 자가 저지른 일입니까?"

그리모의 얼굴에 이해했다는 표정이 희미하게 떠올랐다가 곧이어 훨씬 더 어리둥절한 표정으로 바뀌었다. 잠시 후 그는 분명하게 고개를 저었다.

"그렇다면 누굽니까?"

그리모는 열심히 설명하려 했다. 하지만 지나치게 열심이었고, 그 시도는 역효과를 낳았다. 그는 처음이자 마지막으로 입을 열었다. 그가 입술을 들썩여 몇 마디 내뱉었지만, 단어 자체는 또렷했음에도 불구하고 도무지 뜻을 이해하기 어려웠다. 그러다가 그는 기절해버렸다.

왼쪽 벽에 난 창문은 몇 센티미터가량 위로 열려 있었고, 그 아래로 차디찬 바람이 들이닥쳤다. 램폴은 몸을 떨었다. 대체 무슨 일이 일어났기에, 그토록 명석한 남자가 기력을 잃고 두 개의 쿠션에 의지한 채 마댓자루처럼 널브러져 있는 걸까? 그의 몸속에서 시계

장치 같은 장기들이 아직 활발히 움직이고 있음을 알 수 있었지만, 그 이상의 의미는 없어 보였다. 이 밝고 조용한 방안에서 이미 너무 많은 출혈이 발생했다.

"맙소사! 우리가 해줄 수 있는 일이 정녕 없을까요?"

램폴이 억누르지 못하고 내뱉었다.

해들리는 혹독할 정도로 단호했다.

"아무것도 없네. 그러니 조사나 해볼 수밖에 없지. 아직 집안에 있다고? 다들 멍청이 아닌가? 아, 나까지 포함해서 말이야."

그는 살짝 열린 창문을 가리켰다.

"당연히 그자는 우리가 집안에 들어오기도 전에 저 창문을 통해 빠져나갔을 거야. 지금은 여기 없는 게 분명해."

램폴은 주위를 둘러보았다. 톡 쏘는 화약 연기는 방안에서 점차 옅어지는 동시에 그의 시야에서도 사라지고 있었다. 처음으로 그는 방안을 똑똑하게 둘러볼 수 있었다.

방은 한 면의 길이가 사 미터 반쯤 되는 정사각형 모양으로, 벽은 오크 패널로 덮여 있고 바닥에는 두꺼운 검정색 양탄자가 깔려 있었다. 문에서 볼 때 왼쪽 벽에는 창문이 하나 나 있었고, 그 위에는 갈색 벨벳 휘장이 바람에 나부꼈다. 창문 양옆으로는 높은 책장들이 늘어섰고, 책장 꼭대기에는 대리석 흉상들이 줄지어 있었다. 발 부분을 발톱 모양으로 조각한 크고 무거운 책상은 빛이 잘 들도록 창문 바로 앞에 놓여 있었다. 푹신한 의자는 책상 뒤로 빼놓은 채였다. 책상 왼쪽 끝에는 모자이크 유리 갓을 씌운 램프와, 길게 재만 남은 시가가 놓인 놋쇠 재떨이가 있었다. 책상 위에는 송아지 가죽으로 장정한 책 한 권이 있었고, 그 위에는 압지철이 놓여 있었다. 펜이 담긴 정리함과, 노란색 비취를 버펄로 모양으로 깎은 독특한 조각상 아래 놓인 한 묶음의 메모지를 제외하면 책상 위는 깨끗했다.

램폴은 방을 가로질러 창문 맞은편 방향을 바라보았다. 그 벽에는 커다란 석조 벽난로가 있었고, 양쪽에는 역시 책장 및 흉상들이 배치되어 있었다. 난로 위에는 어느 가문의 문장이 새겨진 방패 위로 두 자루의 펜싱 검이 엇갈려 걸려 있었지만, 램폴은 굳이 자세히 살펴보지 않았다. 방안에서 그쪽 벽에 있는 가구들만 흐트러져 있었다. 벽난로 바로 앞에는 긴 갈색 가죽소파가 엉망으로 나뒹굴었고, 가죽 의자 하나는 난로 앞 깔개에 둘둘 말려 자빠져 있었다. 소파에는 피가 묻어 있었다.

그리고 마침내, 램폴은 문 맞은편 벽을 향했다가, 그림을 보았다. 벽을 따라 놓인 책장 사이로 비워진 넓은 공간은 최근에 책장을 치우고 일부러 만든 공간인 듯했다. 바닥에 양탄자가 눌린 자국으로 미루어 기껏해야 며칠 전 일인 것 같았다. 그 공간은 이제 그리모가 결코 걸 수 없는 그림을 위해 일부러 만든 자리였다. 그림은 그리모가 누워 있는 자리에서 그리 멀리 떨어지지 않은 바닥에 눕혀져 있었는데, 칼로 크게 죽 그어놓은 자국이 두 개 나 있었다. 액자에 든 그림은 너비가 이 미터에 높이는 일 미터가 조금 넘는 정도였다. 크기가 상당했기 때문에 해들리는 그림을 끌어내 방 한가운데 탁 트인 공간으로 자리를 옮기고 나서야 비로소 바로 세워 살펴볼 수 있었다.

"그러니까, 이게 '자신을 지키기 위해' 구입한 그림이라고?"

그가 그림을 소파에 기대어 세워 놓으며 입을 열었다.

"이것 보게, 펠. 그리모는 그저 이 플레라는 친구와 마찬가지로 미쳤던 걸까?"

올빼미처럼 오랫동안 창문을 바라보고 있던 펠 박사가 어슬렁거리며 다가왔다.

"피에르 플레와 마찬가지로?"

그는 웅얼거리듯 말하더니 성직자들이 쓰는 챙 넓은 모자를 뒤로 젖혔다.

"이 사건을 저지르지 않은 사람 말이지. 흐음. 해들리, 자네 뭐라도 흉기를 발견했나?"

"아니. 일단 총기류는 찾지 못했다네. 흉기는 대구경 자동 권총일 텐데……. 그리고 이 그림을 이렇게 근사하게 그어놓은 칼 역시 어디에도 없어. 이걸 보라고! 내게는 그저 평범한 풍경화 같은데 말이지."

램폴이 보기에 평범한 그림이라고는 할 수 없었다. 그림에서는 폭발하는 듯한 힘이 느껴졌다. 마치 화가가 격노에 사로잡힌 채, 급은 나무들을 향해 채찍질하듯 불고 있는 바람을 그린 것 같은 유화였다. 절망과 공포가 느껴졌다. 배경으로 등장하는 눈 덮인 야트막한 산을 제외하면, 이 작품의 주된 주제는 옅은 초록색 아래로 회색과 검정색을 간직한 침울한 정서였다. 전경에는 굽은 나무의 가지들 뒤 무성한 수풀 사이로 세 개의 묘석이 드러나 있었다. 그 모습에서 어딘지 모르게 이 방과 마찬가지로 미묘한 이국적 정서가 엿보였지만, 희미한 냄새를 뒤쫓는 것처럼 그 정체를 파악하기란 지극히 어려웠다. 보는 시각에 따라 묘석들은 쓰러지고 있는 것처럼도 보였다. 무덤 봉분이 솟아올라 갈라지는 듯한 착시 탓이었다. 칼로 난도질당한 후에도 그런 착시 현상은 사라지지 않는 듯했다.

램폴은 누군가 쿵쿵거리며 복도 계단을 올라오는 소리를 듣고 고개를 살짝 돌렸다. 보이드 맹건이 불쑥 들어왔다. 그는 램폴이 기억하는 것보다 훨씬 여위고 부스스해 보였다. 철사를 말아놓은 것처럼 그의 머리에 찰싹 달라붙어 있던 검은 머리카락마저 마구 헝클어져 있었다. 그는 바닥에 누워 있는 남자를 재빨리 일별하더니, 눈가에 그늘을 드리우는 숱 많은 눈썹을 찌푸리며 양피지 같은 뺨을 문질렀다. 실제로 그는 램폴과 비슷한 연배였지만, 눈 아래에 비스듬하게 잡힌 주름 몇 개 때문에 열 살은 더 늙어 보였다.

"밀스가 말해주었습니다. 그분께서는……?"

그는 재빨리 고갯짓으로 그리모 교수를 가리켰지만 해들리는 무시했다.

"구급차는 불렀습니까?"

"사람들이 들것을 갖고 오는 중입니다. 이 동네는 온통 병원 천지지만, 아무도 어디로 전화를 걸어야 할지 몰랐습니다. 그러다가 교수님 친구 중에 저쪽 길모퉁이를 돌면 있는 곳에서 작은 요양원을 하는 사람이 있다는 사실이 기억났죠. 거기서 나온 사람들이……."

그는 한쪽으로 비켜서서 사람들에게 길을 내주었다. 제복 차림의 구급요원 두 명이 들어왔고, 깔끔하게 면도하고 머리가 벗어진 작달막한 남자가 차분한 태도로 그 뒤를 따라 들어왔다.

"이쪽은 피터슨 박사님입니다. 어…… 그리고 이쪽은 경찰에서 나오셨습니다. 그리고 이쪽이…… 환자입니다."

피터슨 박사는 혀를 끌끌 차며 급히 다가오더니 짧게 살펴본 후 입을 열었다.

"여보게들, 어서 들것을 가져오게. 여기서는 처치를 할 수 없겠군. 살살 데리고 가주게나."

들것이 밖으로 나가자 그는 얼굴을 찌푸리며 흥미롭다는 눈초리로 방안을 둘러보았다.

"살아날 가망이 있겠습니까?"

해들리가 물었다.

"두어 시간 정도는 버틸 수 있을지도 모르겠습니다. 그 이상은 무리일 테고, 아마 그보다 못 할 겁니다. 황소 같은 체질이 아니었더라면 벌써 사망했을 테죠. 그 폐로 기력을 짜내느라 더 심각한 병변을 초래한 겁니다. 그러니까…… 폐가 찢어졌어요."

피터슨 박사는 주머니 속으로 손을 찔러 넣었다.

"경찰의를 부르실 생각이시죠? 여기 제 명함입니다. 탄환을 적출하면 보관해두도록 하겠습니다. 아마 38구경 권총으로 삼 미터 거리에서 발포한 것 같습니다. 무슨 일인지 여쭤봐도 될까요?"

"살인 사건입니다. 그에게 간호사를 붙여두고, 그가 무슨 말이라도 하면 단어 하나 놓치지 말고 받아 적어두라고 하십시오."

의사가 서둘러 밖으로 나가자, 해들리는 수첩 한 장을 찢어 뭐라고 갈겨쓴 다음 맹건에게 건넸다.

"이제 좀 진정했습니까? 좋아요. 그렇다면 헌터 스트리트에 있는 경찰서에 전화를 걸어 다음 지시 사항을 전달해주도록 하시오. 그쪽에서 런던 경찰청에 연락을 할 겁니다. 만약 무슨 일인지 묻는다면 사실대로 말해주도록 해요. 왓슨 박사를 이 주소의 요양원으로 보내고, 나머지는 이곳으로 오라고……. 거기 문가에 누굽니까?"

문가에 서 있는 남자는 키가 작고 야위었으며 머리가 큰 젊은이로, 바로 그들이 이곳에 도착했을 때 문을 두드리고 있던 사람이었다. 밝은 곳에서 램폴이 그를 살펴보니, 도깨비 같은 검붉은 머리카락이 눈에 띄었다. 두꺼운 금테 안경 탓에 흐리멍덩한 갈색눈은 실제보다 확대되어 보였고, 아래로 내려갈수록 완만하게 기울어진 야윈 얼굴에 커다랗고 헤벌어진 입이 튀어나와 있었다. 그 입은 마치 물고기처럼 입술을 위쪽으로 움직여 잇새가 크게 벌어진 치열을 드러내며 씰룩거렸는데, 거기서 나온 말은 낭랑하면서도 신중함이 묻어났다. 그의 입은 말을 많이 해본 듯 유연하게 움직였다. 정말로 그는 이야기하는 내내 드문드문 청중에게 강연하는 태도로 마치 원고를 읽듯 고개를 위아래로 까닥이고, 듣는 사람들의 머리 위 특정 지점을 향해 단조롭지만 날카로운 억양으로 말을 이어나갔다. 그의 화법을 듣고 그가 사회주의적 성향을 지닌 물리학 학위 소지자라고 짐작한다면 아마 틀리지 않을 터였다. 그는 붉은색이 섞인 체크무늬 옷을 입었고, 두 손은 몸 앞에서 서로 깍지를 끼고 있었다. 조금 전 공포에 사로잡혔던 모습은 어느덧 불가해한 차분함으로 바뀌어 있었다. 그는 고개를 살짝 숙인 다음 아무런 감정을 드러내지 않고 대답했다.

"저는 스튜어트 밀스라고 합니다. 그리모 교수님의 비서입니다. 아니, 비서였다고 하는 편이 맞을지도 모르겠군요."

그리고 커다란 눈으로 주변을 둘러보았다.

"어, 그러니까 범인은 어떻게 되었는지 여쭤봐도 될까요?"

"짐작건대 창문을 통해 달아난 것 같소. 우리 모두 범인은 빠져나갈 수 없다고 굳게 믿고 있었는데 말이오. 자, 밀스 씨……."

"실례지만……."

밀스는 단조로운 억양으로 해들리의 말을 잘랐다. 어떻게 보면 무심하게도 보일 법한 태도였다.

“만약 범인이 그렇게 달아났다면 굉장히 비범한 사람이 아닐 수 없군요. 창문을 조사해보셨습니까?”

“그의 말이 맞네, 해들리.”

펠 박사가 거칠게 숨을 쌕쌕거리며 말했다.

“한번 살펴보게나! 벌써부터 골치가 쑤시기 시작하는 사건이야. 진심으로 하는 말이지만, 만약 범인이 문을 통해 이곳을 빠져나간 게 아니라면…….”

“문을 통해 빠져나가지 않았습니다.”

밀스가 미소를 지으며 단언했다.

“제가 유일한 증인은 아닙니다만, 저는 처음부터 끝까지 모든 상황을 지켜보았습니다.”

“그렇다면 창문으로 빠져나갈 만큼 공기보다 가벼운 자란 소린가. 창문을 열고 한번 살펴보도록 하지. 흠, 잠깐! 먼저 방안을 조사해보는 게 좋겠네.”

방안에 숨어 있는 사람은 아무도 없었다. 조사를 마친 후, 해들리는 낮은 목소리로 으르렁대며 창문을 밀어 올렸다. 눈은 창틀 높이까지 평평하게 쌓인 것도 모자라 바깥쪽의 넓은 창턱을 온통 뒤덮고 있었다. 손을 댄 흔적은 전혀 없었다. 램폴은 몸을 굽혀 밖으로 내밀어 주변을 둘러보았다.

서쪽에 밝은 달이 떠 있어서 목판인쇄처럼 세세한 부분까지 선명하게 시야에 들어왔다. 지상까지 십오 미터는 족히 되어 보였고, 매끄럽고 축축한 돌벽이 땅바닥까지 이어져 있었다. 이 지역 집들이 모두 그렇듯 창문 바로 아래에는 낮은 담으로 둘러싸인 뒤뜰이 있었다. 눈은 뒤뜰은 물론이고 담장 위까지, 시선이 닿는 곳이라면 전부 흐트러진 곳 하나 없이 쌓여 있었다. 아래쪽에는 창문이 하나도 없었다. 집의 이쪽 면에 창문이 난 곳은 3층뿐이었다. 이 방에서 가장 가까운 곳에 난 창문은 복도에 난 왼편의 것으로, 구 미터는 떨어진 곳에 위치해 있었다. 오른쪽으로 가장 가까운 창문은 인접한 집의 창으로, 그곳까지의 거리도 대동소이했다. 창문 정면으로는 각각의 집에 딸린 뒤뜰이 광장을 따라 커다란 체스판을 이루고 있어서, 가장 가까운 집도 수백 미터는 족히 떨어져 있었다. 마지막으로 창문 위로는 매끄러운 돌벽이 비탈을 그리며 꼭대기까지 사 미터 반가량 솟아 있었는데, 그 경사는 손가락으로 몸을 지탱하거나 밧줄을 걸기에는 턱없이 가팔랐다.

그런데 해들리가 창밖으로 목을 쭉 뺀더니 불퉁하게 위쪽을 가리켰다.

"아무래도 저쪽이야."

그는 단언했다.

"저기를 보라고! 놈은 우선 굴뚝 같은 곳에 밧줄을 매어 놓은 다음 창밖을 지나도록 늘어뜨리고 이곳에 침입했어. 그리고 그리모를 살해한 다음, 이번에는 반대로 지붕 꼭대기까지 기어 올라가 굴뚝에 매어 놓은 밧줄을 풀고 달아나버린 거라네. 틀림없이 발자국이 여럿 남았을 테지. 그러니……."

"그렇습니다. 그러니 지붕에는 아무런 발자국도 없다는 사실을 말씀드릴 수밖에 없군요."

밀스의 목소리였다.

해들리는 주변을 둘러보았다. 아까까지 벽난로를 살펴보고 있던 밀스는 이제 벌어진 잇새를 드러내며 감정이 담기지 않은 미소를 지은 채 사람들을 바라보고 있었다. 하지만 눈빛은 신경질적이었고, 이마에는 땀방울이 맺혀 있었다.

"아시잖습니까?"

그는 손을 들어 검지손가락을 세운 채 말을 이었다.

"저는 그 가면을 쓴 남자가 사라졌다는 사실을 알아차리자마자……."

"무엇을 썼다고요?"

해들리가 물었다.

"가면 말입니다. 제가 드리는 말씀, 제대로 이해하셨습니까?"

"아뇨. 이제부터 제대로 이해할 수 있을지 없을지 직접 확인해 봐야죠, 밀스 씨. 그런데 그 지붕 이야기는 무슨 뜻이오?"

"지붕 위에 어떤 종류의 발자국도 흔적도 없다는 뜻입니다."

그가 눈을 크게 뜨자 눈빛에서 생기가 엿보였다. 영감이 떠오른 듯 미소를 지으며 상대방을 응시하고 이야기하는 것은 그가 가진 또 하나의 말하기 방식이었다. 가끔씩 얼빠진 생각밖에 떠오르지 않을 때도 마찬가지였다. 그는 재차 검지손가락을 세웠다.

"다시 한번 말씀드리겠습니다, 여러분. 그 가면을 쓴 남자가 사라졌다는 사실이 분명해졌을 때, 저는 이 일이 굉장히 골치 아파질 거라고 생각했습니다."

"어째서 말이오?"

"저는 직접 이 문을 감시하고 있었기 때문에, 남자가 밖으로 나오지 않았다는 사실을 맹세코 단언할 수밖에 없습니다. 따라서 이 사실을 가지고 다음과 같이 추론할 수 있습니다. 남자는 (a) 밧줄을 이용해서 지붕으로 달아났거나, (b) 굴뚝을 안에서 기어올라 지붕으로 빠져나간 게 분명하다. 이건 단순할 정도로 수학적으로 자명한 사실입니다. 공식상 $PQ = pq$라면, $PQ = pq + p\beta + q\alpha + \alpha\beta$는 명백히 옳으니까요."

"정말입니까? 그렇다면요?"

해들리는 표현을 절제해가며 물었다.

"보시다시피 이 복도 반대쪽 끝은…… 그러니까 문이 열려 있다면 보이실 텐데, 그쪽 방은 제 사무실입니다."

밀스는 한 치의 어긋남 없는 엄정한 태도로 이야기를 계속했다.

"그곳에 다락으로 통하는 문이 있고, 다락 천장에는 지붕으로 나갈 수 있는 쪽문이 나 있습니다. 그 쪽문을 들어올리면 이 방 위쪽 지붕을 전부 똑똑히 볼 수 있죠. 지붕에 쌓인 눈 위에는 어떤 식으로든 아무 흔적도 없었습니다."

"지붕 위로 나가본 것은 아닙니까?"

해들리가 물었다.

"아닙니다. 나갔다 한들 제대로 발을 딛고 서지도 못했을 겁니다. 사실 지금으로서는 맑은 날씨라 하더라도 지붕 위로 나갈 수 있을 것 같진 않군요."

펠 박사는 환한 얼굴로 고개를 돌렸다. 그는 이 경이로운 젊은이를 집어 들어 기발한 장난감 인형이라도 된 듯 공중에 매달아 놓고 싶은 욕망에 저항하는 것처럼 보였다.

박사가 싹싹한 태도로 물었다.

"그래서 그다음은 어떻게 했소, 젊은 친구? 그러니까 당신의 방정식이 박살났을 때, 무슨 생각을 했느냐는 말이오."

밀스는 여전히 미소를 지으며 완고할 정도로 예의 바른 태도를 고수했다.

"아, 그건 두고 볼 일입니다. 저는 수학자이니까요, 선생님. 절대로 제멋대로 상상의 나래를 펴지 않습니다."

그러고는 팔짱을 꼈다.

"하지만 그자가 이 문을 나서지 않았다는 제 진술이 확고함에도 불구하고, 저는 여러분께서 이 점에 주의를 기울이길 바랐습니다."

"오늘밤 이곳에서 무슨 일이 있었는지 당신에게서 정확히 들을 수 있겠군."

해들리는 한 손으로 이마를 훔치며 밀스를 재촉하고는 책상 위에 걸터앉아 수첩을 꺼냈다.

"자, 쉬엄쉬엄 가봅시다! 차근차근 이야기를 들어보자고. 그리모 교수에게 고용된 지 얼마나 됐소?"

"삼 년 팔 개월요."

밀스는 이를 오드득 갈며 답했다. 램폴은 밀스의 의중을 눈치챘다. 해들리가 수첩을 꺼내 들고 법적 증언을 받는 분위기를 조성하니 말을 아끼고 간단히만 답변하려는 것이었다.

"무슨 일을 합니까?"

"부분적으로는 서신을 작성하거나 일반 비서 업무를 합니다. 하지만 대부분은 교수님의 새로운 연구 과제를 준비하는 과정을 보조하는 일을 했습니다. 연구 주제는 '중부 유럽 미신의 기원과 역사', 그리고……."

"잘 알겠소. 이 집에는 몇 명이나 살고 있습니까?"

"그리모 교수님과 저를 제외하면 네 명이 더 있습니다."

"아, 그렇군요. 그럼?"

"아, 알겠습니다! 이름을 알고 싶으신 거로군요. 교수님의 따님 로제트 그리모 양, 가정부 뒤몽 부인, 교수님의 연세 지긋한 친구 드레이먼 씨. 그리고 평범한 하녀가 한 명 있는데 그녀의 성을 들어본 적은 없군요. 이름은 애니라고 합니다."

"이 일이 벌어졌을 때 집안에는 몇 명이 있었습니까?"

밀스는 한쪽 발끝을 앞으로 내밀어 균형을 잡으며 생각에 잠겼다. 이는 그가 갖고 있는 또 하나의 말하는 방식이었다.

"맞을 거라고 생각하지만 확언드릴 순 없습니다. 그냥 알고 있는 대로 말씀드리죠."

그러고는 앞뒤로 몸을 흔들었다.

"7시 30분에 저녁 식사가 끝나자 그리모 교수님은 연구를 하기 위해 이곳으로 올라왔습니다. 토요일 밤의 습관이죠. 제게는 11시까지 방해하지 말라고 지시하셨습니다. 이 또한 거스를 수 없는 습관입니다. 하지만 교수님이 하신 말씀으로는……."

계속해서 무표정을 유지하던 젊은이의 이마에 갑자기 다시 구슬 같은 땀방울이 맺히기 시작했다.

"9시 30분쯤 방문객이 올지도 모른다고 하셨습니다."

"방문객이 누구라는 말은 하지 않았습니까?"

"그렇습니다."

해들리는 앞으로 몸을 기울였다.

"여보시오, 밀스 씨! 그가 협박을 받았다는 얘길 듣지 못했단 말입니까? 수요일 밤에 무슨 일이 있었는지 듣지 못했단 말이오?"

"어…… 저, 저는 확실히 그날 밤에 일어난 일을 압니다. 당시 저도 워릭 주점에 있었으니까요. 아마 맹건에게 이야기를 들으신 게로군요."

밀스는 불안해하면서도 놀랄 정도로 발랄한 태도로 당시 일어난 일을 묘사하기 시작했다. 그러는 사이 펠 박사는 쿵쿵거리는 발걸음으로 왔다갔다하며 그날 밤 몇 번이나 조사한 방을 다시 살펴보았다. 그는 유독 벽난로에 큰 흥미를 보이는 듯했다. 램폴은 주점에서 일어난 사건의 개요는 이미 들었기 때문에 밀스의 말에 귀를 기울이지 않고 펠 박사의 행동을 지켜보았다. 박사는 나동그라져 있는 소파의 꼭대기 부분과 오른쪽 팔걸이에 튄 핏자국을 살펴보았다. 난롯가에는 훨씬 많은 핏자국이 튀어 있었지만, 검정색 양탄자 위에 튄 핏자국을 살펴보는 건 어려운 일이었다. 그곳에서 몸싸움이 벌어졌던 걸까? 하지만 램폴이 살펴본 바에 따르면, 난로에 쓰는 철물 도구들은 모두 도구 선반 위에 제대로 놓여 있었다. 만일 난롯가에서 몸싸움이 벌어졌더라면 도구들이 제자리에 놓여 있을 리 만무했다. 새까맣게 탄 종이 뭉치 아래에서 미약한 석탄불이 금방이라도 꺼질 듯한 모습으로 깜빡였다.

펠 박사는 혼잣말을 중얼거리고 있었다. 그러다가 문장이 그려진 방패를 조사하기 위해 자리를 박차고 나섰다. 문장학에 전혀 조예가 없는 램폴에게 그것은 빨강 파랑 은색으로 나뉜 방패에 지나지 않았다. 위쪽에는 검정 독수리와 초승달이 그려져 있고, 아래쪽에는 체스판의 룩처럼 보이는 쐐기 모양의 그림이 있었다. 방패는 색이 바래 어두운 빛을 띠었지만, 기묘할 정도로 야성적인 방안에서 그 역시 풍부한 야성으로 타오르는 듯했다. 펠 박사는 끙 소리를 냈다.

하지만 펠 박사는 벽난로 왼쪽에 늘어선 책장의 책을 조사하기 시작하면서야 비로소 말소리를 냈다. 그는 애서가답게 책에 달려들었다. 그러고는 책을 한 권 한 권 뽑아 들고 겉표지를 일별하고 다시 꽂아두었다. 상태가 가장 좋지 않은 책들에 주로 손을 대는 듯했다. 그가 주변에 책먼지를 일으키며 큰 소리로 떠들어대는 바람에 단조로운 억양으로 설명하는 밀스의 이야기가 방해받았다. 잠시 후 박사가 자리에서 일어나더니 흥분한 태도로 사람들을 향해 열심히 책을 흔들어 보였다.

"여보게, 해들리, 내 방해하고 싶지는 않은데, 여기는 굉장히 기묘하면서도 흥미로운 곳이야. 가브리엘 도브렌테이가 번역한『엘리자에게 보내는 편지•』가 두 권 있고, 헝가리어로 번역된 셰익스피어 전집이 각기 다른 판본으로 아홉 권 있네. 그리고 여기 이름이 하나 있는데……."

그는 잠시 말을 끊었다.

"흠. 이 책들에 대해 뭐라도 아는 게 있소, 밀스 씨? 이 책들만 먼지를 털어내지 않았구먼."

밀스는 깜짝 놀라 이야기를 중단했다.

"저, 저는 모릅니다. 그리모 교수님께서 다락에 옮길 예정이었던 책들 중 일부일 겁니다. 어젯밤 저 그림을 걸 장소를 마련하기 위해 책장 몇 개를 옮기다가 다른 책들 뒤에 숨어 있던 것들을 드레이먼 씨가 발견했죠……. 제가 어디까지 말씀드렸죠, 해들리 씨?

• **엘리자에게 보내는 편지** _ 18세기 영국의 작가 로런스 스턴이 쓴『일라이저에게 바치는 일기』의 헝가리어판 제목.

아, 그렇군요! 자, 그리모 교수님께서 오늘밤에 방문객이 올지도 모른다고 말씀하셨을 때, 저는 그 방문객이 워릭 주점에서 만난 사람일 거라고 생각할 이유가 없었습니다. 그런 말씀은 하지 않았으니까요."

"교수가 정확히 뭐라고 말했소?"

"저, 저는 저녁 식사를 마치고 아래층에 있는 큰 서재에서 일을 하고 있었습니다. 교수님께서는 9시 반이 되면 제 사무실로 올라와, 방문을 열어둔 채 자리에 앉아 '잠시도 눈을 떼지 말고' 이 방을 지켜보라고 지시했습니다. 만약의 경우를 대비해서……."

"어떤 만약의 경우 말이오?"

밀스는 목청을 가다듬었다.

"구체적으로 말씀하진 않으셨습니다."

"그가 이렇게까지 말했는데도, 당신은 누가 방문할지 생각해보지 않았다고요?"

"이 젊은 친구가 무슨 말을 하려는지 내가 설명해줄 수 있을 것 같군."

펠 박사가 다소 누그러진 기색으로 쌕쌕거리며 끼어들었다.

"이 친구가 그런 생각을 하기란 상당히 힘들 수밖에 없어. 젊은 물리학 학사의 강력한 신념과 $x^2+2xy+y^2$라는 수식으로 장식한 가장 튼튼한 방패를 가지고 있음에도 불구하고, 그는 워릭 주점에서 일어난 일에 겁을 집어먹을 정도로 풍부한 상상력을 아직 간직하고 있다네. 그래서 의무적으로 알아야 하는 것 이상은 알고 싶지 않았던 거야. 그렇지 않소?"

"그 말씀은 인정할 수 없겠군요, 박사님."

말과 달리 밀스는 한결 안도한 표정이었다.

"제 행동 원인은 실제 벌어진 상황과는 아무런 관련이 없습니다. 그리고 제가 받은 명령을 정확히 수행했다는 사실을 다들 알게 되실 겁니다. 저는 정확히 9시 반에 제 사무실로 올라왔습니다."

"그때 다른 사람들은 어디에 있었습니까? 자, 주의해서 답변하시오!"

해들리가 충고했다.

"답변에 확신을 가질 수 없다는 말 따위는 하지 마시오. 그저 다른 사람들은 어디에 있었는지 생각나는 대로 말해주면 되니까."

"제가 아는 한, 로제트 그리모 양과 맹건은 응접실에서 카드놀이를 하고 있었습니다. 드레이먼 씨는 제게 외출한다고 말했고요. 그래서 그의 모습은 볼 수 없었습니다."

"그렇다면 뒤몽 부인은?"

"여기 올라오던 중에 마주쳤습니다. 그리모 교수님이 드신 식후 커피를, 그러니까 드시고 난 커피잔을 내가던 중이었어요……. 저는 제 사무실로 가서 문을 열어둔 채, 타자기가 놓인 책상을 끌어다 복도를 정면으로 바라볼 수 있는 곳에 놓고 일을 시작했습니다. 정확히……."

그는 눈을 감고 생각에 잠기더니 이내 눈을 떴다.

"정확히 9시 45분에 초인종이 울렸습니다. 3층에 초인종과 연결된 스피커가 달려 있었기 때문에 벨 소리를 똑똑히 들을 수 있었습니다.

이 분 후, 뒤몽 부인이 계단을 올라왔습니다. 평소에 명함을 전달하는 쟁반을 들고 있더군요. 그녀가 교수님의 방문을 두드리려는 찰나 저는 깜짝 놀라고 말았습니다. 에…… 그 키 큰 남자가 그녀의 뒤를 따라 위층까지 곧장 올라와버렸기 때문입니다. 그녀는 고개를 돌려 그를 발견하고는 큰 소리로 그에게 몇 마디 퍼부어댔습니다. 무슨 말인지는 똑똑히 들렸지만 그대로 옮길 수는 없겠군요. 어쨌든 왜 아래층에서 기다리지 않고 여기까지 올라왔느냐고 따지는 내용이었습니다. 부인은 불안해하는 것 같았습니다. 그…… 키 큰 남자는 아무 대답도 하지 않았어요. 그는 문가로 걸어간 후 느긋하게 코트 옷깃을 내리고 모자를 벗어 코트 주머니에 집어넣었습니다. 그 남자가 웃음을 터뜨렸던 것 같아요. 그리고 뒤몽 부인이 뭐라고 큰 소리로 외치며 뒷걸음질로 벽에 닿을 때까지 물러난 다음 서둘러 문을 열었던 것 같습니다. 그러자 누가 봐도 성가시다는 표정으로 그리모 교수님이 문 앞에 모습을 드러냈습니다. 교수님은 정확히 이렇게 말씀하셨어요.

'대체 이게 다 무슨 소동이야?'

그러고는 꼼짝도 않은 채 키 큰 남자를 올려다보더니, 또 정확히 이렇게 말씀하셨습니다.

'도대체 당신은 누구요?'"

밀스의 단조로운 목소리는 점점 빠르게 내뱉듯이 이어졌다. 그는 밝은 표정을 유지하려 애를 썼지만 미소에선 어느새 섬뜩함이 느껴졌다.

"진정하시오, 밀스 씨. 그 키 큰 남자를 똑똑히 보았습니까?"

"상당히 자세히 보았습니다. 그가 계단을 올라 저 아치형 입구를 지나면서 제 쪽을 흘끗 봤으니까요."

"그래서?"

"그는 코트 옷깃을 세우고 앞에 챙이 달린 모자를 쓰고 있었습니다. 하지만 저는 멀리까지 잘 보이는 눈을 타고났기 때문에, 그의 코와 입의 형태와 색깔을 정확히 관찰할 수 있었습니다. 그는 어린아이들이 쓰는 가면, 그중에서도 종이 죽으로 만든 가면을 쓰고 있었습니다. 길쭉하고 분홍색이 감돌았고 입이 활짝 열려 있는 가면이었죠. 그리고 관찰한 바에 따르면, 가면을 벗지 않았습니다. 이 점에 대해서는 단언해도 좋을……."

"당신 이야기는 보통 확실하지 않나요?"

문가에서 차가운 목소리가 들렸다.

"그 남자는 가면을 쓰고 있었어요. 그리고 유감스럽게도 가면을 벗지 않았죠."

004

불가능

여자는 문가에 서서 사람들을 한 명씩 차례로 바라보았다. 램폴은 왠지 비범한 여성이라는 인상을 받았다. 검은 눈에서 드러나는 광채와 생기를 제외하면 그녀에게서 특별히 눈에 띄는 점은 없었다. 눈물을 흘리고 있지 않다면 명민해 보였을 눈이지만, 지금은 모래라도 들어간 것처럼 붉게 충혈되어 있었다. 그녀의 외모는 서로 어울리지 않는 요소들투성이였다. 키는 작았지만 체격은 건장했고, 얼굴은 넓적했지만 광대뼈는 제법 높이 솟아 있었고, 피부에서는 윤기가 났다. 하지만 램폴은 만약 그녀가 그러려고 한다면 꽤 아름다워질 수 있을 거라는 흥미로운 인상을 받았다. 밤갈색 머리카락은 귀 위로 느슨하게 말려 있었고, 가슴께 흰 줄 말고는 아무런 장식이 없는 검정 드레스 차림이었다. 그럼에도 그녀는 전혀 볼품없어 보이지 않았다.

침착함, 기력, 용기, 뭐라고 불러야 할까? 사람을 '전기 같다'고 묘사하는 것은 어색할 테지만, 그녀에게서 느껴지는 파장을 표현하기에는 적절할 터였다. 마치 상대에게 크게 한 방 날릴 것처럼 타닥거리며 열과 에너지를 내뿜고 있는 듯했다. 그녀는 구둣발 소리를 내며 사람들을 향해 다가왔다. 눈꼬리를 다소 치켜세운 채 튀어나올 것 같은 검은 눈동자로 해들리를 찾았다. 두 손은 앞으로 모아 위아래로 비비고 있었다. 램폴은 두 가지 사실을 알아차렸다. 첫째, 그리모 교수의 죽음이 그녀에게 결코 치유되지 못할 상처를 남겼다는 것, 그리고 다른 희망 하나가 없었다면 그녀는 망연자실해 울고만 있었을 거라는 사실이었다.

"에르네스틴 뒤몽이라고 합니다. 샤를을 쏜 남자를 찾는 데 도움을 드리려고 왔어요."

그녀는 램폴의 생각을 읽은 것처럼 말했다.

외국 억양이 거의 드러나지 않았지만, 발음은 불분명했고 목소리는 생기가 없었다. 그녀는 계속해서 손바닥을 문질렀다.

"소식을 듣고 바로 올라올 수가 없었어요. 맨 처음에 말이에요. 그후 그와 함께 구급차를 타고 요양원으로 가고 싶었지만 의사 선생님께서 허락해주시지 않더군요. 경찰이 제게 물어보고 싶을 이야기가 있을 거라면서요. 예, 저도 남아 있는 편이 현명한 행동일 거라고 생각해요."

해들리는 자리에서 일어나 앉아 있던 의자를 권했다.

"여기 앉으시죠, 마담 뒤몽. 바로 마담의 이야기를 들어보고 싶군요. 혹시 마담의 확인이 필요한 내용이 있을지도 모르니, 부디 밀스 씨가 하는 말을 주의깊게 들어주셨으면 좋겠습니다……."

그녀는 창문으로부터 들어오는 냉기에 부르르 떨었다. 그러자 날카로운 눈으로 주시하고 있던 펠 박사가 느릿느릿 창가로 다가가 창문을 닫았다. 그녀는 벽난로를 흘끗 바라보았다. 난롯불은 타버린 종이 뭉치 아래에서 거의 꺼질 듯이 꺼지지 않고 있었다. 그녀는 잠시 후에야 해들리의 말을 이해하고는 고개를 끄덕였다. 그러고는 정신이 나간 듯한 표정으로 밀스를 바라보았다. 어쩌면 미소를 짓고 있다고도 할 수 있는 표정에는 그에게 이렇다 할 애정이 없음이 엿보였다.

"예, 물론이지요. 불쌍한 바보지만 착한 청년이랍니다. 무슨 말을 하든 악의가 있어서 하는 말은 아니에요. 안 그런가요, 스튜어트? 아무쪼록 시작하도록 해요. 내가 주의깊게……."

밀스는 속으로는 어떤 심정이든 겉으로는 화난 기색을 보이지 않았다. 그는 눈을 몇 번 깜박거리더니 팔짱을 꼈다.

"아폴론의 무녀께서 기꺼이 그리해주시겠다면 저도 이의는 없습니다. 하던 이야기를 계속하는 게 좋겠군요. 음…… 어디까지 말씀드렸지요?"

그는 노래하는 말투로 냉정하게 말을 이어나갔다.

"그리모 교수가 그 방문객을 보았을 때 한 말까지 했소. 당신의 말에 따르면 '도대체 당신은 누구요?'였지요. 그다음은?"

"아, 맞아요! 당시 교수님께서는 안경을 쓰고 있지 않았습니다. 안경은 줄에 매달려 목에 걸려 있었지요. 교수님께서는 안경 없이는 잘 보지 못합니다. 그래서 남자가 쓴 가면을 실제 얼굴로 착각하셨던 게 아닐까 합니다. 하지만 교수님께서 안경을 쓰기도 전에 낯선 남자는 저도 좀 놀랄 정도로 빠르게 문을 향해 달려갔습니다. 교수님께서도 그를 막으려 움직였지만 그의 동작이 너무 빨랐어요. 그리고 그자의 웃음소리가 들렸습니다. 그가 안으로 들어가자……."

그는 당혹스러운 표정으로 말을 멈춰버렸다.

"이게 가장 기이합니다. 제 생각에는 아무래도 조금 전까지 벽에 등을 기댄 채 떨고 있던 뒤몽 부인이 그의 등뒤로 문을 닫아버린 것 같아요. 부인이 문고리를 잡고 있던 모습이 떠오르는군요."

에르네스틴 뒤몽이 불을 뿜듯 쏘아붙였다.

"이 새파란 애송이가 대체 무슨 말을 하고 싶은 거야? 자신이 무슨 말을 하는지 제대로 알고 하도록 해요, 이 바보 천치 같으니. 내가 자진해서 샤를을 그 남자와 단둘이 남겨뒀다고요? 남자는 들어가자마자 문을 걷어차 닫아버렸어요. 그리고 열쇠를 돌려 문을 잠가버렸다고요."

"잠시만요, 부인……. 사실이오, 밀스 씨?"

"이것만은 알아주셨으면 합니다. 저는 그저 모든 사실관계와 그에 대한 느낌까지 모두 말씀드리려고 하는 것뿐이에요. 다른 뜻은 없습니다. 정정한 부분을 받아들이도록 하죠. 아폴론의 무녀께서 말씀하신 대로, 남자는 열쇠를 돌려 문을 잠갔습니다."

밀스가 노래하듯 말했다.

"무녀 어쩌고 하는 말은 이 사람이 농담으로 하는 말이에요. 나 원 참!"

뒤몽 부인이 성난 태도로 말했다.

밀스는 미소를 지었다.

"자, 여러분, 이야기를 계속하도록 하죠. 아폴론의 무녀께서는 확실히 불안했던 것 같습니다. 그리모 교수님을 세례명으로 부르며 문고리를 흔들어대기 시작했으니까요. 안쪽에서 얘기하는 소리가 들렸습니다만, 저는 다소 떨어진 곳에 있었던데다 보시다시피 이 문은 꽤 두껍습니다. 한 삼십 초 지날 때까지 말소리를 제대로 알아들을 수 없었지만, 그사이에 키 큰 남자는 가면을 벗은 것으로 추정됩니다. 그리모 교수님께서 꽤 노한 듯 아폴론의 무녀에게 소리쳤으니까요.

'이 멍청이 같으니, 어서 꺼지지 못해! 내가 알아서 처리하겠어.'"

"알겠소. 혹시…… 그가 겁을 먹었다든가 하는 낌새가 느껴지진 않았습니까?"

비서는 기억을 더듬었다.

"그 반대였습니다. 안도한 듯한 목소리였다고 생각합니다."

"그러면 부인, 그의 명령에 따라 더이상 아무것도 하지 않고 자리를……."

"그래요."

해들리는 온화한 태도로 물었다.

"아무리 그렇더라도 실제로 그런 몹쓸 사람이 가면을 쓰고 찾아와 거친 행동을 하는 경우는 흔치 않을 텐데요? 부인의 고용주가 협박받고 있다는 사실을 알아차렸을 거라고 봅니다만?"

"저는 이십 년 넘게 샤를 그리모의 지시를 따랐어요."

그녀는 아주 조용한 소리로 대답했다. '고용주'라는 단어가 그녀에게 날아와 깊숙하게 꽂힌 것이다. 모래가 들어간 듯 붉게 충혈된 그녀의 두 눈이 갑자기 강한 감정을 드러냈다.

"그리고 샤를이 직접 처리할 수 없었던 상황은 단 한 번도 없었어요. 명령에 따랐느냐고요? 당연하죠. 언제나 명령을 따르니까요. 게다가 당신들은 아무것도 이해하지 못하고 있어요. 내게는 아무것도 물어보지 않았잖아요."

그녀의 경멸 어린 표정은 이제 반쯤 웃는 얼굴로 변했다.

"하지만 샤를이 말한 대로, 이 사실은 심리학적으로 흥미롭죠. 당신은 스튜어트에게 왜 명령을 따랐는지 묻지도, 그걸 가지고 호

들갑을 떨지도 않았어요. 왜냐하면 그저 스튜어트라면 그 남자에게 겁을 먹고 전전긍긍했을 거라고 생각했을 테니까요. 은연중에 저를 칭찬해주신 건 감사드려요. 자, 계속해보세요."

램폴은 유연한 손목으로 칼을 휘두르는 검객을 보는 기분이었다. 해들리 역시 같은 느낌을 받은 듯했지만 내색하지 않고 비서에게 질문을 던졌다.

"밀스 씨, 키 큰 남자가 방안으로 들어간 시각을 기억하고 있습니까?"

"9시 50분이었습니다. 제가 타자를 치는 책상 위에 시계가 있으니까요."

"그러면 총성을 들은 시각은 언제였습니까?"

"정확히 10시 10분이었습니다."

"그 시간 내내 문을 감시하고 있었다는 겁니까?"

"틀림없이 그랬습니다."

그는 목청을 가다듬었다.

"아폴론의 무녀께서는 제가 소심하다고 했지만, 총성이 울렸을 때 가장 먼저 달려간 사람은 저였습니다. 여러분도 확인하셨듯 문은 여전히 안에서 잠겨 있었습니다……. 그리고 그 직후 여러분이 도착했죠."

"두 사람이 함께 있던 이십 분 동안, 말소리나 움직이는 소리 같은 건 들리지 않았습니까?"

"한 번인가 대화 소리가 커지더니 무언가 부딪히는 듯한 소리가 난 것 같습니다. 하지만 저는 좀 떨어진 곳에 있었기에……."

그는 해들리의 차가운 시선을 알아차리고 다시 앞뒤로 몸을 흔들면서 마주 응시했다. 이마에서 다시 땀방울이 솟았다.

"그러면, 이제 절대로 믿기지 않는 이야기를 해야 할 때가 된 것 같습니다. 하지만 여러분, 분명히 사실이라고 맹세합니다……!"

그가 갑자기 살진 주먹을 위로 들어올렸고, 덩달아 그의 목소리도 높아졌다.

"걱정 마요, 스튜어트. 내가 보증해주죠."

뒤몽 부인이 조용히 말했다.

해들리는 정중하면서도 엄한 목소리로 말했다.

"그거 다행스러운 일이로군요. 마지막 질문입니다, 밀스 씨. 방문객의 외양을 정확하게 설명해줄 수 있습니까? ……잠시만요, 부인!"

해들리는 말을 끊고 재빨리 뒤몽을 돌아보았다.

"다 때가 있는 법입니다. 자, 밀스 씨?"

"확실히 말씀드릴 수 있는 건, 그가 긴 검정 코트를 입고 어떤 갈색 재질로 만든 챙 달린 모자를 쓰고 있었다는 것뿐입니다. 바지는 짙은 색이었습니다. 구두는 유심히 살펴보지 못했습니다. 그가 모자를 벗었을 때 머리카락을 보았는데……."

밀스는 잠시 말을 끊었다.

"굉장히 기묘했습니다. 공상에 빠진 것처럼 보이고 싶지는 않습니다만, 지금 와서 돌이켜보니 그의 머리카락은 짙은 색이었는데 뭔가 칠을 한 듯 보였고 윤기가 흘렀습니다. 제 말 이해하셨는지 모르겠는데, 마치 머리 전체를 종이 죽으로 빚어놓은 것 같았어요."

커다란 그림 앞에서 서성거리고 있던 해들리가 갑자기 밀스를 향해 돌아섰다. 그 바람에 놀란 밀스는 신경질적인 신음을 토했다.

"여러분, 제가 무엇을 보았는지 말해달라고 하셨잖습니까? 이게 제가 본 것입니다. 사실이라고요."

그가 고함치듯 항변했다.

"계속하시오."

해들리가 단호하게 말했다.

"그가 장갑을 끼고 있었던 것 같은데 주머니에 손을 찔러 넣고 있어서 전적으로 확신할 수는 없습니다. 키가 컸습니다. 그리모 교수님보다 칠에서 십 센티미터 정도 큰 것 같았습니다. 그리고 체격은…… 그러니까 해부학적 구조로 봤을 때 평균 체격이었습니다. 확실히 말할 수 있는 것은 이 정도입니다."

"남자는 피에르 플레와 닮았습니까?"

"음…… 그렇습니다. 다시 말하자면, 어떤 점에서는 닮았고 어떤 점에서는 닮지 않았습니다. 플레보다는 훨씬 키가 컸고 그다지 마른 편도 아니었으니까요. 하지만 이 점에 대해서는 확실히 보증할 수 없습니다."

문답이 오가는 동안 램폴은 곁눈으로 펠 박사를 지켜보았다. 박사는 커다란 망토를 둘러쓰고 챙 넓은 모자를 한쪽 겨드랑이에 낀 채, 짜증이 난 듯 지팡이로 양탄자를 헤집으며 느릿느릿 서성이고 있었다. 그는 허리를 굽혀 코에서 안경이 미끄러져 떨어질 때까지 이것저것 살펴보곤 했다. 그림을 살펴보다가 한 줄로 꽂혀 있는 책들을 훑어보고, 뒤이어 책상 위 비취 버펄로로 시선을 옮겼다. 숨을 쌕쌕거리며 벽난로를 바라보다가 그 위에 걸린 방패 속 문장을 살펴보기 위해 몸을 일으키기도 했다. 마지막에 와서야 비로소 평상시의 지극히 온화한 태도를 되찾은 것처럼 보였지만, 램폴이 보기에 그는 뒤몽 부인을 줄곧 주시하고 있었다. 마치 그녀에게 마음을 빼앗긴 것처럼 보였다. 그가 이것저것 살펴보는 일을 마친 순간, 주변을 둘러보던 그의 작지만 밝게 빛나는 눈에 다소 소름 끼친다는 기색이 떠올랐다. 그리고 여자는 그 사실을 알았다. 그녀는 두 손으로 양 무릎을 꼭 틀어쥔 채였다. 그녀는 무시하려 애썼지만 시선이 자꾸만 그를 향했다. 마치 두 사람 사이에 눈에 보이지 않는 전투가 벌어지는 듯했다.

해들리가 말했다.

"질문을 몇 개 더 해야겠소, 밀스 씨. 특히 워릭 주점에서 일어난 일과 저 그림에 대해서 묻고 싶군요. 하지만 이 질문들은 다른 사안들을 정리할 때까지 잠시 제쳐두어도 괜찮을 거요……. 아래로 내려가 그리모 양과 맹건 씨를 이리로 올라오라고 말해주겠소? 그리고 드레이먼 씨가 돌아왔으면 그 역시……. 고맙소. 아, 잠깐만! 어…… 물어볼 거라도 있나, 펠?"

펠 박사는 지극히 온화한 태도로 고개를 저었다. 뒤몽 부인이 주먹을 꼭 쥐어 손가락 관절 부분이 하얗게 변하고 팽팽히 긴장한 모습이 램폴의 눈에 들어왔다.

"당신 친구분은 꼭 저런 식으로 돌아다녀야 하나요?"

갑자기 그녀가 소리를 빽 질렀다. 새된 목소리로 외치는 통에 그녀 자신도 모르게 외국 억양이 튀어나와버렸다.

"미칠 것 같아요. 저건 꼭……."

해들리는 그녀의 모습을 유심히 살폈다.

"이해합니다, 부인. 하지만 불행히도 저 친구 방식이 저렇습니다."

"당신은 누군데요? 왜 우리집에 들어와서……."

"설명하는 게 좋겠군요. 저는 경찰 범죄수사과 경정입니다. 이쪽은 램폴 씨라고 합니다. 그리고 저쪽은, 부인도 이름을 들어보았을지 모르겠는데, 기디언 펠 박사입니다."

"네, 네, 알겠어요. 그럴 거라고 생각했어요."

그녀는 고개를 끄덕이더니 옆에 있던 책상을 내리쳤다.

"좋아요, 잘 알았다고요! 그렇다 해도 이렇게 예의를 지키지 않아도 되는 건가요? 창문을 열어놓고 방을 꽁꽁 얼어붙게 해도 되는 거냐고요? 적어도 불을 피워서 좀 따뜻하게 하면 안 되나요?"

"그 일은 권장할 수 없겠군요. 벽난로에서 무슨 종이를 태웠는지 알아내기 전까지는 곤란합니다. 여기서 불을 피웠던 건 확실한 듯하니까요."

펠 박사가 말했다.

에르네스틴 뒤몽은 진력이 난다는 듯 입을 열었다.

"세상에, 당신들 어쩜 그렇게 멍청한 거죠? 여기 앉아서 뭘 하는 거예요? 누가 이런 짓을 했는지 잘 알고 있잖아요. 플레라는 사람 짓이라는 걸 다들 알 텐데요? 예? 안 그런가요? 그런데 왜 그 사람을 추적하지 않는 거죠? 그 사람이 한 짓이라고 말했는데도 왜 여기 가만히 앉아 있는 건가요?"

이렇게 말하는 그녀의 모습은 마치 증오에 사로잡힌, 무아경에 빠진 집시 같았다. 머릿속으로 교수대 올가미에 목이 매여 아래로 떨어지는 플레의 모습을 그리고 있는 것 같았다.

"플레라는 사람을 압니까?"

해들리가 쏘아붙이듯 물었다.

"아니, 아뇨. 한 번도 본 적 없는 사람이에요! 그러니까 이 일이 일어나기 전에는 말이에요. 하지만 샤를이 해준 말이 있어요."

"무슨 말이었습니까?"

"아, 젠장! 이 플레라는 인간은 미친놈이라고요. 샤를은 그에 대해 전혀 몰랐지만, 아시다시피 플레에게는 오컬트적인 일들로 사람을 놀리는 제정신이 아닌 면이 있잖아요. 그에게는 동생이 있는데,

그 역시……."

그녀는 손짓을 해 보였다.

"마찬가지로 미친 사람이에요, 아시겠어요? 샤를은 오늘밤 9시 반에 플레가 올지도 모른다고 했어요. 만약 찾아오면 안으로 들이라고 말했죠. 하지만 9시 30분에 제가 커피 쟁반을 가지러 가자, 샤를은 웃으면서 지금까지 나타나지 않는 것으로 봐서 오지 않을 게 분명하다면서 이렇게 말했어요. '원한을 품은 사람은 우물쭈물하지 않는 법이거든.'"

그녀는 의자에 몸을 기대며 어깨를 폈다.

"하지만 그가 틀렸어요. 9시 50분에 초인종이 울렸거든요. 제가 나가보았죠. 현관 계단에 남자가 서 있었어요. 그가 명함을 내밀며 말하더군요. '이 명함을 그리모 교수께 보여주고 나를 만나줄 수 있는지 물어봐주겠습니까?'"

해들리는 가죽소파 한쪽 끝에 몸을 기대고 선 채 그녀를 유심히 바라보았다.

"가면은 어땠습니까, 부인? 조금이라도 이상하다는 생각은 안 들었나요?"

"전 그 가면 못 봤어요! 1층 복도에는 램프 하나밖에 없다는 거 못 보셨나요? 그래요! 그의 뒤에는 가로등이 켜져 있어서, 그의 대략적인 윤곽밖에는 볼 수 없었어요. 그리고 굉장히 예의 바른 태도로 말하면서 명함을 건네주었기 때문에, 저는 잠시 눈치를 챌 수

가이 포크스 가면

/

가이 포크스는 17세기 영국의 종교 탄압에 맞서
영국 의사당 폭파를 주도했으나 실패하고 처형당한 인물.
그가 죽은 날에는 그의 얼굴을
본딴 가면을 쓰고 행진하는 축제가 열린다.

가…….”

“잠시만요. 그 목소리를 다시 듣는다면 알아차릴 수 있겠습니까?”

그녀는 등 쪽으로 체중을 옮기는 듯 양어깨를 움직였다.

“그럼요! 모르긴 모르겠지만…… 아니, 알 수 있어요! 하지만 목소리가 똑똑히 들리지 않았어요. 이제 와 생각해보니 가면을 쓰고 있어서 그랬던 것 같아요. 아, 대체 남자들이란 왜 그런……!”

그녀는 의자에 등을 기대더니 뚜렷한 이유도 없이 눈물을 뚝뚝 흘리기 시작했다.

“이런 일들 따윈 모르겠어요! 저는 현실적이고 정직한 사람이라고요! 누가 해치려 든다면, 그냥 숨어서 기다리다가 상대를 죽여버리고 말지요. 그러면 친구들이 법정에 서서 내가 어딘가 다른 곳에 있었다고 증언해줄 테죠. 누구도 가이 포크스의 날에 아이들과 함께 가면•을 쓰고 노는 드레이먼 영감처럼 색칠한 가면을 쓰지 않아요. 그 무시무시한 남자처럼 명함을 들이민 다음 위층으로 올라가 사람을 죽이고 창밖으로 사라져버리지도 않겠죠. 이건 마치 어린 시절에 들었던 전설 같아요.”

그녀가 유지해왔던 냉소적일 정도로 침착한 태도는 터져 나온 히스테리에 산산조각 나버리고 말았다.

“오, 하느님! 샤를! 불쌍한 샤를!”

해들리는 극도로 침착한 태도를 유지하며 잠자코 기다렸다. 그녀는 곧바로 정신을 차렸다. 방 저편에서 고통스러울 정도의 침울한 분위기를 품고 그녀를 마주보는 커다란 그림처럼, 그녀 또한 움직임 하나 없이 이질적이면서도 불가해한 분위기를 풍겼다. 그녀는 아직 숨을 씨근거리고 있었다. 하지만 감정의 파고는 잦아든 듯, 다소 안심하고 조심스러운 표정이 되었다. 사람들의 귀에 그녀가 손톱으로 의자 팔걸이를 긁어대는 소리가 들렸다.

해들리는 그녀의 대답을 유도하려 했다.

"그 남자가 이렇게 말했다고요? '이 명함을 그리모 교수께 보여주고 나를 만나줄 수 있는지 물어봐주겠습니까?' 좋습니다. 그러면 당시 그리모 양과 맹건 씨는 1층 현관 옆에 있는 응접실에 있었던 거로군요?"

그녀는 의아하다는 표정으로 그를 바라보았다.

"지금 그런 질문을 하는 건 이상한데요. 왜 그런 걸 물으시죠? 예, 그랬어요. 그랬던 것 같아요. 그다지 관심을 기울이지 않았거든요."

"응접실 문이 열려 있었는지, 닫혀 있었는지 기억납니까?"

"모르겠어요. 하지만 닫혀 있었던 것 같아요. 그렇지 않았더라면 복도가 조금 더 밝았을 테니까요."

"알겠습니다. 계속하시죠."

"음, 그 남자가 명함을 건네주자, 저는 '들어오시죠. 제가 여쭤보도록 하겠습니다'라고 할 생각이었어요. 그런데 마침 깨달은 거예요. 나 혼자서 이 미치광이를 감당할 수 있을까? 저는 위로 올라가서 샤를이 내려오도록 하고 싶었어요. 그래서 이렇게 말했죠.

'잠시 기다려주세요, 제가 여쭤보도록 하겠습니다.'

그렇게 말한 다음 재빨리 그의 코앞에서 문을 쾅 닫아버렸어요. 그래서 자동으로 자물쇠가 잠겨서 그가 안으로 들어오는 것은 불가능했어요. 저는 램프가 있는 곳으로 가면서 명함을 살펴보았어요. 아직도 갖고 있는데 건네드릴 기회가 없었네요. 명함은 텅 비어 있었어요."

"텅 비어 있었다고요?"

"명함에는 아무 글씨도, 인쇄 문구도 없었어요. 저는 샤를에게 명함을 보여주고 아래층으로 내려와달라고 하려고 위층으로 올라갔어요. 그런데 우리 불쌍한 젊은이 밀스가 말한 일이 일어난 거예요. 문을 두드리려는 순간, 누가 제 뒤를 따라 계단을 올라오는 소리가 들렸지요. 주변을 둘러보니 커다랗고 야윈 그가 제 뒤로 다가오는 모습이 보였어요. 하지만 전 맹세할 수 있어요, 십자가에 걸고 맹세할 수 있다니까요. 저는 분명히 현관문을 닫았어요. 저는 그 남자가 두렵지 않았어요! 절대 아니었어요! 그래서 대체 무슨 생각으로 위층에 올라왔느냐고 물었죠.

하지만 그때까지도 그가 가면을 쓰고 있다는 사실을 알아차리지 못했어요. 왜냐하면 계단을 통해 흘러 들어온 빛이 복도의 이쪽 끝과 샤를의 방문을 환하게 비추고 있었는데, 그는 그 불빛을 등지고

서 있었으니까요. 그런데 남자가 프랑스어로 이렇게 말하는 거예요.

'부인, 그런 식으로는 나를 밖에 세워둘 수 없습니다.'

그러더니 옷깃을 내린 다음 모자를 주머니에 쑤셔넣었죠. 그가 감히 샤를을 상대할 수 없을 거라고 생각해서 문을 여는데, 마침 그때 샤를도 안쪽에서 문을 열었어요. 그리고 그제야 가면이 눈에 들어왔죠. 마치 사람 피부처럼 분홍색을 띤 가면이었어요. 그리고 제가 어떻게 하기도 전에, 남자는 무시무시한 기세로 문 안쪽으로 몸을 날리더니 문을 걷어차 닫아버렸어요. 그러고는 열쇠를 돌려 문을 잠가버렸죠."

그녀는 잠시 멈췄다. 마치 이야기에서 최악의 부분은 지나갔다는 듯, 이제는 호흡이 한층 안정되어 있었다.

"그래서요?"

그녀는 느릿느릿 다시 입을 열었다.

"샤를이 물러가라고 명령해서 저는 자리를 떴어요. 공연히 야단법석을 떨지도 않았지요. 하지만 멀리 가지는 않았어요. 계단을 조금 내려가 여전히 방문이 보이는 곳에 있었죠. 불쌍한 스튜어트와 마찬가지로 자리를 떠나지 않았어요. 정말 너무 무서웠다니까요. 아시다시피 저는 젊은 여자가 아니잖아요. 총성이 울렸을 때 저는 그 자리에 있었어요. 스튜어트가 달려나와 문을 두드리기 시작했을 때도 여전히 그 자리에 있었죠. 당신들이 계단을 올라올 때까지도 그곳에 있었답니다. 하지만 더이상은 견딜 수가 없었어요. 무슨 일이 일어났는지 알았으니까요. 아래층에 있는 제 방에 간신히 도착하자마자 기절할 것처럼 정신이 아득해졌어요. 곧이어 몸 상태가 나빠지기 시작했죠. 여자들은 가끔 그럴 때가 있답니다."

그녀는 창백해진 입술을 움직여 기름이 번들거리는 얼굴에 미소를 지어 보였다.

"하지만 스튜어트의 말이 맞아요. 아무도 방에서 나오지 않았어요. 하느님께서 우리 두 사람을 보우하시길. 우리가 한 말은 사실이에요. 하지만 그 끔찍한 남자가 달리 어떻게 이 방에서 빠져나갔는지……. 문으로는 나오지 않았으니까요. 자, 그러면 제발 부탁드리건대, 샤를을 만나볼 수 있도록 저를 요양원으로 보내주시겠어요?"

◎ **Plan of top-Floor rear**

3층 후면 배치도

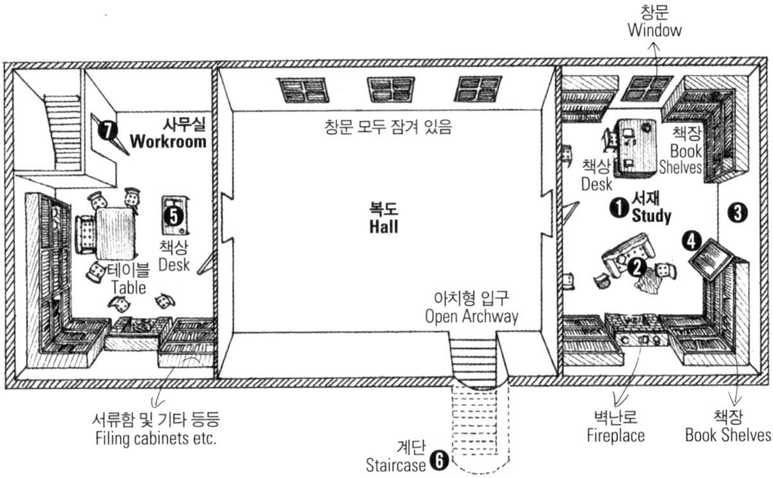

◎ **설명**

❶ 그리모의 시체가 발견된 장소

❷ 어질러진 소파, 의자, 난로 앞 깔개

❸ 그림을 걸기 위해 비워둔 벽면

❹ 책장에 세로로 기대어 있던 바로 그 그림

❺ 밀스가 앉아 있던 곳

❻ 뒤몽 부인이 서 있던 곳

❼ 다락으로 올라가는 계단이 이어지는 문.
다락에는 지붕으로 나가는 쪽문이 있음.

005

지그소 퍼즐

그녀의 말에 대답한 사람은 펠 박사였다. 그는 커다란 검정 망토를 걸친 채 펜싱 검과 문장이 새겨진 방패 아래에서 벽난로를 등지고 서 있었다. 마치 중세 봉건시대에서 튀어나온 남작처럼 주변 분위기와 잘 어울렸는데, 양옆에 늘어선 책장과 흉상들도 거기에 일조했다. 그러나 『아이반호』에 등장하는 극악무도한 레지널드 남작 같은 모습은 아니었다. 그는 안경을 코 위에 삐뚜름하게 걸쳐 놓은 채, 시가 끄트머리를 물어 끊어내더니 몸을 돌려 벽난로 안에 깔끔하게 뱉었다.

그가 뒤로 돌아서더니 마치 함성을 지르듯 도전적으로 콧소리를 길게 내며 입을 열었다.

"부인, 부인을 그리 오래 붙잡아둘 생각은 없습니다. 그리고 이 말씀은 드려야겠군요. 저는 밀스 씨의 이야기와 마찬가지로 부인의 이야기 역시 추호도 의심하지 않습니다. 본격적으로 질문에 들어가기 전에, 제가 부인을 믿는다는 사실을 확실히 보여드려야 할 텐데……. 부인, 오늘밤 언제 눈이 그쳤는지 기억합니까?"

그녀는 반짝거리면서도 엄격하고 방어적인 눈빛으로 그를 바라보았다. 펠 박사의 명성을 들어본 게 분명했다.

"그게 중요한가요? 대충 9시 반쯤이었던 것 같아요. 그래요! 기억나요. 샤를의 커피잔을 치우러 올라갔을 때 창밖을 내다봐서 눈이 그쳤다는 걸 알았죠. 그게 중요한가요?"

"아, 굉장히 중요하지요, 부인. 그게 아니라면 불가능 범죄가 반만 성립하기 때문입니다. 그리고 말씀이 확실히 맞습니다. 흠, 기억나나, 해들리? 눈이 그친 시각은 대충 9시 반쯤이었어. 그렇지, 해들리?"

"그래."

경정은 고개를 끄덕이면서도 수상쩍은 눈초리로 펠 박사를 바라보았다. 그간의 경험으로 미루어 그는 펠 박사의 몇 겹으로 겹친 턱 위로 떠오른 별뜻 없는 듯한 시선을 믿어서는 안 된다는 걸 익히 알았다.

"그 시각에 눈이 그쳤다는 게 뭘 뜻한다는 건가?"

박사는 깊은 생각에 잠긴 채 이야기를 이어나갔다.

"방문객이 이 방에서 빠져나가기 족히 사십 분 전, 심지어 그가 이 집에 도착하기 십오 분도 전에 이미 눈이 멎었다는 뜻이라네. 틀림없습니까, 부인? 예? 그가 초인종을 울린 시각은 9시 50분이었죠? 좋습니다……. 자, 해들리, 우리가 이 집에 도착한 시각이 언제인지 기억나나? 자네와 램폴, 그리고 맹건이라는 젊은이가 안으로 뛰어들어갈 때, 정문 현관으로 통하는 계단 위는 고사하고 심지어 계단으로 이어지는 인도에도 발자국 하나 찍혀 있지 않았다는 사실을 알았나? 그래, 난 눈치채고 있었다네. 제대로 확인해보기 위해 뒤에 남았던 거야."

해들리는 몸을 곧추세우며 낮은 목소리로 웅얼거렸다.

"맙소사! 맞아! 인도는 온통 깨끗했어. 그렇다면……."

그는 말을 멈추고 뒤몽 부인을 향해 천천히 몸을 돌렸다.

"그래서 그 사실이 자네가 부인의 이야기를 신뢰할 증거가 된다는 말인가? 펠, 자네 역시 미친 게 아닌가? 한 남자가 눈이 그친 지 십오 분 후에 초인종을 울리고 잠긴 문을 통해 안으로 들어왔고, 게다가……."

펠 박사는 감은 눈을 떴다. 그러고는 조끼 주름이 떨리도록 낄낄대기 시작했다.

"이봐, 친구, 뭘 그렇게 놀라나? 그는 발자국 하나 남기지 않고 이곳을 빠져나간 것처럼 보여. 그렇다면 발자국 하나 남기지 않고 안으로 들어왔다고 해서 놀랄 일은 아니지 않은가?"

"모르겠네."

그는 완고한 태도를 고수하면서도 마지못해 인정하고 말았다.

"하지만, 제기랄! 놀랄 일이고말고! 내 경험에 따르면 밀실 살인에서 안으로 들어가는 것과 밖으로 나가는 것은 전혀 다른 문제라네. 양쪽 모두 솜씨 좋게 처리해 불가능 범죄를 실제로 존재할 수 있게 만들 수 있다면, 내 세계관은 통째로 흔들리고 말 거야. 자네 말은……."

"부디 제 말을 들어주세요."

뒤몽 부인이 파리한 얼굴로 턱 근육을 긴장시키며 대화에 끼어들었다.

"제가 드린 말씀은 모두 사실이라고요. 하느님, 저를 도우소서!"

펠 박사가 입을 열었다.

"저는 부인을 믿습니다. 해들리 같은 완고한 스코틀랜드인의 상식에 겁을 먹어서는 안 됩니다. 그 역시 저와 관계가 끊기느니 이 사실을 믿는 쪽을 택할 겁니다. 하지만 제 요점은 이거예요. 제가 말하지 않았습니까? 저는 부인을 강하게 신뢰하고 있어요. 물론 부인의 말이 믿을 만한 것이라는 전제하에 말입니다. 좋아요, 이 점만은 분명히 충고하고 싶군요. 이 신뢰를 뒤흔드는 일은 하지 마십시오. 저는 부인이 이미 한 이야기를 꿈에도 의심할 생각이 없습니다. 하지만 이제부터 부인이 하려는 이야기는 강하게 의심해야 할 것 같다는 생각이 드는군요."

해들리는 한쪽 눈을 반쯤 감으며 말했다.

"나도 그 점이 우려되는군. 자네가 그 빌어먹을 역설을 꺼내 들 때마다 겁이 난단 말이지. 진지하게 하는 말이지만, 이제……."

"어서 묻기나 하세요."

뒤몽 부인은 별로 신경쓰지 않는다는 투였다.

"흠, 고맙습니다. 자, 부인. 그리모의 가정부로 얼마나 일했습니까? 아니, 질문을 바꾸도록 하죠. 얼마나 그와 함께 지냈습니까?"

"이십오 년도 넘었어요. 한때…… 저는 그의 가정부 이상의 존재였지요."

조금 전까지 서로 깍지 낀 손가락을 내려다보면서 깍지를 끼었다 풀었다 하던 그녀는 이제 고개를 똑바로 든 모습이었다. 변함없이 피곤해하면서도 두 눈이 맹렬하게 빛났다. 마치 자신이 감히 얼마나 이야기를 털어놓을 수 있을까 하는 눈초리였다. 길모퉁이에서 적을 발견하면 즉시 달아나려는 그런 표정이었다.

그녀는 조용히 이야기를 이어나갔다.

"여러분께서 비밀을 지켜주실 거라 기대하기 때문에 드리는 말씀이에요. 보 스트리트에 있는 치안판사 법원의 외국인 기록을 찾아보면 알게 될 사실이고, 어쩌면 이 사건과는 아무 관련이 없는 불필요한 문제가 발생할지도 모르니까요. 저 혼자만의 문제가 아니에요. 로제트 그리모는 제 딸이니까요. 그 아이는 여기서 태어났기 때문에 외국인으로 출생 기록이 남아 있어요. 하지만 이 사실을 몰라요. 다른 사람들도요. 제발 부탁이에요. 비밀로 해주실 수 없을까요?"

게슴츠레하게 뜬 그녀의 눈은 이제 다른 눈빛을 띠기 시작했다. 목소리는 높이지 않았지만, 그 안에는 지독하리만큼 절박한 심정이 담겨 있었다.

"세상에, 부인. 그 일이 이 사건과 조금이라도 관련이 있을 리가요. 그렇지 않습니까? 그 점은 절대로 발설하지 않겠습니다."

"그렇게 해주시겠어요?"

박사는 다정하게 답했다.

"부인, 저는 그 아가씨를 모릅니다만, 부인이 쓸데없는 일로 걱정하고 있다는 데 육 펜스짜리 은화를 걸 수도 있습니다. 두 분 모두 오랫동안 쓸데없는 걱정을 하고 있었던 겁니다. 아마 그 아가씨는 사실을 이미 알고 있을 겁니다. 아이들이란 그런 법이지요. 그리고 자신이 알고 있다는 사실을 부인에게 숨기고 있을 겁니다. 세상이 이렇게 삐딱하게 돌아가는 건, 스무 살이 안 된 사람들은 감정이란 것을 절대 품으려 들지 않고 마흔 살이 넘은 사람들은 이미 감정을 모두 소모해버렸기 때문입니다. 우리 모두 이 일은 잊는 게 좋지 않겠습니까?"

그는 활짝 미소를 지었다.

"제가 묻고 싶은 것은 이겁니다. 부인이 그리모를 처음 만난 곳은 어디였습니까? 영국에 오기 전이었습니까?"

그녀는 거칠게 숨을 몰아쉬었다. 비록 그의 말에 대답은 했지만, 속으로는 다른 생각을 하는 듯 애매한 태도였다.

"예, 파리에서 만났어요."

"파리 출신인가요?"

"어…… 뭐라고요? 아니, 아니요. 파리에서 태어나지는 않았어요. 저는 시골 출신이에요. 하지만 그를 만난 곳은 파리였어요. 저는 의상 제작자였지요."

해들리는 수첩에 뭔가 휘갈겨 쓰다가 고개를 들었다.

"의상 제작자라고요? 재봉사 같은 걸 말하는 겁니까?"

"아니, 아니, 말씀드린 그대로예요. 오페라나 발레 공연에 쓰이는 무대의상을 만들었어요. 파리 오페라극장에서 일했거든요. 그 기록을 찾으실 수 있을 거예요! 찾는 수고를 덜어드릴 수 있을지 모르겠지만, 저는 결혼한 적이 없고 젊었을 적 이름도 에르네스틴 뒤몽이라는 말씀을 드려야겠네요."

"그렇다면 그리모는? 그는 어디 출신입니까?"

펠 박사가 날카롭게 물었다.

"남프랑스 출신이었던 것 같아요. 하지만 파리에서 공부를 했죠. 그의 가족은 모두 사망해서 별 도움이 되지 못할 거예요. 그 사람이 가족의 유산을 상속받았어요."

평범한 질문이었지만 어울리지 않게 긴장된 분위기가 흘렀다. 펠 박사가 다음으로 던진 세 가지 질문은 굉장히 특이했기 때문에 해들리가 수첩에서 고개를 들고 그를 바라볼 정도였다. 평상심을 되찾은 에르네스틴 뒤몽은 경계하는 눈빛을 반짝이며 불안한 듯 자세를 고쳐 앉았다.

"부인의 종교는 뭡니까?"

"유니테리언•이에요. 왜 물으시죠?"

"흠, 알겠습니다. 그리모 교수는 미국에 가본 적이 있습니까? 혹은 그곳에 친구가 있습니까?"

"한 번도요. 그리고 제가 아는 한 그곳에 친구는 없어요."

"'일곱 개의 탑'이라는 말을 들으면 생각나는 게 없습니까?"

"없어요!"

에르네스틴 뒤몽이 소리쳤다. 기름이 번들거리는 얼굴에 핏기가 가셨다.

펠 박사는 시가에 불을 붙인 후 연기 속에서 눈을 깜빡거리며 그녀를 바라보았다. 그가 느릿느릿 난롯가를 벗어나 소파를 돌아 나오자, 그녀는 깜짝 놀라 몸을 웅크렸다. 하지만 그는 그저 지팡이로 커다란 그림을 가리키며, 그림의 배경이 되는 눈 덮인 산의 윤곽을 따라 선을 그릴 뿐이었다.

"이 그림이 의미하는 바를 알고 있는지 묻지는 않겠습니다. 하지만 그리모 교수가 이 그림을 산 이유를 부인에게 말했는지는 물어야겠군요. 어쨌든, 도대체 이 그림에는 어떤 매력이 담겨 있을까요? 도대체 어떤 힘이 총탄이나 저주의 눈길을 피할 수 있게 해주는 걸까요? 도대체 이 그림의 영향력은 어떤 무게를……."

그는 뭔가 깜짝 놀랄 생각이 떠오른 듯 입을 다물었다. 그러더니 숨을 쌕쌕거리며 손을 뻗어 한 손으로 그림을 들어올린 다음 흥미로운 표정으로 앞뒤로 돌리기 시작했다.

"이런, 세상에! 오, 주여! 바커스 신이여! 우아!"

펠 박사는 무엇엔가 정신이 팔려 격정적으로 외쳤다.

"대체 뭔가? 뭐라도 알아냈나?"

해들리가 앞으로 뛰어나오며 따져 물었다.

펠 박사는 시비를 걸듯 대답했다.

"아니, 알아낸 것 따윈 없어. 바로 그게 문제야. 어떻습니까, 부인?"

뒤몽 부인은 떨리는 목소리로 대답했다.

"이제껏 만나본 중 가장 이상하신 분 같아요. 아뇨. 저는 그림에 대해서는 아무것도 몰라요. 샤를은 말해주려 하지 않았어요. 그저 툴툴대거나 끅끅 웃기만 했어요. 저 그림을 그린 사람에게 물어보지 그러세요? 버너비가 그렸으니 알고 있을 거예요. 하지만 여러분은 분별 있는 일을 하려는 것 같진 않군요. 저건 실제로는 존재하지 않는 지역을 그린 그림처럼 보이는걸요."

펠 박사는 침울한 표정으로 고개를 끄덕였다.

"부인 말이 맞는 것 같군요. 실제로 존재하는 곳 같지 않습니다. 그리고 세 사람이 저기 묻혀 있다 한들 그들을 찾아내는 것은 어려

● **유니테리언** _ 기독교의 삼위일체를 부정하고 신격의 단일성을 주장하는 기독교의 한 종파.

울지도 모릅니다. 그렇지 않습니까?"

"그런 횡설수설은 이제 그만두게나!"

해들리가 소리쳤다. 그러고는 곧 펠 박사의 횡설수설이 에르네스틴 뒤몽에게 한 대 친 듯한 충격을 안겨주었다는 사실을 깨닫고 허를 찔린 기분이 들었다. 그녀는 이 의미 없는 말이 가한 충격을 숨기려는 듯 자리에서 일어섰다.

"그만 가봐야겠어요. 막을 테면 막아보시든지요. 당신들 모두 미쳤어요. 여기 앉아서 헛소리나 실컷 늘어놓으라고요. 그사이에 피에르 플레는 도망쳐버릴 테죠. 왜 그를 쫓지 않죠? 왜 뭐라도 하지 않는 거예요?"

"그 이유는 아실 겁니다, 부인……. 그리모 본인부터 이 일을 저지른 자는 피에르 플레가 아니라고 말했습니다."

뒤몽 부인이 계속해서 펠 박사를 응시하는 동안, 그는 다시 쿵 하고 그림을 바닥에 내려 소파에 기대어두었다. 존재하지도 않는 곳의 풍경을 그린 그림이었지만 램폴의 마음 한구석은 공포에 젖어 들기 시작했다. 계단을 올라오는 발소리가 들릴 때에도 그는 여전히 그림을 바라보고 있었다.

램폴은 상상력은 부족하지만 성실한 베츠 경사의 여위고 모난 얼굴을 보니 기운이 났다. 런던탑 사건에서 그가 벌인 활약이 떠올랐던 것이다. 그의 뒤를 따라 두 명의 사복 경찰이 사진기와 지문 채취 도구를 들고 활기차게 들어왔다. 제복 차림의 순경 한 명이 밀스와 보이드 맹건 및 응접실에 있던 여자 뒤에 서 있었다. 여자가 앞에 있는 이들을 밀어젖히며 방안으로 들어왔다.

"저를 보고 싶어 하신다고 보이드가 말해줬어요."

그녀의 목소리는 조용하지만 몹시 떨리고 있었다.

"하지만 제가 구급차를 타고 가겠다고 고집을 부렸어요. 이해하시죠? 에르네스틴 아주머니, 어서 그쪽으로 가보는 게 좋을 것 같아요. 그쪽 사람들 말로는 아버지가…… 곧 돌아가실 것 같대요."

그녀는 유능하면서도 위압적으로 보이려 애썼고, 장갑을 벗는 동작마저 그렇게 보이려고 했다. 그러나 제대로 해낼 수 없었다. 이십 대 초반의 나이라 경험도 부족했고 이렇다 할 반대에 부딪혀본 적도 없던 삶 때문이었다. 램폴은 풍성한 금발머리를 귀 아래까지 자른 그녀의 모습에 다소 놀랐다. 그녀의 얼굴은 각이 졌고 광대뼈가 약간 솟아 있었는데, 미인은 아니었지만 어떤 면에서는 마음을 흐트러뜨리는 활력이 엿보였고, 그 모습은 언제인지 기억도 나지 않는 젊은 시절을 떠올리게 했다. 입은 상당히 컸고 입술에는 검붉은 립스틱을 발랐는데, 얼굴은 대조적으로 온통 딱딱하게 굳은데다 길게 찢어진 눈의 녹갈색 눈동자는 불안한 듯 조심스러운 눈빛을 띠었다. 그녀는 재빨리 주위를 둘러보다가 모피 코트를 단단히 여미면서 맹건이 있는 쪽으로 주춤주춤 물러났다. 그야말로 신경 발작을 일으키기 직전이었다.

"부디 서둘러 무슨 용건인지 말씀해주시겠어요? 아버지가 죽어가고 있다는 걸 모르시겠어요? 에르네스틴 아주머니……."

그녀가 소리쳤다.

"이분들에게 용건이 더 없다면 바로 갈 거란다. 당연히 갈 생각이었어."

뒤몽 부인이 무심한 태도로 말했다.

그녀의 태도는 갑자기 유순해져 있었는데, 거기에는 반쯤은 도전적인 구석이 있어 무겁게 느껴졌다. 마치 유순함에도 한도가 있다는 듯한 태도였다. 로제트 그리모의 눈 속에 떠오른 거북한 감정에서 알 수 있듯, 두 여자는 서로에게 화가 나 있는 것 같았다. 두 사람은 서로를 재빨리 훔쳐보았지만 정면으로 시선을 교환하려 들지 않았다. 마치 상대를 비웃으려는 듯 서로의 행동을 흉내내다가 불현듯 서로 똑같다는 사실을 눈치채고는 흉내를 그만둔 것 같았다. 해들리는 런던 경찰청에서 두 명의 용의자를 대질시키는 것처럼 침묵을 지키고 있다가, 마침내 거침없는 태도로 입을 열었다.

"맹건 씨, 그리모 양을 복도 반대편에 있는 밀스 씨의 방으로 데려가주겠습니까? 고맙습니다. 우리도 곧 합류하겠습니다. 아, 밀스 씨, 잠시만 기다려주시죠. 베츠!"

"예, 경정님."

"자네가 중요한 일을 해줘야겠군. 맹건 씨가 자네에게 밧줄과 손전등을 가져오라고 말해줬을 테지? ……좋아. 건물 지붕 위로 올라가 발자국이나 다른 흔적이 남아 있는지 샅샅이 살펴보게. 특히 이 방 위쪽 지붕을 중점적으로 조사해보도록. 그리고 건물 뒤뜰로 내려가서 그곳과 양옆에 있는 건물들의 뒤뜰까지 무슨 흔적이 있는지 살펴보게. 지붕으로 올라가는 길은 밀스 씨가 안내해줄 테니……. 프레스턴! 프레스턴, 와 있나?"

콧날이 날카로운 젊은이가 복도에서 서재로 뛰어들어왔다. 프레스턴 경사의 특기는 비밀 장소를 찾아내는 것으로, 죽음의 시계 사건에서 널빤지 뒤에 있는 비밀 통로의 흔적을 찾아낸 사람도 바로 그였다.

"이 방에 비밀 통로 같은 게 있는지 조사해보게. 무슨 뜻인지 알겠지? 필요하다면 방을 조각조각 해체해도 좋아. 굴뚝으로 사람이 드나들 수 있는지도 살펴보고……. 자네들은 지문 채취와 사진 작업을 계속하게. 사진을 찍기 전에 핏자국마다 분필로 표시를 해둬. 하지만 벽난로 안에 있는 타버린 종이 뭉치는 건드리지 말게……. 이봐, 순경! 그 순경 자식은 대체 어디에 있는 거야?"

"여기 있습니다, 경정님."

"치안판사 법원에서 연락이 왔나? 피에르 플레라는 남자의 주소를 알려주기로 했는데……. 좋아. 그자가 어디에 살고 있든 연행해오게. 이리로 데려와. 만약 그가 집에 없으면 그곳에서 대기하게. 그가 공연하는 극장에도 사람을 보냈나? ……좋아. 그럼 다 됐군. 다들 서둘러."

해들리는 혼잣말로 뭐라고 중얼거리면서 성큼성큼 복도로 나갔다. 펠 박사는 이 사건에서 처음으로 병적일 정도로 열의를 보이며 육중한 몸을 움직여 그 뒤를 따라갔다. 그는 챙이 넓은 모자로 해들리 경정의 팔을 쿡 찌르며 강요하듯 말했다.

"여보게, 해들리, 자네는 저쪽 방으로 가서 신문을 벌일 테지? 나는 여기 남아 저기 사진 찍는 얼간이들을 보조하는 게 더 도움이 될 것 같은데……."

"안 돼! 자네가 또 감광판을 망가뜨린다면 내 목이 잘리고 말 거야."

해들리가 열을 내며 대꾸했다.

"필름 팩은 비싼 물건인데다, 우리에겐 사진 증거가 필요해. 자, 개인적으로 솔직하게 한마디하고 싶네. 일곱 개의 탑 같은 터무니없는 미신 이야기니 존재하지 않는 곳에 묻힌 사람들 이야기니 다 뭐란 말인가? 예전에도 이런 어리둥절한 이야기를 발작하듯 늘어놓는 모습을 본 적이 있지만, 지금처럼 심했던 적은 없었어. 허심탄회하게 의견을 나눠보세. 자네는 뭐가……. 아, 예, 뭡니까?"

스튜어트 밀스가 해들리의 팔을 잡아당기자 그는 성을 내며 돌아보았다.

"저기…… 저 경사님께 지붕으로 올라가는 방법을 알려드리기 전에 드릴 말씀이 있습니다. 드레이먼 씨를 만나고 싶어 하실 것 같아서 말입니다. 지금 집에 있습니다."

"드레이먼? 아, 그렇지! 언제 돌아왔습니까?"

밀스가 얼굴을 찌푸렸다.

"제 판단으로는 돌아온 게 아닌 것 같습니다. 그러니까 외출한 적이 없다는 말입니다. 조금 전에 짬을 내어 방에 들어가보았는데……."

"어째서요?"

펠 박사가 갑자기 관심을 보이며 물었다.

비서는 무표정하게 눈을 깜빡거렸다.

"궁금했으니까요, 박사님. 그는 방안에 잠들어 있었는데, 깨우기가 굉장히 힘들었습니다. 수면제를 먹은 게 분명합니다. 그렇다고 그가 주정뱅이나 약물 의존자라는 것은 아닙니다. 그냥 말 그대로 수면제를 상용할 뿐입니다."

"이제껏 들어본 중 가장 괴상한 집안이로군."

해들리는 잠시 말을 잇지 못하다가 혼잣말하듯 내뱉고는 물었었다.

"다른 건 없습니까?"

"있습니다, 경정님. 그리모 교수님의 친구 한 명이 아래층에 와 있습니다. 방금 도착했는데, 경정님을 만나 뵙고 싶어 합니다. 촌각을 다투는 일은 아닐 것 같지만, 그는 워릭 주점에서 모이는 클럽 회원입니다. 이름은 페티스, 앤서니 페티스 씨입니다."

"페티스라고요?"

펠 박사가 이름을 다시 말하며 턱을 쓰다듬었다.

"유령 이야기를 수집한 다음 훌륭한 서문을 첨부해 발표한 그 페티스 말인가? 흠, 아마 그렇겠지. 자, 그는 이 사건을 어떻게 생각할까?"

"자네야말로 이 사건을 어떻게 생각하는지 묻고 싶군."

해들리가 강한 어조로 말하더니 밀스에게 답했다.

"이것 보시오. 특별히 중요한 용건이 있는 게 아니라면 지금은 그를 만날 수 없소. 주소를 물은 다음 내일 아침에 내가 연락하겠다고 전해주겠습니까? 고맙소."

그리고 해들리는 펠 박사를 돌아보았다.

"이제 일곱 개의 탑과 존재하지 않는 곳에 대한 이야기를 계속 해볼까?"

박사는 밀스가 베츠 경사를 이끌고 널찍한 복도의 맞은편 방으로 들어갈 때까지 기다렸다. 그리모의 서재에서는 사람들이 조용조용 웅얼거리는 소리만 들렸다. 계단의 커다란 아치형 출입구를 통해 밝은 노란 불빛이 여전히 흘러 들어오고 있었다. 펠 박사는 느릿느릿 복도 안을 몇 걸음 걸어본 다음, 위아래를 살펴본 후 갈색 커튼이 드리워진 세 개의 창문을 바라보았다. 그는 커튼을 걷고 세 개의 창문 모두 안쪽에서 단단히 잠겨 있는 걸 확인했다. 그러고는 손짓으로 해들리와 램폴을 계단 쪽으로 불렀다.

"이리 모여보게. 다음 증인들과 씨름하기 전에 잠시 의견을 나누는 게 바람직할 거라는 사실을 인정할 수밖에 없군. 하지만 잠시 동안 일곱 개의 탑 이야기는 하지 말도록 하세. 그것들에 대해서는 차일드 롤런드•처럼 서서히 접근하도록 하지. 해들리, 이치에 맞지 않는 몇 마디 말이야말로 가장 중요한 단서일세. 피해자가 한 말, 그러니까 그리모가 정신을 잃기 전에 중얼거린 몇 마디 말이 우리가 확보한 유일한 진짜 단서일 테지. 부디 우리 모두 그 말을 들었기를 바라네. 해들리, 기억을 더듬어보게. 자네는 그에게 플레가 그를 쏘았는지 물었어. 그러자 그는 고개를 흔들었어. 그다음에는 누가 그런 짓을 했는지 물었지. 그러자 그가 뭐라고 대답했나? 각자 무슨 말을 들었다고 생각하는지 순서대로 묻고 싶군."

그는 램폴을 바라보았다. 미국인의 머릿속은 뒤죽박죽 엉켜 있었다. 특정 단어에 대한 기억은 강하게 남아 있었지만, 피범벅이 된 가슴과 몸부림치듯 목을 흔드는 모습이 너무나 생생하게 떠올라 전체적인 내용은 혼란스러웠다. 램폴은 주저하며 대답했다.

"처음에 한 말은 '맴돌다Hover'였던 것 같은데……."

해들리가 끼어들었다.

"말도 안 되는 소리. 내가 똑바로 적어두었다네. 처음에 그가 한 말은 도시 바스Bath인지 목욕Bath인지 바로 그 말이었지. 도통 무슨 뜻인지 알 수 없었지만……."

"자, 진정하게나. 자네 횡설수설은 나보다 더 심하군그래. 계속하게, 테드."

"음, 장담할 수는 없습니다. 그다음에 들은 말은 '자살이 아니

• **차일드 롤런드** _ 스코틀랜드 구전동화에 등장하는 인물로, 납치된 누나를 구출하기 위해 요정의 탑으로 향한다. 이 이야기는 셰익스피어의 『리어왕』을 위시한 다양한 작품에 언급된다.

다'와 '그가 밧줄을 사용했을 리가 없어'였습니다. 그다음으로는 '지붕'과 '눈', '여우Fox'에 대해서도 뭔가 언급했습니다. 그리고 마지막으로 들린 말은 '빛이 너무 밝다'였던 것 같습니다. 다시 한번 말씀드리지만, 이 순서대로였다고 장담할 순 없습니다."

해들리는 너그러운 태도로 말했다.

"한두 가지 정도는 제대로 들었을지 몰라도, 전체적으로는 엉망으로 왜곡해버리고 말았군."

말과 달리 그의 표정은 불안했다.

"그럼에도 내가 적어놓은 내용이 훨씬 정확하다고 말하기도 힘들겠군. '목욕' 다음에 나온 말은 '소금Salt'과 '와인Wine'이었다네. 자살이라는 말은 듣지 못했지만, 밧줄에 대해서는 자네 말이 맞네. 지붕과 눈 역시 정확해. 그 뒤에 나온 말이 '빛이 너무 밝다'였지. 그다음으로는 '권총이 있었어'라고 했어. 마지막으로 그는 '여우'에 대해 뭔가 말한 다음, '그를 탓하지 마. 불쌍한……' 같은 말을 했다네. 마지막 말은 출혈 때문에 간신히 알아들을 수 있었지. 그게 다라네."

"오, 세상에!"

펠 박사는 신음을 토하며 두 사람을 번갈아 바라보았다.

"정말 너무하군. 친구들, 나는 그가 한 말들을 설명해주면서 의기양양하게 자네들 코를 납작하게 눌러볼 작정이었다네. 그런데 자네들이 제각기 그렇게 믿기 어려울 정도로 자세히 들었다니, 내 코가 완전히 납작해졌군. 나는 그렇게 빨리 내뱉는 말을 전부 알아듣지 못했는데. 어쨌든 자네들은 진실에 어느 정도 근접한 것 같군. 와!"

"자네가 들은 내용은 뭔데?"

해들리가 물었다.

박사는 쿵쿵 발소리를 내며 복도를 좌우로 활보했다.

"처음 몇 마디만 들었을 뿐이라네. 내가 제대로 들었다면 어지간히 이치에 들어맞아. 제대로 들었다면 말이지. 하지만 그다음에 들은 말은 모조리 악몽이로군. 여우가 눈이 쌓인 지붕 위를 뛰어다닌다든지……."

"늑대 인간 전설입니까? 늑대 인간 이야기를 한 사람이 있었나요?"

램폴이 물었다.

"아니, 그런 말을 할 사람이 있을 리가!"

해들리가 으르렁거리고는 수첩을 탁탁 때렸다.

"램폴, 제대로 정리해서 비교해보기 위해 자네가 들었다고 생각하는 내용을 적어두겠네. 자…… 한번 볼까?

자네의 목록은 '맴돌다', '자살이 아니다', '그가 밧줄을 사용했을 리가 없어', '지붕', '눈', '여우', '빛이 너무 밝다'일세.

내 목록은 다음과 같네. '바스', '소금', '와인', '그가 밧줄을 사용했을 리가 없어', '지붕', '눈', '빛이 너무 밝다', '권총이 있었어', '그를 탓하지 마. 불쌍한……'.

자, 이걸로 됐네. 그러면 펠, 평소처럼 고집스럽게 주관을 펼쳐 보게. 자네의 전매특허이지 않나. 자네는 상식이 적용되지 않는 분야일수록 자신감이 넘치지. 뒷부분을 끼워 맞춰보면 대충 설명할 수 있을 것 같기도 한데, 대체 죽어가는 사람이 목욕이니 소금이니 와인 같은 이야기를 하는 게 어떻게 단서가 될 수 있을까?"

펠 박사는 시가를 바라보았다. 어느덧 담뱃불이 꺼져 있었다.

"흠, 그래. 정리를 해두는 편이 좋겠군. 지금 상태로도 수수께끼가 넘쳐나니 말이야. 조심스럽게 길을 따라가보도록 할까……. 친구들? 첫째, 그리모가 총에 맞은 다음 이 방에서는 무슨 일이 일어났을까?"

"대체 그걸 어찌 알겠나? 내가 자네에게 묻고 있지 않나. 만약 비밀 통로가 없다면……."

"아니, 아니, 그 사라지는 트릭이 어떻게 작동했는지 이야기하려는 게 아닐세. 자네는 그 문제에 지나치게 사로잡혀 있어, 해들리. 거기 너무 정신이 팔린 나머지 그 밖에 무슨 일이 일어났는지 자문해보지 못하는 거야. 우선 우리가 설명할 수 있는 명백한 사안들을 확실히 정리해두고, 그 지점에서 시작하도록 하지. 흠. 자, 그리모가 총에 맞은 후 방에서 일어난 일은 정확히 뭘까? 첫째, 모든 흔적들이 벽난로 쪽에 집중되어 있고……."

"그자가 굴뚝을 기어 올라갔다는 말인가?"

"그러지 않았다는 건 무엇보다 확실하네."

펠 박사가 성마르게 쏘아붙였다.

"굴뚝에서 연기가 빠져나가는 통로는 주먹이나 겨우 통과할 정도로 앞뒤 간격이 좁아. 마음을 다스리고 생각해보게. 우선 무거운 소파가 벽난로 정면에서 밀려나 있었어. 그리고 소파에 굉장히 많은 양의 피가 묻어 있었네. 마치 그리모가 그 위로 미끄러졌거나 기댔던 것처럼 말이지. 난로 앞 깔개는 끌어냈는지 걷어찼는지 한쪽으로 밀려나 있었고, 그 위에는 핏자국이 있었네. 난롯가에 있던 의자도 떠밀린 채였지. 마지막으로 난롯가와 심지어 벽난로 안까지 피가 뚝뚝 떨어져 있었네. 핏자국을 따라가면 거의 불이 잦아든, 시커멓게 탄 종이 더미에 이르게 되지.

자, 이젠 충직한 뒤몽 부인의 행동을 따져볼까? 그녀는 방에 들어선 순간부터 지나칠 정도로 벽난로 주변에 신경을 썼지. 그녀는 내내 벽난로를 바라보았다네. 그리고 나 역시 벽난로를 주시하고 있다는 사실을 알아차리자마자, 거의 신경 발작을 일으킬 지경이 되었지. 기억을 더듬어보게. 심지어 그녀는 불을 지펴달라고 부탁하는 어리석은 실수를 저지르고 말았어. 경찰이 증인을 편하게 해주기 위해 사건 현장에 석탄으로 불을 지피는 멍청한 일 따위는 하지 않으리라는 건 분명 알 텐데 말이야. 아니, 아니야, 친구. 누가 거기서 편지나 문서 같은 것을 태웠다네. 그녀는 그 종이 뭉치가 완전히 탔는지 확인하고 싶었던 거야."

해들리가 무거운 어조로 입을 열었다.

"그녀는 알고 있었던 게로군? 그런데도 자네는 그녀 이야기를 믿는다고 했지 않은가?"

"그래. 나는 그녀의 이야기를 믿는다네. 그 방문객과 범죄에 대한 이야기 말일세. 그녀가 자신과 그리모에 대해 말해준 정보는 믿지 않아……. 자, 다시 한번 무슨 일이 일어났는지 생각해보게! 침입자는 그리모를 쐈어. 그런데 그리모는 의식이 있었는데도 아무 소동도 벌이지 않았지. 도움을 청하기 위해 소리를 지른다거나 살인범을 저지하려는 일 같은 것 말일세. 심지어 밀스가 문을 두드리는데도 열어주지 않았지. 그는 무언가 다른 일을 했어. 의사가 말했듯 폐에 난 상처가 크게 벌어지도록 분투하면서까지 무슨 일인가를 했단 말일세.

그가 무슨 일을 했는지 말해주겠네. 그는 자신이 가망이 없다는 사실을, 그리고 경찰이 곧 올 거라는 사실을 알고 있었어. 그는 절대로 남겨둬서는 안 될 것들을 잔뜩 가지고 있었던 거야. 자신을 쏜 사람을 잡거나 심지어 자신의 생명을 구하는 것보다, 그것을 없애버리는 게 훨씬 중대한 일이었다는 거지. 그는 제대로 걷지도 못하면서 증거물을 소각하며 난로 주변을 오갔다네. 그런 연유로 소파가 뒤집어졌던 거지. 난로 앞 깔개는 물론이고 핏자국 역시……. 이제 이해하겠나?"

으스스하게 밝은 복도 안에 침묵이 내려앉았다.

"그러면 뒤몽이라는 여자는?"

해들리가 무거운 어조로 물었다.

"물론 그녀도 알고 있었지. 두 사람 공동의 비밀이었어. 그리고 그녀는 그를 사랑한다네."

"그게 사실이라면, 그가 불태워버린 것은 빌어먹을 정도로 중요한 물건이었던 게 틀림없어. 자네는 대체 어떻게 이 모든 사실을 알아낸 건가? 두 사람의 비밀이란 건 뭐지? 도대체 두 사람이 위험한 비밀을 품고 있다는 생각은 어떻게 한 건가?"

해들리가 펠 박사를 바라보며 물었다.

펠 박사는 두 손으로 양 관자놀이를 누르며, 커다란 자루걸레 같은 머리카락을 헝클어뜨렸다. 그러고는 깐깐한 말투로 입을 열었다.

"나로서도 해결할 가망이 보이지 않는 부분들도 존재하지만, 그 점에 대해서는 조금이나마 말해줄 수 있을 것 같군. 나와 달리 그리모와 뒤몽은 모두 프랑스인이 아닐세. 그렇게 광대뼈가 튀어나온 여자나 '정직하다Honest'라는 말을 할 때 H를 묵음으로 발음하지 않는 여자가 절대 라틴계 민족일 리가 없지. 하지만 그게 중요한 건 아니야. 두 사람은 마자르족이라네. 더 정확히 말하면 그리모는 본디 헝가리 출신이라네. 본명은 카로이 그리마우드 호르바트, 혹은 샤를 그리모 오바트이지. 아마 어머니가 프랑스인이었을 거야. 그는 트란실바니아 공국 출신이네. 과거 헝가리 왕국의 일부였지만 제1차세계대전 이후로 루마니아에 합병된 곳이지. 1890년대 말이나 1900년대 초쯤, 카로이 그리마우드 호르바트는 두 동생과 함께 감옥에 수감되었어. 그에게 남동생이 두 명 있었다는 이야기를 했었나? 한 명은 우리가 본 적이 없는 사람이지만, 다른 한 명은 피에르 플레라고 지칭하고 다니는 사람이라네.

호르바트 삼형제가 무슨 범죄를 저질렀는지는 모르겠지만, 세 사람은 시에벤트루멘(일곱 개의 탑) 형무소에 수감되었고, 카르파티아산맥 근처에 있는 소금 광산에서 노역을 했다네. 아마 샤를은 탈옥했을 테지. 자, 그런데 샤를의 인생에서 무엇보다 '치명적인' 비밀이라고 하는 것은 그가 수감되었다는 사실은 물론이고 형기를 마치기 전에 탈옥했다는 사실과도 관련이 없을 게 분명해. 헝가리 왕국은 분열되었으니 국가의 권위 역시 더이상 존재하지 않을 테니까. 그보다는 두 동생과 관련해서 뭔가 극악무도한 짓을 했다고 생각하는 편이 더 개연성 있을 테지. 그러니까 그 세 개의 관 및 생매장에 관련된 어떤 끔찍한 짓 말일세. 만약 사실이 드러난다면 지금이라도 교수형을 당할 일일 거야……. 지금 내가 추측할 수 있는 것은 여기까지라네. 누구 성냥 가진 사람 없나?"

006

일곱 개의 탑

펠 박사의 장황한 이야기가 끝나자 긴 침묵이 내려앉았다. 해들리는 박사에게 성냥갑을 던지며 불퉁한 시선으로 그를 노려보았다.

“농담하는 겐가? 아니면 무슨 흑마술이라도 쓴 건?”

“마술 따위는 이런 일에 쓸 수 있는 게 아니지. 그럴 수만 있다면 얼마나 좋겠나. 그 세 개의 관은…… 젠장!”

펠 박사는 두 주먹으로 양 관자놀이를 두드리며 중얼거렸다.

“해들리, 뭐라도 좋으니 희미한 단서라도 잡을 수 있다면…….”

“자네는 꽤 잘해낸 것 같은데. 계속해서 정보를 쏟아내고 있잖나. 그런데 그 사실들을 어떻게 알아낸 건가? 아니, 잠깐만!”

해들리는 수첩을 들여다보았다.

"'맴돌다Hover', '목욕Bath', '소금Salt', '와인Wine'. 다시 말해서 자네의 주장은 이런 건가? 그리모가 실제로 우리에게 했던 말은 '호르바트Horvath'와 소금 광산Salt Mine이었다고? 이제 좀 자제하는 게 어때! 그게 자네가 내세우는 근거라면, 나머지 말들을 짜맞추기 위해 점성술이라도 동원해야겠어."

"그렇게 화내는 모습을 보니 자네도 내 말에 동의하는 모양이로군. 고맙네. 자네가 예리하게 지적한 대로, 죽어가는 사람이 소금 입욕제Bath Salt 같은 말을 입에 담는 법은 별로 없지. 만약 자네의 견해가 옳다면 우리 또한 정신병원 독방에 들어가야 할지도 몰라. 해들리, 그는 정말로 그렇게 말했다네. 나는 그렇게 들었어. 자네는 그에게 누가 범행을 저질렀는지 물어보지 않았나? 피에르 플레라는 자가 저지른 일입니까? 아니라고요? 그렇다면 누굽니까? 그러자 그는 호르바트라고 대답한 걸세."

"자네의 이야기대로라면, 그 이름은 그리모의 본명 아닌가?"

"그래. 잘 들어보게. 자네가 받은 상처를 다독여줄 수만 있다면 내 순순히 인정하지. 공정한 방식으로 추리를 한 것도 아니고, 방에서 얻은 정보의 출처를 자네에게 모두 알려준 것도 아니었어. 이제 곧 알려주도록 하지. 신만이 아실 테지만, 사실 그동안 내내 자네에게 알려주려고 애를 썼다네.

이렇게 된 거야. 여기 테드 램폴이 기묘한 손님이 찾아와 그리모를 협박하면서 '생매장당한' 사람들의 이야기를 특히 강조했다는 이야기를 해주었어. 그리모는 이 협박을 심각하게 받아들였다네. 그는 그 남자와 면식이 있었고, 또한 그자가 무슨 이야기를 하는지도 알았던 거야. 무슨 이유에서인지 세 구의 무덤을 그린 그림도 한 점 샀으니까. 자네가 그리모에게 누가 총을 쐈는지 물었을 때, 그는 호르바트라는 이름과 함께 소금 광산에 대해서도 뭔가 언급했었지. 자네는 프랑스인 교수치고는 이상한 행동이라고 생각할지도 모르겠군. 하지만 정작 이상한 것은 벽난로 선반 위에 걸려 있던, 문장이 새겨져 있는 방패라네. 칸칸이 구분되어 있고, 빛을 내는 검정 독수리의 상반신이 새겨져 있으며, 가운데 부분에는 은빛 달이 위치해 있지."

"문장학 부분은 대충 넘어가도 괜찮지 않을까? 그런데, 무슨 문장이던가?"

해들리는 불쾌감을 표하며 물었다.

"트란실바니아의 문장일세. 물론 제1차세계대전 이후로 사라진 나라지. 망하기 전에도 영국이나 프랑스에 그다지 잘 알려진 나라는 아니었다네. 첫째, 슬라브 민족의 이름. 둘째, 슬라브 국가의 문장. 그다음에는 자네에게 보여준 책들이 있지. 그 책들이 뭔지 알고 있나? 영어로 쓴 책들을 헝가리어로 번역해놓은 걸세. 헝가리어를 읽는 척할 수야 없지만……."

"그것참 다행이로군."

"그 책들이 셰익스피어 전집과 로런스 스턴이 쓴 『일라이저에게 바치는 일기』 및 알렉산더 포프의 『인간론』이라는 건 알아차렸네. 이 점은 꽤 놀랄 일이라 그 책들을 전부 잘 살펴보았지."

"왜 놀라셨죠? 사람들의 서재에는 온갖 종류의 괴상한 책들이 있지 않습니까? 박사님의 서재 역시 마찬가지일 텐데요."

램폴이 물었다.

"분명 그렇지. 하지만 프랑스인 학자가 영국에서 집필된 책들을 읽으려 한다고 가정해보게. 음, 그런 경우에는 영어 원본을 읽거나 프랑스어 번역본을 구하려 하지 않을까? 그 정취를 충분히 맛보기 위해 처음부터 헝가리어 번역본으로 읽는 게 낫다고 주장할 사람은 없을 테지. 다시 말하자면, 그 책들은 헝가리어로 집필된 책이 아니야. 심지어 프랑스인이 헝가리어를 공부하고자 할 때 이용할지도 모르는, 헝가리어로 번역된 프랑스 책도 아니지. 모두 영국 책들이었어. 그러니까 그 책들의 주인이 누구이건 간에 그의 모국어는 헝가리어라는 뜻이라네. 이름이라도 찾을 수 있지 않을까 해서 책을 전부 넘겨보았지. 그중 한 권의 내지에서 '카로이 그리마우드 호르바트, 1898년'이라고 적힌 희미한 글귀를 발견했을 때, 드디어 수수께끼를 푼 것 같았다네.

호르바트가 본명이라면, 그는 왜 그토록 오랫동안 다른 사람인 척했을까? '생매장'과 '소금 광산'이라는 말을 떠올려보니 희미하게나마 빛이 보였네. 하지만 자네가 그에게 누가 총을 쐈느냐고 물었을 때 그는 호르바트라는 이름을 댔지. 총에 맞아 죽어가는 마당에 자신에 대한 이야기를 늘어놓을 사람은 없지 않을까? 그는 자신의 이름을 말한 게 아니라 다른 사람의 이름을 말한 거였어. 거기까지 생각이 미친 건, 우리의 비범한 청년 밀스가 주점에 나타난 플레라는 남자에 대한 이야기를 하던 중이었다네. 밀스의 말에 따르면, 이전까지 만난 적이 없는데도 불구하고 플레라는 사람에게서 묘하게 친숙한 느낌이 났다고 했지. 게다가 그의 화법은 그리모의 말투를 우스꽝스럽게 따라하는 것 같다고 했어. 그에게서 연상된 사람은 그리모지? 그렇다면 둘이 바로 형제, 형제였던 거라네! 관은 세 개가 있는데, 플레는 형제 중 두 명만 언급했어. 그렇다면 세 번째 형제가 있지 않겠나?

그 점에 대해 생각하고 있는데 슬라브인이 분명해 보이는 뒤몽 부인이 안으로 들어왔다네. 만약 그리모가 트란실바니아 출신이라는 확증을 얻을 수 있다면, 그의 과거를 조사해 수사 대상을 좁힐 수 있을 거라고 생각했지. 하지만 그 작업은 조심스럽게 수행해야 했다네. 그리모의 책상 위에 놓여 있던 버펄로 조각상 보았나? 그걸 보면 뭐가 떠오르지?"

해들리 경정이 으르렁거렸다.

"트란실바니아가 떠오르지는 않을 거라고 장담할 수 있네. 미국의 거친 서부 지역이나 버펄로 빌•, 미국 원주민 같은 생각이 떠오르면 모를까. 잠깐만! 그래서 부인에게 그리모가 미국을 방문한 적이 있는지 물어봤던 거로군?"

• **버펄로 빌** _ 19세기 미국 서부 개척사에 등장하는 전설적인 인물.

펠 박사는 죄를 지었다는 듯이 고개를 끄덕였다.

"질문에 악의가 없어 보였으니 그녀 또한 순순히 대답했던 거지. 만약 그가 그 물건을 미국 골동품 상점에서 구입한 게 아니라면……. 흠, 해들리, 나는 헝가리에 갔던 적이 있다네. 『드라큘라』를 읽었을 때 나는 아직 어린데다 사고방식도 유연했어. 트란실바니아는 버펄로를 사육하는 유일한 유럽 국가였다네. 그곳에서는 버펄로를 일소로 사용했지. 헝가리는 수많은 종교가 혼재된 나라지만, 트란실바니아에서 믿는 종교는 유니테리언파일세. 나는 뒤몽 부인에게 종교를 물었고, 그녀는 시험을 통과했어. 그러고 나서 나는 폭탄을 던져보았다네. 만약 그리모가 소금 광산과 관계가 없다면 아무런 문제가 되지 않는 질문이었지. 그래서 트란실바니아에서 죄수들이 소금 광산 노역을 하는 유일한 형무소의 이름을 언급해보았다네. 감옥이라는 이야기는 하지 않은 채 시에벤트루멘, 즉 일곱 개의 탑이란 말을 꺼냈던 거지. 그것만으로 그녀는 거의 나가떨어지고 말았네. 이제 자네들도 일곱 개의 탑과 이제는 존재하지 않는 곳에 대해 내가 언급한 것을 이해했을 테지? 그런데 제발 부탁이니, 누가 성냥 좀 주지 않겠나?"

"제대로 해냈군."

해들리가 입을 열었다. 그는 복도를 몇 걸음 서성거린 다음, 이제는 담백한 미소를 짓고 있는 펠 박사에게서 시가를 받아들며 중얼거렸다.

"그래, 거기까지는 충분히 말이 되는 것 같아. 자네, 형무소에 대한 승산 없는 도박에서 이겼어. 그런데 자네 추론은 모두 그 세 명이 형제지간이라는 점에 기반을 두고 있는데, 이는 순전히 추측 아닌가? 그 점이 자네 추론에서 가장 취약한 부분……."

"아, 인정하겠네. 그런데?"

"그 점이 중요한 연결 고리라는 점은 일단 무시하도록 하지. 그리모가 자신을 쏜 사람의 이름이 호르바트라고 한 게 아니라, 어떤 이유에서인지 자신을 지칭했을 뿐이라고 가정해보면 어떨까? 그렇다면 살인범은 그 누구라도 될 수 있어. 하지만 세 명의 형제가 존재하고 그리모가 살인범의 이름을 말했던 거라면, 문제는 간단해. 결국 그리모를 쏜 사람은 피에르 플레, 혹은 플레의 동생이라는 믿음으로 돌아갈 수밖에 없으니까. 우리는 언제라도 플레의 신병을 확보할 수 있고, 그 동생 쪽은……."

"만약 그 동생과 마주치면, 그의 정체를 알아차릴 수 있을 거라고 확신하나?"

펠 박사는 생각에 잠긴 채 물었다.

"무슨 뜻이지?"

"그리모에 대한 생각을 하고 있었네. 그는 영어를 완벽하게 구사했고, 프랑스인으로 통하는 데도 문제가 없었지. 그가 파리에서 공부했고 뒤몽이라는 여자가 파리 오페라극장에서 무대의상을 만들었다는 점에는 의심의 여지가 없어. 어쨌든, 그는 거의 삼십 년 동안이나 블룸즈버리 지역을 활보하면서, 짧게 다듬은 턱수염과 꼭대기가 평평한 중산모 차림으로 목소리는 걸걸하지만 온화하고 남에게 해를 끼치지 않는 사람이라는 평판을 얻으며, 사나운 성격을 억누른 채 차분한 태도로 사람들 앞에서 강연을 하기도 하면서 살아왔네. 그 안에 숨어 있는 악마를 본 사람은 아무도 없었던 게지. 왜 그런지는 모르겠지만, 그 악마는 굉장히 교활하면서도 머리가 뛰어난 존재가 아니었을까 하는 생각이 자꾸만 드는군. 그를 의심한 사람은 아무도 없었으니까. 깔끔하게 면도하고 트위드 천으로 지은 옷을 입고 포트와인색처럼 혈색 좋은 얼굴을 하고 있으니, 영국의 대지주라든지 그가 바라는 대로 행세하며 살아갈 수 있었을 텐데…….

그런데 형제 중에서 셋째는 어떤 사람일까? 강한 호기심을 불러일으키는 사람이란 말이지. 그가 그럴듯한 외피를 쓰고 우리 가운데 들어와 있다고 가정해보게. 그가 실제로 어떤 사람인지 아는 사람은 아무도 없지 않나?"

"가능한 이야기야. 하지만 동생에 대해서는 아는 바가 없지 않나."

펠 박사는 시가에 불을 붙이려 고군분투하면서, 기이할 정도로 흥미에 찬 표정으로 고개를 들어 해들리를 바라보았다.

"난 알고 있네. 그래서 골치가 아프다는 거야, 해들리."

그는 잠깐 동안 웅얼거리는 말투로 대답하더니 숨을 크게 훅 불어 성냥불을 껐다.

"우리는 이론적으로 형제로 보이는 두 사람을 알고 있네. 그 두 사람은 프랑스 이름을 쓰고 있지. 바로 샤를과 피에르야. 그리고 셋째가 남아 있어. 상황을 분명히 하고 논의를 진행하기 위해 그의 이름을 앙리라고 부르도록 하자고."

"이것 보게. 그자에 대해서도 뭔가 안다고 말하려는 건 아니지?"

펠 박사가 사나운 표정으로 대꾸했다.

"그 반대라네. 그자에 대해 얼마나 아는 게 없는지 강조하려는 거야. 우리는 샤를과 피에르에 대해서는 알고 있네. 앙리에 대해서는 실낱같은 단서조차 없어. 피에르가 내내 앙리에 대한 이야기를 지껄이며 협박 수단으로 삼았는데도 말이야. 말하자면 이런 식이었다네.

'내게는 내가 할 수 있는 것 이상을 할 수 있는 동생이 있지.'

'당신 목숨을 원하는 건 내가 아니야. 내 동생이지.'

'동생과 엮이면 나 역시 위험에 처할 테지만.'

기타 등등. 하지만 그자가 사람이든 도깨비든 간에, 연기를 헤치고 모습을 드러낸 게 없어. 여보게, 그 점이 걱정이 돼. 내 생각에는 이 모든 사건 뒤에 어떤 추악한 존재가 숨어서 상황을 통제하고, 자기 목적을 위해 반쯤 미쳐버린 불쌍한 피에르를 이용하는 것 같아. 그는 샤를에게 위험한 것처럼 피에르에게도 위험한 존재일 테지. 그런 존재가 워릭 주점에서 일어난 모든 장면을 연출했고, 어딘가 가까운 곳에 숨어 모든 것을 지켜보았을 거라는 느낌을 떨쳐버릴 수가 없어. 그리고……."

펠 박사는 주변을 둘러보았다. 마치 이 텅 빈 복도 안에서 무언가가 움직이거나 입을 열 거라고 기대하는 태도였다. 잠시 후 그가 덧붙였다.

"자네가 보낸 순경이 피에르를 붙잡아 계속 지키고 있으면 좋겠군. 어쩌면 그의 이용 가치가 사라졌을 수도 있어."

해들리는 애매한 손짓을 하며, 잘 다듬은 콧수염 끝을 잘근잘근 씹어댔다.

"그래, 알고 있네. 하지만 이제는 사실관계에 대한 이야기만 하도록 하세. 경고하지만, 이 사실관계를 파헤치는 것은 굉장히 어려운 일이 될 거야. 오늘밤 루마니아 경찰에 전보를 칠 걸세. 하지만 루마니아가 트란실바니아와 합병되었다고 하니 그런 혼란과 소동 속에서 공식 기록은 거의 남지 않았을 것 같군. 1차세계대전이 끝난 직후에 과격파들이 활개를 치고 돌아다니지 않았던가? 음, 어쨌든 사실관계를 파악해야 해! 자, 이제 맹건과 그리모 교수의 딸을 조사해보자고. 그들의 행동이 그다지 마음에 드는 게 아니라서 말이지. 게다가……."

"응? 왜 그런가?"

"뒤몽이 하는 말이 사실이라고 한다면 말일세."

해들리는 말을 약간 정정했다.

"자네는 그녀의 말이 사실이라고 생각하는 것 같으니까. 그런데 내가 들은 바에 따르면, 오늘밤 맹건이 여기 온 이유는 방문객이 찾아올 때를 대비해 그리모가 부탁했기 때문이라고 하지 않았나? 맞아. 그래서 그는 나름 훈련받은 경비견 역할을 맡은 것 같아. 현관 옆 응접실 안에 내내 앉아 있었으니까. 그런데 뒤몽이 거짓말을 한 게 아니라면, 초인종이 울렸고 수상한 방문객이 안으로 들어왔다네. 하지만 당시 맹건은 아무런 관심도 기울이지 않았어. 문을 닫은 채 방안에 틀어박혀 방문객에 대해서는 전혀 신경을 쓰지 않았지. 그러다가 총성을 들은 후 문이 잠겨 있다는 사실을 불현듯 깨닫고, 우리가 봤던 소동을 벌였을 뿐이라네. 이게 이치에 맞는 일처럼 보이나?"

"이치에 맞는 일 따윈 아무것도 없어. 심지어…… 아니, 이 이야기는 나중에 하도록 하지."

펠 박사가 말했다.

세 사람은 긴 복도를 걸어갔고, 해들리는 분위기를 주도하기 위해 일부러 냉정한 태도로 밀스의 사무실 문을 열었다. 이 방은 그리모의 서재보다 다소 작은 공간으로, 서적 및 목제 서류 보관함들이 가지런히 정리되어 있었다. 바닥에는 다 해진 옷감을 재활용해 만든 수수한 양탄자가 깔려 있었고, 그 위로 딱딱한 사무용 의자 몇 개가 놓여 있었다. 난롯불은 금방이라도 꺼질 듯 약했다. 녹색 갓을 씌운 램프가 벽에 걸려 있고 그 아래로 밀스가 타자를 치는 책상이 문을 정면으로 마주한 채 놓여 있었다. 타자기 한쪽 옆에는 클립으로 묶어 놓은 타자용 종이 뭉치가 철제 바구니 안에 들어 있었고, 반대쪽 옆에는 우유 한 컵과 말린 자두가 담긴 접시, 19세기 아일랜드 수학자 벤저민 윌리엄슨의『미적분학』책이 놓여 있었다.

펠 박사가 다소 격앙된 표정으로 입을 열었다.

"저 친구는 술이나 차 대신 생수를 마시는 사람이라는 데 돈을 걸어도 좋아. 생수를 마시면서 재미 삼아 저런 책을 읽는 사람이라는 데 모든 신들께 맹세할 수 있다네. 그리고……."

그는 해들리가 팔꿈치로 쿡 찌르자 입을 다물었다. 해들리는 방 건너편에 있는 로제트 그리모에게 말을 건네려던 참이었다. 해들리는 방안 사람들에게 일행을 소개했다.

"그리모 양, 당연하겠지만 이런 때에 당신을 괴롭히고 싶은 생각은 없습니다."

"그렇다면 부디 아무 말씀 하지 말아주세요."

그녀는 벽난로 앞에 놓인 의자에 앉아 있었는데, 신경이 곤두선 나머지 살짝 튀어오르기까지 했다.

"그러니까…… 그 일에 대해서 아무 말씀도 하지 마시라고요. 저는 아버지를 좋아하지만 지금은 그렇게까지 못 견딜 정도는 아니에요. 하지만 누가 이야기를 꺼낸다면 그 끔찍한 일을 생각하게 되잖아요."

그녀는 두 손으로 관자놀이 부근을 눌렀다. 모피 코트를 입은 채 난롯불을 등지고 앉아 있어 그녀의 두 눈과 얼굴에 뚜렷한 음영이 져 보였다. 그러나 그 음영은 계속해서 변하고 있었다. 그녀의 금발머리와 네모진 얼굴과 다소 야성적인 슬라브인다운 미모에 어머니로부터 물려받은 열정적 기질이 드러났다. 다음 순간 그녀의 얼굴이 딱딱하게 굳고 길게 찢어진 눈의 녹갈색 눈동자에 조심스러우면서도 불안한 기색이 떠오르면, 마치 목사의 딸을 보는 듯했다. 그리고 굳은 표정이 풀리고 냉정한 눈이 찬란하게 빛나면, 마치 악마의 딸과도 같았다. 그녀의 가느다란 눈썹은 양 끄트머리가 치켜올라가 있었지만, 커다란 입은 우스꽝스러운 표정을 짓고 있었다. 맵시 있게 차려입은 그녀는 곤혹스러워 편하게 앉아 있기 힘든 듯했다. 그녀의 뒤에는 맹건이 침울하면서도 무력한 모습으로 서 있었다.

그녀는 주먹으로 의자 팔걸이를 천천히 두드리며 말을 이었다.

"딱 하나만요. 여러분께서 고문을 시작하기 전에 딱 하나 알고 싶은 게 있어요."

그녀는 방 저편에 있는 작은 문을 향해 고갯짓을 하고 가쁜 숨을 몰아쉬며 말을 이었다.

"스튜어트가…… 형사님을 데리고 지붕 위를 보여주고 있잖아요. 그게 정말인가요? 그 남자에 대해 들은 이야기가 정말인가요? 들어왔다가…… 다시 밖으로 나가고…… 아버지를 살해했는데……

전혀…… 눈에…….”

“이 일은 내게 맡기는 게 좋겠군, 해들리.”

펠 박사가 조용히 속삭였다.

램폴이 아는바 박사는 자신을 재치 있는 사람의 모범이라 확고하게 믿었다. 하지만 굉장히 많은 경우 이렇게 재치를 발휘한 결과는, 천장에 난 채광창을 통해 벽돌 한 짐을 부려 놓는 것과 별반 차이가 나지 않았다. 그럼에도 자신이 훌륭하게 재치를 발휘할 수 있다는 확고한 믿음과 더할 나위 없는 온화한 성격과 천진난만한 태도가 어우러져, 어떤 노련한 재치를 발휘해도 얻을 수 없는 효과가 나기도 했다. 마치 박사가 직접 벽돌 위로 미끄러져 내려와 동정심을 표하거나 악수를 청하는 것과도 같았다. 그러면 사람들은 지체 없이 이야기를 모두 털어놓았다.

“흐음.”

박사가 콧방귀를 뀌었다.

“물론 그건 사실이 아닙니다, 그리모 양. 당신이 들어본 적 없는 사람이 저지른 일이라 할지라도, 우리는 그자가 어떤 재주를 부렸는지 다 알고 있습니다.”

그녀는 재빨리 고개를 들고 그를 바라보았다.

“게다가 고문 같은 것은 하지 않을뿐더러, 아버님께서 회복하실 가능성도 있습니다. 그런데 그리모 양, 우리 어딘가에서 만난 적이 있지 않던가요?”

"아, 제 기분을 달래주려고 그런 말씀을 하시는군요. 보이드가 박사님 이야길 해줬는데……."

그녀가 희미한 미소를 지으며 말했다.

"아니, 진지하게 하는 말입니다."

펠 박사는 진지한 태도로 쌕쌕거리며 말했다. 그러고는 기억을 더듬으며 눈을 가늘게 떴다.

"음, 그래. 맞아! 런던 대학교에 다니지 않습니까? 당연히 그렇겠지. 그리고 토론 모임에 속해 있지 않습니까? 당신네 팀이 전 세계 여성의 권리에 대해 토론을 벌일 때, 내가 의장 역할을 수행했던 것 같군요. 아닙니까?"

"바로 보셨습니다. 그녀는 강경 페미니스트니까요. 그녀 말로는……."

맹건이 침울하게 고개를 끄덕이며 말했다.

"하하, 이제 기억나는군요."

펠 박사는 환한 미소를 지으며 물갈퀴 같은 커다란 손으로 그녀를 가리켰다.

"그리모 양이 페미니스트인지는 모르겠지만, 깜짝 놀랄 일탈을 저지른 적은 있습니다. 평화주의자 회합을 제외하면 이제껏 들어본 중 가장 아름다우면서도 간담을 서늘케 하는 일이 잇달아 벌어지면서 토론이 마무리되던 게 기억나는군요. 그리모 양, 당신은 여성의 권리를 지지하고 남성이 독재하는 사회에 맞서는 입장이었지요.

그래, 맞아요. 당신은 창백하면서도 진지하고 엄숙한 표정으로 입장했고, 당신네 편에서 논지를 전개할 때까지 계속해서 그런 모습을 유지했습니다. 당신네 편은 끔찍할 정도로 수세에 몰렸고, 당신은 그런 상황이 마음에 들지 않는 모습이었어요. 그러다가 어느 호리호리한 여성이 나서서 이상적인 여성이 되려면 필요한 것에 대해 이십 분가량 이야기를 늘어놓자, 당신은 점점 더 미칠듯이 화가 나는 듯 보이더군요. 그래서 차례가 돌아오자 당신은 자리에서 일어나 낭랑한 목소리로, 이상적인 여성에게는 바로 말수를 줄이고 성생활을 활발히 하는 것이 필요하다고 선언했죠."

"맙소사!"

맹건이 펄쩍 뛰어올랐다.

"음, 그때는…… 그렇게 하고 싶었어요. 하지만 박사님도 그렇게 생각할 필요는……."

로제트는 얼굴을 붉히며 말했다.

"어쩌면 성생활이라는 표현은 입에 올리지 않았던 것 같기도 하군요."

펠 박사는 곰곰 생각을 더듬으며 말했다.

"어쨌든 그런 엄청난 단어가 주는 효과는 이루 말할 수가 없었습니다. 마치 방화범 패거리들의 귀에 대고 '석면!'•이라고 속삭인 것 같았죠. 불행히도 나는 물을 들이켜면서 정색한 표정을 유지하려 애를 썼지요. 여러분, 그렇게 무표정하게 있는 것은 내게 익숙지 않은 일이었어요. 눈으로 보기에도 귀로 듣기에도, 그 결과는 마치 수족관 안에서 폭탄을 터뜨린 것 같았지요. 그런데 당신과 맹건 씨가 종종 그 주제에 대해 의견을 나누지는 않을까 궁금합니다. 틀림없이 굉장히 계몽적인 대화일 것 같은데요. 예를 들어 오늘밤의 토론 주제는 무엇이었습니까?"

두 사람이 일제히 입을 열었기 때문에 방안은 일대 혼란에 빠졌다. 펠 박사는 활짝 웃었고, 두 사람은 깜짝 놀란 표정으로 입을 다물었다.

"그래요."

박사는 고개를 끄덕였다.

"이제 이해하셨을 겁니다. 경찰과 얘기 나누는 걸 두려워할 이유는 전혀 없지 않습니까? 그리고 바라는 대로 자유롭게 이야기를 할 수도 있을 겁니다. 아시다시피 그편이 나을 테죠. 자, 그러면 사건을 정면으로 마주보고 현명하게 정리해버리는 게 어떻습니까?"

"좋아요. 혹시 담배 갖고 계신 분 있나요?"

로제트가 말했다.

"저 노인네가 해내고 말았군."

해들리가 램폴을 바라보며 속삭였다.

그 노인네는 재차 시가에 불을 붙였다. 그사이에 맹건은 서둘러 담배를 꺼내려고 주머니를 더듬거리기 시작했다. 그때 펠 박사가 지적했다.

● **석면** _ 당시 건물에는 석면이 불연성 자재로 사용되었다.

"자, 난 굉장히 기묘한 일에 대해 알고 싶군요. 당신들 두 젊은이는 서로에게 얼마나 몰두해 있었길래, 오늘밤 그 소동이 일어날 때까지 아무것도 눈치채지 못했던 겁니까? 맹건 씨, 그리모 교수가 어쩌면 성가신 일이 일어날지도 모르니 오늘밤 여기서 감시를 해달라고 부탁했다고 들었습니다. 그런데 왜 그러지 않았습니까? 초인종 소리를 듣지 못한 겁니까?"

거무스름한 맹건의 얼굴이 더욱 흙빛이 되었다. 그는 격렬한 몸짓을 했다.

"아, 제가 실수했다는 건 인정합니다. 하지만 그땐 성가신 일이 일어나리라는 생각은 전혀 하지 못했습니다. 어떻게 알았겠습니까? 물론 초인종 울리는 소리는 들었습니다. 사실 우리 둘 다 그 사람에게 말도 건넸……."

"뭐라고요?"

해들리가 펠 박사를 지나 성큼성큼 앞으로 나서며 대화에 끼어들었다.

"확실합니다. 그러지 않았다면 제가 그를 위층으로 보내주었을 리 없잖습니까? 그런데 그 사람은 자기가 페티스, 그러니까 앤서니 페티스 영감이라고 말했습니다."

가이 포크스를 닮은 방문객

“물론 그가 페티스 씨가 아니었다는 사실은 압니다.”

맹건은 화난 듯 거칠게 라이터를 켜 로제트의 담배에 불을 붙여 주며 이야기를 이어나갔다.

“페티스 영감은 기껏해야 160센티미터를 갓 넘는 키입니다. 게다가 지금 와서 생각해보니, 목소리를 제대로 흉내냈던 것 같지도 않습니다. 하지만 그가 페티스 영감이 항상 쓰는 말투로 고함을 치면서 말을 건네서…….”

펠 박사가 쏘아보았다.

“아무리 페티스 씨가 유령 이야기 수집가라 한들, 가이 포크스처럼 차려입은 모습을 보고 이상하다는 생각이 안 들었소? 그 사람은 중독된 것처럼 수시로 장난을 치는 사람입니까?"

로제트 그리모는 깜짝 놀란 표정으로 고개를 들었다. 그녀는 마치 맹건을 가리키듯, 물고 있던 담배를 뗀 다음 흔들림 없는 동작으로 허공에 고정했다. 그리고 얼굴을 실룩거리며 맹건을 바라보았다. 그녀가 다시 몸을 돌리자 길게 찢어진 두 눈이 일순간 빛나는 모습이 눈에 띄었다. 동시에 그녀는 분노, 고통, 깨달음 등이 섞인 듯한 깊은 한숨을 내쉬었다. 두 사람 모두 같은 생각을 하고 있었던 것이다. 그리고 그 때문에 훨씬 더 불안해하고 있는 사람은 바로 맹건이었다. 그는 만약 세상이 허해주기만 한다면 좋은 사람이 되어 평화롭게 살아가려고 열심히 애쓸 사람처럼 보였다. 램폴이 보기에 이 비밀은 페티스와는 전혀 상관이 없는 듯했다. 맹건이 펠 박사의 질문을 다시 떠올리기 전에 말을 더듬었기 때문이다.

"중독이라니요?"

그는 펠 박사의 질문을 반복하며, 뻣뻣한 검은 머리칼 위로 신경질적으로 한 손을 올렸다.

"아, 페티스 씨 말입니까? 맙소사, 아니요! 그는 올곧으면서도 까다롭기로 둘째가라면 서러운 사람인 걸요. 하지만 아시다시피 우리는 그의 얼굴을 보지 못했습니다. 상황은 이랬어요. 우리는 저녁 식사가 끝나자마자 죽 그 응접실 안에 앉아 있었는데……."

"잠시 기다리시오."

해들리가 끼어들었다.

"복도로 통하는 문은 열려 있었습니까?"

"아닙니다. 어이쿠, 젠장."

맹건은 변명하는 목소리로 대답하면서 자세를 고쳐 앉았다.

"눈 내리는 밤에 외풍이 들이닥치도록 문을 열어놓은 채 있을 수는 없는 노릇 아닙니까? 중앙난방이라도 가동하지 않으면 불가능한 일입니다. 초인종이 울리더라도 그 소리가 응접실 안까지 들릴 거라는 걸 알았어요. 게다가 솔직히 무슨 일이 일어날 거라는 생각은 전혀 하지 않았습니다. 저녁 식사 때의 교수님 태도를 보면, 그 일은 그저 장난이었거나 교수님이 어떻게든 처리해놓은 것 같았거든요. 어쨌든 교수님은 아무것도 아닌 일로 지나치게 겁을 집어먹는 경향이 있으니까요……."

해들리는 차갑게 빛나는 눈으로 그를 바라보았다.

"그리모 양, 당신도 같은 인상을 받았습니까?"

"예, 어느 정도는……. 모르겠어요! 그런 건 언제나 알기 어렵잖아요."

그녀의 말투에는 희미한 분노가 서려 있었다. 혹은, 반항심이었을까?

"아버지는 짜증을 내는 건지, 재미있어하는 건지, 그런 척만 하는 건지 알 수 없는 분이에요. 좀 괴상한 유머 감각을 갖고 있고, 극적인 효과를 내길 굉장히 좋아하니까요. 저를 어린아이 취급하죠. 제 평생 아버지가 겁먹은 모습은 한 번도 본 적이 없는 것 같아요.

그래서 잘 모르겠어요. 하지만 지난 사흘 동안 아버지는 짜증이 날 정도로 괴상하게 굴었어요. 그래서 보이드가 그 술집에 나타났던 남자 이야기를 제게 해줬을 때……."

그녀는 어깨를 으쓱했다.

"아버지가 어떤 괴상한 행동을 했습니까?"

"음, 예를 들어 혼잣말로 중얼거리는 행동 같은 거요. 갑자기 하찮은 일에 고함을 지르기도 했어요. 그런 일은 좀처럼 없었거든요. 그러다가 지나칠 정도로 크게 웃음을 터뜨리기도 했죠. 하지만 무엇보다 괴상했던 건 편지들이었어요. 아버지는 우체부가 올 때마다 편지들을 받았어요. 무슨 편지였는지는 묻지 마세요. 아버지가 모두 태워버렸으니까요. 평범한 싸구려 봉투에 들어 있었는데……. 만약 아버지의 버릇이 아니었더라면, 저도 전혀 눈치채지 못했을 거예요."

그녀는 잠시 주저하다 말을 이었다.

"이제 알게 되실 텐데, 아버지는 편지를 받으면 사람들 면전에서 어떤 내용이라거나 누가 보낸 편지인지 말해버리지 않으면 못 견디는 성격이에요. 이런 식으로 소리치죠. '이 빌어먹을 사기꾼 같으니!', '이런 뻔뻔한 놈이 다 있나!' 하고요. 이렇게 상냥하게 말할 때도 있어요. '자, 자, 내 오랜 친구 아무개가 편지를 보냈구나!' 마치 리버풀이나 버밍엄 같은 곳이 달 반대편이라도 되는 곳인 양, 꽤 놀란 듯한 말투로 말하곤 했죠. 이해하실지 모르겠네요……."

"이해합니다. 계속하시죠."

"하지만 그 편지인지 뭔지를 받았을 때는 아무 말도 하지 않았어요. 온몸이 굳어버렸다니까요. 남들 보는 앞에서 편지를 훼손한 적은 한 번도 없었는데, 어제 아침 식사 자리에서는 달랐어요. 아버지는 편지를 흘끗 보더니 곧장 구겨버렸어요. 그러고는 의자에서 일어나 생각에 잠긴 표정으로 걸음을 옮기더니 벽난로 안에 편지를 던져버렸죠. 바로 그때, 아주머……."

로제트는 재빨리 해들리를 바라보고는 그가 자신이 주저하고 있다는 사실을 알아차린 듯하자 당황스러워하며 말을 더듬기 시작했다.

"마담…… 아니, 뒤몽 부인이…… 아, 그러니까 에르네스틴 아주머니 말이에요! 바로 그때 아주머니가 아버지에게 베이컨 좀 더 드시겠느냐고 물었어요. 그러자 아버지가 갑자기 난로에서 돌아서더니 '닥치지 못해!' 하고 소리치는 거예요. 너무 뜻밖의 일이라 다들 금방 제정신을 차릴 수가 없었는데, 그러는 동안 아버지는 도대체 마음 편하게 있을 수가 없다고 투덜거리면서 쿵쿵대며 식당을 나갔어요. 표정이 아주 무서웠죠. 그리고 바로 그날, 그러니까 어제 아버지는 저 그림을 사 왔어요. 다시 쾌활해지셨죠. 쿵쿵거리면서 돌아다니고 킬킬거리고. 택시 기사를 포함해 두 사람이 그림을 위층으로 옮기는 일을 도왔어요. 저는…… 여러분들께서 오해하지 않으셨으면……."

복잡한 심경에 젖은 로제트에게 여러 기억이 되살아나 몰려든 게 분명했다. 그녀는 생각에 잠기기 시작했다. 좋지 않은 징조였다. 그녀가 떨리는 목소리로 말을 이었다.

"제가 아버지를 좋아하지 않는다고 오해하지 않으셨으면 좋겠어요."

해들리는 그녀의 개인적인 감정은 무시해버렸다.

"아버님이 주점에서 만난 남자에 대해 이야기한 적이 있습니까?"

"제가 물어보니 무뚝뚝하게 대답하더군요. 아버지가 마법의 역사를 비웃었다면서 종종 협박하러 오는 사기꾼들 중 하나였다고요. 물론 그런 사소한 일이 아니었다는 건 알고 있었어요."

"왜 그런 생각을 했습니까, 그리모 양?"

잠시 대화가 끊긴 동안, 그녀는 눈 한 번 깜빡거리지 않고 그를 바라보았다.

"왜냐하면, 심각한 일인 것 같다는 예감이 들어서요. 그리고 아버지의 과거에 그런 사태를 초래할 일이 있지 않을까 하는 의구심이 종종 들었었거든요."

정면 도전이었다. 긴 침묵이 흐르는 동안 희미하게 삐걱거리는 소리와 지붕에서 울리는 무거운 발걸음 소리가 들려왔다. 그녀의 얼굴에 표정 변화가 떠올랐다. 공포, 증오, 고통, 의심 등의 감정이 난로 불빛처럼 그녀의 얼굴에 일렁거렸다. 조금 전의 야성적인 환상이 다시 들이닥친 것이었다. 그녀가 걸치고 있는 밍크 모피 코트가 표범 가죽 코트처럼 보일 지경이었다. 그녀는 다리를 꼰 채 요염하게 의자에 등을 기대며 교묘하게 몸을 꿈틀거렸다. 머리를 뒤로 젖혀 의자 등받이에 기대자, 그녀의 목선과 반쯤 감은 눈에 난로 불빛이 희미하게 비쳤다. 그녀는 희미하게 억지 미소를 지으며 사람들을 바라보았다. 그러자 그림자가 지면서 광대뼈의 윤곽이 드러났다. 그럼에도 램폴은 그녀가 떨고 있음을 눈치챘다. 그런데, 왜 그녀의 긴 얼굴이 넓적하게 보이는 걸까?

"어떤가요?"

그녀가 재촉했다.

해들리는 약간 놀란 듯했다.

"그런 일을 초래하다니요? 이해가 잘 가지 않는군요. 그런 생각이 든 이유라도 있습니까?"

"아, 이유 같은 건 없어요! 사실은 그런 생각도 하지 않고요. 그런 공상 따윈……."

그녀는 재빨리 부정했다. 격렬하게 오르락내리락하던 그녀의 가슴은 이미 진정된 터였다.

"아버지 같은 취미를 가지면 감수해야 하는 일인지도 모르죠. 게다가 제 어머니는…… 아시겠지만 제 어머니는 돌아가셨어요. 제가 아주 어렸을 때 돌아가셨는데, 투시력을 갖고 있었다고 해요."

로제트는 다시 담배를 들어올렸다.

"그런데 제게 물어보시는 건……."

"우선 오늘밤 일에 대해 질문하고 싶군요. 당신이 아버님의 과거를 살펴보는 게 수사에 도움이 될 거라고 생각한다면, 런던 경찰청은 분명히 당신의 조언을 따를 겁니다."

그녀는 물고 있던 담배를 재빨리 입에서 뗐다.

"하지만……."

여전히 감정이 실리지 않은 말투로 해들리는 밀어붙였다.

"맹건 씨가 하던 이야기를 먼저 짚고 넘어가도록 하지요. 두 사람은 저녁 식사 후 응접실로 가서 복도로 통하는 문을 닫았습니다. 자, 그리모 교수가 그 위험한 방문객이 언제 들이닥칠지 말했습니까?"

"어…… 그렇습니다."

맹건이 대답했다. 그는 손수건을 꺼내 이마를 훔치고 있었다. 난로 불빛에 비친 그의 모습을 옆에서 바라보니, 야위고 움푹 패이고 뾰족한 얼굴 위쪽 이마에 작은 주름이 몇 가닥 패어 있었다.

"제가 그 남자가 누구인지 알아차리지 못한 또 다른 이유이기도 합니다. 그 남자가 너무 일찍 왔으니까요. 교수님은 10시에 올 거라고 했습니다만, 그자는 10시 십오 분 전에 도착했습니다."

"10시 정각이라고요. 교수가 그렇게 말한 게 확실합니까?"

"아, 네! 제 생각에는 그렇습니다. 10시쯤이었습니다. 그렇지 않아, 로제트?"

"모르겠어. 아버지는 내게 아무 말도 하지 않았는걸."

"알았습니다. 계속하시오, 맹건 씨."

"우리는 라디오를 켰습니다. 그게 실수였죠. 음악 소리가 요란했으니까요. 그리고 벽난로 앞에 앉아 카드놀이를 했습니다. 그래도 저는 초인종 소리를 들었습니다. 고개를 들어 벽난로 선반 위 시계를 보니 9시 45분이더군요. 현관문이 열렸을 때는 제가 자리에서 막 일어나던 참이었습니다. 그런데 뒤몽 부인이 뭐라고 말하는 소리가 들렸습니다. '기다리세요. 제가 여쭤보겠습니다' 같은 말이었을 겁니다. 그리고 문이 쾅 닫히는 소리가 들렸습니다. 저는 '어이, 거기! 누구십니까?'라고 소리쳤습니다. 마침 라디오에서 큰 소리가 나던 참이라, 당연히 저는 라디오 쪽으로 가서 전원을 껐죠. 직후에 페티스 씨가 외치는 소리가 들렸습니다. 우리 두 사람 모두 말투를 듣고 당연히 그가 페티스 씨라고 생각했지요. 그가 이렇게 말하더군요.

'안녕하신가, 젊은 친구들! 총독님을 알현하려는데 뭐 이리 격식을 차려야 할 게 많은가? 내 올라가서 훼방 좀 놔야겠네.'"

"정확히 그렇게 말했습니까?"

"예. 페티스 씨는 언제나 그리모 교수님을 총독님이라고 불렀고, 교수님을 그런 별명으로 부를 수 있는 배짱을 가진 사람은 달리 아무도 없었습니다. '아빠'라고 부르는 버너비 정도만 예외랄까……. 그래서 우리는 '알았습니다'라고 대답한 후 더 신경쓰지 않았습니다. 우리 두 사람 모두 다시 자리에 앉았지만, 저는 10시가 가까워지고 있다는 사실을 깨닫고는 신경이 쓰이고 조마조마해지기 시작했죠. 그러다가 10시가 임박하자…….”

해들리는 수첩 여백에 도안 같은 그림을 그리며 골똘히 생각에 잠겨 말했다.

“그렇다면 페티스라고 주장한 자는 당신들을 직접 보지 않고 문을 사이에 둔 채 말했다는 겁니까? 어떻게 두 사람이 거기 있다는 사실을 알았을 거라고 생각합니까?”

맹건은 얼굴을 찌푸렸다.

“창문으로 우리 둘을 봤을 겁니다. 정문 계단을 올라오다 보면 가장 가까운 창문을 통해 응접실 안이 바로 보이니까요. 저 역시 매번 그렇게 합니다. 사실 누가 응접실에 있는 모습이 보이면, 초인종을 누르는 대신 보통 몸을 내밀어 창문을 두드리곤 하죠.”

해들리 경정은 여전히 생각에 잠긴 채 도안을 그리고 있었다. 뭔가를 묻고 싶지만 당장은 입 밖에 내지 않기로 한 것 같았다. 로제트는 눈 하나 깜빡이지 않고 날카로운 시선으로 그를 바라보았다. 해들리는 그저 이렇게만 말했다.

“계속하시오. 10시를 기다리고 있었다고 했는데…….”

“그런데 아무 일도 일어나지 않았습니다. 하지만 이상하게도 10시가 지나 일분일초가 흘러갈 때마다 안심이 되기는커녕 점점 더 신경이 날카로워지는 것이었습니다. 말씀드린 대로 저는 남자가 나타날 거라고 생각하지도, 무슨 문제가 발생할 거라고 믿지도 않았습니다. 그런데도 저는 계속해서 어두운 복도의 모습과 가면 달린 갑옷의 형상을 떠올리고 있었습니다. 그런 생각을 할수록 점점 더 기분이 이상해져서…….”

“무슨 말인지 정확히 알겠어.”

로제트가 입을 열었다. 그녀는 다소 놀란 태도로 희한하다는 듯 맹건을 바라보았다.

“나도 그런 생각을 하고 있었거든. 하지만 당신이 바보라고 놀릴까 봐 이야기하고 싶지 않았어.”

“아, 나도 그런 것에 심리적으로 영향을 받을 때가 있어.”

맹건은 비통하게 말을 이었다.

“그래서 내가 직장에서 그토록 빈번히 해고당하는 거겠지. 오늘 밤 이 소식을 신문사에 알리지 않았으니 또 해고당할지도 모르겠군. 편집장 따위는 엿이나 먹으라지. 나는 유다가 아니야.”

그는 자세를 고쳐 앉았다.

“어쨌든 10시 10분쯤 되자 더 참을 수 없을 것 같은 기분이 됐습니다. 그래서 카드를 내팽개치듯 내려놓고는 로제트에게 말했습니다. ‘저기, 한잔 마신 다음 집안에 불을 켜놓는 건 어때? 아니면 다른 뭐라도 하자.’ 그리고 종을 울려 애니를 부르려다가, 오늘은 토요일이라 야간 근무를 하지 않는다는 사실이 기억나서…….”

“애니라고요? 하녀 이름입니까? 알겠습니다. 존재를 잊고 있었군. 그래서요?"

"그래서 문을 열러 갔는데, 문이 밖에서 잠겨 있었습니다. 그건 마치…… 마치 이런 기분이었습니다! 침실 안에 그림이나 장식품 같은 눈에 잘 띄는 물건이 있다고 해보죠. 언제나 그 자리에 있었기 때문에 평소에는 그다지 신경을 쓰지 않을 테죠. 그러다가 어느 날 침실로 들어갔는데, 뭔가 잘못된 것 같다는 어렴풋한 느낌이 드는 겁니다. 그 이유를 알 수 없으니 짜증이 나고 불안해집니다. 그러다 갑자기 빈 공간이 눈에 확 들어오는 겁니다. 그렇게 그 물건이 사라졌다는 사실을 깨닫게 되어 충격을 받는 거죠. 이해하시겠습니까? 딱 그런 기분이었습니다. 뭔가 잘못됐다고는 느꼈어요. 그자가 복도에서 큰 소리로 말할 때부터 그런 느낌이 들었지만, 문이 잠겨 있다는 사실을 알아차리게 되자 비로소 한 대 얻어맞은 듯한 충격을 받은 겁니다. 저는 바보처럼 문고리를 잡아당기기 시작했는데, 그 순간 총성이 들렸습니다.

실내에서 총성이 울리니 마치 악마의 비명소리 같더군요. 같은 층도 아닌 맨 위층에서 나는 소리였는데도 말입니다. 로제트는 비명을 지르다가……."

"난 비명 지르지 않았어!"

"그러다가 저를 손가락으로 가리키면서, 저 또한 내내 생각하던 말을 했습니다. '그 사람은 절대로 페티스 씨가 아니야. 그가 침입한 거라고.'"

"정확한 시각을 기억합니까?"

"예. 정확히 10시 10분이었습니다. 음, 저는 문을 부수려고 했습니다."

그런데 계속해서 기억을 더듬는 맹건의 눈빛에서 스스로를 비꼬고 조롱하는 듯한 웃음기가 희미하게 엿보였다. 그는 마치 죽어도 이 이야긴 하기 싫지만 어쩔 수 없이 할 수밖에 없다는 태도로 말했다.

"그러니까, 소설 속에서 문을 부수는 게 얼마나 쉬운지 생각해 보신 적 있습니까? 그런 소설들은 목수들의 천국일 겁니다. 약간의 구실로도 문이 박살나고 문을 끊임없이 수리할 수 있을 테니까요. 심지어 안에 있는 사람이 가벼운 질문에 대답하지 않는다는 이유만으로도 문이 부숴지곤 합니다. 하지만 저기 문 하나를 골라잡아 시도해보시지요! ……그러면 잘 알게 되실 겁니다. 저는 잠시 어깨로 문을 들이받아보다가, 창문을 통해 밖으로 나가 현관이나 다른 문을 통해 들어오면 된다는 생각이 떠올랐습니다. 그러다 여러분과 마주친 겁니다. 이후 일어난 일은 여러분도 아실 거고요."

해들리는 수첩을 연필로 톡톡 두드렸다.

"이 집은 보통 현관문을 잠그지 않습니까?"

"세상에! 제가 어떻게 압니까! 하지만 그 생각밖에는 떠오르지 않았어요. 어쨌든 현관문은 잠겨 있지 않았습니다."

"그렇습니다. 잠겨 있지 않았소. 이 이야기에 덧붙일 말은 없습니까, 그리모 양?"

그녀는 눈을 감았다.

"아무것도 없어요. 아니, 꼭 그런 건 아니에요. 보이드는 모든 일을 일어났던 그대로 말씀드렸어요. 하지만 당신들은 언제나 온갖 괴상한 일들을 죄다 알고 싶어 하지 않던가요? 사건과 아무런 관련이 없는 것 같은데도 말이죠. 사건과는 전혀 관계가 없는 일 같지만…… 뭐, 말씀드리겠어요. 초인종이 울리기 조금 전, 저는 담배를 가지러 두 창문 사이에 놓인 테이블로 갔어요. 보이드가 말한 대로 라디오가 켜져 있었죠. 그런데 도로 아니면 현관 앞 인도 쪽에서 커다랗게 쿵 하는 소리가 들렸어요. 무슨 무거운 물건이 높은 곳에서 떨어지는 것 같은 소리였지요. 평소에 도로에서 나는 소리가 아니었어요. 마치 사람이 떨어지는 듯한 소리였지요."

램폴은 마음이 불안하게 동요하는 것을 느꼈다. 해들리가 물었다.

"쿵 하는 소리였다고요? 흠. 무슨 소리였는지 밖을 내다보았습니까?"

"예. 하지만 아무것도 없었어요. 물론 블라인드를 젖히고 창문 주변만 살펴봤지만요. 하지만 거리는 텅 비어……."

그녀는 황급히 입을 다물었다. 그녀는 멍하니 입을 벌린 채 눈동자조차 움직이지 못했다.

"오, 세상에!"

"그렇습니다, 그리모 양."

해들리가 단조로운 말투로 입을 열었다.

"그리모 양 말대로 블라인드는 모두 닫혀 있었습니다. 맹건 씨가 창밖으로 뛰어나왔을 때 블라인드를 젖히려다 서로 엉켰기 때문에, 그 점은 확실히 기억하고 있습니다. 그래서 방문객이 어떻게 창문을 통해서 응접실 안에 있는 당신들을 볼 수 있었을지 궁금하군요. 어쩌면 블라인드가 내내 쳐져 있었던 것은 아닐 수도 있지 않을까요?"

지붕에서 나는 희미한 소음을 제외하면 방안은 고요했다. 램폴은 펠 박사를 흘끗 바라보았다. 그는 한 손으로 턱을 받치고 챙이 넓은 모자를 깊숙이 눌러쓴 채, 박살낼 수 없었던 문에 기대고 서 있었다. 다음으로 램폴은 무표정한 해들리를 바라보다가, 다시 그리모 양에게 시선을 옮겼다.

"우리가 거짓말을 한다고 생각하는 거야, 보이드. 더이상 아무 말도 하지 않는 게 좋을 것 같아."

냉랭한 로제트 그리모의 말에 해들리는 미소를 지었다.

"그런 생각은 전혀 하지 않았습니다, 그리모 양. 굳이 그런 질문을 한 이유를 밝히자면, 우리에게 도움이 될 수 있는 사람은 당신뿐이기 때문입니다. 그래서 심지어 상황이 어떻게 돌아가고 있는지에 대해서도 말해줄 작정입니다. 이봐, 펠!"

"응?"

펠 박사가 깜짝 놀라 고개를 들며 큰 소리로 대답했다.

"자네도 내가 하는 말을 들어줬으면 좋겠군."

해들리는 단호한 말투로 이야기를 계속했다.

"조금 전 자네는 누가 봐도 믿을 수 없을 밀스와 뒤몽 부인의 이야기를 믿는다고 말하면서 우리를 죄다 어리둥절하게 만들고 엄청나게 기뻐했었지. 왜 그들의 이야기를 믿는지 이유는 전혀 말해주지 않으면서 말일세. 이제는 내가 답례를 할 차례로군. 나는 그들의 이야기를 믿을 뿐 아니라 이 두 사람의 이야기 역시 믿는다는 것을 밝히는 바일세. 그리고 그 이유를 설명하는 동시에 이 불가능한 상황에 대한 설명도 병행하도록 하겠네."

이번에 펠 박사는 금세 정신을 차렸다. 그는 두 볼을 부풀리더니 금방 전투라도 벌이려는 듯 해들리를 노려보았다. 해들리가 계속 말했다.

"아쉽지만 전부 설명이 가능한 건 아니라네. 하지만 용의자의 범위를 몇 명으로 좁힐 수 있을 정도는 되지. 그리고 눈 위에 아무 발자국이 없는 이유 또한 설명할 수 있네."

"아, 그거 말인가!"

펠 박사는 경멸하는 태도로 대답하더니 안심한 듯 툴툴거렸다.

"자네가 뭔가 발견했을지도 모른다는 희망을 잠시 품었지 뭔가. 그 부분은 명백한 사안이 아닌가?"

해들리는 필사적인 노력을 기울여 화를 억누르며 말을 이었다.

"우리가 찾는 남자는 인도에도 계단에도 발자국을 남기지 않았지. 왜냐하면 그는 인도나 계단을 밟은 적이 없으니까. 눈이 그친 뒤에는 말이야. 그는 내내 집안에 있었던 거야. 아니, 얼마 전부터 있었다고 해야 하나? 그는 (a) 집안사람이거나, (b) 어쩌면 초저녁 무렵 열쇠로 현관문을 열고 안에 들어와 숨어 있었겠지. 후자 쪽이 좀더 개연성이 있을 거라고 생각하네. 그렇게 생각하면 사람들의 진술 사이의 모순점들이 모두 해결될 수 있을 테니까. 그는 적당한 때를 골라 복잡한 분장을 하고 눈을 쓸어 놓은 문간에 서서 초인종을 누른 거라네. 그래서 블라인드가 쳐져 있는데도 그리모 양과 맹건 씨가 응접실 안에 있다는 사실을 알았던 거지. 두 사람이 응접실로 들어가는 것을 봤을 테니까. 또한 뒤몽 부인이 그의 면전에서 문을 쾅 닫아버리고 밖에서 기다리라는 말을 했을 때에도 간단히 안으로 들어올 수 있었던 거야. 열쇠를 갖고 있었을 테니."

펠 박사는 천천히 고개를 저으며 혼잣말을 중얼거렸다. 그러고는 시비 거는 태도로 팔짱을 꼈다.

"흠, 그렇군. 하지만 그자가 살짝 미친놈이라 한들, 왜 그렇게 복잡하게 속임수를 쓰려 했을까? 만약 그가 이 집에 사는 자라면 그 점에 대해 논쟁을 벌이는 것도 나쁘지는 않지. 외부인처럼 보이고 싶어서 방문객을 가장했을 테니까. 하지만 정말로 외부인이라면, 왜 굳이 위험을 무릅쓰면서까지 집안을 어슬렁거리며 행동에 나설 때를 기다렸을까? 적절한 때를 노려 곧장 위층으로 돌진하는 편이 나았을 텐데?"

해들리는 손가락을 꼽아가며 체계적으로 그 질문에 대답했다.

"첫째, 그는 아무런 방해를 받지 않도록, 사람들이 어디에 있는지 알아야 했네. 둘째, 이쪽이 더 중요한 이유인데, 그는 눈 위에 발자국을 위시한 아무 흔적도 남기지 않음으로써 자기가 사라진 트릭에 화룡점정을 찍고 싶었던 걸세. 그자를 동생 앙리라고 부를까? 앙리 같은 미치광이에게는 그런 사라지는 트릭이야말로 무엇보다 중요했을 거야. 그래서 눈이 펑펑 내리는 동안 집안에 들어가 눈이 그칠 때까지 숨은 거라네."

"동생 앙리가 대체 누구죠?"

로제트가 날카로운 목소리로 물었다.

"그냥 이름일 뿐입니다."

펠 박사가 상냥하게 대답했다.

"우리도 그에 대해 모른다고 말하지 않았던가요……. 자, 해들리, 그 지점이야말로 내가 이 기묘한 사건 전체와 관련해 온건하면서도 확고한 이의를 제기하고자 하는 부분일세. 우리는 언제 눈이 내리기 시작했고 언제 그쳤는지 재잘재잘 떠들어대지 않았나? 마치 수도꼭지를 돌리듯 눈이 내리는 것을 통제할 수 있다는 듯이 말이야. 하지만 나는 도대체 어떻게 눈이 언제 내리고 그치는지 예견할 수 있는지 알고 싶단 말일세. '아하! 토요일 밤에 범행을 저질러야겠군. 그날 밤, 정확히 저녁 5시에 눈이 내리기 시작해서 정확히 밤 9시 30분에 눈이 그칠 것 같으니까. 그 정도면 눈이 그칠 때까지 집안에 몰래 숨어서 사라지는 트릭을 준비할 수 있겠어.' 이런 생각을 할 수 있는 사람이 얼마나 될 것 같은가? 쯧쯧! 자네의 설명은 이 믿기 힘든 사건보다 훨씬 충격적이야. 범인이 언제 정확히 눈이 내리고 그칠지 알고 있었다고 믿느니, 차라리 그가 발자국을 남기지 않은 채 눈 위를 걸어갔다고 믿는 편이 낫겠군."

해들리 경정은 짜증이 나기 시작했다.

"나는 사건 전체의 핵심을 설명하려는 거라네. 하지만 자네가 꼭 그 점을 갖고 싸움을 걸어야겠다면 말이지……. 내가 마지막 지점까지 모두 설명했다는 걸 모르겠나?"

"마지막 지점이라니?"

"여기 우리 친구 맹건의 말로는, 그 방문객은 10시에 찾아오겠다고 위협했다지. 뒤몽 부인과 밀스는 9시 반이라고 했어. 기다리시오!"

해들리는 벌컥 소리치려는 맹건을 제지했다.

"거짓말을 하고 있는 쪽은 A일까, B일까? 첫째, A나 B, 어느 쪽이든 그자가 찾아오겠다고 위협한 시각에 대해 나중에라도 거짓말을 해야 하는 타당한 이유가 있을까? 둘째, 만약 A가 10시라고 말하고 B가 9시 반이라고 말한다면, 죄가 있든 무고하든 둘 중 한쪽은 그 방문객이 실제로 도착할 시각을 사전에 알고 있었어야 하네. 그렇다면 그가 도착한 시각에 대해서는 어느 쪽의 진술이 정확했을까?"

"둘 다 아닙니다. 두 시각 사이었지요. 9시 45분 말입니다."

맹건이 해들리를 노려보며 말했다.

"그렇소. 그 점이야말로 양쪽 모두 거짓말을 하지 않았다는 징표일세. 그리모 역시 그 방문객이 언제 찾아올지 확신할 수 없었다는 징표이기도 하고. '대충 9시 반에서 10시 사이의 시각'이었을 걸세. 그래서 그리모는 그런 위협에 전혀 겁을 먹지 않은 척 필사적으로 행동했을지라도, 모든 사람이 확실히 집안에 있도록 하기 위해 두 가지 시각을 말한 것일 테지. 내 아내도 브리지 게임을 주최할 때 똑같이 하니까……. 자, 그런데 앙리는 왜 확실한 시각을 말해주지 못했던 걸까? 왜냐하면 펠, 자네가 말한 대로 그는 수도꼭지를 돌리듯 눈을 마음대로 그치게 할 수 없었기 때문일세. 며칠 동안 눈이 내리는 밤이 계속되었기 때문에, 위험을 무릅쓰고 오늘밤에도 눈이 내릴 거라는 도박을 할 수 있었던 거야. 하지만 눈이 그칠 때까지 기다려야 했기 때문에, 만약 눈이 자정에 그칠지라도 그때까지 기다릴 수밖에 없었겠지. 하지만 오래 기다릴 필요가 없었어. 눈은 9시 반에 그쳤으니까. 그러자 그는 누가 봐도 미치광이처럼 행동했다네. 나중에 논란이 일어나지 않도록, 십오 분 동안 기다렸다가 초인종을 누른 거지."

펠 박사는 무슨 말을 하기 위해 입을 열었다가, 이야기에 집중하는 로제트와 맹건의 얼굴을 포착하고 입을 다물었다.

해들리는 어깨를 으쓱하며 이야기를 이어나갔다.

"자, 그렇다면! 내가 두 사람의 말을 믿는다는 걸 분명히 보여준 것 같군요. 이 사항들을 보면 당신들의 도움이 필요하오. 앞서 말한 사실에서 무엇보다 중요한 점이 하나 있는데, 우리가 찾는 남자는 그저 조금 안면이 있는 사람이 아닙니다. 그는 이 집 안팎을 자세히 꿰고 있어요. 어디에 어떤 방이 있는지는 물론이고 이 집안의 평소 일정, 집안사람들의 습관까지 죄다 알고 있소. 사람들이 사용하는 말버릇이나 별명까지도요. 페티스 씨가 평소 그리모 교수를 어떤 이름으로 부르는지뿐 아니라 당신네들을 부르는 호칭까지 알고 있소. 그자는 그저 당신들이 한 번도 본 적 없는, 그리모 교수와 일 관계로 만나는 단순한 지인이 아니라는 말입니다. 그러니 이 집에 빈번하게 방문하는 사람을 모두 알아야겠습니다. 그리모 교수와 친한 이들 중 이런 사항에 들어맞는 사람은 누구입니까?"

그리모 양이 소스라치며 불안하게 몸을 움직였다.

"그러니까 그런 사람들 중에서…… 아니, 그럴 리가 없어요! 아니, 아니란 말이에요! 어쨌든 그런 사람은 없어요!"

그녀의 목소리는 그녀 어머니의 목소리를 기묘하게 연상시켰다.

"그게 무슨 뜻입니까? 당신 아버지를 쏜 사람이 누구인지 알고 있습니까?"

해들리가 날카롭게 물었다.

그녀는 갑작스럽게 공격을 당하자 자리에서 펄쩍 뛰어올랐다.

"아니요! 당연히 아니고말고요!"

"아니면 의심스러운 점이라도?"

"없어요. 아니, 딱 하나 있네요."

그녀의 치아가 반짝거렸다.

"왜 집밖에서만 범인을 찾으려고 하시는지 이해할 수가 없다는 말이에요. 경정님의 추리에는 조금이나마 굉장히 유익한 점이 있으니, 그 가르침에 대해서는 감사드려요. 하지만 이 집 '내부' 사람이 경정님 말씀대로 행동했다고 한다면요? 그렇게 생각하는 편이 훨씬 합리적이지 않을까요? 그쪽이 더 잘 들어맞는 것 같은데요."

"누구 말입니까?"

"그러니까…… 아니, 그건 경정님 일 아닌가요?"

정확히 어떻게 그랬는지는 모르겠지만, 해들리가 이 날렵한 살쾡이의 코털을 잡아당긴 모양이었다. 그녀는 이 상황을 즐기고 있었다.

"경정님은 집안사람들을 모두 만나보지 않으셨잖아요. 애니도 그렇고, 생각해보니 드레이먼 씨도 아직 만나지 못하셨겠군요. 하지만 다른 발상은 완전히 말도 안 되는 생각이에요. 첫째, 아버지는 친구가 거의 없어요. 집안사람들을 제외하면 그 조건을 만족하는 사람은 단 두 명밖에는 없는데, 그 두 사람 모두 경정님께서 찾고 계신 사람일 리 없어요. 단순히 외형적인 특징만 보더라도 알 수 있죠. 한 사람은 바로 그 앤서니 페티스 씨인데 저보다 키가 작아요. 그렇다고 제가 아마존의 여전사 같은 사람은 아니죠. 다른 사람은 그 괴상한 그림을 그린 제롬 버너비 씨인데, 그에게는 신체적 장애가 있어요. 가벼운 장애지만 도저히 숨길 수는 없는 거라 몇 킬로미터 밖에서도 알아볼 수 있죠. 에르네스틴 아주머니나 스튜어트라면 바로 알아차렸을 거예요."

"아무래도 좋습니다. 그 두 사람에 대해 아는 대로 말해주겠습니까?"

그녀는 어깨를 으쓱했다.

"두 사람 모두 중년인데, 부유한 사람들이라 취미 생활이나 하면서 유유자적 지내죠. 페티스 씨는 대머리에 좀 까다로운 성격인데…… 그렇다고 노파처럼 잔소리가 많은 사람이라는 건 아니고요. 소위 호인인데, 실은 굉장히 영리한 사람이에요. 흥! 왜 그런 사람들은 아무 직업도 없이 빈둥대는 걸까요?"

그녀는 두 주먹을 꽉 쥐더니, 맹건을 올려다보았다. 그리고 그녀의 얼굴에 나른하게 즐거운 표정이 느리게 떠올랐다. 계산적인 표정이었다.

"버너비 씨는…… 예, 제롬은 어느 정도는 하는 일이 있어요. 그는 꽤 알려진 화가지만 범죄학자로 훨씬 더 유명한 사람이죠. 덩치가 큰네다 허세도 만만치 않아요. 범죄 이야기를 좋아하고, 예전에 자신이 얼마나 뛰어난 스포츠맨이었는지 떠벌리곤 하니까요. 그래도 나름 매력적인 사람이에요. 그가 저를 굉장히 좋아해서 보이드가 끔찍하게 질투한답니다."

그녀는 한층 더 환한 미소를 지었다.

맹건이 조용히 말했다.

"저는 그 사람이 마음에 들지 않습니다. 사실 지독하게 증오하죠. 서로 그 사실을 압니다. 하지만 적어도 한 가지 사실에 대해서는 로제트의 말이 맞습니다. 그는 절대로 그런 짓을 할 리 없습니다."

해들리는 다시 수첩에 뭔가 휘갈겨 적었다.

"버너비 씨는 어디에 장애가 있습니까?"

"내반족입니다. 직접 보신다면 감출 수 없는 특징이라는 걸 이해하실 겁니다."

해들리는 수첩을 닫았다.

"고맙습니다. 당장은 이만하면 됐습니다. 이제 요양원으로 가봐도 좋아요. 그런데…… 음, 무슨 질문이라도 있나, 펠?"

펠 박사가 성큼성큼 다가왔다. 그는 그녀 앞에 우뚝 버티고 서서, 머리를 한쪽으로 기울인 자세로 내려다보았다. 그러더니 안경에 매달린 리본 끈을 마치 파리라도 되는 양 털어내면서 입을 열었다.

"마지막으로 질문을 하나 하겠습니다. 어험! 자, 그리모 양, 당신은 왜 그토록 드레이먼 씨가 범인이라고 확신하는 겁니까?"

008 탄환

박사는 그 질문을 던지고 약간의 깨달음을 얻었을지언정, 대답은 전혀 들을 수 없었다. 램폴이 무슨 일이 일어났는지 깨닫기도 전에 모든 일이 끝났다. 펠 박사가 '드레이먼'이라는 이름을 꺼낸 것은 지극히 우발적이었기 때문에, 램폴은 그에 대해 아무런 인상도 받을 수 없었다. 심지어 그때 로제트를 보고 있지도 않았다. 그는 불안한 심정 속에서 맹건에게 닥친 변화에 대해 궁금히 여겼다. 이제껏 알던 맹건은 거침없고 수다스러우며 밝은 표정을 짓는 사람인데, 조금 전부터는 무슨 이유에서인지 한발 물러나 반대만 일삼는다거나 바보 같은 말을 늘어놓는 사람으로 바뀌어 있었다. 맹건은 다소 멍청한 이야기를 할지언정, 이토록 바보 천치처럼 굴었던 적이 한 번도 없었다. 하지만 지금은…….

"이 악마 같으니!"

로제트 그리모가 비명을 질렀다.

마치 분필로 칠판을 끼익 하고 긁는 듯한 소리였다. 램폴이 고개를 홱 돌려 바라보니, 그녀의 높이 솟은 광대뼈는 더욱 높아지고 입은 더욱 크게 벌어지고 격한 감정에 눈동자의 색채가 사라진 듯 보였다. 하지만 그런 모습을 본 것도 한순간이었다. 그녀가 모피 코트 자락을 펄럭이며 사나운 기세로 펠 박사를 지나쳐 복도로 나가 버렸기 때문이다. 맹건이 뒤를 따랐다. 문이 쾅 소리를 내며 닫혔다. 그러다가 문이 열리고 맹건이 나타났고, 그는 "어…… 죄송합니다!"라는 말을 남기고 서둘러 다시 문을 닫아버렸다. 허리를 굽히고 고개를 숙인 채 문가에 서 있던 그는 이마는 온통 주름투성이에 신경질적인 검은 눈은 이글이글 빛나고 있어서 기괴해 보일 정도였다. 그는 마치 청중을 진정시키려는 듯 손바닥을 아래로 향한 채 두 손을 뻗은 채였다. 그리고 "어…… 죄송합니다!"라는 말을 남기고 문을 닫은 것이다.

펠 박사는 눈을 깜빡이며 계속 문 쪽을 바라보았다.

"그 아버지에 그 딸이로군, 해들리."

그러고는 숨을 씩씩거리며 천천히 고개를 저었다.

"어흠, 그래. 그녀는 그저 엄청난 심리적인 압박을 느낀 것뿐이라네. 조용히 앉아 있었으니 다들 눈치채지 못했을 테지만, 약실에

화약을 채워 넣은 것 같은 상태였지. 그러니 사소한 일이라도 일촉즉발의 방아쇠가 되었을 거야. 흠, 실제로 병적인 면이 있는 게 아닐까 걱정이지만, 어쩌면 본인은 저렇게 행동할 정당한 이유가 있다고 생각할지도 모르지. 그녀가 사건에 대해 얼마나 아는지 궁금하군그래."

"아, 맞아, 그리모 양은 외국인이니까. 하지만 그건 중요한 게 아니지."

해들리는 다소 거친 태도로 말을 이었다.

"내 보기에 자네는 항상 서커스의 총잡이처럼 구는 것 같아. 거칠게 총을 쏴 다른 사람이 입에 문 담배를 떨어뜨리려 하니 말이야. 어쨌든, 드레이먼 이야기는 대체 무슨 소리인가?"

펠 박사는 무언가 신경이 쓰이는 것 같았다.

"잠시만, 잠깐만 기다리게……. 그리모 양을 어떻게 생각하나, 해들리? 그리고 맹건은?"

박사는 램폴 쪽으로 몸을 돌렸다.

"내가 받은 인상은 뒤죽박죽이야. 자네 말만 들었을 때는, 맹건은 내가 익히 알고 또 좋아하는 거친 아일랜드인의 전형이라고 생각했다네."

"그런 사람이 맞습니다. 알아보셨군요?"

램폴이 답하자 해들리가 얼른 끼어들었다.

"그리모 양의 인상을 말하자면, 그녀는 자네가 바라는 만큼 침착하게 자리에 앉아 아버지의 인생을 분석할 사람으로 보여. 빌어먹을 정도로 머리가 좋은 여자 같단 말이지. 하지만 돈을 걸어도 좋아. 지금쯤은 요양원으로 달려가면서, 아버지의 심정을 헤아리지 못했다며 눈물을 흘리며 히스테리를 일으키고 있을 거야. 근본적으로는 견실한 처녀 같아. 하지만 펠, 한쪽 구석에는 악마를 숨기고 있다네. 그녀는 양쪽 감정을 모두 제대로 다루고 싶어 하지. 맹건이 그녀의 머리를 후려갈기거나 런던 대학교 토론 대회에서 그녀가 한 말을 따르지 않는 한 두 사람은 결코 잘 지낼 수 없을 걸세."

펠 박사는 눈을 가늘게 뜨고 그를 응시하며 선언하듯 말했다.

"자네는 범죄수사과 경정이 된 다음부터 줄곧 다소 저속한 분위기를 풍긴단 말이지. 자네에게서 흥미로운 면을 발견해 가슴이 아프기도 하고 놀랍기도 해. 이 늙은 사티로스• 같으니, 잘 듣게. 지금까지 한 헛소리를 진심으로 믿고 있나? 살인범이 살금살금 집안으로 숨어 들어와 눈보라가 그칠 때까지 기다렸다는 말도 안 되는 소리 말일세."

해들리는 크게 히죽 웃고 말았다.

"더 나은 이야기를 생각해낼 때까지는 꽤 좋은 설명이 될 것 같지 않나? 그들의 신경을 온통 거기로 쏠리게 했을 테니 말이야. 항상 증인의 신경을 어디론가 쏠리게 해야 하는 법이라네. 적어도 나는 그들이 하는 말을 믿고 있어……. 지붕 위에서 발자국을 찾고 있으니 뭐라도 발견할 테니까, 걱정하지 말게. 하지만 그 점에 대해서는 다음에 얘기하도록 하지. 드레이먼을 어떻게 생각하나?"

"우선 뒤몽 부인이 한 이상한 말이 마음에 걸려. 얼마나 이상했는지 그 표현만 될 지경이었다네. 계산된 표현은 아니었지. 그녀가 받는 압박감이 최고치에 이를 때 소리친 말이었으니, 살인범들이 왜 그토록 우스꽝스러운 가장을 하는지조차 이해하지 못하고 있었을 테지. 그녀는 이렇게 말했다네. 만약 누군가를 살해하고자 하더라도 '누구도 가이 포크스의 날에 아이들과 함께 가면을 쓰고 노는 드레이먼 영감처럼 색칠한 가면을 쓰지 않아요'라고 말일세. 나는 이 가이 포크스의 망령이 뜻하는 바가 무엇인지 궁금해 마음 한쪽에 담아두고 있었다네. 그런 다음 로제트와 이야기를 나누면서 페티스에 대한 질문을 하다가 정말 별생각 없이 '가이 포크스처럼 차려입은 모습을 보면'이라는 표현을 사용했어. 그때 그녀의 표정을 봤나, 해들리? 내가 그 방문객이 그런 차림을 하고 있었다는 암시를 흘린 것만으로 그녀는 충분한 힌트를 얻었던 거야. 하지만 그 점에 기뻐하는 것만큼이나 깜짝 놀란 것 같더군. 그녀는 아무 말 없이 깊은 생각에 잠겨 있었다네. 그리고 머릿속에 떠올린 사람을 굉장히 싫어했어. 그 사람이 누굴까?"

해들리는 방 저편을 노려보았다.

"그래, 기억나. 그녀가 의심하는 사람에 대한 암시를 흘렸지. 우리가 그 사람에게 혐의를 두길 바랐는지도 몰라. 그래서 내가 그토록 그녀를 몰아붙이며 대답을 강요했던 거야. 그녀는 사실상 이 집

• **사티로스** _ 그리스신화에 등장하는 상체는 인간이고 하체는 염소인 반인반수의 존재. 장난을 좋아하고 색을 밝히기 때문에 인간의 원초적 본능을 상징한다.

안사람 누군가가 범인이라고 말한 것이나 다름없어. 하지만 솔직히 말하자면……."

그는 한 손으로 이마를 문질렀다.

"이 집안사람들은 어쩌면 다 이렇게 괴상한지. 잠깐이지만 나는 그녀가 친모가 범인이라고 암시하는 건 아닐까 하는 생각까지 했다네."

"그녀는 드레이먼을 끌어들일 때는 에둘러 표현하지 않았어. '애니도 그렇고, 생각해보니 드레이먼 씨도 아직 만나지 못하셨겠군요'라고 했으니까. 중요한 소식은 추신에 붙이는 법 아닌가……."

펠 박사는 우유가 담긴 잔을 심술궂게 노려보며, 쿵쿵거리는 발걸음으로 타자기가 놓인 책상 주변을 걷기 시작했다.

"어떻게든 그를 두들겨 깨워야겠네. 흥미가 생기는군. 그 드레이먼이라는 자는 누구일까? 그리모의 오랜 친구이자 군식구이고, 수면제를 복용하며 가이 포크스의 날에 사용하는 가면을 쓰는 사람이라. 이 집안에서 그의 위치는 어떻게 되며, 게다가 그는 여기서 무엇을 하며 지내는 걸까?"

"그가…… 공갈을 쳤다는 뜻인가?"

"말도 안 되는 소리 하지 말게, 친구. 학교 선생이 공갈범이 되었다는 소리 들어본 적이 있나? 아니, 아니라네. 교사들은 다른 사람들에게 자신의 존재가 드러나지 않을까 노심초사하는 사람들이야. 나도 경험한 일이지만, 학계 쪽 직업을 가진 사람들은 그런 결점을 갖고 있다네. 하지만 그렇다고 공갈범이 되지는 않아……. 아니, 그리모가 그를 거둔 것은 아마도 그저 충동적인 친절 때문이었을 걸세. 하지만……."

찬바람이 들이닥쳐 망토가 펄럭이자 그는 잠시 입을 다물었다. 방 저편에 있는, 다락 및 지붕으로 통하는 층계와 연결된 것이 분명해 보이는 문이 열리더니 다시 닫혔다. 밀스가 별안간 모습을 드러냈다. 입술이 파랗게 질리고 목에는 커다란 양털 목도리를 두른 채였다. 하지만 곧 그는 따뜻해서 만족스러워 보였다. 그는 우유를 들이마시며 원기를 회복했고(냉정하게 말하자면 고개를 젖힌 모습이 꼭 칼을 삼키는 곡예사 같았다) 벽난로를 향해 두 손을 뻗었다.

그가 이야기를 재잘거리기 시작했다.

"여러분, 저는 경정님의 부하를 죽 지켜보고 있답니다. 천장문 꼭대기의 좋은 위치에서요. 그는 몇 번인가 눈사태를 일으켰지만……. 아, 죄송합니다! 제게 이런저런 주문을 하지 않으셨던가요? 아, 그렇군요. 정말로 도움을 드리고 싶었는데, 아마 잊어버린……."

해들리가 말을 끊었다.

"물을 끼얹어서라도 드레이먼 씨를 깨워주시오. 그리고…… 아, 이런! 페티스가 있었지! 페티스 씨가 아직 여기에 있다면, 내가 보고 싶어 한다고 전해주시오. 지붕에서 베츠 경사가 뭐라도 발견했습니까?"

그 질문에는 베츠가 직접 대답했다. 마치 스키 점프대에서 거꾸로 떨어진 듯한 몰골로 나타난 그는 거센 숨을 몰아쉬며 발을 굴러 옷에 쌓인 눈을 털어낸 다음 몸을 떨며 난롯가로 향했다.

그가 보고를 시작했다.

"경정님, 제가 드리는 말씀을 곧이곧대로 믿어주셨으면 합니다. 지붕 위에는 새 한 마리 보이지 않았습니다. 어느 곳에도 어떤 흔적도 남아 있지 않습니다. 한 걸음 한 걸음 샅샅이 살펴보았습니다."

그는 흠뻑 젖은 장갑을 벗기 위해 잠시 말을 멈췄다.

"각각의 굴뚝마다 밧줄을 매달고 몸을 묶어 아래로 내려가 홈통까지 곧장 기어가보기까지 했습니다. 지붕 끝은 물론이고 굴뚝 주변에도 아무 흔적도 찾아볼 수 없었습니다. 오늘밤 그 지붕에 올라간 사람이 있다면, 그자는 공기보다 가벼운 사람일 겁니다. 이제 저는 밑으로 내려가 뒤뜰을 조사하겠습니다……."

"말도 안 돼!"

해들리가 외쳤다.

펠 박사가 말을 받았다.

"정말 그렇군. 여보게, 우리도 아래층으로 내려가 자네의 수색견들이 다른 방에서 무엇을 하고 있는지 살펴보는 게 낫겠어. 프레스턴은 유능한 친구이니……."

프레스턴 경사가 마치 누가 부르기라도 한 듯 다소 약이 오른 듯한 모습으로 복도로 통하는 문을 열어젖혔다. 그는 베츠를 바라보다가 해들리에게 시선을 돌리더니 보고를 시작했다.

"조금 시간이 걸렸습니다, 경정님. 책장을 모두 끌어낸 다음 다시 제자리에 밀어넣어야 하는 바람에요. 지시하신 사항에 대해서는 아무것도 발견하지 못했습니다! 어떤 식이든 비밀 통로 같은 것은 없습니다. 굴뚝은 튼튼했고 이상한 점은 찾아볼 수 없습니다. 내부의 연기가 빠져나가는 굴뚝 통로의 앞뒤 간격은 고작 오륙 센티미터 정도고, 그 간격을 유지하며 위로 뻗어 있습니다……. 다른 지시 사항은 없습니까? 부하들은 일을 모두 마쳤습니다."

"지문은?"

"꽤 많은 지문을 확보했습니다만…… 경정님께서 직접 저 창문을 위아래로 여닫으셨습니까? 위쪽 창틀 부근 유리에 손을 대고 말입니다. 경정님 지문은 금방 알아보았습니다."

"보통 난 조심스럽게 행동하는데 말이지. 그리고?"

해들리가 화난 목소리로 되물었다.

"유리에 다른 지문은 없었습니다. 목조 창틀과 창턱에는 고광택 니스가 칠해져 있어 장갑 자국도 지문처럼 선명하게 남습니다. 그런데도 아무 자국도 없었습니다. 만약 그곳을 통해 밖으로 나간 사람이 있다면, 뒤로 물러나 아무것도 건드리지 않고 다이빙을 하듯 머리부터 빠져나간 게 분명합니다."

"그만하면 됐어. 수고했네. 아래층에서 대기하게. 베츠, 자네는 뒤뜰을 조사하도록 하고……. 아니, 잠깐만요, 밀스 씨. 아직 페티스 씨가 집안에 있다면, 프레스턴이 그를 데리러 갈 겁니다. 당신과 얘기를 좀 나누고 싶군요."

두 형사가 떠나자, 밀스는 한층 날카로운 목소리로 입을 열었다.

"제가 드린 말씀 중에서 의심스러운 부분을 되짚어보실 작정이로군요. 분명히 밝히지만, 저는 사실 그대로 말씀드렸습니다. 저는 이곳에 앉아 있었습니다. 직접 확인해보시지요."

해들리는 문을 열었다. 그들 앞의 높고 어두침침한 복도는 반대쪽 문에 이르기까지 십 미터 정도 이어졌다. 문은 아치형 입구에서 들어온 빛으로 환하게 빛나고 있었다.

"그자가 실제로 안으로 들어오지 않았는데 잘못 봤다거나 하는 일은 가능성이 없겠는데?"

경정이 중얼거리듯 말했다.

"혼란스러운 상황에서는 별 해괴한 일이 일어나긴 하지만. 전에도 들은 적이 있어. 그 여자가 스스로 가면을 쓰고 무슨 괴상한 일을 벌였다고 생각진 않아도, 그게 아니라면……. 아니, 당신이 그 두 사람을 동시에 보았다니, 그래도…… 젠장!"

"경정님께서 말씀하시는 그런 괴상한 일은 절대로 일어나지 않았습니다."

밀스는 땀을 흘릴 정도로 진지하게 항변하는 와중에도 "괴상한 일"이라는 표현은 마지못해 입에 올린 듯했다.

"저는 세 사람이 서로 구분될 정도로 떨어져 있는 모습을 똑똑히 보았다고요. 예, 뒤몽 부인은 문 앞에 서 있었습니다. 하지만 오른쪽으로 치우친 곳이었습니다. 그 키 큰 남자는 문 왼편에 있었고, 그리모 교수님은 두 사람 사이에 있었습니다. 키 큰 남자는 확실히 안으로 들어갔고, 그다음 문을 닫았습니다. 그리고 밖으로 나오지 않았습니다. 이건 어스름 속에서 벌어진 일이 아닙니다. 남자의 거대한 덩치를 잘못 봤을 가능성은 전혀 없습니다."

짧은 침묵이 흐른 후 펠 박사가 입을 열었다.

"그 점을 어떻게 의심하겠나, 해들리. 문에 대한 의문 역시 제외해야 할 것 같군."

그는 몸을 획 돌렸다.

"드레이먼 씨에 대해 아는 대로 말해주겠소?"

밀스가 실눈을 떴다. 그의 단조로운 목소리에는 조심스러운 기색이 엿보였다.

"지적 호기심을 불러일으키는 사람입니다. 어흠! 하지만 그에 대해 아는 게 거의 없군요. 그는 제가 여기 오기 수년 전부터 이 집에서 지내고 있다고 알고 있습니다. 시력을 거의 상실해서 교직을 포기할 수밖에 없었다고 하더군요. 치료를 받았지만 여전히 장님이나 다름없는 상태입니다. 하지만 음…… 그러니까 그의 모습을 보고 현재 시력을 추정하긴 어려울 겁니다. 드레이먼 씨는 그리모 교수님에게 도와달라고 부탁했다더군요."

"그리모 교수가 무슨 빚이라도 지고 있었던 겁니까?"

비서를 얼굴을 찌푸렸다.

"모르겠습니다. 그리모 교수님께서 파리에서 공부하던 시절에 그를 알게 되었다는 이야기를 들은 적은 있습니다. 그게 제가 아는 몇 안 되는 정보입니다. 그 외에는 그리모 교수님께서 한마디한 적이 있습니다. 그러니까 교수님께서 기분 좋게 한잔하고 계실 때 말이죠."

그는 입을 벌리지 않은 채 우월감을 담은 미소를 지었다. 그의 실눈 사이로 다소 빈정대는 눈빛이 드러났다.

"흠! 언젠가 드레이먼 씨가 교수님의 생명을 구해준 적이 있었다는 얘길 하시면서, 세상에 둘도 없을 좋은 사람이라고 말씀하셨죠. 물론 그런 일이 있었다면……."

밀스는 몸을 가만두지 못하고 한 발을 다른 발 앞으로 내민 채 앞뒤로 흔들었다가 뒷굽으로 다른 신발코를 툭툭 두드리기 시작했다. 조그마한 몸집에 헝클어진 커다란 머리를 불안하게 움직이는 모습을 보고 있으니, 마치 앨저넌 찰스 스윈번의 글 속에 등장하는 사람을 보는 듯했다. 펠 박사는 흥미로운 표정으로 바라보았지만 정작 입 밖으로 나온 말은 전혀 다른 내용이었다.

"그렇습니까? 그런데 왜 그를 좋아하지 않소?"

"좋아하지도 싫어하지도 않습니다. 하지만 드레이먼 씨는 이 집에서 하는 일이 없는 사람이죠."

"그래서 그리모 양도 그를 좋아하지 않는 겁니까?"

밀스는 눈을 크게 떴다가 다시 반쯤 감은 후 반문했다.

"그리모 양이 드레이먼 씨를 좋아하지 않는다고요? 그렇군요. 저도 그런 생각을 한 적이 있습니다. 지켜보고 있었지만 확신할 수는 없었습니다만."

"흠. 그는 왜 가이 포크스의 날에 그토록 흥미를 가졌습니까?"

"가이 뭐……. 아!"

그는 놀라서 갑작스럽게 입을 다물었다가, 염소가 우는 것처럼 맥빠진 웃음을 터뜨렸다.

"무슨 뜻인지 알겠습니다! 잠시 질문을 이해하지 못했군요. 있잖습니까, 그분은 아이들을 굉장히 좋아합니다. 자식이 두 명 있었는데, 몇 해 전 지붕이 무너져 죽었다고 하더군요. 우리가 미래에 더 크고 위대하며 광활한 세계를 건설하고 나면 사라질 어리석고 사소한 비극일 따름이죠."

이 대목에 이르자 펠 박사의 얼굴엔 죽일 듯한 표정이 떠올랐지만, 밀스는 계속해서 말을 이었다.

"아내분도 오래 살지 못했습니다. 그리고 드레이먼 씨는 시력을 잃기 시작했죠……. 그분은 온갖 놀이를 하면서 아이들을 돌봐주기를 좋아하는데, 정신적으로 뛰어난 자질이 있는 사람임에도 어딘가 어린아이 같은 구석이 있답니다."

밀스의 물고기 같은 입꼬리가 살짝 올라갔다.

"가장 좋아하는 날은 11월 5일, 즉 가이 포크스의 날 같습니다. 그날은 그분의 불운한 아이들 중 한 명의 생일이기도 했죠. 일 년 내내 돈을 모아서 그날 쓸 장식용 조명과 덫을 사기도 하고, 행진할 때 쓸 가이 포크스의 의상을 제작하기도 합니다."

그때 날카롭게 문을 두드리는 소리가 나더니, 프레스턴 경사가 나타났다.

그는 보고를 시작했다.

"아래층에는 아무도 없습니다, 경정님. 찾으시는 신사분은 분명 돌아간 것 같습니다……. 그런데 요양원에서 어떤 친구가 경정님께 드리는 서신을 갖고 막 도착했습니다."

그는 봉투 하나와 보석함처럼 생긴 네모난 종이 상자를 건넸다. 해들리는 봉투를 찢어 편지를 꺼내 대충 훑어보더니 욕설을 내뱉었다.

"죽고 말았군."

그는 성난 목소리로 중얼거렸다.

"말 한마디 남기지 않고…… 자. 이걸 읽어보게!"

램폴은 펠 박사의 어깨 너머로 편지를 들여다보았다.

해들리 경정님

불쌍한 그리모는 11시 30분에 사망했습니다. 탄환은 곧 보내드리겠습니다. 예상했던 대로 38구경입니다. 경찰의와 연락을 취하려 했지만, 그는 다른 사건으로 부재중이라 경정님께 보내드릴 예정입니다.
그는 사망하기 직전 의식을 회복했습니다. 그가 남긴 말은 저와 두 명의 간호사가 확인했으니 확실합니다. 하지만 헛소리를 늘어놓았을지도 모르니 신중하게 받아들여야 할 것입니다. 저는 그와 잘 알고 지냈지만, 형제가 있다는 이야기는 난생처음 들어봅니다.
우선 그는 사건에 대해 이야기하고 싶다고 했습니다. 그러더니 다음과 같이 말했습니다.
"그 짓을 한 건 내 동생이야. 총을 쏠 줄은 몰랐는데. 그 애가 어떻게 방에서 빠져나갔는지는 하느님만이 아실 테지. 한순간 그 애는 거기 있었고, 다음 순간 사라지고 말았어. 연필과 종이를 가져다주게, 어서! 내 동생이 누구인지 말하고 싶네. 그래야 내가 미쳤다는 생각을 하지 못할 테니."
그가 소리치는 바람에 최후의 출혈이 일어나 그는 더 말하지 못하고 사망했습니다. 경정님의 지시에 따라 시신을 보존하고 있겠습니다.
도움을 드릴 일이 있다면 알려주시기 바랍니다.

의학박사 E.H. 피터슨

저마다 서로 얼굴을 마주보았다. 수수께끼는 완벽하게 성립되었다. 사실관계가 입증되었고, 증인들은 진실을 말하고 있었다. 하지만 투명 인간의 공포는 여전히 사라지지 않았다. 잠시 침묵이 흐른 후, 해들리 경정은 무거운 목소리로 입을 열어 편지의 한 구절을 반복했다.

"'그 애가 어떻게 방에서 빠져나갔는지는 하느님만이 아실 테지.'"

2rd COFFIN

캐글리오스트로 스트리트의 수수께끼

두번째 관

009 열리는 무덤

펠 박사는 정처 없이 서성거리다가 한숨을 쉬며 가장 큰 의자에 자리를 잡고 앉았다. 그러고는 커다란 목소리로 중얼거리듯 말했다.

"동생 앙리라. 흠, 그래. 앙리 문제로 돌아가야 하지 않을까 우려되는군."

해들리가 맥빠진 목소리로 말했다.

"망할 놈의 앙리 같으니. 우린 우선 피에르 쪽을 쫓고 있잖나. 그는 알 거야! 왜 그 순경 녀석은 아무 연락도 없는 거지? 그자를 잡으러 극장으로 보낸 녀석 역시 대체 어디에 있는 거야? 빌어먹을 놈들 죄다 잠이나 자고 있으니……."

해들리가 발을 쿵쿵 구르며 거친 말을 쏟아내자, 펠 박사가 끼어들었다.

"이런 일로 겁을 집어먹어서는 안 돼. 그게 앙리가 우리에게 바라는 거니까. 이제 그리모의 마지막 진술을 확보했으니 적어도 한 가지 단서는 얻은 셈인데……."

"무슨 단서 말인가?"

"그가 우리에게 남긴 말, 우리가 의미를 알 수 없었던 말에 대한 단서 말일세. 하지만 우리가 그 말의 의미를 찾아 하나의 가설을 짜 맞춘다 한들, 불행히도 지금 당장은 별 도움이 안 될 거야. 이 새 단서를 놓고 보면 우리가 들은 건 그리모가 막다른 골목에 부딪혀 한 소리가 아닐까 하는 생각이 든다네. 그는 우리에게 무언가를 말하려던 게 아니라 뭔가 물어보려고 했던 게 아닐까."

"무슨 소린가?"

"그가 하려던 건 질문임을 아직 깨닫지 못했나? 마지막 진술을 보게.

'그 애가 어떻게 방에서 빠져나갔는지는 하느님만이 아실 테지. 한순간 그 애는 거기 있었고, 다음 순간 사라지고 말았어.'

자, 자네의 소중한 수첩에 적어둔 내용을 정리해보지 않겠나? 자네와 테드가 들은 말은 제각기 조금씩 달랐어. 하지만 두 사람 모두 동의하고 우리가 정확하다고 가정을 내릴 수 있는 표현부터 시작해보도록 하지. 첫 번째 수수께끼는 제쳐두고, '호르바트'와 '소금 광산'이라는 말은 확실하다고 해도 무방할 것 같군. 자네들의 의견이 일치하지 않는 말 역시 일단 제쳐두도록 하지. 이제 두 사람이 공통적으로 들은 말은 뭐가 남았나?"

해들리는 손가락을 튕겨 딱 소리를 냈다.

"이제 나는……. 맞아! '그 애가 밧줄을 사용했을 리가 없어', '지붕', '눈', '여우', '빛이 너무 밝다'. 자, 그렇다면! 그의 진술을 제대로 조합하려면, 우리가 들은 표현과 그가 두 차례에 걸쳐 한 진술을 적절히 끼워 맞춰야겠지. 그렇다면 이런 뜻으로 한 말이었을 거야.

'그 애가 어떻게 빠져나갔는지는 하느님만이 아실 테지. 그 애가 밧줄을 사용했을 리 없어. 지붕으로 올라가거나 아래 눈 쌓인 곳으로 내려갔을 리도 없고. 한순간 그 애는 거기 있었고, 다음 순간 사라지고 말았어. 빛이 너무 밝아서 움직임을 놓칠 리가 없는데…….'

하지만 잠깐! 그렇다면……."

펠 박사가 끙 앓는 소리를 내며 말했다.

"그러면 이제 자네들도 서로 다른 부분을 맞춰볼 수 있겠군. 테드가 들은 말은 '자살이 아니다'였지. 그 말은 다른 표현과도 일치하니 확실히 그림이 그려진다고 봐도 좋아. 즉, '이것은 자살이 아니다', '나는 자살을 시도한 게 아니다'인 게지. 그리고 자네가 들은 말은 '권총이 있었어'였네. 이 말을 그가 나중에 한 진술의 '그 애가 총을 쏠 줄은 몰랐는데'라는 표현과 연결시키는 것은 전혀 어려운 일이 아니야. 쳇! 모든 단서가 완전한 원을 그리며 한 바퀴 돌아 다시 질문이 되어버리는군. 살해당한 당사자가 다른 사람들처럼 꼬치꼬치 캐묻는 사건은 처음인걸."

"하지만 '여우'라는 단어는 어떤가? 어떤 곳에 끼워 맞춰도 말이 안 되는 것 같지 않나?"

펠 박사가 심술맞게 눈을 반짝이며 해들리를 바라보았다.

"오, 아니, 말이 된다네. 제일 까다롭게 보일지 모르지만 가장 쉬운 부분이지. 그러니 섣불리 결론을 비약해서는 안 된다네. 이 단어는 철자가 어떻게 되느냐의 문제가 아니라, 귀에 어떻게 들리느냐가 문제거든. 쓸데없는 시험이기는 해도, 여러 사람에게 연상 시험이란 것을 해보면 어떨까? 내가 말을 탄 기수에게 갑자기 '여우 Fox!'라고 속삭였다고 해보세. 그러면 그는 아마 폭스하운드 Foxhound 를 떠올리고 '사냥개 Hound!'라고 대답할 테지. 하지만 내가 똑같은 말을 역사학자에게 한다면 그는 뭐라고 외칠까……? 어서, 말해보게!"

"가이."

해들리는 대답하더니 욕설을 내뱉었다. 그가 퍼붓는 상스러운 욕설 탓에 대화는 잠시 중단되었다.

"그러니까 가이 포크스의 가면이나 그 비슷한 것에 대해 횡설수설하는 이야기로 돌아가야 한다는 말인가?"

"뭐, 다른 사람들 모두 그에 대해 엄청나게 횡설수설하는 이야기를 늘어놓지 않았나?"

펠 박사가 이마를 긁적이며 지적했다.

"그리고 가까운 거리에서 가면을 본 이들이 거기에 주목했다는 건 놀라운 일이 아니지. 이 사실에서 아무것도 못 느끼겠나?"

"드레이먼 씨와 이야기를 나눠봐야겠다는 생각이 드는군."

해들리 경정이 험악하게 대답했다. 그리고 성큼성큼 문가로 향하다가, 앙상한 얼굴을 두꺼운 유리에 밀착시키고 엿듣기에 여념이 없는 밀스를 발견하고 소스라쳤다.

"진정하게, 해들리."

해들리 경정이 폭발할 기미를 보이자 펠 박사가 얼른 끼어들었다.

"자네에게는 기묘한 구석이 있어. 수수께끼가 이리저리 날아다닐 때는 왕실 근위병처럼 평정을 유지하다가도, 진상의 실마리를 잡으면 도통 냉정하게 행동할 줄 모르는 사람처럼 군단 말이지. 이 젊은 친구가 여기 있도록 해주자고. 그도 이 이야기를 끝까지 들어야 할 테니까. 끝이라는 게 있다면 좋겠지만 말이야."

박사가 낄낄대며 말을 이었다.

"자네는 드레이먼에게 혐의를 두게 되었나? 허허! 오히려 정반대가 틀림없다네. 우리가 아직 지그소 퍼즐을 다 맞추지 못했다는 사실을 유념하게. 아직 설명하지 못한 마지막 조각이 남아 있는데, 그 조각은 바로 자네들이 직접 들은 말이라네. 분홍색 가면을 쓴 자는 그리모가 자신을 드레이먼이라고 생각하도록 유도했어. 다른 사람들이 생각한 것처럼 말이지. 하지만 그리모는 그 가면 뒤에 누가 있는지 알고 있었어. 따라서 자네가 수첩에 적어둔 마지막 문장인 '그를 탓하지 마. 불쌍한……'이라는 말에 대해 꽤 합리적인 설명이 가능하다네. 그는 드레이먼을 굉장히 좋아했던 것 같아."

잠시 침묵이 흐른 후 펠 박사는 밀스를 향해 몸을 돌렸다.

"이제 가서 그를 이리로 데리고 오시오, 젊은이."

문이 닫히자 해들리는 지쳤다는 듯 털썩 주저앉고는, 상의 주머니에서 아직 불을 붙이지 않고 넣어두어 너덜너덜해진 시가를 꺼내 들었다. 그런 다음 손가락을 목깃 속으로 집어넣고 짜증이 난다는 듯 한 바퀴 죽 돌렸다. 속이 타니 목깃이 조여 목이 부러진 것 같은 표정이었다.

"트릭 사용법을 더 강의할 생각인가, 응? 외줄 타기 같은 추리쇼가 더 남았다는 거야? 그리고 그 대담한 젊은이는 말이지…… 흠!"

그는 한동안 바닥을 내려다보더니 짜증이 난다는 듯 또다시 투덜거렸다.

"난 판단력을 잃어버린 게 분명해! 아까처럼 끝내주는 생각을 해냈다 한들 대체 무슨 소용이냐고! 자네, 사실에 기반을 둔 구체적인 의견이 하나라도 있나?"

"그래. 자네가 허락한다면, 그로스의 실험을 적용해볼 생각이네."

"뭘 적용하겠다고?"

"그로스의 실험 말이야. 기억 안 나나? 오늘밤 그에 대한 논쟁을 벌이고 있었잖나. 나는 저 벽난로에서 반쯤 재가 된 종이 다발을 매우 조심스럽게 모은 후, 거기 써 있던 글자를 판독할 수 있을지 그로스의 실험으로 시도해볼 작정이라네. 좀 조용히 해주겠나?"

해들리가 경멸의 콧방귀를 뀌자 펠 박사가 분노의 고함을 질렀다.

"그중 전부는 고사하고 절반이라도 살릴 수 있다고 주장하는 게 아니야. 면밀히 살펴보면서 그리모가 제 목숨을 구하는 것보다 더 중요하게 여겼던 게 무엇인지 단서라도 얻을 수 있을까 해서 그러는 거라고. 휴우, 정말이라네."

"그 장난질은 어떻게 하는 건데?"

"곧 알게 될 걸세. 하지만 완전히 타버린 종이에서 만족스러운 결과물을 얻을지 모르겠네. 그 점을 기억해두게나. 그래도 다른 종이 사이에 끼워진 채 재가 된 부분이라든지 검게 그을린 부분에서 뭔가 나올지도 몰라. 그 외에는 별다른 의견이 없다네. 우리가 신문이라도 하지 않는다면……. 그래, 무슨 일인가?"

베츠 경사는 이번엔 별로 눈을 뒤집어쓰고 있지 않았다. 그는 밖을 한번 내다본 후 문을 닫고 무덤덤하게 보고를 시작했다.

"뒤뜰을 모두 조사했습니다, 경정님. 양옆에 위치한 이웃집 뒤뜰 및 담장 위도 모조리 살폈고요. 발자국을 비롯해 여타 흔적은 아무것도 발견되지 않았습니다. 하지만 프레스턴과 제가 물고기를 한 마리 낚은 것 같습니다. 제가 집안으로 들어오는 찰나, 호리호리한 노인 한 명이 난간을 붙잡은 채 계단을 굴러떨어지듯 내려오더군요. 그는 코트를 걸어두는 벽장으로 달려가더니, 익숙지 않은 듯 법석을 떨다가 코트와 모자를 꺼내 걸치고 현관문으로 향했습니다. 이름을 드레이먼이라고 밝히면서 이곳에 산다고 주장하더군요. 하지만 우리 판단으로는……."

"자네들도 그의 시력이 지극히 좋지 않다는 사실을 곧 알게 될 걸세. 그를 데리고 오겠나?"

펠 박사가 말했다.

방으로 들어온 남자는 나름대로 인상적인 외모였다.

기름하면서도 차분한 얼굴은 관자놀이 부근이 움푹 들어가 있었다. 백발이 된 머리는 정수리까지 후퇴해 있었고, 그 탓에 좁고 주름이 진 이마가 훨씬 길어 보였다. 눈가에 주름이 여럿 잡혔는데도 밝은 푸른색 눈은 전혀 흐릿해 보이지 않았고, 지금은 온화하면서도 당혹스러운 빛을 띠고 있었다. 매부리코 주변으로 팬 깊은 주름이 다정하면서도 자신이 없어 보이는 입가까지 이어졌다. 이마를 찡그리는 습관 때문에 한쪽 눈썹이 살짝 위로 올라가 있어 그 때문에 더욱 자신감이 없어 보였다. 그는 비록 자세는 구부정할지언정 키가 컸다. 앙상하게 노쇠해버린 모습이었지만 여전히 강인해 보였다. 망령이 든 전직 군인 같기도 했고, 한때 단정하게 차려입었던, 이제는 행색이 남루한 노인처럼 보이기도 했다. 얼굴에 유머 감각 따위는 찾아볼 수 없었지만 대신 당황스러우면서도 미안해하는 듯한 온화함이 가득하다 못해 넘쳐흐를 지경이었다. 턱까지 단추를 채운 검정 코트 차림의 그는 문가에 서서 헝클어진 눈썹 아래로 사람들을 지그시 바라보면서, 손에 든 중산모를 가슴께 가져다 댄 채 머뭇거렸다.

"죄송합니다, 여러분. 진심으로 죄송할 따름입니다."

그의 굵은 목소리는 마치 말하는 데 익숙하지 않다는 듯 기묘한 울림을 지니고 있었다.

"가보기 전에 먼저 여러분을 만나 뵈었어야 한다는 사실은 알고 있습니다. 하지만 맹건이 저를 깨워 무슨 일이 일어났는지 말해준 터라 어서 그리모에게 가서 뭐라도 할 수 있는 일이 있는지 알아봐야겠다는 심정이었습니다……."

램폴은 그가 아직 머리 회전이 느리고 상황 판단이 불확실하다는 인상을 받았다. 잠이 덜 깼거나 수면제 약효 때문일 터였다. 밝게 빛나는 눈빛 또한 의안 같은 것을 끼운 탓일지도 몰랐다. 그는 안쪽으로 들어오더니 한 손으로 의자 등받이를 잡았다. 하지만 해들리가 앉으라고 권하기 전까지는 앉으려 하지 않았다.

"맹건 말로는 그리모 교수가……."

"그리모 교수는 사망했습니다."

해들리가 말했다.

드레이먼은 굽은 등을 가능한 한 화살처럼 꼿꼿이 세운 채 자리에 앉았다. 두 손으로는 모자를 감싸쥔 채였다. 그가 두 눈을 감았다가 다시 뜰 때까지, 방안에 무거운 침묵이 흘렀다. 이윽고 그는 먼 곳을 바라보는 자세를 취하며 느릿느릿 휘파람을 불듯 힘겹게 숨을 몰아쉬었다.

그가 가만가만 나직한 어조로 말했다.

"하느님께서 그의 영혼을 거두어주시기를. 샤를 그리모는 좋은 친구였습니다."

"그리모 교수가 어떻게 죽었는지 알고 있습니까?"

"예, 맹건이 말해주었습니다."

해들리는 그를 유심히 보았다.

"그렇다면 당신이 아는 일을 모두, 모조리 말해주는 것이 친구를 살해한 범인을 붙잡는 데 도움이 되는 유일한 길이라는 것도 아실 테죠?"

"저는……. 예, 물론입니다."

"부디 그 사실을 명심해주셨으면 좋겠군요, 드레이먼 씨! 지금 생각하는 것보다 훨씬 더 말입니다. 우린 그의 과거에 대해 알고 싶습니다. 당신은 그를 굉장히 잘 알지요. 어디서 처음 만났습니까?"

드레이먼의 기다란 얼굴에 혼란스러워하는 빛이 떠올랐다. 그 표정을 보고 있으니 마치 그의 이목구비가 모두 제자리를 이탈하는 착시가 일어날 것만 같았다.

"파리에서 처음 만났습니다. 1905년에 그는 대학에서 박사 학위를 취득했고, 같은 해에 저는…… 같은 해에 저는 그를 알게 되었습니다."

과거에 있었던 일들이 그를 피해 달아나는 듯 보였다. 드레이먼은 한 손으로 눈가에 그늘을 드리웠고, 그의 목소리에서는 누가 자신의 목깃 단추를 숨겼는지 묻는 듯한 불평 섞인 어조가 묻어났다.

"그리모는 재능이 출중한 사람이었습니다. 그는 박사 학위를 받은 후 디종 대학의 부교수 자리로 갔습니다. 하지만 친척인가 하는 사람이 사망하면서 그에게 넉넉한 재산을 남겼어요. 그래서 그는…… 그는 곧바로 교수직을 포기하고 영국으로 건너왔습니다. 제가 아는 바로는 그래요. 이후 몇 년 동안은 만나지 못했습니다. 이런 걸 알고 싶으신 겁니까?"

"1905년 이전에는 그와 안면이 없었습니까?"

"없었습니다."

해들리는 앞으로 몸을 굽히며 날카롭게 물었다.

"어디서 그의 목숨을 구해주었습니까?"

"목숨을 구해주다니요? 무슨 말씀인지 모르겠군요."

"헝가리를 방문했을 때였습니까, 드레이먼 씨?"

"저…… 저는 유럽 대륙을 여행한 적이 있으니, 헝가리에 간 적이 있는지도 모르죠. 하지만 그것도 여러 해 전, 제가 젊었을 때 일입니다. 기억이 나지 않는군요."

이제 해들리가 책략을 발휘할 순서였다.

"당신은 그의 목숨을 구했습니다. 카르파티아산맥 근처에 있는 시에벤트루멘 형무소 인근에서, 그가 탈옥을 시도할 때 말입니다. 내 말이 틀렸습니까!"

그의 말을 들은 상대는 앉은 채 몸을 꼿꼿이 세웠다. 그의 앙상한 두 손이 중산모를 꼭 틀어쥐었다. 램폴의 눈에는 그가 최근 십여 년을 통틀어 가장 기력을 끌어올린 것처럼 느껴졌다.

"제가 말입니까?"

"이런 대화를 반복해봤자 아무 소용이 없겠군요. 우리는 모든 것을 알고 있습니다……. 조금 전 당신이 정보를 제공해준 덕분에 날짜까지 알게 되었군요. 카로이 호르바트는 투옥되기 전 어떤 책에 1898년이라는 날짜를 적어두었습니다. 학문적 소양을 충분히 갖추고 파리에서 박사 학위를 취득하기까지는 적어도 사 년이 걸리죠. 우리는 그의 유죄 선고일로부터 탈옥에 성공하기까지의 기간을 삼 년까지 좁힐 수 있습니다."

해들리는 차가운 태도로 말을 이었다.

"상기 정보에 따라 부쿠레슈티에 전보를 쳐서 열두 시간 내에 완전한 상세 정보를 입수할 수도 있습니다. 그러니 사실을 털어놓는 게 좋을 겁니다. 당신이 카로이 호르바트에 대해 아는 모든 것들을 알고 싶습니다. 그리고 그의 두 동생에 대해서도. 두 동생 중 한 명이 그를 살해했습니다. 마지막으로 알려드리지만, 이와 관련된 정보를 계속해서 숨기면 굉장히 심각한 범죄가 될 겁니다. 알겠습니까?"

드레이먼은 잠시 동안 한 손으로 눈가에 그늘을 드리운 채 한 발로 양탄자를 가볍게 두드릴 뿐이었다. 그러다가 고개를 들었다. 그의 일그러진 두 눈은 유리를 끼워 넣은 것처럼 푸른빛을 띠었지만, 얼굴은 온화한 미소를 띠고 있었다. 사람들은 그 모습을 보고 깜짝 놀랐다.

"심각한 범죄라."

그는 이 말을 반복하며 고개를 끄덕였다.

"정말입니까? 자, 경정님, 솔직히 말해서 저는 그런 협박 따위에는 별로 신경쓰지 않습니다. 상대방의 모습을 윤곽선으로밖에 볼 수 없는 사람을 동요시키거나 화나게 하거나 겁을 집어먹게 할 수 있는 일은 극히 드물답니다. 제게 경정님의 모습은 접시에 담긴 수란과 별로 다르지 않게 보입니다. 세상의 거의 모든 공포는, 야망 역시…… 형태에서 비롯되지요. 눈으로 볼 수 있는 몸짓과 외양 말입니다. 젊은이들은 이해할 수 없을 테지만 당신은 이해해주길 바랐습니다. 보시다시피 저는 완전히 장님은 아닙니다. 사람들의 얼굴을 볼 수도, 아침 하늘을 볼 수도 있습니다. 그 외에도 온갖 사물들을 볼 수 있는데, 시인들은 장님이 극찬을 아끼지 않을 것들이라고 단언하더군요. 하지만 저는 글자를 읽을 수는 없습니다. 게다가 제가 누구보다 보고 싶어 하는 얼굴들을 완전히 장님이 된 것처럼 팔 년 동안이나 보지 못하고 있습니다. 경정님의 모든 삶이 그 두 가지 일을 하는 것으로 구성되어 있었다고 생각해보시지요. 그러면, 저 같은 사람의 감정을 움직일 수 있는 것은 거의 없다는 사실을 아실 겁니다."

그는 다시 한번 고개를 끄덕이며 방 저편을 응시했다. 그의 이마에는 주름이 잡혀 있었다.

"경정님, 샤를 그리모에게 도움이 될 수만 있다면, 원하시는 어떤 정보든 기꺼이 알려드리겠습니다. 하지만 오랜 추문을 파헤치려는 이유는 모르겠군요."

"그를 죽인 동생을 찾기 위해서는 이유로 부족합니까?"

드레이먼은 얼굴을 찌푸리며 움찔했다.

"이것 보시죠. 이 말이 소용 있을지는 모르겠지만, 솔직히 그런 생각은 잊으라는 말씀을 드리고 싶군요. 어떻게 알아내셨는지는 모르겠습니다. 분명 그에게는 남동생이 두 명 있었습니다. 그들이 수감 생활을 했다는 것도 사실입니다."

그는 다시 한번 미소를 지었다.

"하지만 심각한 사안 때문에 형을 산 것은 아닙니다. 정치범으로 투옥되었으니까요. 당시 혈기 왕성한 젊은이라면 절반쯤은 그런 일에 연루되었을 거라고 생각합니다만……. 그 두 동생은 잊으시죠. 둘 다 벌써 여러 해 전에 죽은 사람들입니다."

방안은 너무 조용한 나머지, 난롯불이 마지막으로 타닥거리는 소리와 펠 박사가 쌕쌕거리는 소리까지 램폴의 귀에 들릴 지경이었다. 해들리는 펠 박사에게 눈길을 던졌지만, 그는 두 눈을 감고 있었다. 그러자 해들리는 냉정한 표정으로 드레이먼을 응시했다. 마치 드레이먼의 시력이 매우 좋다는 듯한 태도였다.

"어떻게 압니까?"

"그리모가 말해줬습니다."

그는 그리모의 이름에 유독 힘을 주어 말했다.

"게다가 당시 부다페스트에서 브라소에 이르는 지역의 모든 신문에서 엄청나게 떠들어댔습니다. 이 모든 사실은 쉽게 확인해보실 수 있을 겁니다."

그는 간단히 요약했다.

"그들은 림프절 페스트로 사망했습니다."

해들리가 정중한 태도로 입을 열었다.

"당신이 그 사실을 의심의 여지 없이 증명할 수 있다면……."

"옛 추문을 들춰내지 않겠다고 약속해주시겠습니까?"

푸른빛이 도는 그의 시선을 마주하기란 힘든 일이었다. 드레이먼은 앙상한 두 손을 이리저리 비틀며 말을 이었다.

"제가 사실 그대로 말씀드리고 그 사실을 입증한다면, 나머지 일은 묻어주시겠습니까?"

"제공하는 정보에 달렸습니다."

"좋습니다. 제가 직접 본 사실을 말씀드리겠습니다."

그는 기억을 더듬기 시작했다. 램폴은 그가 꽤 불안해하고 있다고 생각했다.

"나름대로 끔찍한 사건이었습니다. 그 이후로 그리모와 제가 그 일에 대해 언급했던 적은 한 번도 없습니다. 둘 다 그러지 않기로 은연중에 합의했던 거죠. 하지만 아무리 세세한 부분일지라도 잊어버렸다고 거짓말할 생각은 없습니다."

그는 손가락으로 관자놀이를 두드리며 오랜 침묵에 빠져들었다. 인내심이 강한 해들리마저 그를 재촉하려 들었다. 그때 그가 이야기를 시작했다.

"죄송합니다, 여러분. 정확한 날짜를 떠올리고 있었습니다. 그래야 모든 사실이 입증될 테니까요. 1900년 8월 아니면 9월이라는 말씀밖에 드릴 수가 없군요. ……아니, 1901년이었나? 어쨌든 현대 프랑스 소설 양식을 그대로 차용해서 이야기를 시작하는 게 좋겠다는 생각이 드는군요. 물론 사실 그대로의 이야기입니다. 이렇게 시작해볼까요?

'1900년대의 어느 해 서늘한 9월의 어느 날, 땅거미가 질 무렵 말을 탄 사람이 홀로 서둘러 길을 지나가고 있었다.'

얼마나 험한 길이었는지!

'카르파티아산맥의 남동쪽에 위치한 바위투성이 계곡에 난 길이었다.'

그러면 이제 황량한 풍경 및 기타 잡다한 것들을 묘사해야 할 테죠. 말을 탄 남자는 저였습니다. 곧 비가 내릴 것 같아서, 저는 어두워지기 전에 트라지에 도착하려고 애를 쓰고 있었습니다."

드레이먼은 미소를 지었다. 해들리는 슬슬 안달이 나기 시작했지만, 어느덧 펠 박사는 눈을 뜨고 있었다. 드레이먼은 서둘러 이야기를 이어나갔다.

"제가 이런 문학적 분위기를 고집하는 이유는, 이런 분위기가 당시 제 심정에 정확히 들어맞기 때문입니다. 그러니 더 잘 설명해드릴 수 있을 테죠. 저는 바이런식의 비장하면서도 낭만적인 삶에 젖어 사는 나이였고, 정치적 자유에 대한 신념으로 불타오르고 있었습니다. 걷는 대신 말을 타기로 결정한 것도 그편이 좀더 멋져 보일 것 같아서였습니다. 심지어 한 손에는 나타날 것 같지도 않은 산적에 대비한 권총을, 다른 한 손에는 유령을 쫓는 부적 삼아 묵주를 들고 희희낙락했지요. 산적이나 유령 같은 게 실제로 없다고 한들 제 마음속에는 있었던 게 분명했습니다. 산적이나 유령이 나타났다고 생각해 여러 번 겁을 집어먹었으니까요. 추운 숲과 협곡에는 마치 동화 속 같은 황량함과 어둠이 내려앉아 있었습니다. 심지어 경작지 또한 괴상한 구석이 있었어요. 트란실바니아는 삼면이 산으로 둘러싸인 곳입니다. 저 같은 영국인의 눈에는 호밀밭이나 포도밭이 가파른 산비탈까지 곧장 이어진 풍경이 놀라웠습니다. 붉은색과 노란색이 어우러진 사람들의 복식이나 마늘 냄새가 풍기는 여관도 색달랐지만, 더 황량한 지역은 산 전체가 소금 결정으로 이루어져 있기도 해서 그야말로 장관이었습니다.

어쨌든 저는 그중에서도 가장 황량한 지역에 난 구불구불한 길을 따라가고 있었습니다. 마침 폭풍이 몰아칠 때였는데, 근처 수 킬로미터 내에는 여관도 보이지 않았습니다. 관목 울타리마다 뒤에 악마가 숨어 있는 것 같아 굉장히 무서웠지만, 그보다 소름 끼치는 게 있었습니다. 뜨거운 여름이 지나자 전염병이 창궐해 각다귀처럼 온 지역을 휩쓸고 있었던 겁니다. 쌀쌀한 날씨에도 전염병은 수그러들지 않았습니다. 이름은 잊어버렸지만 제가 마지막으로 지나쳤던 마을이 있는데, 그 마을 사람들은 전염병이 저 앞 산맥에 있는 소금 광산까지 급속히 번지고 있다고 했습니다. 하지만 저는 어서 트라지로 가서 역시 여행중인 영국인 친구를 만나고 싶었습니다. 게다가 광산 뒤에 있다는, 낮은 산맥처럼 늘어선 새하얀 일곱 산에서 이름을 딴 형무소를 구경하고 싶기도 했고요. 그래서 저는 여정을 계속할 작정이라고 말했습니다.

저는 이미 형무소 근처에 이르렀다는 사실을 알고 있었습니다. 앞쪽으로 새하얀 산들이 보였거든요. 하지만 앞이 전혀 보이지 않을 정도로 날이 어두워지더니, 바람이 나무를 갈기갈기 찢어버릴 기세로 거세게 불었습니다. 저는 세 구의 무덤을 지나 움푹 꺼진 곳으로 내려갔습니다. 그 무덤들은 갓 세워진 듯 주변에 발자국이 나 있었습니다. 하지만 살아 있는 사람은 보이지 않았습니다."

해들리가 드레이먼의 꿈꾸는 듯한 목소리가 만들어내기 시작한 기괴한 분위기를 산산조각 냈다.

"그리모 교수가 버너비 씨에게 산 그림에 등장하는 장소와 꼭 닮은 곳이로군요?"

"저, 저는 모릅니다. 그렇습니까? 저는 모릅니다."

드레이먼은 누가 봐도 깜짝 놀란 목소리로 대답했다.

"모른다고요? 그 그림을 보지 못했습니까?"

"그다지 자세히 보지는 못했습니다. 전반적인 윤곽만 볼 수 있었습니다. 나무나 일반적인 풍경 같은 것 말입니다."

"그러면 그 세 묘석은……."

"버너비가 어디서 그런 영감을 얻었는지 모르겠군요."

드레이먼은 느릿느릿한 말투로 대답하며 이마를 문질렀다.

"그에게는 절대로 이야기한 적이 없습니다. 아마 우연일 겁니다. 그 무덤에 묘석 같은 것은 없었습니다. 그런 걸 신경쓸 여유가 없었을 겁니다. 그저 막대기로 만든 십자가가 세 개 꽂혀 있었을 뿐이었지요.

하지만 말씀드린 대로, 저는 말에 탄 채 무덤들을 바라보았습니다. 그리 썩 좋은 기분은 아니었죠. 뒤편의 새하얀 산들과 녹색이 감도는 어두운 풍경과 어우러진 무덤가는 굉장히 황량해 보였습니다. 하지만 그 때문에 기분이 나빴던 것은 아닙니다. 만약 그 무덤이 죄수들을 묻은 곳이었다면, 왜 이렇게 멀리 떨어진 곳에 매장했을까 하는 의문이 들 뿐이었죠. 그다음 순간, 타고 있던 말이 앞다리를 들어올리는 바람에 저는 말에서 떨어질 뻔했습니다. 나무를 돌아 나와 뒤쪽을 바라보니 말이 왜 그런 행동을 했는지 알 수 있었습니다. 무덤 한 구의 봉분이 위로 들려 흙이 옆으로 미끄러지고 있었습니다. 우지끈하는 소리가 들리더니, 무언가 스스로를 뒤틀면서 꿈틀대기 시작했죠. 그러다 시커먼 무언가가 더듬더듬 봉분 위로 기어나왔습니다. 손가락을 움직이는 손 하나였지만…… 저는 그보다 더 소름 끼치는 광경은 한 번도 본 적이 없습니다."

코트에 묻은 피

드레이먼은 계속해서 말을 이었다.

"그때쯤에는 저도 상태가 이상했던 것 같습니다. 말이 갑자기 달아날까 무서워 감히 내릴 수는 없었지만, 정작 도망치는 건 부끄럽다는 생각을 하고 있었으니까요. 저는 황혼의 어둠을 헤치고 튀어나오는 흡혈귀니 온갖 지옥 전설들을 떠올렸습니다. 솔직히 말해 겁에 질려 바보처럼 굴었죠. 한 손으로 권총을 꺼내는 동안, 팽이처럼 그 자리를 맴돌면서 다른 한 손으로 말을 제어하려고 애를 썼던 기억이 나는군요. 제가 다시 뒤쪽을 바라보았을 때, 그 형체는 무덤 밖으로 완전히 기어나와 이쪽으로 다가오는 중이었습니다.

여러분, 저는 그렇게 장차 가장 친한 친구가 될 사람과 만났습니다. 그는 몸을 아래로 굽혀 삽을 집어 들었습니다. 무덤을 판 사람이 깜빡 잊고 내버려둔 삽이었죠. 그리고 이쪽으로 계속 다가왔습니다. 저는 영어로 '원하는 게 뭐요?'라고 소리쳤습니다. 너무 정신이 없었던 나머지 다른 외국어는 단 한 마디도 기억이 나지 않았습니다. 그는 그 자리에 멈췄습니다. 잠시 후 그가 영어로 대답했는데, 좀 기이한 억양이었습니다.

'살려주십시오. 도와주십시오, 나리. 두려워하지 마십시오.'

그는 이런 내용의 말을 하면서 삽을 아래로 던졌습니다. 말은 한층 진정했지만, 저는 그럴 수가 없었습니다. 그는 큰 키는 아니었지만 굉장히 억세 보였습니다. 얼굴은 검은색으로 부었고 해가 다 저물어가는데도 비늘 같은 작은 분홍색 딱지가 여기저기 눈에 띄었습니다. 그가 팔을 흔들고 서 있는데, 급기야 비가 오기 시작했습니다.

그는 비를 맞으며 선 채 제게 소리쳤습니다. 당시 모습을 그대로 재현해드릴 생각은 없지만, 대충 이런 말이었습니다.

'보시죠, 나리. 저는 저기 불쌍한 두 놈처럼 전염병으로 죽은 게 아닙니다.'

그러면서 무덤 쪽을 가리켰습니다.

'전혀 전염되지 않았습니다. 비에 다 씻기는 걸 보시라고요. 이 딱지들은 제가 피부를 찔러 나온 제 피입니다.'

심지어 그는 혀를 내밀어 검댕 때문에 얼굴이 까만 것이며, 빗물에 씻겨 내려간다는 것까지 보여주었습니다. 그의 몰골이며 그 장소의 분위기에 녹아 그런 행동 역시 미친 것처럼 보였습니다. 그는 계속해서 자신은 흉악범이 아닌 정치범이며, 감옥에서 탈옥을 시도중이었다는 이야기까지 했습니다."

드레이먼은 이마를 찡그렸다가 다시 미소를 지었다.

"그를 도와주었느냐고요? 당연히 그랬지요. 저는 열정적으로 계획을 짜냈습니다. 둘이서 함께 계획을 세우는 동안 그는 이런저런 일들을 설명해주었습니다. 그를 비롯한 세 형제는 클라우센부르크 대학교 학생이었는데, 1860년 이래 오스트리아 치하에 있던 트란실바니아의 독립을 꾀한 죄로 체포당했다고 했습니다. 세 사람은 같은 감방에 수감되었는데, 다른 두 명은 역병으로 죽고 말았습니다. 역시 재소자였던 형무소 의사의 도움을 받아, 그 또한 같은 질병으로 죽은 척 꾸몄습니다. 의사의 진단을 검증하기 위해 시체에 가까이 가려는 사람은 아무도 없었습니다. 감옥 전체가 공포로 미칠 지경이었으니까요. 심지어 세 사람을 매장한 사람들조차 시체를 소나무 관에 던져 넣고 뚜껑에 못질을 하면서도 내내 고개를 돌렸습니다. 그들은 시체를 감옥에서 꽤 떨어진 곳에 매장하려 했습니다. 관뚜껑에 못박는 일은 무엇보다 서둘러 해치워버렸지요. 의사는 몰래 관 속에 절단기를 하나 넣어주었고, 되살아난 제 친구는 제게 그 절단기를 보여주었습니다. 그는 억센 남자였으니, 매장된 후에도 긴장을 유지한 채 산소를 지나치게 소모하지 않고 버틸 수 있어 머리로 관뚜껑을 들어올리고 헐거워진 틈으로 절단기를 밀어넣을 수 있었던 것입니다. 그후에는 완전히 다져지지 않은 흙을 헤치고 빠져나왔던 거고요.

자, 이렇게 된 겁니다. 제가 파리에서 유학중이라는 사실을 그가 알게 되자, 대화는 물 흐르듯 진행됐습니다. 그의 모친이 프랑스인이었기 때문에 그는 프랑스어를 완벽하게 구사했지요. 우리는 그가 프랑스로 가는 게 좋겠다는 결론을 내렸습니다. 의심을 사지 않고 새 신분으로 위장할 수 있는 곳이었으니까요. 그에게는 숨겨둔 돈이 약간 있었고, 또 고향 마을에 기다리는 아가씨도 있었는데……."

드레이먼은 너무 깊숙하게 들어갔다는 생각이 든 듯 갑자기 이야기를 중단했다. 해들리는 그저 고개를 끄덕일 뿐이었다.

"그 아가씨가 누구인지 알 것 같군요. 당분간 이 이야기에서 뒤몽 부인은 제쳐두도록 합시다. 그래서요?"

"그녀가 돈을 찾아다가 그를 따라 파리로 올 거라는 이야기는 신뢰가 갔습니다. 야단법석을 떨며 그를 추적하는 일은 일어날 것 같지 않았고, 실제로도 일어나지 않았습니다. 그는 죽었다고 알려져 있었으니까요. 그럼에도 그리모는 일단 수염을 깎고 제가 갖고 있던 옷으로 갈아입기도 전에 서둘러 그 지역을 벗어나려 할 정도로 겁에 질려 있었습니다. 우리는 아무런 의심도 받지 않았습니다. 당시에는 여권 같은 것도 없었기 때문에, 그는 제가 트라지에서 만날 예정이었던 영국인 친구로 위장해 헝가리를 떠나는 척 굴었습니다. 일단 프랑스로 들어가니…… 나머지는 여러분께서 아시는 대로입니다. 자, 여러분!"

드레이먼은 경직된 몸을 몹시 떨며 숨을 골랐다. 그러고는 딱딱하면서도 무표정한 시선으로 사람들을 정면으로 바라보았다.

"제가 한 이야기를 전부 확인해보실 수 있을 겁니다."

"우지끈하는 소리는 뭐였습니까?"

펠 박사가 따지는 말투로 끼어들었다.

목소리는 굉장히 조용했지만 질문의 내용은 놀라웠다. 해들리가 몸을 획 돌려 그를 바라보았다. 심지어 드레이먼조차 탐색하는 시선으로 가만히 응시했다. 펠 박사의 붉은 얼굴은 혼란에 빠져 멍한 표정이었다. 그는 숨을 쌕쌕거리며 지팡이로 양탄자를 쿡쿡 찔렀다.

"굉장히 중요한 점 같군요."

그는 누가 자신의 말에 반박하기라도 한 듯, 벽난로에 대고 단호하게 말했다.

"정말로 중요한 일이오. 흠. 자, 여보시오, 드레이먼 씨. 딱 두 가지만 질문하도록 하겠습니다. 당신은 우지끈하는 소리를 들었다고 했는데…… 그게 관뚜껑을 비틀어 여는 소리였습니까? 알겠습니다. 그러면 그리모 교수가 기어 올라온 무덤은 깊이가 꽤 얕았다는 뜻입니까?"

"예, 꽤 얕았습니다. 그렇지 않았더라면 빠져나올 수 없었을 겁니다."

"두 번째 질문입니다. 그 형무소 말인데…… 그곳의 관리는 철저했습니까, 아니면 허술했습니까?"

드레이먼은 어리둥절한 표정이었지만, 턱만은 험악하게 굳어져 있었다.

"모르겠습니다, 박사님. 하지만 당시 다수의 관리들로부터 집중포화를 당했다는 사실은 알고 있습니다. 그들은 책임자들이 전염병 창궐을 방치했다고 생각해서 굉장히 비판적이었던 듯합니다. 그 때문에 광산에서 일할 노동자들의 수가 격감했으니까요. 사망자들의 이름이 공표되어서, 저도 그 명단을 확인해보았습니다. 여기서 다시 한번 질문을 드리겠습니다. 오랜 추문을 파헤쳐봤자 무슨 이득이 있습니까? 아무 도움도 되지 못할 겁니다. 그 일이 그리모에게 특별히 불명예가 되지 못하리라는 사실은 여러분께서도 아실 테지만……."

"예, 바로 그 점입니다."

펠 박사가 흥미로운 표정으로 그를 살펴보며 낮은 목소리로 웅얼거리듯 말했다.

"바로 내가 강조하고 싶은 점이란 말입니다. 전혀 불명예스러운 일이 아닙니다. 그런데도 그의 과거 삶을 완전히 묻어야 할 이유가 있습니까?"

드레이먼은 한층 더 사나운 태도로 목소리를 높였다.

"하지만 에르네스틴 뒤몽 부인에게는 불명예가 될 수도 있습니다. 제가 무슨 이야기를 하는지 이해하지 못하시는 겁니까? 그리모의 딸은 어떻고요? 그런 혼란스러운 과거를 파헤치려는 이유는 모두 그의 동생 한두 명이 살아 있을지도 모른다는 섣부른 추측 때문이 아닙니까? 그들은 죽었습니다. 그리고 죽은 자는 무덤에서 나올 수 없는 법이지요. 그리모의 동생들 중 한 명이 그를 살해했다는 생각은 대체 어떻게 떠올리신 겁니까?"

"그리모 본인에게서 들은 말입니다."

해들리가 말했다.

잠깐 동안 램폴은 드레이먼이 그 말을 이해하지 못했다고 생각했다. 잠시 후 드레이먼이 마치 숨이 막히는 듯 비틀거리며 의자에서 일어났다. 그리고 더듬거리는 손으로 코트 자락을 열고 목 주변을 쓰다듬다가 다시 자리에 앉았다. 그에게서 변하지 않은 부분은 유리알 같은 두 눈뿐이었다.

"제게 거짓말을 하고 계신 겁니까?"

드레이먼의 태도는 엄숙했지만, 어린아이처럼 불평을 늘어놓는 듯한 목소리는 떨리고 있었다.

"왜 거짓말을 하시는 거죠?"

"사실입니다. 이걸 읽어보시죠."

그는 재빨리 피터슨 박사의 편지를 내밀었다. 드레이먼은 편지를 받으려는 동작을 취하다가, 이내 뒤로 물러나며 고개를 저었다.

"저는 편지를 읽을 수가 없습니다, 경정님. 저, 저, 그가 무슨 말을 했다는 겁니까? 그러니까 죽기 전에……."

"그는 동생이 살인범이라고 말했습니다."

"다른 말은 하지 않았습니까?"

드레이먼이 주저하며 물었다. 해들리는 그가 멋대로 상상하도록 내버려둔 채 대답하지 않았다. 이내 드레이먼이 말을 이었다.

"하지만 불가능한 일이라는 말씀밖에 드릴 수가 없군요. 경정님께서는 그를 협박한 사기꾼이, 그가 생전 본 적도 없는 자가 동생 중 한 명이라는 말씀을 하는 겁니까? 그러신 것 같군요. 여전히 이해가 가지 않습니다. 그가 칼에 찔렸다는 사실을 안 순간……."

"칼에 찔렸다고요?!"

"예, 말씀드렸다시피……."

"그는 총에 맞았습니다. 어째서 그가 칼에 찔렸다고 생각했습니까?"

해들리가 물었다.

드레이먼은 어깨를 으쓱했다. 냉소적으로 비꼬는 듯하면서도, 더 정확히 말하면 자포자기한 듯한 표정이 주름진 얼굴에 퍼져 나갔다.

"여러분, 저는 아무래도 굉장히 나쁜 증인인 것 같군요."

그는 평소와 다름없는 말투로 이야기를 이어나갔다.

"선의라지만 여러분이 믿지도 않는 이야기를 계속 밀어붙이고 있으니 말입니다. 어쩌면 제가 억측을 했는지도 모르겠습니다. 맹건 씨가 그리모가 습격을 받아 죽어가고 있다는 말을 해주었습니다. 살인범이 그림을 조각조각 난도질한 후 사라졌다고도 했습니다. 그래서……."

그는 콧등을 문질렀다.

"더 물어보실 게 있습니까?"

"오늘밤 무엇을 하며 지냈습니까?"

"자고 있었습니다. 저는…… 아시다시피 아픈 곳이 있습니다. 바로 여기 두 안구 뒤쪽입니다. 원래는 알버트 홀에서 하는 연주회에 갈 예정이었습니다. 하지만 저녁 식사를 하면서 몸 상태가 너무 나빠져서 수면제를 복용하고 자리에 누웠어요. 유감스럽게도 저녁 7시 반부터 맹건 씨가 저를 깨울 때까지, 그사이에 일어난 일은 아무것도 기억나지 않습니다."

해들리는 극도로 조용한 태도를 유지하며 앞섶이 열린 드레이먼의 코트 자락을 주시하고 있었다. 하지만 얼굴만큼은 금방이라도 상대방을 덮칠 듯 난폭한 표정이었다.

"알겠습니다. 잠자리에 들었을 때 옷을 벗었습니까? 드레이먼 씨?"

"뭐라고 하셨습니까? 옷을 벗었느냐고요? 아닙니다. 신발만 벗었습니다. 왜 그러시죠?"

"한시라도 방을 벗어난 적은 없었습니까?"

"없었습니다."

"그렇다면 재킷에 묻은 핏자국은 어떻게 된 겁니까? 그렇습니다, 바로 거기 말입니다. 일어나시오! 이제 도망갈 수 없소! 그 자리에서 움직이지 말아요. 이제 코트를 벗으시오."

드레이먼이 머뭇거리며 의자 옆에 서서 코트를 벗은 후 바닥을 더듬는 듯한 동작으로 가슴 부분을 한 손으로 조심스레 짚어가자, 램폴의 눈에도 그 흔적이 보였다. 그가 입은 연회색 재킷 위에 생생한 얼룩이 튀어 있었다. 거무스름한 얼룩은 옷 옆구리께부터 오른쪽 호주머니가 있는 쪽까지 이어져 있었다. 드레이먼의 손가락은 그 자국을 발견하자 움직임을 멈췄다. 그는 자국을 문지르다가 손가락에 묻은 얼룩을 털어냈다.

"핏자국일 리가 없습니다."

그는 목소리를 높이며 다소 불평하는 투로 중얼거렸다.

"뭔지는 모르겠지만 핏자국일 리는 없어요. 정말입니다!"

"그 점은 조사를 해봐야겠죠. 재킷을 벗어주겠습니까? 유감이지만 옷을 넘겨달라고 요구할 수밖에 없군요. 주머니에 든 물건 중 꺼내가고 싶은 게 있습니까?"

"하지만……."

"어디서 얼룩이 묻었습니까?"

"모르겠습니다. 하느님께 맹세코 모르겠습니다. 짐작조차 가지 않아요. 핏자국이 아닙니다. 어째서 핏자국이라고 생각하시는 겁니까?"

"재킷을 이리 주시죠. 좋습니다!"

드레이먼은 해들리의 날카로운 시선을 받으며, 떨리는 손가락으로 주머니에서 동전 몇 개와 연주회 입장권 한 장, 손수건 한 장, 우드바인사社에서 나온 담배말이용 종이 한 장, 성냥 한 갑을 꺼냈다. 그가 물건을 다 꺼내자, 해들리는 재킷을 받아 무릎 위에 펼쳐 놓았다.

"당신 방을 수색하는 데 이의는 없습니까? 공정을 기하기 위해 말해두지만, 당신이 거절한다면 내게는 억지로 수색할 권리가 없습니다."

"이의 없습니다."

드레이먼은 멍하니 대답하며 이마를 문질렀다.

"무슨 일인지 알려주시기만 하면 됩니다. 저는 아무것도 모릅니다. 옳은 일을 하려고 애를 썼을 뿐인데……. 그래요. 옳은 일이었는데……. 저는 이 사건과 관련이 없습니다."

그는 입을 다물고 냉소적이면서도 쓰라린 미소를 지었다. 램폴은 그 미소를 보자 의심보다는 당혹스러운 느낌이 더 강하게 들었다.

"저는 체포되는 겁니까? 그 점에 대해서도 이의는 없습니다."

이쯤되니 무언가 잘못되어 있었다. 그것도 이만저만 잘못되어 있는 게 아니었다. 램폴은 해들리 역시 자신과 똑같이 불합리한 일이 일어났다는 의심을 품고 있음을 깨달았다. 여기 이치에 맞지 않는 모순된 진술을 수차례 늘어놓은 사람이 있었다. 그는 사실일 수도 아닐 수도 있는 충격적인 이야기를 들려주었지만, 그 이야기는 어딘지 모르게 연극적인데다 종이로 만든 것처럼 부서지기 쉬워 보였다. 그리고 최종적으로 그의 재킷에 핏자국이 묻어 있었다. 그럼에도 불구하고 램폴이 확증을 내리지 않는 이유가 하나 있었다. 그는 드레이먼의 이야기를 믿고 싶었다. 적어도 드레이먼은 스스로의 이야기를 믿고 있었다. 겉보기에 그는 약삭빠른 구석은 전혀 없는 지극히 순박한 사람인 듯했다. 키가 평상시보다 더 커 보이게 서 있는 그는 한층 더 위축되어 보였으며, 셔츠 소매 밑으로 드러난 팔은 앙상했다. 푸른색 셔츠는 색이 바래 우중충한 흰색으로 변해 있었고, 걷어올린 소매 아래로 핏줄이 불거진 팔이 드러나 있었다. 타이는 비뚜름하게 맨 채였고, 한 손에 든 코트는 땅에 끌리고 있었다. 그리고 그는 미소를 띠고 있었다.

해들리는 낮은 목소리로 욕설을 내뱉다가 소리쳤다.

"베츠! 베츠 없나? 프레스턴!"

그리고 두 사람이 대답할 때까지 참을성 없이 뒷굽으로 바닥을 두드렸다.

"베츠, 이 재킷을 수거해 검시관에게 이 얼룩을 분석해달라고 하게. 알았나? 내일 오전 중으로 보고서를 받아야겠어. 오늘밤에 할 일은 이게 다야. 프레스턴, 드레이먼 씨와 아래층으로 내려가 방을 살펴보게. 무엇을 찾아야 할지는 자네도 잘 알 테지. 특히 가면 같은 물건이 있는지 주의깊게 살펴보도록. 나도 곧 합류할 텐데……. 드레이먼 씨, 다시 한번 생각해보기 바랍니다. 그리고 내일 오전에 런던 경찰청에 출두하기 바랍니다. 이상입니다."

드레이먼은 아무런 관심도 보이지 않았다. 그는 고개를 흔들며 박쥐 같은 모습으로 비척거리며 방을 나섰다. 코트 자락은 여전히 땅에 끌리고 있었다. 심지어 그는 프레스턴의 소매를 붙잡고 열성적으로 캐묻기까지 했다.

"어디서 그 피가 묻었을까요? 정말 이상한 일 아닙니까? 대체 어디서 묻었을까요?"

"모릅니다, 선생님. 문설주를 조심하십시오!"

이제 으스스한 방안은 조용해졌다. 해들리는 고개를 천천히 흔들었다.

"죽을 맛이로군, 펠. 혼란스러워 어쩔 줄을 모르겠네. 자네라면 저런 사람을 어떻게 다룰 텐가? 순하고 고분고분해서 꽤 다루기 쉬워 보이지만, 마치 샌드백을 두드리는 것 같아. 계속해서 두들겨도 마지막까지 처음 그 자리에서 계속해서 흔들리고 있는 거지. 무슨 혐의를 씌운들 별 신경도 쓰지 않을 것 같아. 무슨 짓을 해도 마찬가지일걸. 그래서 젊은 친구들이 그를 좋아하지 않는지도 모르지."

"흠, 맞아. 벽난로에서 종이 뭉치를 수거하고 나면, 집으로 돌아가 생각을 좀 해봐야겠네. 지금 드는 생각은…….”

펠 박사가 툴툴거렸다.

“지금 드는 생각은?”

“정말 무시무시한 생각이지.”

펠 박사는 갑자기 기운 넘치는 태도로 머리카락을 쓸어올린 후 모자를 깊숙이 눌러쓰고 지팡이를 휘둘렀다.

“섣불리 이런저런 가설을 세우고 싶지는 않네. 진상을 확인하려면 자네가 전보를 쳐야겠지. 허어! 그래. 하지만 나는 그 세 개의 관 이야기는 믿지 않아. 드레이먼은 믿고 있는지도 모르겠지만. 뭐, 누가 알겠나! 우리의 가설을 완전히 폐기해버리지 않는 한 호르바트의 두 동생은 죽지 않았다고 해야 할 테지. 안 그런가?”

“문제는 말이지…….”

“그들에게 무슨 일이 일어났는가 하는 거라네. 흠, 그래. 내가 일어났을지도 모른다고 생각하는 일은, 드레이먼이 자기 이야기를 실제로 믿는다고 가정하는 경우에만 성립하네.

첫 번째 사항! 나는 그 형제들이 정치범으로 투옥되었다는 이야기는 단 한 순간도 믿어본 적이 없어. 그리모는 탈옥했을 때 ‘숨겨둔 돈이 약간’ 있다고 했지. 그는 오 년에서 그 이상 남의 눈에 띄지 않고 지내다가 갑자기 상당한 재산을 ‘상속’받았다네. 완전히 다른 이름으로 지내고 있는데, 들어본 적도 없는 사람이 유산을 남겨준 거야. 그런데 그는 말없이 그 재산으로 편히 살기 위해 프랑스를 몰래 빠져나갔어.

두 번째 사항! 만약 모든 이야기가 사실이라면, 그리모의 인생에서 위험한 비밀은 과연 무엇일까? 대부분의 사람들은 몬테크리스토 백작의 탈옥을 그저 흥미진진하고 낭만적인 모험담이라고 생각하지. 그리고 그의 죄목에 대해서 영국인들은 마치 조정 대회가 열리는 날 밤에 교통표지판을 훔치거나 경찰의 눈 주변을 치는 것 정도의• 흉측한 악행 정도로 생각할 걸세. 젠장, 해들리, 이대로는 안 돼!"

"무슨 뜻인가?"

펠 박사는 목소리를 극도로 낮추며 말했다.

"그러니까 그리모는 관 속에 갇혔을 때는 살아 있는 상태였어. 다른 두 형제 역시 살아 있었다고 가정해보면 어떨까? 그리모가 시체로 가장한 것과 마찬가지로, 처음부터 세 사람 모두 시체로 가장한 것이었다면? 그리모가 관에서 탈출했을 때, 다른 두 관 속에 그들이 생매장당한 채 남아 있었다면? 하지만 그들은 관에서 빠져나올 수 없었지……. 절단기를 가진 사람은 그리모였는데, 그가 동생들을 구하려 하지 않았기 때문이야. 절단기가 여럿 있었을 것 같진 않아. 그리고 그리모가 절단기를 가졌던 이유는 가장 힘이 셌기 때문이야. 계획대로라면, 일단 그가 빠져나온 후에 다른 사람들을 끄집어내는 것은 금세였을 거야. 하지만 그리모는 세 사람이 함께 훔친 돈을 서로 나누기 싫어서, 동생들을 산 채로 묻어버린다는 분별

• 옥스퍼드와 케임브리지 대학 사이에 조정 대회가 열리는 날 밤에는 전통이라는 이름으로 여러 가지 소동이 벌어지는데, 교통표지판을 훔치거나 경찰을 습격해 헬멧을 빼앗는 것도 그중 일부다.

있는 결정을 내린 거라네. 대단한 범행 아닌가? 대단하고말고."

입을 여는 사람은 아무도 없었다. 해들리는 낮은 목소리로 뭐라고 중얼거리다가 못 믿겠다는 듯 험악한 표정을 지으며 자리에서 일어섰다.

펠 박사가 웅얼거리듯 말을 이었다.

"아, 나도 흉악한 범죄라고 생각한다네. 이런 흉악하고 끔찍한 일을 저지른 자라면 꿈자리가 보통 사나운 게 아닐 테지. 하지만 이 끔찍한 사건을 설명해줄 수 있는 유일한 해석일 걸세. 그 동생들이 무덤에서 살아서 빠져나왔다면, 그를 집요하게 추적해 괴롭히는 이유는 뻔하지 않겠나……. 그리모는 왜 죄수복을 벗지도 않고 드레이먼을 필사적으로 재촉하면서 가능한 한 빨리 장소를 벗어나고 싶어 안달했을까? 전염병으로 죽은 사람들 무덤 주변에 숨어 있으면 근처 주민들 눈에 띌 염려도 없었을 텐데, 왜 그는 남에 눈에 띌 위험을 감수하면서까지 도로를 통해 달아나려 했을까? 자, 그 무덤들은 깊이가 굉장히 야트막했다네. 시간이 지나 동생들이 질식해 죽을지도 모른다는 사실을 알아차리고…… 또 여전히 꺼내주는 기미가 보이지 않는다면…… 그들은 비명을 지르면서 자신들이 갇힌 관을 수없이 두들겼겠지. 어쩌면 드레이먼은 단단하게 다져지지 않은 흙이 떨리는 모습을 봤거나, 무덤 속에서 울리는 마지막 비명소리를 들었을지도 몰라."

해들리는 손수건을 꺼내 들고 얼굴에 맺힌 땀을 훔쳤다.

"아무리 사람의 탈을 쓴 짐승이라도……."

그는 믿지 못하겠다는 투로 입을 열었지만, 목소리는 차츰 잦아들었다.

"아니야. 우리는 정도에서 벗어난 생각에 빠져버린 거야, 펠. 모두 상상이라고. 그럴 리가 없어! 설사 그런 일이 벌어졌더라도 두 사람은 무덤에서 빠져나올 수 없었을 거야. 그들은 죽었을 거야."

펠 박사는 멍한 태도로 반문했다.

"과연 그랬을까? 자네는 그 삽을 잊고 있구먼."

"무슨 삽 말인가?"

"어떤 불쌍한 녀석이 공포에 질려 서둘러 무덤을 판 다음 깜빡 놔두고 간 삽 말일세. 아무리 엉터리로 돌아가는 형무소라 한들 그런 실수를 용납하지는 않을 테지. 삽을 찾아오라고 그를 도로 보냈을 거야. 여보게, 나는 당시 있었던 일을 뒷받침할 티끌만 한 증거도 없지만, 무슨 일이 일어났는지 세세하게 알 수 있다네. 미치광이 피에르 플레가 워릭 주점에서 그리모에게 한 말을 한 마디 한 마디 생각해보게. 들어맞지 않는 부분이 있나? 냉정한 교도관 두 명 정도가 무장을 한 채 버려진 삽을 찾으러 현장을 돌아왔을 테지. 그들은 드레이먼에게 들킬까 그리모가 노심초사했던 것을 실제로 보았거나 들었을 거야. 불현듯 속임수를 간파했든지, 아니면 일반적인 인간애를 발휘했을 테지. 관을 박살내서 뚜껑을 열자, 두 명의 형제가 굴러 나왔겠지. 정신을 잃기 일보 직전에다 피투성이였지만 살아 있었을 거야."

"그런데 그리모를 추적하는 야단법석 따위는 일어나지 않았는데? 탈옥을 시도한 자를 찾아 헝가리를 부리나케 뒤졌을 게 아닌가? 그리고……."

"흠, 맞아. 나도 그런 생각을 떠올리고 그에 대해 자문해보았지. 만약 형무소 당국이 당시 그토록 격렬한 비난에 직면하지 않았더라면…… 반드시 그를 추적했을 거야. 그가 탈옥했다는 사실이 알려졌다면 형무소 측을 비난하는 사람들은 뭐라고 했을까? 부주의로 그런 일이 일어나도록 방치한 거나 다름없는데 말이지. 그렇다면 입 닥치고 있는 편이 훨씬 낫지 않았을까? 남은 두 형제는 엄중히 가두고, 달아난 자에 대해서는 내색도 하지 않는 게 현명한 행동이었을 테지."

잠시 후 해들리가 입을 열었다.

"온통 가설뿐이지 않나. 하지만 그게 사실이라면 나는 악마의 존재를 믿게 될 것 같군. 그리모가 자신의 죄에 합당한 벌을 받았는지는 하느님만이 아시겠지. 그리고 우리가 찾아야 하는 살인범 역시 그와 똑같이 악마 같은 놈일 거야. 만약 이게 자네 이야기의 전부라면……."

"물론 이게 전부일 리가 있나! 이 이야기가 사실이라 하더라도 아직 하지 못한 이야기가 남아 있네. 가장 끔찍한 부분이지. 자네는 악마 얘기를 했지. 그런데 그리모보다 훨씬 질이 나쁜 악마에 대해서는 확실히 가늠할 수가 없다네. 바로 X라는 자이자 투명 인간이기도 한, 그리모의 막냇동생 앙리 말일세."

그는 지팡이를 휘두르며 하나하나 지적했다.

"왜일까? 어째서 피에르 플레는 자신이 동생을 두려워한다는 사실을 인정하는 걸까? 그리모가 자신의 적을 두려워하는 것은 이치에 맞는 행동일 테지. 그런데 플레는 왜 자신의 동생이자 공통의 적을 가진 동맹 관계에 있는 자를 두려워하는 걸까? 왜 숙련된 마술사가 마술을 두려워하는 거지? 이 과묵한 동생 앙리가 미치광이 범죄자처럼 앞뒤 가리지 않으면서 악마처럼 영악한 자가 아니라면 말이야."

해들리는 수첩을 주머니에 집어넣은 다음 코트 단추를 여몄다.

"집에 가고 싶으면 자넨 가도 좋아. 여기서 할 일은 다 끝났네. 하지만 나는 플레를 추적하러 가야겠어. 남은 한 명의 동생에 대해서는 플레가 알고 있겠지. 내 자네들에게 장담하지만, 그는 털어놓지 않고는 못 배길 걸세. 일단 드레이먼의 방을 살펴볼 생각이지만 큰 기대는 하지 않아. 플레가 이 암호를 푸는 열쇠이니, 그가 우리를 살인범에게 인도해줄 걸세. 준비됐나?"

그들은 다음날 아침까지 알지 못했지만, 당시 플레는 이미 죽은 후였다. 그는 그리모를 살해한 것과 같은 권총에 맞아 사망했다. 그리고 살인범은 목격자들의 눈에 보이지 않았거니와, 이번에도 눈 위에 아무 발자국도 남기지 않았다.

마술 살인

펠 박사가 다음날 오전 9시에 문을 두드렸을 때 그의 손님 둘은 모두 비몽사몽간에 빠져 있었다. 테드 램폴은 어젯밤에 거의 잠을 이루지 못했다. 그가 펠 박사와 함께 새벽 1시 30분에 귀가했을 때, 아내 도러시 램폴은 모든 이야기를 세세하게 듣고 싶은 마음에 기다리고 있었고, 그도 이야기를 전혀 꺼리지 않았다. 두 사람은 맥주와 담배로 무장한 채 방으로 물러났다. 도러시는 셜록 홈스처럼 마룻바닥에 소파 쿠션을 높이 쌓아올리고는 맥주잔을 들고 그 위에 앉아, 남편이 방안을 왔다갔다하며 열변을 토하는 동안 장난기와 이해가 담긴 표정으로 귀를 기울였다. 그녀는 활발히 의견을 개진했지만 자기 의견에 별로 확신을 갖지는 못했다. 그녀는 뒤몽 부인과 드레이먼의 이야기에 호감을 표한 것과 달리, 로제트 그리모에게는 격렬한 적개심을 나타냈다. 테드가 토론 대회에서 로제트가 한 말을 인용했을 때도, 두 사람 모두 그 취지에 찬성하는 발언인데도 도러시는 화가 누그러지지 않는 듯했다.

"하지만 내 말 좀 잘 들어보라고."

도러시는 들고 있던 담배로 시기적절하게 그를 가리키며 입을 열었다.

"그 우스꽝스럽게 생긴 금발머리는 사건과 어떤 식으로든 관계가 있다고. 여보, 그 여자는 질이 안 좋아. 그러니까 그녀가 바라는 건 유치한 유혈 사태란 말이지. 흥! 그녀가 쓰는 방식대로 말하자면, 그녀는 뭐랄까…… 훌륭한 매춘부도 되지 못할 거야. 그녀가 보이드 맹건을 대하는 방식대로 내가 당신을 대해볼까? 그런데도 당신이 내 아래턱에 한 방 날리지 않는다면, 우리는 서로 다시는 대화할 일이 없을 거라고……. 무슨 뜻인지 알겠어?"

"인신공격은 하지 말자고. 게다가 그녀가 맹건에게 무슨 짓을 했는데? 내가 아는 한 아무 짓도 하지 않았어. 응접실에 갇혀 있던 게 아니라 해도 그녀가 아버지를 살해했다고 생각하는 건 아니지?"

"아니…… 아니야. 어떻게 그녀가 그런 화려한 의상을 입고 뒤몽 부인을 속여넘길 수 있었는지 모르니까."

도러시의 반짝이는 검은 눈동자에 심오한 감정이 드러났다.

"하지만 뒤몽 부인과 드레이먼 모두 결백하다는 사실은 확실히 말할 수 있어. 밀스의 경우에는…… 음, 이야기를 들어보면 밀스는 꽤 도덕군자처럼 보이지만, 당신은 과학이나 '미래에 대한 예지' 같은 주제의 글은 좋아하지 않으니 당신의 관점이 꽤 치우쳐 있다는 걸 감안해야겠지. 하지만 그가 하는 말이 사실처럼 들린다는 건 인정하지?"

"그래."

그녀는 담배를 피우며 생각에 잠겼다.

"음, 굉장한 생각이 하나 떠올랐어. 내가 가장 의심하는 사람이 둘 있는데, 누구라도 용의 선상에서 제일 먼저 제외할 것 같은 사람이야. 당신이 아직 만나보지 못한 사람이기도 하고. 그러니까 페티스와 버너비 말이야."

"뭐라고?"

"들어봐. 페티스를 용의자에서 제외하는 건 그가 너무 작기 때문이잖아? 펠 박사님의 박식함이라면 대번에 알아차렸을 거라고 생각해. 이런 이야기가 하나 떠오르는데…… 어디서 읽었는지는 기억이 안 나네. 하지만 중세 소설 같은 데서 이런 이야기가 여럿 등장할걸. 혹시 기억나? 갑옷을 걸친 덩치 큰 기사가 얼굴 보호대를 쓴 채 마상 시합에 나가 모든 상대를 납작하게 박살내는 거야. 그러자 그를 상대하기 위해 가장 강력한 기사가 등장해. 그 기사는 멋지게 돌진해서 덩치 큰 챔피언의 투구를 강타해 얼굴 보호대 한가운데를 정확하게 맞추지. 그러자 머리가 통째로 날아가버려서, 사람들은 모두 경악하고 말아. 그런데 갑옷 안에서 목소리가 흘러나오고, 사람들은 그 목소리의 정체가 제대로 된 갑옷을 입을 수 없을 정도로 조그맣고 잘생긴 청년이라는 사실을 알게 되는 거야."

램폴은 그녀를 물끄러미 바라보다가 품위 있는 태도로 입을 열었다.

"여보, 완전히 말도 안 되는 소리야. 내가 들어본 중에 가장 미친……. 저기, 페티스가 가짜 머리와 어깨를 머리 위에 쓰고 걸어 다녔다는 얘길 진지하게 하는 건 아니지?"

그녀는 콧등을 찡그리며 항변했다.

"당신은 너무 보수적이라니까. 난 굉장히 멋진 착상이라고 생각하는데. 그러니까 확실한 증거가 필요하다는 거지? 좋아! 그 사람 뒤통수가 반짝반짝 빛나는 것 같다고 한 사람은 밀스 아니었어? 게다가 머리 전체가 종이 죽으로 만들어진 것 같다고도 했잖아. 그 점에 대해서는 뭐라고 말할 거야?"

"악몽이라고 하고 싶은데. 더 현실적인 의견은 없어?"

"있고말고!"

도러시는 몸을 꼼지락거리며 말했다. 조금 전에 떠올렸다가 낡은 생각으로 치부해버린 영감을 다시 끄집어낸 게 분명했다.

"그 불가능한 상황 말이야. 살인범은 도대체 왜 발자국을 남기지 않았을까? 당신들 모두 끔찍할 정도로 복잡한 이유만 찾아다니고 있다니까. 그러다가 결국에는 살인범이 경찰을 놀리고 싶어 그랬다는 생각에 안주해버리고 말지. 젠장, 여보! 진짜 이유는 하나밖에 없어. 사람들이 살인 사건을 접했을 때, 살인범이 발자국을 남기고 싶어 하지 않을 이유로 제일 먼저 떠올릴 게 뭐겠어? 바로 살인범의 발자국은 굉장히 독특해서, 범인이 곧바로 자기 정체가 드러날 거라는 사실을 아는 거잖아! 범인에게는 발자국을 남기면 교수대로 끌려 갈 특징적 장애 같은 것이 있는 거야."

"그렇다면……?"

"당신이 그랬잖아. 그 버너비라는 사람에게 내반족이 있다고."

동틀 무렵이 되어서야 램폴은 잠자리에 들 수 있었지만, 가짜 머리를 뒤집어쓴 사람보다 버너비의 내반족이 훨씬 사악하게 보이는 악몽에 시달려 깊은 잠을 이룰 수가 없었다. 말도 안 되는 소리였다. 하지만 말도 안 되는 소리가 무덤 세 구의 수수께끼와 뒤섞이니 불안한 감정이 일어나는 것은 어쩔 수 없었다.

일요일 오전 9시 정각에 펠 박사가 방문을 두드리자, 램폴은 간신히 침대에서 빠져나왔다. 그는 서둘러 면도를 하고 옷을 입은 후, 굴러떨어지듯 계단을 내려갔다. 집안은 조용했다. 다른 사람들은 어떨지 모르지만, 오전 9시는 펠 박사가 자리에서 일어나기에는 지나치게 이른 시각이어서, 램폴은 밤사이에 악마의 소행 같은 사건이 일어난 거라고 생각했다. 복도는 쌀쌀했다. 심지어 벽난로 불기운이 일렁이는 넓은 서재조차 기차를 타기 위해 이른 새벽에 일어났을 때 느껴지는 비현실적인 분위기로 가득했다. 세 사람 몫의 아침식사가 테라스가 내려다보이는 내닫이창 앞에 차려져 있었다. 우중충한 날이었다. 하늘에는 이미 눈발이 휘날리고 있었다. 펠 박사는 제대로 옷을 갖춰 입고 테이블 앞에 앉아 양손으로 머리를 감싼 채 신문을 들여다보는 중이었다.

"동생 앙리가……."

그는 낮은 목소리로 웅얼거리더니 신문을 탁 쳤다.

"아, 그래. 그가 또 등장했다네. 해들리가 전화로 좀더 자세한 이야기를 해줬는데, 곧 이리로 올 걸세. 우선 신문을 보게나. 어젯밤에 떠맡은 사건이 어려운 문제라고 생각했다면, 이건…… 오, 바커스 신이여! 이 기사를 보게! 마치 드레이먼이 된 심정이야. 도대체 믿을 수가 없군. 그리모가 살해당한 일은 1면에서 완전히 밀려나고 말았네. 다행스럽게도 기자들은 아직 두 사건 사이의 관계를 파악하지 못한 것 같지만. 어쩌면 해들리가 아직 기사를 내지 말라고 말해둔 것일 수도 있고. 자, 이걸 보게!"

램폴은 자신의 잔에 커피가 채워지는 사이에 몇몇 신문의 표제를 훑어보았다. '마술에 의해 살해당한 마술사!'라는 표제도 있었는데, 그 표제를 뽑은 기자는 더없이 만족했을 게 분명했다. '캐글리오스트로 스트리트의 수수께끼'나 '두 번째 탄환은 당신의 몫!' 같은 표제도 있었다.

"캐글리오스트로 스트리트?"

미국인인 그가 반복했다.

"대체 제정신으로 붙인 이름입니까? 캐글리오스트로 스트리트는 어디 있는 곳입니까? 우스운 이름은 여럿 들어봤지만 이건……."

펠 박사가 툴툴거렸다.

"여간해서 들을 수 있는 이름은 아니지. 수많은 길 뒤편에 숨어 있는 장소 중 한 곳이라, 지름길을 찾다가 우연히 마주칠 경우에만 갈 수 있는 거리라네. 런던 한가운데에 그런 지역사회가 통째로 숨어 있다는 사실을 알게 되면 굉장히 놀랄 거야……. 어쨌든 캐글리오스트로 스트리트는 그리모의 집에서 삼 분도 채 걸리지 않는 곳에 있다네. 길퍼드 스트리트 뒤쪽이자 러셀 스퀘어 맞은편에 위치한 작은 골목이지. 그 외에는 다른 곳으로 통하는 곳이 없어. 내가 기억하는 바로는 램스컨뒤트 스트리트에서 밀려나온 소매상들로 가득하다네. 그 외에 하숙집들도 있고……. 앙리는 그리모를 쏜 다음 그의 집을 나가 그쪽으로 걸어가 잠시 몸을 숨겼어. 그러고 나서 과업을 완수했지."

램폴은 서둘러 기사를 읽기 시작했다.

런던, 캐글리오스트로 스트리트 WC1에서 살해된 채 발견된 남자의 신원은 프랑스인 마술사 피에르 플레로 밝혀졌다. 그는 지난 수개월 동안 런던 커머셜 로드 EC1에 위치한 한 보드빌 극장에서 마술 공연을 했으며, 이 주 전부터는 캐글리오스트로 스트리트에 하숙집을 얻어 생활하고 있었다. 그는 어젯밤 10시 30분경 치명적인 총상을 입은 채 발견되었는데, 마술사가 마술에 의해 살해당했다고 보이는 상황이다. 목격된 정황도, 남은 흔적도 아무것도 없었다. 그러나 목격자 세 명의 진술에 따르면, 누군가 "두 번째 탄환은 네 몫이다"라고 말하는 목소리가 분명히 들렸다고 한다.

캐글리오스트로 스트리트는 길이가 180미터 정도로 한쪽 막다른 지점은 장식 없는 벽돌벽으로 막혀 있다. 골목 입구에는 상점이 몇 개 있는데, 당시에는 야간 등만 몇 개 켜져 있고 모두 문을 닫은 상태였다. 상점 앞 보도의 눈은 깨끗하게 치워져 있었다. 그러나 입구에서 이십 미터가량 안으로 들어가면, 아무도 건드린 적이 없는 눈이 차도와 인도에 쌓여 있었다.

버밍엄에서 런던을 방문한 제시 쇼트 씨와 R.G. 블랙윈 씨는 골목 막다른 곳 인근에서 하숙하는 친구를 만나러 가던 길이었다. 두 사람은 골목 입구를 뒤로한 채 오른편 인도를 따라 걸음을 옮기고 있었다. 블랙윈 씨는 주소를 확인하기 위해 주변을 둘러보다가 조금 뒤에서 한 남자가 걸어오고 있다는 사실을 알아차렸다. 남자는 마치 주변에 누가 있기라도 한 듯 두리번거리며 다소 신경질적인 모습으로 천천히 걸음을 옮기고 있었다. 그는 차도 한복판을 걸었다. 하지만 불빛이 어두웠기 때문에, 쇼트 씨도 블랙윈 씨도 그가 키가 컸고 챙이 늘어진 모자를 쓰고 있다는 점 외에는 다른 점은 알아볼 수 없었다. 같은 시각, 램스컨뒤트 스트리트 순찰을 담당하는 헨리 위더스 순경이 캐글리오스트로 스트리트 입구에 도착했다. 그는 남자가 눈 속을 걸어가는 모습을 보았지만, 다시 한번 뒤를 돌아보자 모습이 사라져버리고 없었다고 말했다. 고작 삼사 초 사이에 일어난 일이었다.

쇼트 씨와 블랙윈 씨는 등뒤에서 비명에 가까운 고함소리를 들었다. 곧이어 "두 번째 탄환은 네 몫이다"라고 말하는 목소리가 똑똑히 들려왔다. 이윽고 무언가로 총구를 감싼 듯 약한 총소리가 들렸고, 웃음소리가 그 뒤를 따랐다. 두 사람이 깜짝 놀라 뒤를 돌아보자, 다시 한번 비명소리가 들리고 남자가 앞으로 고꾸라졌다.

두 사람의 눈에 골목은 처음부터 끝까지 텅 비어 있었다. 게다가 남자는 도로 한가운데를 걷고 있었으며, 눈 위에는 그의 발자국 외에는 아무 흔적도 남아 있지 않았다. 골목 입구에서 달려온 위더스 순경 역시 그 사실을 확인해주었다. 세 사람이 보석 가게 진열창에서 흘러나오는 불빛을 통해 살펴본 바로 피해자는 양팔을 옆으로 벌린 채 엎어진 자세였고, 왼쪽 견갑골 아래쪽에 난 총상에서 피가 분출하고 있었다. 흉기는 삼십 년도 더 된, 총신이 긴 38구경 콜트 리볼버였는데 이 총은 삼 미터쯤 뒤에 버려져 있었다.

두 명의 목격자 모두 목소리를 똑똑히 들었고 총이 그리 멀지 않은 곳에 떨어져 있었는데도, 그들은 골목이 텅 비어 있어 자살 시도라 판단했다. 남자가 아직 숨을 쉬고 있어서 그들은 골목 막다른 곳 근처에 있는 M.R. 젱킨스 박사의 진료실로 그를 데려갔다. 그사이 위더스 순경은 어디에도 다른 발자국은 찍혀 있지 않음을 확인했다. 그러나 피해자는 오래 지나지 않아 아무 말도 남기지 못한 채 사망했다.

무엇보다 놀랄 만한 사실은 그 직후에 드러났다. 남자가 입고 있던 코트의 뚫린 부분이 타버린 채 그을음투성이였던 것이다. 이 점으로 미루어 보아, 총은 그의 등뒤에 총구를 밀착하거나 고작 몇 센티미터 거리를 두고 발사된 것이 분명했다. 이후 경찰이 확인한 바에 따르면, 젱킨스 박사는 절대 자살일 리 없다는 소견을 밝혔다. 그 같은 각도로 등뒤에서 스스로를 쏘기 위해 총을 쥐는 것은 불가능하며, 더군다나 흉기인 긴 총신의 권총으로는 더욱더 불가능한 일이라고 진술했다. 이 사건은 평범한 살인이 아닌, 있을 수 없는 살인 사건이다. 남자가 조금 떨어진 곳, 예를 들어 창문이나 문 근처에서 총을 맞았다면, 살인범의 모습이 눈에 띄지 않은 것은 물론 발자국이 남지 않은 것 또한 문제가 되지 않을 것이다. 그러나 그를 쏜 사람은 그의 곁에서 함께 걷다가 그에게 말을 건네고 사라졌다.

사망자의 의복에서 신원을 나타내는 서류나 표식은 발견되지 않았다. 그를 아는 사람은 없는 듯하다. 그리하여 잠시 시간이 지체된 후, 그는 시체 안치소로 이송되어…….

"해들리 경정님이 그를 잡아오라고 보낸 경찰은 어떻게 되었습니까? 그가 남자의 신원을 확인해줄 수도 있었을 텐데요?"

램폴이 물었다.

"나중에 확인해주었다네."

펠 박사가 으르렁거렸다.

"하지만 그 사람이 도착했을 때는 모든 소동이 가라앉은 후였지. 해들리의 말에 따르면, 위더스가 집집마다 탐문을 하던 중에 그 경찰이랑 우연히 마주쳤다는 거야. 둘이 이야기해서 정황을 알았다네. 그 와중에 해들리가 플레를 잡아오라고 보드빌 극장으로 보낸 순경 역시 플레가 극장에 없다는 전화를 걸어왔고. 플레는 극장 지배인에게 오늘밤엔 예정된 공연을 할 생각이 없다는 이야기를 태연히 늘어놓더니, 수수께끼 같은 말을 중얼거리며 극장을 나섰다는군……. 경찰은 플레가 묵고 있는 캐글리오스트로 스트리트 하숙집의 주인을 소환해 시체 안치소에 안치된 시체의 신원을 확인하도록 했다네. 그리고 동일인이라는 확증을 얻기 위해 보드빌 극장에 사람을 한 명 보내달라고 요청했지. 이탈리아 이름을 쓰는 아일랜드인이 자원했다는군. 그 역시 무대에 출연하는 사람이지만 부상을 입어서 그날 공연 일정은 없었다는 거야. 흠, 그래. 시체는 플레였다네. 그가 죽어버린 거야. 그리고 우리는 지독한 혼란에 빠져버렸다네. 젠장!"

"이 이야기가 정말 사실입니까?"

램폴이 외쳤다.

질문에 답한 사람은 해들리였다. 그는 초인종을 누르는 태도부터 공격적이었다. 해들리는 서류 가방을 토마호크 도끼처럼 들고 쿵쿵거리며 들어오더니, 심지어 베이컨과 달걀 요리에 손도 대지 않고 고충을 토로하기 시작했다.

"지극히 사실이고말고."

그는 벽난로 앞에서 험악하게 뒤꿈치를 쾅쾅 구르며 말했다.

"기사를 펑펑 써대도록 신문사를 부추겼지. 그러면 우리가 피에르 플레나 동생 앙리를 아는 사람에게 정보를 구한다는 사실도 널리 알릴 수 있을 테니까. 맙소사! 펠! 미치고 팔짝 뛸 지경이야! 자네가 지은 그 빌어먹을 별명이 머릿속에 달라붙어 잊혀지지 않아. 마치 그 이름이 그자의 본명이라도 되는 것처럼, 자꾸만 앙리라는 이름을 입에 담는다니까. 그 동생 앙리라는 녀석의 얼굴이 머릿속에 떠오를 지경이야. 본명이 무엇인지라도 빨리 알아내지 않으면 안 돼. 부쿠레슈티에는 이미 전보를 쳤다네. 동생 앙리, 동생 앙리라니! 흔적을 찾아냈다가 또다시 잃어버리고 말았어. 동생……."

펠 박사가 불안하게 숨을 쌕쌕거리며 그를 을러댔다.

"제발 부탁이니 진정 좀 하게! 그렇게 악쓰지도 말고. 안 그래도 충분히 안 좋은 상황 아닌가. 거의 밤새도록 사건에 매여 있었겠지? 그렇다면 정보 좀 얻어냈나? 흠, 그래. 그러면 앉아서 배를 채우지그래. 그러고 나면 뭐랄까, 이성적인 정신으로 문제에 접근할 수 있지 않겠나?"

해들리는 아무것도 먹고 싶지 않다고 말했다. 하지만 2인분의 식사를 비우고 커피를 여러 잔 마시고 시가에 불을 붙이고 나서는 평소의 느긋한 기분을 회복했다.

"자, 그러면 시작해볼까!"

그는 조금 전까지의 신경질적인 태도를 떨쳐버리려는 듯, 결연히 서류 가방 안에서 종이 뭉치를 꺼냈다.

"이 신문 기사들을 하나하나 검토하고…… 기사에 언급되지 않은 사항도 살펴보세. 흠! 첫째, 블랙윈과 쇼트라는 친구들에 대해서야. 둘 다 신용할 수 있는 사람들이지. 게다가 두 사람 중 누구도 동생 앙리라는 자가 아니라는 건 분명하네. 버밍엄에 전보를 보내서, 두 명 모두 버밍엄에서 태어나 지금까지 살아왔으며 그 지역에 나름 이름이 알려진 사람들이라는 사실을 확인했지. 부유하면서도 견실한 사람들이라 이런 사건의 증인이 된다고 평정을 잃진 않을 거라네. 위더스 순경은 누구보다도 믿을 만한 사람이지. 사실 범죄와 관련된 사안에 대해서는 철두철미하게 공들여 수사에 임하는 친구라네. 만약 세 명 모두 아무도 보지 못했다고 말했다면, 속임수에 넘어갔을지언정 적어도 아는 대로 사실을 말한 건 분명해."

"속임수에 넘어가다니…… 어떻게 말인가?"

"나야 모르지."

헤들리는 으르렁거리더니 깊은 한숨을 내쉬며 험악한 태도로 고개를 흔들었다.

"속임수가 있었던 건 분명해. 나는 플레의 거처까지는 가보지 못했지만, 골목은 잠시 둘러보고 왔다네. 피커딜리 스퀘어만큼 조명이 환한 것은 아니지만 오감을 제대로 갖춘 사람이 잘못 볼 정도로 어둡지는 않았어. 혹시 환영……? 도저히 모르겠어! 그리고 발자국은, 위더스가 다른 발자국은 없었다고 한다면 그 말이 맞을 거야. 이런 상황이라네."

펠 박사가 툴툴대고만 있어서 해들리는 계속 말을 이었다.

"이제 흉기에 대한 이야기를 하지. 플레는 38구경 콜트 권총에서 발사된 탄환에 맞았어. 그리모와 마찬가지야. 권총 실린더에는 탄환이 발사되고 남은 약협이 두 개 들어 있었다네. 그러니 그 동생, 아니, 살인범은 각각 한 발씩만 쏴서 목적을 달성했다는 뜻이지. 자네도 알다시피, 최근의 리볼버는 자동 권총처럼 탄피를 배출하도록 되어 있어. 이 권총은 아주 오래된 물건이라 추적할 여지는 없을 것 같네만 꽤 잘 작동하는 걸 봐서 금속으로 탄두를 코팅한 신식 탄환을 사용한 듯해. 꽤 오랫동안 숨겨 놓았던 물건인 것 같은데 말이지."

"악마는 아무리 사소한 거라도 놓치지 않지. 플레의 행적은 추적해봤나?"

"그래, 그는 앙리를 찾아가는 중이었다네."

펠 박사가 번쩍 눈을 떴다.

"그래?! 여보게, 무슨 진전이라도 있다면……."

"딱 하나 진전이 있었지."

해들리는 그다지 흡족한 것 같지 않았다.

"두 시간 내에도 성과가 없다면 저 서류 가방을 씹어먹을 거라네. 어젯밤 플레가 공연을 거부하고 극장을 나섰다고 전화로 한 말 기억하나? 그래. 사복 경관 한 명이 아이작스타인이라는 극장 지배인에게서 확보한 진술이라네. 그리고 비교적 플레와 친하게 지냈고 시체의 신원을 확인해준 오러크라는 사람이 있는데, 그가 그 진술을 확인해주었지.

라임하우스 지역의 토요일 밤은 당연히 대목이라네. 극장들은 오후 1시부터 밤 11시까지 계속해서 공연을 무대에 올리곤 하지. 저녁이 되면 공연은 절정에 이르고, 플레의 첫 번째 저녁 공연은 8시 15분에 시작한다네. 공연 시작 오 분 전쯤이었을까, 오러크는 담배를 피우기 위해 몰래 지하실로 내려갔다고 하네. 손목이 부러져 그날 밤 공연에 나설 수 없었거든. 그곳에는 온수를 공급하는 보일러가 있었지."

해들리는 빽빽하게 글씨가 적힌 종이를 펼쳤다.

"오러크의 진술 내용은 다음과 같다네. 서머스가 받아 적고 나중에 오러크가 사실임을 보증하는 서명을 했지."

제가 석면 단열재로 된 문을 지나 아래층으로 내려갔을 때, 누군가 불쏘시개를 박살내는 것 같은 소리가 들렸습니다. 저는 펄쩍 뛰었죠. 보일러 아궁이 문이 열려 있었고, 루니가 손도끼를 들고 그의 소지품 몇 개를 박살내 불속에 밀어넣는 게 아니겠습니까? 그래서 물었죠.

"맙소사, 루니, 지금 뭐하는 겐가?"

그러자 그는 특유의 기묘한 말투로 말하더군요.

"내 도구를 없애버리는 중이라네, 시뇨르 팔리아치."

저는 위대한 팔리아치라는 이름을 사용하기 때문에 그는 언제나 저를 그렇게 불렀습니다. 맹세코 사실입니다! 그리고 그가 말했죠.

"내 일은 다 끝났네. 이제 더이상 이런 물건들이 필요할 일은 없을 거야."

그러더니, 맙소사! 그가 캐비닛 마술에 사용하는 가짜 밧줄과 속이 빈 대나무 막대를 불속에 던져 넣는 게 아니겠어요?

"세상에, 루니, 냉정을 좀 찾지그래. 몇 분 후면 무대에 나가야 하는데 아직 의상도 갖추지 않았잖나."

그러자 그가 대답하더군요.

"내가 말하지 않았나? 나는 형제를 만나러 갈 거라네. 그가 마침내 우리 두 사람의 해묵은 문제를 정리할 거야."

그러고는 계단 앞까지 걸어가더니, 재빨리 몸을 돌리는 것이었습니다. 이런 말을 하는 것을 하느님께서 용서해주시기를. 그의 얼굴은 마치 폭력 자경단원처럼 험악했는데, 보일러 불빛이 비추니 오싹하기 그지없더군요. 루니가 말했습니다.

"내 형제가 일을 마무리한 후에 내 신변에 무슨 일이 생기면, 내가 사는 거리에서 그를 찾을 수 있을 걸세. 정확히 그가 거기 거주하는 건 아니지만, 그곳에 방을 하나 갖고 있거든."

바로 그때 극장 지배인이 그를 찾아 아래로 내려왔습니다. 루니가 무대에 오르기를 거부하자 지배인은 자신의 귀를 믿지 못하는 모습이었습니다. 이윽고 말다툼이 벌어졌죠. 지배인은 고함을 질렀습니다.

"무대에 오르지 않으면 무슨 일이 일어날지 알고 있을 텐데?"

그러자 루니는 카드놀이에서 좋은 패를 잡은 도박꾼처럼 대꾸했습니다.

"그래, 무슨 일이 일어날지 알고말고."

그러더니 굉장히 공손한 태도로 모자를 집어 들고는 이렇게 덧붙이는 게 아니겠습니까?

"다들 잘 지내게. 나는 내 무덤으로 돌아갈 테니."

그 미치광이는 그렇게 말하고는 더이상 한마디도 않은 채 계단을 올라가버렸습니다.

해들리는 종이를 접어 서류 가방 속에 집어넣었다.

"그래, 그는 훌륭한 흥행사였군."

펠 박사는 파이프에 불을 붙이려 악전고투하며 입을 열었다.

"유감스럽게도 동생 앙리가 틀림없이……. 그래서 어떻게 됐나?"

"이제 캐글리오스트로 스트리트에서 동생 앙리를 추적하는 것은 별다른 의미가 있을지도 모르고 없을지도 모르지만, 그가 임시로 숨어 있던 아지트는 반드시 찾을 수 있을 걸세. 그런데 이런 의문이 떠올랐어. 플레는 총에 맞을 당시 어디로 가고 있었던 걸까? 어디로 걸음을 옮기고 있었을까? 그의 하숙집은 아니었어. 그는 골목 초입에 있는 2B번지에 살고 있었거든. 그는 다른 방향으로 향하고 있었어. 그가 총에 맞은 지점은 골목을 반 이상 내려간 곳이었다네. 그는 길 한가운데에서 살해당했는데, 그의 우측은 18번지, 좌측은 21번지였지. 괜찮은 단서 아닌가? 그래서 나는 서머스를 보내 조사해보도록 했다네. 그는 골목 중간을 지난 지점부터 모든 집을 방문해 새로 들어왔거나 미심쩍은 세입자나 하숙인이 있는지, 최소한 눈에 띄는 사람은 있는지 알아보았다네. 하숙집 주인들의 성격이야 익히 아니, 용의자가 한 다스는 족히 나올 테지. 그건 중요한 게 아니고."

펠 박사는 그의 육중한 무게를 버텨줄 만큼 커다란 의자 끝에 웅크린 채 걸터앉아 있다가 머리카락을 헝클어뜨렸다.

"그렇군. 하지만 나라면 골목 막다른 지점 방향으로만 신경을 쏟진 않겠네. 골목 전부를 조사해봐야 할 거야. 플레가 총에 맞았을 때 그가 누군가로부터 달아나던 중이었다고 가정하면?"

"막다른 골목으로 달아난다고?"

"그게 잘못됐다는 거야! 나는 모든 게 잘못됐다는 말을 하고 있어!"

박사는 의자에서 일어서며 노호했다.

"내 기꺼이 인정하지, 사리에 맞는 데가 조금도 눈에 띄지 않으니 이 사건의 단순한 측면마저 사람을 미치게 만드네. 이건 사방이 벽으로 둘러싸인 밀실에서 벌어진 속임수의 문제가 아니야. 거리 한복판이라고. 한 남자가 눈이 내린 길을 따라 걷고 있었어. 비명이 들렸고, 말소리도 들렸고, 마지막으로 총성이 들렸지. 목격자들이 돌아보자 살인범은 사라지고 없네. 과연 어디로 사라졌을까? 마치 칼을 던진 것처럼, 권총이 허공을 가르고 날아와 플레의 등에 총구를 대고 스스로 발사된 다음 빙빙 돌아 떨어진 걸까?"

"헛소리하지 말게!"

"헛소리라는 거 알고 있어. 하지만 그 외에도 의문점은 여전히 남아 있네."

펠 박사는 고개를 끄덕이더니 안경을 벗고 두 손으로 눈꺼풀을 누르며 말을 이었다.

"사건의 새 국면이 그리모의 집에 사는 사람들에게 끼치는 영향은 어떨까? 그러니까 공식적으로 모든 사람이 용의자라는 점을 고려한다면, 그들 중 몇 명이라도 용의 선상에서 제외할 수는 없을까? 그리모의 집안에서 우리한테 거짓말을 했다 할지라도, 캐글리오스트로 스트리트 한복판에 콜트 리볼버를 던지러 밖에 나가지는 않은 사람 말일세."

경정의 얼굴은 빈정거림으로 일그러졌다.

"자, 이제 또 하나의 작은 희망이 보이는군. 알려줘서 이렇게 고마울 데가. 내가 깜빡 잊고 있었어! 캐글리오스트로 스트리트에서 일어난 사건이 그리모가의 사건 직후, 혹은 그 직전에 일어났다고 한다면 한두 명쯤은 제외할 수 있겠지. 하지만 그렇지 않다네. 플레가 총에 맞은 시각은 정확히 10시 25분이야. 다시 말해 그리모가 살해당한 뒤 십오 분 후라는 뜻이지. 동생 앙리는 도박을 벌였던 게 아냐. 그는 우리가 어떻게 움직일지, 즉 경보가 발령된 즉시 우리가 플레의 신병을 확보하기 위해 사람을 보내리라는 걸 예측했어. 그 자가 동생 앙리이건 다른 사람이건, 범인은 양쪽 사건에서 두 번이나 선수를 친 거야. 그는 사라지는 트릭을 준비해서 그곳에 나타난 거라네."

"'다른 사람이건'이라니?"

펠 박사가 되풀이했다.

"자네의 사고 과정은 상당히 흥미로워. 왜 '다른 사람이건'이지?"

"그리모 교수 살인 사건이 발생한 직후의 십오 분에 주목한 사람은 불행히도 아무도 없다네. 나는 그 점이 신경쓰여. 펠, 나는 범죄에 관한 새로운 지혜를 배우고 있어. 연달아 두 건의 살인을 저지르고 싶다면, 첫 번째 살인을 저지르고 난 후 극적인 순간을 기다리느라 두 번째 살인의 결행을 미적거려서는 안 된다는 거지. 한 건을 해치운 다음 즉시 다음 건에 뛰어들어야 하네. 첫 번째 사건 때문에 목격자들이 혼란스러워 우왕좌왕할 시기이기 때문에, 경찰을 포함한 모든 사람들이 특정 시각에 누가 어디 있었는지 정확하게 기억할 수 없을 테니까. 우리라고 해서 기억할 수 있을까?"

펠 박사는 자신도 기억하지 못한다는 사실을 숨기듯 으르렁대며 대꾸했다.

"이봐, 자. 시간표를 작성하는 건 그리 어렵지 않을 거야. 어디 보자. 우리가 그리모의 집에…… 몇 시에 도착했지?"

해들리는 종이쪽지에 뭔가 급히 적고 있었다.

"맹건이 창밖으로 뛰쳐나왔을 때였지. 총성이 울린 지 이 분 이상 지났을 리가 없어. 10시 12분쯤이겠지. 우리는 위층으로 달려갔다가 문이 잠겨 있다는 사실을 알아채고 펜치를 가져와 문을 열었어. 거기까지 삼 분 정도 걸렸을 거야."

"시간 간격을 너무 박하게 두는 것 아닙니까? 우린 꽤 법석을 떨며 돌아다녔던 것 같습니다만."

램폴이 끼어들었다.

"사람들은 보통 그렇게 생각하곤 하지. 나도 키나스턴 칼부림 사건을 담당하기 전까지는 그렇게 생각했다네. 기억나나, 펠? 빌어먹을 정도로 교활한 살인범이 목격자들은 언제나 시간을 실제보다 길게 추정하는 경향을 이용해 알리바이를 조작했던 사건 말일세. 사람들은 보통 시간을 초 단위가 아닌 분 단위로 계산하기 때문에 가능한 일이었지. 직접 확인해보게나. 테이블에 시계를 놓아두고 눈을 감아봐. 일 분이 지났다고 생각하면 눈을 뜨는 거야. 삼십 초는 이른 시각에 눈을 뜰걸. 그래, 그때는 삼 분이 걸린 게 맞아!"

해들리는 얼굴을 찌푸렸다.

"맹건이 전화를 걸자 구급차가 굉장히 빠르게 달려왔지. 그 요양원의 주소를 보고 뭐 떠오른 게 없나, 펠?"

"없어. 그런 졸렬할 정도로 사소한 확인은 자네 몫으로 남겨두지."

펠 박사가 위엄 있는 태도로 대꾸했다.

"길모퉁이를 돌면 바로 나온다는 말을 들은 것 같은데. 흠."

"길퍼드 스트리트에 있는 소아 병원 바로 옆이라네. 뒤편으로 캐글리오스트로 스트리트가 인접해 있으니, 뒤뜰이 그쪽으로 통하는 건 확실하지……. 자, 구급차가 러셀 스퀘어로 오는 데 오 분이 걸린다고 해보세. 그러면 10시 20분이야. 그러면 두 번째 살인 사건이 일어나기 직전 오 분 동안의 시간은 어떨까? 그 두 번째 살인 사건이 일어난 이후의 오 분에서 십 분 정도의, 역시 중요한 시간은? 로제트 그리모는 혼자 아버지와 함께 구급차를 타고 가서 얼마 동안 돌아오지 않았다네. 맹건은 내가 지시한 전화를 하느라 아래층에 혼자 있었지. 그러고는 로제트가 돌아올 때까지 위층으로 돌아오지 않았어. 나는 두 사람 중 누구도 용의자로 심각하게 고려하지 않네만, 논의는 해봐야지. 드레이먼은 어떻지? 사건이 일어났던 시간 내내, 그 이후로도 오랫동안 그를 본 사람은 없었어. 밀스와 뒤몽 부인에 대해서라면…… 음. 뭐, 그렇군. 그 두 사람은 깨끗한 것 같네. 밀스는 처음에는 우리와 내내 얘기를 하고 있었지. 10시 30분은 족히 넘겼을걸. 얼마 지나지 않아 뒤몽 부인이 합류했어. 그리고 두 사람은 잠시 우리와 함께 있었지. 두 사람에게는 기회가 없었다네."

펠 박사가 낄낄댔다.

"사실 우리가 정확히 아는 건 우리가 이미 알고 있던 사실뿐이라네. 그 이상도 이하도 아니지. 범행을 저지를 기회가 없었다고 단언할 수 있는 사람은, 우리가 이미 결백하다고 확신했던 사람들뿐이야. 우리가 전후 이야기를 제대로 구성했다면 사실을 털어놓은 게 분명한 사람들이지. 이처럼 이 사건에는 전반적으로 꽉 막힌 구석이 있네, 해들리. 모자를 들어 경의를 표하고 싶을 정도야. 그런데 어젯밤 드레이먼의 방을 수색하면서 아무것도 건진 게 없나? 그 핏자국은 어떻게 됐지?"

"아, 그건 틀림없이 사람의 피라네. 하지만 드레이먼의 방에는 핏자국에 대한 것은 물론이고 여타 사안의 단서가 될 만한 것은 아무것도 없었어. 그래, 종이 죽 가면은 여러 개 있었지. 하지만 그 가면들은 모두 수염에 딱부리눈까지 달려 있을 정도로 공들여 만든 것이라서, 그런 종류의 물건이라면 아이들에게 흥미를 끌 걸세. 단순한 분홍색 가면 같은 건 어디에도 없었다네. 아동용 아마추어 연극 소품이나, 오래된 폭죽, 바람개비 같은 물건들이 꽤 있었지. 인형극을 하는 모형 극장도 하나…….”

“단색은 일 페니, 색칠은 이 펜스.•”

펠 박사는 추억을 회상하며 즐거운 듯 쌕쌕거렸다.

“어린 시절의 영광은 모두 지나갔도다. 우아! 인형극의 위엄이여! 해들리, 내게도 영광의 그림자를 공공연하게 쫓아다니던 순진한 어린 시절이 있었다네. 물론 부모님 입장에서 보면 논란의 여지가 있는 말이긴 하지. 어쨌든 나는 어린 시절에 열여섯 가지 배경을 갖춘 인형극 극장을 갖고 있었네. 이런 말을 하게 되어 기쁘지만 그중 절반은 감옥 배경이었어. 어린이들은 왜 그렇게 감옥 장면을 상상하는 데 끌리는 걸까? 도대체 왜…….”

“자네 대체 왜 그러나? 왜 그렇게 감상에 빠지는 거야?”

해들리가 따지듯 물었다.

펠 박사가 조용히 대답했다.

“갑자기 어떤 생각이 떠올랐거든. 오, 나의 성스러운 모자여, 어찌 그렇게 멋진 생각을!”

펠 박사는 해들리를 향해 계속 눈을 깜빡거리며 말을 이었다.

“드레이먼을 어떻게 할 텐가? 체포할 작정인가?”

“아니. 첫째, 그가 어떻게 범행을 저지를 수 있었는지 도무지 모르겠다네. 영장조차 받지 못할 거야. 둘째…….”

“자네는 그가 범인이라고 생각하지 않는군?”

“흠.”

해들리는 어떤 사람의 결백이라도 일단 의심하고 보는 천성 탓에 툴툴거렸다.

"그런 말은 하지 않았네. 다른 사람들보다 유죄를 다툴 여지가 적다고 생각할 뿐이야. 어쨌든 서둘러야 해! 우선 캐글리오스트로 스트리트에 가서 사람들과 얘기를 나눠봐야지. 그리고……."

그때 초인종이 울렸고, 아직 졸음을 떨쳐버리지 못한 하녀가 현관으로 달려 내려갔다.

"아래층에 신사 한 분께서 찾아오셨습니다, 박사님."

하녀 비다가 문 사이로 머리를 들이밀었다.

"박사님이나 경정님을 만나 뵙고 싶어 하세요. 앤서니 페티스 씨라고 하시는군요."

• 로버트 루이스 스티븐슨이 인형극에 대한 애정을 표현하면서 한 말로, 인형극의 제작 비용이 그리 크지 않다는 뜻이다. 이 말은 당시 인형극 업계의 캐치프레이즈가 되었다.

02 그림

펠 박사가 손님을 맞이하는 태도에는 진심이 가득했다. 이런저런 이야기를 늘어놓으며 만면에 웃음을 띠고, 화산의 정령처럼 파이프에서 재를 휘날리며 환대해주는 모습에 앤서니 페티스는 훨씬 마음이 놓인 듯했다. 페티스는 세 사람에게 제각기 가볍게 목례했다.

"이른 시간에 방해해서 죄송합니다. 하지만 마음의 무거운 짐을 덜어내고 싶어서요. 그러지 않으면 안정을 찾을 수가 없을 테니까요. 음…… 어젯밤에 저를 찾으셨다는 건 알고 있습니다. 그래서 꽤 불편한 밤을 보냈다는 말씀을 드릴 수 있겠군요."

페티스는 미소를 지었다.

"제가 저지른 유일한 범죄는 키우는 개의 등록증 갱신을 잊은 것이었습니다. 그 정도도 엄청난 모험이었죠. 범법 행위를 저질렀다는 양심의 가책에 온통 사로잡혔으니까요. 그 망할 개와 산책을 나갈 때마다, 런던에 있는 모든 경찰관들이 저를 사납게 응시하는 것 같다는 생각이 들었습니다. 그래서 경찰의 눈에 띄지 않도록 살금살금 움직이기 시작했죠. 그런 이유로, 이 사건에서는 먼저 여러분을 찾아뵙는 게 좋을 거라고 생각했습니다. 런던 경찰청에 문의했더니 주소를 알려주더군요."

펠 박사는 진작에 손님의 코트를 벗기고 의자에 주저앉히고 있었다. 상대의 기분을 상하게 할 수도 있는 과격한 동작이었지만, 페티스는 씩 웃기만 할 뿐이었다. 그는 키는 작았지만 말쑥한 차림에 자세는 풀을 먹인 듯 꼿꼿했다. 머리는 벗어져 반짝반짝 빛났고 목소리는 놀랄 정도로 크게 울려 퍼졌다. 두 눈은 볼록 튀어나와 있었는데, 정신을 집중할 때면 미간에 주름이 져 한층 예리해 보였다. 입매는 익살스러웠고 각진 턱은 두 갈래로 갈라져 있었다. 야윈 얼굴은 상상력이 풍부하면서도 금욕적으로 보였지만, 지금은 꽤 긴장한 듯했다. 그는 말을 할 때 의식적으로 의자 앞쪽으로 몸을 내민 채 두 손을 마주잡고 마룻바닥을 향해 얼굴을 찡그렸다.

"그리모에게는 참 안된 일입니다."

페티스는 일단 입을 열었지만, 말을 잇기 전에 잠시 주저했다.

"이제 당연히 대화 예법을 따라, 도움이 된다면 무엇이라도 하겠다는 말씀을 드려야 할 테죠. 이 사건에서 실제로 그렇게 말할 일이 생긴 셈이고요."

페티스는 다시 미소를 지었다.

"어…… 제가 조명을 마주보고 앉기를 바라십니까? 소설에서 말고, 제가 경찰을 만난 건 처음이라서요."

"무슨 말도 안 되는 말씀을."

펠 박사는 이렇게 말하며 사람들을 소개했다.

"진작부터 만나 뵙고 싶었습니다. 우리는 같은 주제에 대해 글을 몇 편 쓴 적이 있잖습니까. 한잔하시겠습니까? 위스키 괜찮으신가요? 소다수를 탄 브랜디는 어떻습니까?"

페티스는 미심쩍다는 듯 대답했다.

"꽤 이른 시각인 것 같습니다만, 그래도 계속 권하신다면…… 좋습니다! 영국 소설 속의 초자연현상을 다룬 박사님 저작은 익히 알고 있습니다. 제가 얻은 것보다 훨씬 큰 명성을 누리고 계시지 않습니까? 그리고 그편이 타당합니다."

페티스는 얼굴을 찌푸리고 말을 이었다.

"지극히 타당하고말고요. 하지만 소설 속에 등장하는 유령은 언제나 사악한 존재라는 박사님의 견해, 혹은 제임스 박사의 주장에 전적으로 동의하는 것은 아닙니다……."

"당연히 사악한 존재여야 해요. 사악하면 할수록 좋죠."

펠 박사는 얼굴을 찌푸린 채 꽤나 험악한 눈초리로 흘겨보며 우레 같은 목소리로 소리쳤다.

"내 침상 주변으로 부드럽게 한숨 쉬듯 불어오는 바람 같은 존재는 바라지 않소이다. 에덴동산에서 흘러나오는 달콤한 속삭임 따위는 원하지 않는다는 말입니다. 내가 원하는 것은 유혈이에요!"

박사는 페티스를 바라보았다. 페티스의 피를 원한다고 말하는 듯한 거북한 눈초리였다. 박사가 말했다.

"어험, 내 규칙을 하나 가르쳐드리리다. 유령은 사악한 존재여야 합니다. 절대로 말을 해서는 안 되고요. 투명한 존재여서도 안 되고, 형체가 눈에 보여야 합니다. 오랫동안 모습을 드러내서는 안 되고, 모퉁이에서 고개를 불쑥 내미는 것처럼 생생하면서도 짧게 섬광처럼 나타나야 합니다. 너무 밝은 곳에 등장해서는 안 됩니다. 배경은 고풍스럽거나 학구적이거나 기독교적이어야 합니다. 예컨대 수도원이나 라틴어로 쓰인 필사본에서 느껴지는 정취가 풍기는 쪽이 좋습니다. 최근에는 오래된 도서관이나 고대 유적지를 경멸하는 안타까운 경향이 있더군요. 정말로 무서운 유령이 제과점이나 레모네이드 가판대에 등장하는 식입니다. 소위 '현대적인 실험'을 적용하는 것이라고 합디다. 그야 환영할 일입니다, 현실 생활에 대해 실험해보는 것이니. 자, 이제까지 현실 속 사람들은 정말로 옛 유적이나 교회 묘지에서 오감이 곤두서는 경험을 했습니다. 아무도 그 사실은 부정하지 못할 겁니다. 하지만 현실에서 누군가가 레모네이드 가판대에서 무언가, 그러니까 음료수가 아닌 다른 존재가 나타난 모습을 보고 비명을 지르며 기절하는 일이 일어나지 않는 한, 이런 현대적 실험은 쓰레기에 불과합니다."

페티스가 한쪽 눈썹을 치켜세우며 입을 열었다.

"오래된 유적이야말로 쓰레기에 불과하다는 말을 하는 사람도 있습니다. 최근에는 훌륭한 유령 이야기가 등장하지 않는다고 생각하시는군요?"

펠 박사가 대답했다.

"물론 그런 이야기가 등장할 수도 있고, 또 그런 이야기를 쓸 수 있을 정도로 재능이 넘치는 사람들도 있습니다만…… 정작 그 사람들이 그런 이야기를 쓰려고 할까요? 그러니까 요점은, 그들이 멜로드라마라고 불리는 이야기를 쓰기를 두려워하고 있다는 겁니다. 그래서 이야기 속에서 멜로드라마적 요소를 제거할 수 없을 것 같으면 에둘러 표현해 숨기기 때문에, 그들이 무슨 이야기를 하는지 이해하는 사람이 하늘 아래 아무도 없는, 본말이 전도된 상황이 발생하는 겁니다. 등장인물이 보고 들은 것들을 솔직하게 표현하는 대신 그저 '인상'만 남기려 하는 거지요. 마치 집사가 무도회에 참석한 손님을 소개하면서, 응접실 문을 활짝 열고 이렇게 외치는 것처럼요. '실크해트가 깜빡거리는 걸 보았는데, 어안이 벙벙한 광경이었습니다. 희미하게 빛나는 우산 꽂이에 너무 정신을 집중한 탓일까요?' 자, 그의 고용주는 이런 설명에 만족하지 못할 겁니다. 도대체 누가 찾아왔는지 알고 싶을 테니까요. 공포를 대수 문제처럼 계산해야 한다면 공포는 더이상 공포가 아닙니다. 토요일 밤에 농담을 들은 사람이 다음날 아침에 교회에서 갑자기 웃음을 터뜨린다면, 이는 개탄스러운 일이겠지요. 하지만 토요일 밤에 무서운 유령 이야기를 읽은 사람이 이 주 후 갑자기 손가락을 튕기며 자신이 겁에 질리는 걸 깨닫는 건 훨씬 더 개탄스러운 일입니다. 선생님, 이제 제가 하려는 말은…….”

아까부터 짜증이 나 있던 해들리 경정은 이제 뒤로 물러난 채 씩씩거리며 헛기침을 하고 있었다. 이제 그는 예의 따위는 던져두고 주먹으로 테이블을 쾅 내리치며 을러댔다.

“적당히 하지 그러나? 지금 강의를 듣고 싶은 사람은 아무도 없으니까. 게다가 이야기를 하고 싶은 사람은 페티스 씨 아닌가? 그러니…….”

해들리는 펠 박사의 볼멘 얼굴이 점차 누그러지다가 미소로 바뀌는 모습을 보고는 부드럽게 말을 이었다.

“사실 제가 얘기 나누고 싶은 주제는 토요일 밤, 그러니까 어젯밤에 관한 것입니다.”

“그러면 유령 이야기도 하는 겁니까?”

페티스가 엉뚱한 질문을 던졌다. 펠 박사의 폭발적인 이야기가 긴장을 완전히 풀어준 것이다. 페티스가 덧붙였다.

“불쌍한 그리모를 찾아온 유령 말입니다.”

“그럽시다……. 우선 형식적인 질문이지만, 어젯밤 행적을 설명해주셨으면 합니다. 특히 9시 30분과 10시 30분 사이에 무엇을 했습니까?"

해들리의 질문에 페티스는 술잔을 내려놓았다. 얼굴에 다시 불안한 기색이 떠올랐다.

"해들리 씨, 결국…… 제가 혐의를 받고 있는 겁니까?"

"유령이 범인은 당신이라고 지목했습니다. 모르셨습니까?"

"범인이 누구라고……. 세상에, 아닙니다!"

페티스는 깜짝 선물 상자에서 튀어나온 대머리 인형처럼 외쳤다.

"내가 범인이라고 했다고요? 그러니까, 어, 범인이라니……. 말 좀 제대로 하시오! 무슨 말씀을 하시는지 알고 싶군요. 대체 무슨 뜻입니까?"

해들리가 설명하는 동안 페티스는 조용히 자리에 앉아 그를 바라보았다. 그러나 그동안 커프스단추나 타이를 매만지며 안달하다가, 몇 번이나 이야기에 끼어들 뻔했다.

"따라서 어젯밤 행적을 밝혀 혐의가 없음을 입증해주신다면……."

해들리는 수첩을 꺼냈다.

"어젯밤엔 아무도 이런 말을 해주지 않았어요. 그리모가 총에 맞은 후 그의 집에 갔는데, 그런 말은 전혀 못 들었습니다."

페티스는 불안한 표정으로 말을 이었다.

"어젯밤에 저는 극장에 갔습니다. 왕립 극장 말입니다."

"물론 그 사실을 입증하실 수 있으리라 믿습니다."

페티스는 얼굴을 찌푸렸다.

"모르겠습니다. 진심으로 그러고 싶긴 합니다만. 연극 내용을 말씀드릴 수도 있지만 그다지 좋은 방법은 아닌 것 같군요. 아, 맞아요. 입장권 반쪽을 어딘가에 갖고 있을 겁니다. 아니면 프로그램도 있습니다. 하지만 제가 누구라도 아는 사람을 만났는지가 알고 싶으실 테죠? 혹시 저를 본 걸 기억하는 사람이 있을지도 모르지만, 유감스럽게도 저는 아무도 만나지 못했습니다. 혼자 갔으니까요. 아시다시피 제가 만나는 몇 안 되는 친구들은 모두 일정한 계획에 따라 생활합니다. 우리는 특정 시각에 누가 어디에 있는지 정확하게 알고 있죠. 특히 토요일 밤에는 더욱 그렇습니다. 굳이 궤도를 수정하려 하지는 않으니까요."

그의 눈빛에 다소 비딱한 기미가 엿보였다.

"이건…… 일종의 남부끄럽지 않은 보헤미안적인 생활입니다. 적어도 따분한 보헤미안적 생활이라고는 할 수 없을 겁니다."

"살인범은 그 점에 흥미를 보였겠군요. 그 궤도란 구체적으로 어떤 것입니까?"

"언제나 그리모는……. 아, 죄송합니다, 그리모가 죽었다는 실감이 나지 않는군요. 그리모는 토요일에는 언제나 11시까지 일했습니다. 그 시간이 지나면 얼마든지 그를 방해해도 괜찮았습니다. 그는 야행성이었으니까요. 하지만 그전에는 절대로 안 됩니다. 버너비는 언제나 클럽에서 포커를 칩니다. 맹건은 일종의 시종 역할인데, 그리모의 딸 곁에 붙어 있습니다. 거의 매일 저녁을 그녀와 함께 보냅니다. 저는 연극이나 영화를 보러 가는데, 언제나 그러는 것은 아닙니다. 저만 궤도에서 벗어난 사람인 셈이지요."

"알겠습니다. 그러면 어젯밤 연극이 끝난 후에는요? 극장을 나선 시각은 몇 시였습니까?"

"11시 아니면 그보다 조금 늦은 시각이었을 겁니다. 그때 저는 조금 들떠 있었습니다. 그래서 그리모의 집에 가서 함께 술을 한잔할까 하고 생각했죠. 그 뒤에 무슨 일이 있었는지는 여러분께서 더 잘 아실 테고요. 밀스가 사건 이야기를 해주었습니다. 저는 사건 책임자를 만나 뵙고 싶다고 요청했습니다. 아래층에서 오랫동안 기다렸는데 제게 관심을 기울이는 사람은 아무도 없더군요."

그는 사뭇 퉁명스러운 태도로 말을 이었다.

"그래서 그리모의 상태가 어떤지 보러 요양원으로 향했습니다. 그가 사망할 때 제가 곁에 있었습니다. 자, 해들리 씨, 끔찍한 사건이라는 건 잘 알고 있습니다. 하지만 맹세컨대……."

"왜 저를 만나고 싶어 하셨습니까?"

"플레리는 지가 협박을 늘어놓을 때 그 주점에 함께 있었거든요. 그래서 제가 조금이나마 도움이 될지도 모른다고 생각했습니다. 물론 그때는 그리모를 쏜 사람은 플레라고 믿었죠. 그런데 오늘 아침에 신문을 보니…….”

“잠시만요! 그 점에 대해 얘기하기 전에 짚고 넘어갈 게 있습니다. 내가 알기로 당신을 사칭한 사람은 당신이 사람들을 부르는 호칭을 죄다 알고 정확히 사용했다고 하더군요. 좋습니다! 클럽 회원들 중에서 그런 행동을 할 수 있을 거다 싶은 사람이 있습니까? 꼭 클럽 회원이 아니라도 좋습니다.”

“혹은 하고 싶어 할 사람 말입니까?”

페티스가 날카롭게 되물었다.

그는 칼날같이 주름을 잡은 바지가 구겨지지 않도록 조심하며 자세를 편히 고쳐 앉았다. 불안한 심정이 완전히 가시자, 냉정하고 호기심 강하며 만족할 줄 모르는 두뇌가 춤을 추며 돌아갔다. 페티스는 추상적인 문제에 호기심을 보였다. 그는 양 손가락 끝을 마주 대며 기다란 창들 너머를 바라보았다.

이윽고 그가 갑작스레 가벼운 헛기침을 하며 입을 열었다.

“해들리 씨, 당신의 질문을 회피하려는 거라고 생각하지 말아주시길 바랍니다. 솔직히 떠오르는 사람이 아무도 없습니다. 하지만 이 수수께끼는 위험할 뿐 아니라, 어떤 면에서 제 신경을 건드리는 부분도 있습니다. 경정님께서는 제 생각이 지나치게 모호하거나 아예 말도 안 되는 헛소리라고 생각하실지도 모르니, 그런 경우에는 펠 박사님께 말씀드리겠습니다. 이런 가정을 해보는 것은 어떨까요? 그저 논의를 위해 하는 가정이지만, 제가 살인범이라고 한다면요?"

페티스가 놀림 섞인 시선으로 바라보자 해들리는 자세를 바로 했다.

"잠깐만요! 저는 살인범이 아닙니다. 그저 그렇다고 가정해보자는 거죠. 제가 그런 기괴한 분장을 하고 그리모를 죽이러 간다고 해봅시다. 사실 그런 복장을 입느니 차라리 살인을 하고 말겠다 싶은 심정입니다만. 흠! 그리고 그 외에도 온갖 멍청한 짓을 마음껏 저질렀다고 해봅시다. 그렇다면 제가 그런 짓을 하면서 그 젊은 한 쌍에게 제 본명을 뻔뻔하게 떠벌릴 것 같습니까?"

페티스는 잠시 말을 멈춘 채 손가락 끝을 마주 두드렸다.

"이것이 첫 번째 관점, 즉 근시안적인 관점입니다. 하지만 예리한 탐정이라면 이렇게 대답할 겁니다. '예, 교활한 범인이라면 그런 행동을 할지도 모릅니다. 성급히 결론 내리는 사람들을 속여넘기기에 그보다 더 효과적인 방법은 없을 테니까요. 그자는 나중에 사람들이 기억을 떠올릴 수 있을 만큼 목소리를 살짝 바꿨습니다. 그는 사람들이 자신을 '페티스가 아니'라고 생각하도록 페티스를 흉내낸 목소리로 말한 것입니다'. 생각해보신 적 있습니까?"

"아, 그렇습니다. 처음에 제가 떠올린 생각이었습니다."

펠 박사가 얼굴 가득 환한 미소를 지은 채 말했다.

페티스는 고개를 끄덕였다.

"그렇다면 그에 대한 답 역시 생각해보셨을 테죠. 어느 쪽이든 제 혐의를 벗길 대답일 겁니다. 제가 제 흉내를 내려고 한다면, 목소리는 조금도 바꿀 필요가 없습니다. 하지만 제가 하는 말을 들은 사람들이 처음부터 그게 제 목소리라고 믿는다면, 나중에는 제가 심고자 하는 의심을 품지 않을지도 모릅니다. 그렇다면!"

여기서 그는 한층 강조했다.

"제가 취해야 하는 행동은 그들에게 말을 건네는 중에 뭔가 실수를 하나쯤 저지르는 것이었습니다. 평소에는 하지 않았거나 사실과는 다른 말을 하면서, 명백히 저 같아 보이지 않는 인상을 심어주어야 했습니다. 그러면 그들이 나중에 그 점을 기억해냈을 테죠. 그런데 이 방문객은 그렇게 행동하지 않았습니다. 그의 흉내는 지나치게 철저해서 오히려 제게 변명거리가 되는 것 같습니다. 이 점을 솔직 담백하게 받아들이실지, 교묘하게 한 번 돌려 생각하실지 모르겠습니다. 하지만 어떻게 생각하시든 저는 죄가 없다고 탄원할 수 있습니다. 저는 바보가 아니니까요. 혹은, 바보라 해도 결과는 변하지 않습니다."

해들리는 웃음을 터뜨렸다. 그는 재미있다는 듯한 눈빛으로 페티스를 바라보다가, 이내 시선을 펠에게 옮겼다. 더이상은 근심 어린 표정을 유지할 수 없었다.

"두 사람이 죽이 척척 맞는군. 나는 이런 빙빙 돌리는 화법을 좋아합니다. 하지만 페티스 씨, 내 현상 경험에 비추어 말씀드리죠. 그런 식으로 말하려고 애쓰는 범죄자는 스스로 곤경에 빠지기 마련입니다. 경찰은 범죄자가 바보인지 아닌지 고민하는 데 시간을 허비하지 않습니다. 경찰이 취하는 태도는 솔직 담백해요. 즉 범죄자를 교수대에 보내는 일에 집중할 뿐이죠."

"유력한 증거라도 발견하면 저를 교수대에 보내려고 하시는 모양이죠?"

"바로 그렇습니다."

"뭐, 음…… 어쨌든 솔직하시군요."

페티스는 대답을 듣고는 극도로 놀라고 불안해하는 것 같았지만, 계속 말을 이어나갔다.

"어…… 그러면 계속해도 되겠습니까? 이야기의 주도권이 경정님께 넘어간 것 같아서 말입니다."

해들리 경정은 사근사근한 태도로 이야기를 재촉했다.

"물론 계속하셔도 좋습니다. 우리는 교활한 사람에게서도 단서를 얻어낼 수 있으니까요. 또 무슨 이야기가 남았습니까?"

그가 의도적으로 가시 돋친 말을 했는지는 모를 일이었지만, 그 결과는 예상치 못한 것이었다. 페티스는 미소를 지었지만, 시선은 한곳에 못 박힌 채 움직이지 않았고 얼굴은 한층 더 해쓱해 보였다.

"예, 그러실 수 있을 거라고 생각합니다. 심지어 경정님 의도대로 상대에게 특정 진술을 유도해내실 수도 있을 테죠. 예를 하나 들어볼까요? 경정님인지 다른 경찰인지는 모르겠지만, 오늘 조간신문마다 그리모 교수 살인 사건에 대해 꽤 자세한 경찰의 논평이 실렸더군요. 신문에는 살인범이 사라지는 트릭인지 뭔지를 완성하기 위해 눈 위에 아무 흔적도 남기지 않으려고 얼마나 신중을 기했는지 나와 있었습니다. 범인은 어젯밤에 눈이 내릴 거라고 확신했고, 그런 확신에 따라 모든 계획을 세웠고, 그 계획을 실행하기 위해 눈이 그칠 때까지 기다리는 도박을 벌였다는 겁니다. 어쨌든 그자는 그날 밤 눈이 내릴 거라는 나름 합리적인 확신을 가질 수 있었던 겁니다. 제 말이 맞습니까?"

"비슷한 추측을 한 적은 있습니다. 그게 뭐 어쨌다는 겁니까?"

페티스는 차분한 태도로 대답했다.

"그렇다면 일기예보에 그런 말은 전혀 없었다는 사실을 염두에 두셔야 한다고 봅니다. 어젯밤 일기예보에서는 눈이 전혀 내리지 않을 거라고 했단 말입니다."

"오, 바커스 신이여!"

펠 박사가 우렁찬 목소리로 외치더니, 깜빡거리는 눈으로 페티스를 잠시 바라보다가 주먹으로 테이블을 내리쳤다.

"훌륭합니다! 그 생각은 전혀 하지 못했군요. 해들리, 모든 게 완전히 바뀌었네! 이건……."

페티스는 긴장이 풀려 담뱃갑을 꺼내 뚜껑을 열었다.

"물론 경찰은 반론을 제기할 수도 있을 겁니다. 일기예보에서 눈이 오지 않을 거라고 했으니 살인범은 반드시 눈이 올 거라 생각했다는 뻔한 항변을 할 수 있을 거라는 겁니다. 하지만 그렇게 한다면 이 예민한 사건을 거의 코미디로 만들어버리는 격입니다. 저는 이해할 수 없습니다. 전화 연결 서비스와 마찬가지로, 일기예보도 사람 놀리듯 틀린 말을 하는 경우가 빈번한 것 같긴 합니다. 이번에도 일기예보는 빗나갔습니다만…… 뭐, 그게 무슨 문제가 되겠습니까? 제 말을 못 믿으시겠습니까? 그러면 어제 석간신문을 보면 아실 겁니다."

해들리는 나직하게 욕설을 내뱉은 후 싱긋 미소를 지었다.

"미안합니다. 당신의 아픈 곳을 찌를 생각은 없었지만, 결과적으로 그러기를 잘했다는 생각입니다. 맞아요, 모든 문제가 달라져버린 것 같군요. 제기랄! 범인이 눈 온다는 점에 의지해서 범행을 저지르려 했다면, 일기예보를 어느 정도는 신중하게 고려했을 게 분명합니다."

해들리는 테이블을 두드렸다.

"일단 신경 끄도록 합시다. 다시 이야기할 기회가 있을 테니까요. 지금은 진지하게 몇 가지에 대해 질문하고 싶군요."

"유감스럽지만 그게 전부입니다. 범죄학에 대해서라면 저보다는 버너비 쪽이 훨씬 정통합니다. 전 그저 우연히 그런 생각이 떠올랐던 겁니다."

페티스는 자조하는 시선으로 입고 있는 옷을 내려다보며 털어놓았다.

"덧신을 신어야 할지 결정을 내려야 했으니까요. 그저 습관이에요……! 그런데 제 목소리를 흉내낸 사람 말인데, 왜 다른 사람도 아닌 저를 끌어들이려 했을까요? 분명히 말씀드리지만, 저는 남에게 해코지할 엄두도 못 내는, 나이 먹은 영감쟁이에 불과합니다. 이런 엄청난 복수극에 걸맞지 않은 사람이라고요. 유일하게 하나 생각할 수 있는 이유라면, 회원들 중에서 토요일 밤에 명확한 궤도를 따르지 않는 사람은 저 하나뿐이라 알리바이를 입증할 수 없을지도 모른다는 것 정도군요. 그런데 누가 그런 짓을 할 수 있었는지에 대해서라면…… 남의 흉내를 잘 내는 사람이라면 누구라도 그럴 수 있었을 겁니다. 물론 그자는 제가 그 사람들을 어떤 호칭으로 부르는지 정확히 아는 사람일 테지요?"

"워릭 주점에 모이는 클럽 회원들은 어떻습니까? 우리가 이미 아는 사람들 외에 다른 회원이 있습니까?"

"아, 그래요. 비정기적으로 나오는 사람이 두 명 있습니다. 하지만 두 사람 중 누구도 용의자가 될 수 없을 것 같군요. 오십 년 넘게 영국 박물관에서 일하는 모닝턴 영감이 있는데, 그의 목소리는 갈라진 테너여서 제 흉내를 낼 순 없습니다. 스웨일이라는 사람도 있지만, 어젯밤 라디오에서 개미의 생활인지 뭔지에 대해 이야기를 늘어놓았던 것 같군요. 그러니 그에게는 알리바이가 있는 셈이지요……."

"라디오에 출연한 시각이 언제였습니까?"

"9시 45분 언저리였을 겁니다. 확답은 못 드리겠군요. 덧붙이자면 두 사람 모두 그리모의 집을 방문한 적이 없습니다. 그리고 주점에 드나들던 뜨내기 손님들이라면…… 뭐, 우리 대화에 끼어든 사람은 없었지만 몇 명은 뒤편에 앉아 귀를 기울였을 수도 있죠. 굉장히 빈약한 정보일지라도 이 이상의 단서는 없을 것 같군요."

페티스는 담배를 한 개비 꺼낸 다음 딱 소리를 내며 담뱃갑을 닫았다.

"그렇습니다. 미지의 인물로 확정하는 편이 나을 겁니다. 그렇게 하지 않는다면 온갖 종류의 모래 구덩이에 빠지게 되지 않겠습니까? 그리모의 친한 친구는 버너비와 저 둘뿐이었습니다. 하지만 저는 범행을 저지르지 않았고, 버너비는 포커를 치고 있었습니다."

해들리는 그를 바라보았다.

"버너비 씨가 정말로 포커를 치고 있었다고 보아도 될까요?"

페티스는 곧바로 솔직하게 인정했다.

"모르겠습니다. 하지만 그래도 포커를 치고 있었던 게 확실할 것 같군요. 버너비는 절대로 바보가 아니니까요. 매번 가는 모임에 살인을 저지르기 위해 불참한다면 반드시 눈에 띌 텐데, 그런 바보 천치가 있을까요?"

페티스의 이야기 중 특히 이 대목은 해들리 경정에게 깊은 인상을 주었다. 그는 상대를 쏘아보며 계속해서 테이블을 두드렸다. 펠 박사는 뭐라고 하기 애매한 자기만의 생각에 빠져 있었다. 페티스는 흥미로운 표정으로 한 명씩 바라보았다.

"혹시 제가 뭔가 고민거리를 안겨드린 거라면…… 여러분?"

그가 재차 입을 열자 해들리는 생기가 돌기 시작했다.

"맞아요, 맞아! 아직 끝나지 않았습니다! 자, 버너비 씨에 대한 질문입니다. 그리모 교수가 자신을 보호하기 위해 산 그림 있잖습니까? 버너비 씨가 그 그림을 그렸다는 사실을 알고 있습니까?"

"자신을 보호하다니요? 어떻게 말입니까? 무엇으로부터요?"

"모릅니다. 당신에게 설명을 들을 수도 있겠다는 기대를 품었습니다만."

해들리는 그를 주의깊게 관찰했다.

"그리모 집안사람들에게는 수수께끼 같은 말을 남기는 취향이 있는 것 같군요. 혹시 가족들에 대해 아시는 게 있습니까?"

페티스는 눈에 띄게 당황스러워했다.

"음, 로제트는 굉장히 매력적인 처녀입니다. 에…… 하지만 그녀에게 수수께끼 같은 말을 하는 취향이 있다곤 할 수 없을 것 같군요. 오히려 그 반대입니다. 제가 볼 때 그녀는 좀 지나치게 현대적인 부류의 사람이 아닌가 합니다."

페티스의 이마에 주름이 졌다.

"그리모의 아내에 대해서는 아는 바가 없습니다. 여러 해 전에 사망했다는 것밖에는요. 하지만 여전히 이해가 가지 않는 건……."

"됐습니다. 드레이번은 어떻게 생각하십니까?"

페티스는 싱긋 웃었다.

"휴버트 드레이머먼 영감은 이제껏 만난 사람 중 누구보다도 용의자에 어울리지 않는 사람입니다. 아무리 봐도 의심스러운 구석이 너무 없어서, 그가 속내를 깊이 감추고 사악한 간계를 꾸미고 있다고 생각하는 사람도 있을 정도입니다. 실례지만, 혹시 그 사람을 소환하셨습니까? 그렇다면 저는 아무 말 않는 게 낫겠군요."

"버너비 씨 이야기로 돌아갑시다. 그가 어쩌다 그 그림을 그렸는지, 언제 그렸는지 알고 계십니까? 그 외 다른 사항도 좋습니다."

"한두 해쯤 전에 그렸을 겁니다. 유독 그 사실을 잘 기억하는 까닭은, 버너비의 작업실에서 가장 큰 캔버스에 그린 그림이기 때문입니다. 그는 필요할 때마다 가리개나 칸막이 용도로 그 그림을 세워두곤 했습니다. 언젠가 제가 무엇을 표현하려 한 그림이냐고 물었더니, 이렇게 대답하더군요. '한 번도 본 적이 없는 무언가를 상상 속에서 구현한 작품이지.' 그림에는 프랑스어 제목이 붙어 있었습니다. 우리 말로 〈소금 산맥의 그림자 속에서〉 비슷한 제목이었을 겁니다."

그는 아직 불을 붙이지 않은 담배로 담뱃갑을 두드리다 갑자기 멈췄다.

"아하! 이제 막 기억이 떠올랐습니다. 버너비가 이런 말을 하더군요. '마음에 드나? 그리모는 그림을 보고 소스라치게 놀라던데 말이지.'"

"왜 그랬답니까?"

"그땐 별 신경쓰지 않고 넘어갔습니다. 당연히 무슨 농담이나 흰소리겠거니 생각했으니까요. 버너비는 그런 말을 하면서 웃음을 터뜨렸습니다. 언제나 그런 식이지요. 그 그림은 버너비의 작업실에서 꽤 오래 먼지를 뒤집어쓰고 있었기 때문에, 금요일 오전에 그리모가 급히 달려와 그림을 팔라고 했을 때 저는 굉장히 놀랐습니다."

해들리는 급격히 몸을 앞으로 기울였다.

"당신도 거기 있었던 거로군요?"

"작업실에 말입니까? 네. 다른 용건이 있어 작업실에 일찍 들른 참이었습니다……. 왜였는지는 잊어버렸습니다만. 어쨌든 그리모는 쿵쿵거리며 안으로 쳐들어오더니……."

"화가 나 있었습니까?"

"예. 아니, 아닙니다. 흥분했다고 하는 편이 낫겠군요."

페티스는 해들리를 남몰래 살펴보며 생각에 잠겼다.

"그리모는 특유의 기관총을 쏘는 듯한 말투로 말했습니다.

'버너비, 소금 산 그림 어디에 있나? 그걸 가져가야겠네. 가격은 얼마지?'

버너비는 기묘한 표정으로 그를 바라보았습니다. 그리모는 절뚝거리며 다가오더니 그림을 가리키며 말했습니다.

'원하는 대로 불러보게, 어서. 아니, 난 이 그림이 필요하니 반드시 살 작정이라네.'

그래서 버너비는 십 실링이라는 터무니없는 가격을 매겼고, 그리모는 굉장히 진지한 태도로 수표책을 꺼내더니 십 실링짜리 수표를 작성했습니다. 그는 서재에 이 그림을 걸어야 할 곳이 있다는 이야기밖에 하지 않았습니다. 그게 전부입니다. 그가 그림을 들고 아래층으로 내려갔고, 제가 그림을 운반할 택시를 잡아주었는데……."

"그 그림은 포장해둔 채였습니까?"

펠 박사가 날카롭게 질문을 던졌다. 너무나 날카로운 말투였던 나머지 페티스가 다소 움찔했다.

펠 박사는 이제껏 격렬한 집중력까지는 아니었지만, 페티스의 이야기에 흥미를 보였는데 이보다 더 큰 관심을 기울인 적은 없었다. 박사는 두 손으로 지팡이를 움켜쥔 채 몸을 앞으로 불쑥 내밀고 있었다. 페티스는 흥미로운 표정으로 그를 바라보았다.

"왜 그런 질문을 하시는지 궁금하군요. 이제 막 말씀드리려고 하던 참이었습니다……. 그리모는 포장을 하느라 야단법석을 떨었습니다. 그가 포장할 종이를 달라고 하자 버너비가 말했습니다.

'그렇게 큰 그림을 포장할 정도의 종이가 여기 있을 거라고 생각하나? 왜 그걸 부끄러워하지? 그냥 그대로 들고 가게.'

하지만 그리모는 아래로 내려가서 아무 상점에라도 들러 포장할 때 쓰는 갈색 종이를 몇 미터 끊어 오겠다고 우겼습니다. 버너비는 굉장히 귀찮아하는 것 같았습니다."

"그리모는 그림을 갖고 집으로 곧장 돌아갔습니까?"

"그건 잘……. 그림을 넣을 액자를 구하러 갔을 듯하지만, 확신할 수는 없군요."

펠 박사는 툴툴거리며 도로 자리에 앉아, 페티스가 안기는 이런 저런 정보에도 더 질문을 하지 않은 채 이야기가 진행되도록 내버려두었다. 해들리는 몇 번인가 질문을 계속했지만, 램폴이 보기에는 그때까지 그의 질문은 중요한 것은 하나도 이끌어내지 못한 것 같았다. 페티스는 개인적인 사안에 대해서는 조심스럽게 이야기했다. 그의 말에 의하면 숨기는 것은 없었다. 그리모의 집안사람들 사이에 마찰은 없었고, 가까운 지인들 사이에서도 맹건과 버너비 사이에 적대감이 흐르고 있다는 점 외에는 별다른 문제가 없었다. 버너비는 젊은이들보다 거의 서른 살은 더 먹어놓고도 로제트 그리모에게 강한 관심을 품고 있었다. 그다지 적극적으로 나서지는 않았어도 질투심은 숨기지 못했다. 그리모 교수는 이에 대해 전혀 언급하지 않았다. 그가 무슨 말이든 했더라면 버너비는 용기를 냈을 터였다. 페티스가 유심히 살펴본 바에 따르면, 박사는 맹건을 반대하는 것 같지 않았다.

빅벤이 10시를 알리는 종소리를 울리기 시작하자 페티스는 자리를 털고 일어서며 결론을 내렸다.

"하지만 여러분, 이 모두가 지엽적 문제에 지나지 않는다는 사실을 알아차리셨을 겁니다. 그리모의 주변 사람들 중 누구도 치정 사건과 연결시키기는 어려울 테니까요. 금전적 문제도 이렇다 할 단서가 나오진 않을 것 같습니다. 생각건대 그리모는 꽤 부유했어요. 어쩌다 알았는데, 그의 업무를 맡은 곳은 그레이스인 로드에 사무소가 있는 테넌트 앤드 윌리엄스사社더군요. 그나저나 여러분, 이 음울한 일요일에 함께 점심 식사를 하시는 게 어떻습니까? 아시겠지만 저는 러셀 스퀘어 바로 맞은편에 살고 있습니다. 지난 십오 년 동안 임피리얼 호텔 스위트룸에 거주하고 있지요. 여러분께서는 인근 지역을 조사하고 계시니, 나를 유용하지 않겠습니까? 게다가, 혹시 펠 박사님께서 유령 이야기에 대해 더 토론하고 싶으시다면……."

그는 미소를 지었다. 해들리가 거절하기 전에 펠 박사가 끼어들어 승낙의 의사를 표했기 때문이다. 페티스는 들어왔을 때보다 훨씬 쾌활한 모습으로 방을 나섰다. 남은 사람들은 서로 얼굴을 마주보았다.

해들리가 으르렁거리듯 입을 열었다.

"어떤가? 더할 나위 없이 솔직한 태도였던 것 같군. 물론 진위는 확인해보아야 할 테지. 여기서 중요한 점은, 그러니까 신경이 쓰이는 점은, 그들 중 누가 범인이든 어째서 자기의 빈자리가 드러날 수밖에 없는 날 밤을 골라 범행을 저질렀느냐 하는 거라네. 버너비라는 친구를 조사해봐야겠어. 하지만 범행 동기가 그뿐이라면 그 역시 관련이 있을 것 같진 않아."

"일기예보에서는 어제 눈이 내리지 않을 거라고 했단 말이지."

펠 박사가 일종의 집요함으로 그 이야기를 꺼내 들었다.

"해들리, 그 때문에 모든 것이 산산조각이 나버리고 말았다네! 사건 전체가 거꾸로 뒤집혀버렸단 말이야. 이해할 수 없는 건……. 캐글리오스트로 스트리트! 캐글리오스트로 스트리트로 가보도록 하세. 어디로 가든 이런 어둠 속에 있는 것보다는 낫겠지."

펠 박사는 씩씩거리며 망토와 챙이 넓은 모자를 가지러 쿵쿵대며 방을 나섰다.

비밀의 아파트

회색빛 겨울의 일요일 아침, 런던은 유령이 출몰하는 장소처럼 몇 킬로미터를 가도 사람 하나 눈에 띄지 않았다. 잠시 후 해들리의 자동차가 캐글리오스트로 스트리트에 접어들었는데, 그곳 거리는 마치 다시는 깨어나지 않을 모습 같았다.

펠 박사가 말한 바와 같이 캐글리오스트로 스트리트는 양쪽으로 상점과 셋집이 몰려 있는 좁고 우중충한 골목이었다. 골목은 램스컨뒤트 스트리트의 후미진 곳에 위치했는데, 램스컨뒤트 스트리트는 상점이 모여 있는 길고 좁은 가도로, 북쪽으로는 마치 병영처럼 창문을 닫으면 한없이 고요해지는 길퍼드 스트리트까지 뻗어 있고 남쪽으로는 교통의 대동맥 역할을 하는 시어볼드 로드와 맞닿아 있었다. 길퍼드 스트리트 방향 서쪽 끝자락 지점 문구점과 푸줏간 사이에 캐글리오스트로 스트리트의 입구가 끼어 있다시피 자리했다. 골목 입구는 그리 눈에 띄지 않았기 때문에 표지판이 나타나기를 주시하고 있지 않으면 놓치고 한참 지나쳐버리기 십상이었다. 입구로 들어가 건물을 두 채 정도 지나면, 골목은 뜻밖에 갑자기 폭이 넓어져 반대편 막다른 벽돌담까지 이백 미터가량 곧장 이어졌다.

이후 런던 거리를 배회하면서도 램폴은 이렇게 숨겨져 있는 거리에서 풍기는 으스스한 분위기와 사람을 속이는 환상 마술로 빚어낸 듯한 건물들이 죽 늘어선 모습은 결코 잊지 못했다. 현관 밖으로 나서면 하룻밤 사이에 거리 전체가 기이한 모습으로 변해 있고, 집집마다 한 번도 본 적 없는 낯선 사람들이 미소 지으며 밖을 내다보는 모습을 보는 게 아닐까 하는 의구심이 들었다. 그는 해들리, 펠 박사와 함께 골목 입구에 서서 안쪽을 바라보았다. 골목 안으로 흘러들어 양쪽으로 늘어선 상점들은 그리 길게 이어져 있지 않았다. 상점들은 모두 셔터를 내렸거나 진열창에 접이식 방범 쇠창살을 쳐 놓았는데, 그 모습이 마치 공격해오는 자들에게 대항하는 요새처럼 손님들에게 저항하는 듯한 분위기를 풍겼다. 금박으로 치장한 간판들마저 도전적인 분위기가 났다. 우측 가장 안쪽에 있는 보석 가게의 반짝반짝 광택 나는 진열창부터 골목 초입 우측에 있는 담뱃가게의 칙칙한 잿빛 진열창에 이르기까지, 각각의 진열창들은 온갖 단계의 청결도를 보여주고 있었다. 담뱃가게의 진열창 속 담배는 고대인들이 피우던 담배보다 훨씬 말라빠진 것 같았고, 담배와 함께 진열창마저 쪼그라들어 이제는 아무도 기억하지 못하는 뉴스의 표제가 실린 플래카드 뒤로 숨어버린 것 같았다. 상점들이 있는 곳을 지나면, 암적색 벽돌로 지은 삼 층짜리 다세대주택 두 채가 줄지어 서 있었다. 창틀은 흰색인지 노란색인지 분간할 수 없을 정도였고, 창문에는 커튼이 드리워져 있었는데 1층 창문에 드리운 커튼 몇 장에는 장난스러운 레이스 장식이 달려 있었다. 두 채의 건물은 모두 검댕에 그을린 듯 어두운색을 띠고 있어서, 저마다 구역을 나눈 철책이 현관까지 이어져 있다는 점을 제외하면 마치 한 채의 집처럼 보였다. 벽에는 세입자를 기대하는 가구 딸린 셋방 광고가 여기저기 붙어 있었다. 건물 위로는 잔뜩 찌푸린 하늘을 배경으로 검은 굴뚝이 서 있었다. 군데군데 진창을 이루며 눈이 녹은 계절에도 여전히 날카로운 강풍이 골목 입구로 불어와 버려진 신문지로 바스락거리는 소리를 내며 가로등 주위를 맴돌았다.

"활기찬 곳이로군."

펠 박사가 툴툴댔다. 그가 느릿느릿 앞으로 걸음을 옮기자 골목 안에 발소리가 울려 퍼졌다.

"자, 시선을 끌기 전에 전부 해치워버리세. 우선 플레가 총에 맞은 장소를 보여줘. 잠깐만! 그런데 그가 살던 곳이 어디지?"

해들리는 그들이 서 있는 곳에 인접한 담뱃가게를 가리켰다.

"저 건물 꼭대기 층이라네. 말했다시피 골목 초입에 있는 건물이지. 곧 올라가볼 걸세. 서머스가 미리 가보고 아무것도 없다는 보고를 했지만 말이야. 자, 그러면 다 함께 골목 중간 지점까지 가볼까……."

그는 앞장서서 보폭으로 거리를 측정하며 성큼성큼 걸었다.

"눈을 쓸어낸 인도와 발자국이 남아 있던 차도는 이쯤 어딘가에서 끝나 있었다네. 대충 사십오 미터가량 되는군. 그다음부터는 눈 위에 전혀 흔적이 없었지. 거기서부터 꽤 걸어서 또다시 사십오 미터가량 전진하면…… 바로 여기라네."

그는 걸음을 멈추고 천천히 몸을 돌렸다.

"골목의 중간쯤, 도로 한복판이라네. 도로 폭이 얼마나 되는지 알겠지. 플레가 이곳을 걷고 있었다면, 양쪽 건물에서 각각 십 미터쯤 떨어져 있던 셈이라네. 만약 그가 인도를 걷던 중이라면, 누가 창문이나 건물 사이 통로에서 몸을 내밀고 장대 같은 물건 끝에 총을 매달아 쏘았다는 터무니없는 가설이라도 세워보겠지만……."

"말도 안 되는 소리!"

"맞아, 말도 안 되는 소리지. 하지만 달리 떠오르는 게 있나?"

해들리는 다소 거친 태도로 따져 묻더니, 서류 가방을 든 채 두 팔을 펼쳐 보이며 말했다.

"자네가 자네 입으로 말한 대로 여기 이 거리가 문제라네. 명백하고 단순하지만 불가능해! 아무런 속임수 장치가 되어 있지 않다는 사실은 알지만, 그렇다면 대체 무슨 조화였을까? 또한 목격자들은 아무것도 보지 못했어. 뭔가 존재했다면 분명 목격했을 테지. 여기를 보게! 그 자리에 그대로 서서 같은 방향을 계속 주시하게."

해들리는 조금 더 골목 안쪽으로 걸음을 옮기더니, 번지수를 확인한 후 몸을 돌렸다. 그러더니 오른편의 인도로 이동했다.

"여기가 블랙윈과 쇼트가 비명소리를 들은 장소라네. 자네는 차도 한가운데를 걸어오는 거야. 나는 자네 앞에 있다가 뒤를 홱 돌아보는 거지. 자, 내가 얼마나 떨어져 있나?"

두 사람과 떨어진 곳에 있던 램폴의 눈에, 텅 빈 직사각형 모양의 골목 한가운데 홀로 서 있는 펠 박사의 커다란 덩치가 들어왔다.

펠 박사는 챙이 넓은 모자를 뒤로 젖히면서 말했다.

"이번에는 훨씬 가까운 거리로군. 그 두 친구는 십 미터 이상 앞서 있지 않았어! 해들리, 내가 생각했던 것보다 훨씬 기묘해. 그는 눈으로 된 사막 한가운데에 서 있었어. 그리고 그 두 친구는 총소리가 들리자마자 뒤를 돌아보았는데…… 흐음……."

"정확하군. 다음은 불빛 차례라네. 자네가 플레 역할을 맡게. 자네 오른편, 약간 앞쪽으로 18번지 건물의 대문을 막 지난 곳에 가로등이 보일 테지. 그리고 역시 오른편, 약간 뒤쪽으로 보석 가게의 진열창이 보이나? 좋아. 진열창에는 조명이 들어와 있었다네. 밝은 조명은 아니었지만, 당시에도 불은 켜져 있었어. 자, 내가 서 있는 곳에 있던 두 사람이 플레 근처에 누가 있는지 없는지 잘못 볼 가능성이 얼마인지 말할 수 있겠나?"

그의 목소리가 높아지자, 골목 안에 비꼬는 듯한 메아리가 울려 퍼졌다. 버려진 신문지가 회오리바람에 휘말려 갑자기 날아갔고, 바람이 마치 터널을 통과하듯 굴뚝 통풍구 틈으로 휘몰아치며 허허롭게 울부짖는 소리를 냈다. 펠 박사의 검정 망토가 펄럭였고, 그의 안경에 달린 리본이 미친듯이 춤을 췄다.

"보석 가게 진열창이라……."

그가 물끄러미 바라보며 되뇌었다.

"보석 가게 진열창이라니! 그리고 그 안에는 조명이 켜져 있었고…… 안에는 아무도 없었나?"

"없었다네. 위더스도 같은 생각을 해서 확인하러 갔었지. 불빛은 진열용 조명이었다네. 지금도 마찬가지지만, 당시에도 창문과 문 양쪽 모두 철 그물망 문이 달려 있었고. 드나들 수 있는 사람은 없었던 게지. 게다가 거긴 플레에게서 너무 멀리 떨어진 곳이야."

펠 박사는 목을 늘여 주변을 둘러보다가, 방범 장치가 된 진열창 안을 올빼미처럼 들여다보려 보석 가게 쪽으로 다가갔다. 진열창 안에는 벨벳에 싸인 몇 개의 쟁반 위에 싸구려 반지와 시계가 놓여 있었고, 촛대도 여러 개 진열되어 있었다. 한가운데에는 둥근 뚜껑이 달린 독일 시계가 있었는데, 문자판은 태양 모양이었고 태양의 두 눈이 움직였다. 시계는 막 11시를 가리키고 있었다. 펠 박사는 그 두 눈을 가만히 들여다보았는데, 한 남자가 살해당한 현장을 바보처럼 즐거워하며 바라보았을 것 같은 불쾌한 기분이 들었다.

그것은 캐글리오스트로 스트리트에 끔찍한 분위기를 더해주었다. 이윽고 펠 박사가 쿵쿵거리며 도로 한가운데로 돌아왔다.

그는 마치 논쟁을 벌이는 중인 듯 완고한 말투로 입을 열었다.

"조명은 거리 오른편에 있지 않나. 플레는 '왼편'에서 등에 총을 맞았어. 보아하니 가설을 세워봐야 할 것 같은데, 살인범이 왼편에서 접근했다고 가정하면…… 그게 아니라면 하늘을 나는 권총이 왼쪽에서 날아들었다 치고……. 모르겠군! 가령 그자가 발자국 하나 남기지 않고 눈 위를 걸어올 수 있었다 치면, 어느 방향에서 접근했는지라도 알 수 있을까?"

"그자는 이쪽에서 접근했습니다."

누군가의 목소리가 들렸다.

주변에 몰아치는 바람에 말소리가 이리저리 섞여버려서 그 말은 마치 허공에서 들려오는 소리 같았다. 거센 돌풍이 몰아치는 어스름 속에서, 일순간 램폴은 채터럼 형무소 사건 때도 경험하지 못한 극심한 충격을 느꼈다. 어젯밤에 두 명의 목격자가 형체 없는 살인범의 속삭임을 들었듯, 그의 눈앞에 온갖 것들이 날아다니고 투명 인간의 목소리가 들리는 미친 환영을 보았던 것이다. 그러자 일순간 누가 목을 조르는 듯한 느낌이 들었다. 하지만 램폴은 몸을 돌리기도 전에 진보를 깨달았다. 실망스러운 결말이 아닐 수 없었다. 몸집이 실하고 얼굴이 불그스름한 젊은 남자가 왠지 불길한 분위기가 느껴질 정도로 중산모를 깊이 눌러쓴 채 18번지 건물 계단을 내려와 열린 문을 나서 나가왔다. 젊은 남자는 해들리에게 거수경례를 하며 활짝 미소를 지었다.

"그자는 이곳에서 나왔습니다, 경정님. 저 서머스입니다. 그 프랑스인이 살해당했을 때 어디로 가고 있었는지 알아내라고 명령하지 않으셨습니까? 우리가 찾는 자일지도 모르니, 혹시 수상한 세입자가 있다면 집주인에게 물어보라고도 하셨고요. ……음, 제가 그런 세입자를 알아냈으니, 범인을 찾아내는 건 그리 어렵지 않을 겁니다. 플레는 이곳에서 나왔습니다. 아, 대화 도중에 끼어들어 죄송합니다."

해들리는 갑자기 나타난 그 때문에 얼마나 놀랐는지 내색하지 않으려 애쓰며 기쁜 듯 으르렁댔다. 그의 시선이 문가로 옮겨갔다. 그곳에는 누군가가 주저하는 모습으로 서 있었다. 서머스도 따라 시선을 옮겼다.

"아, 아닙니다, 경정님. 그 세입자가 아닙니다."

서머스는 다시 활짝 웃었다.

"이쪽은 오러크 씨입니다. 아시겠지만, 프랑스인의 신원을 확인해준 보드빌 극장의 곡예사 말입니다. 오늘 아침에 도움을 좀 받고 있었습니다."

사람 형체가 계단을 내려와 어둠 속에서 모습을 드러냈다. 두꺼운 코트 차림이었음에도 여위어 보였나. 마른 체구에도 힘은 세 보였고, 뒤꿈치를 든 채 공중그네나 줄타기 곡예사 특유의 날래고 매끄러운 걸음걸이로 움직였다. 인상은 사근사근하고 너그러워 보였고, 말을 할 때면 손짓을 하기 위해 충분한 공간을 확보하려는 듯 몸을 살짝 뒤로 젖히곤 했다. 거무스름한 피부로 미루어 보아 이탈리아인인 것 같기도 했다. 매부리코 아래로 풍성한 검은 콧수염 끝을 왁스로 뾰족하게 만들어 그런 인상이 한층 두드러졌다. 그는 누가 봐도 재미있다는 표정으로 한쪽 입꼬리에 유려한 곡선을 그리는 커다란 파이프를 문 채 뻐끔뻐끔 피우고 있었다. 눈가에는 주름이 져 있었고 푸른 두 눈은 웃음기로 빛났다. 그는 자기소개를 하면서 공들여 만든 듯한 옅은 황갈색 모자를 뒤로 넘겼다. 그는 자신이 이탈리아식 예명을 쓰는 아일랜드인이며, 미국식 말투를 쓰는 것 같지만 사실은 캐나다 억양이라고 설명했다.

"예, 그러니까 본명은 오러크입니다. 존 L. 설리번 오러크라고 합니다. 혹시 제 가운데 이름을 어디서 따온 것인지 아시는 분 계십니까? 이 이름은……."

그는 한쪽 어깨를 뒤로 빼며 허공을 향해 강력한 오른 주먹을 날리는 동작을 취해 보였다.

"위대한 권투 선수에게서 온 것이 아닐까요? 저는 잘 모르겠습니다만. 제 이름을 지어주신 아버지께서도 모르셨답니다. 제가 알고 있는 건 L의 의미뿐이죠. 제가 대화를 방해해 마음 상하지 않으셨길 바랍니다. 아시다시피 저는 루니 영감에 대해 잘 알고 있으니……."

그는 잠시 말을 멈춘 후 씩 웃으며 콧수염을 비틀었다.

"알겠습니다, 여러분! 모두 이 수프 거르개를 바라보고 계시는군요. 다들 그런답니다. 이게 다 신체에 별명을 붙여 부르는 그 빌어먹을 노래 탓이죠. 그 있잖습니까, 제 소속 극단에서는 제가 그 노래에 등장하는 친구처럼 꾸미면 괜찮을 거라고 생각한 모양입니다. 아, 수염은 진짜에요. 보시죠."

그는 수염을 잡아당겼다.

"조금도 가짜가 아니죠? 아, 대화를 방해해 죄송하다는 말씀을 드리던 참이었죠. 젠장, 루니 영감이 얼마나 안쓰러운지……."

그의 얼굴빛이 어두워졌다. 해들리가 대꾸했다.

"괜찮습니다. 현 상황에서는 도움에 감사드려야겠군요. 당신을 만나러 극장에 갈 생각이었는데, 수고를 덜었습니다……."

"뭐, 지금은 무대에 서지 않으니까요."

오러크는 침울하게 대답했다. 그는 긴 코트 소매에서 왼팔을 빼서 앞으로 내밀었다. 깁스를 댄 손목에 붕대가 감겨 있었다.

"제게 눈치가 조금이라도 있었더라면 어젯밤에 루니를 뒤따라갔을 텐데 말입니다. 그런데 말입니다! 혹시 제가 대화를 방해하고 있는 거라면……."

"됐습니다."

서머스가 단호한 태도로 말을 잘랐다.

"경정님, 보여드릴 게 있으니 함께 가주시겠습니까? 굉장히 중요한 사안입니다. 집주인 여자가 옷을 차려입고 아래층에서 기다리고 있습니다. 제가 말씀드린 것에 추가해 그녀가 세입자에 대해 이야기해줄 겁니다. 그 세입자가 경정님께서 찾으시는 자라는 건 의심의 여지가 없습니다. 하지만 우선 방부터 살펴보시는 게 좋을 것 같습니다."

"방안에서 뭐라도 찾아냈나?"

"글쎄요, 경정님. 예를 들면 핏자국 같은 것도 있었습니다. 그리고 또 굉장히 기묘한 밧줄 같은 걸 발견했는데……."

서머스는 해들리의 얼굴을 바라보고는 그가 만족한 표정을 지었다고 확신했다.

"그 밧줄이 흥미로우실 겁니다. 다른 물건들 역시 마찬가지고요. 그자는 도둑입니다……. 장비들로 미루어 보건대 뭔가 나쁜 쪽에 발을 걸친 자임은 분명해요. 집주인 헤이크 양이 들어올 수 없도록 문에 여벌 자물쇠를 달아놓았더군요. 저는 가지고 있던 열쇠 하나를 사용해 안으로 들어갔습니다. 제 열쇠는 절대 불법적인 물건이 아닙니다, 경정님. 그자는 자취를 감춘 게 분명해 보입니다. 헤이크 양의 말로는 오래전부터 세 들어 있었지만 고작 한두 번밖에 모습을 드러내지 않았다고 합니다."

"같이 가보도록 하지."

해들리가 말했다.

서머스는 사람들이 모두 현관 안으로 들어오자 문을 닫고, 그들을 이끌고 어둠침침한 복도를 지나 한 번에 세 칸씩 계단을 올라갔다. 건물은 폭이 좁았기 때문에 층마다 가구 딸린 아파트가 한 채씩만 있었다. 옥상으로 통하는 사다리 옆에 위치한 3층의 문은 열려 있었고, 평범한 열쇠 구멍 위로 여벌 자물쇠가 반짝반짝 빛나고 있었다. 서머스는 문 세 개가 있는 어두운 아파트 안 복도로 사람들을 안내했다.

서머스가 맨 왼쪽 문을 가리키며 말했다.

"우선 이쪽으로 들어가보시죠, 경정님. 욕실입니다. 불을 켜고 싶으면 전기 계량기에 일 실링 동전을 넣어야 합니다. 자, 불을 켜겠습니다!"

그가 전등 스위치를 올렸다. 욕실은 우중충한 작은 방을 개조한 것이었다. 벽에는 타일 무늬가 인쇄된 광택 벽지를 발랐고, 바닥에는 낡은 방수포를 깔아놓았다. 윗부분이 무거운 급속 온수기가 달린 욕조도 있었는데 딸려 있는 물탱크는 녹슬었다. 바닥에는 세면대와 물통이 놓여 있었고, 세면대 위에는 물결 모양의 거울이 걸려 있었다.

"보시다시피 이곳을 깨끗하게 치우려고 애를 쓴 모양입니다, 경정님. 하지만 욕조에 아직도 불그스름한 흔적이 남은 게 보이실 겁니다. 그자는 여기서 손을 씻었습니다. 그리고 자, 여기 빨랫감 바구니 뒤를 보시면……."

서머스는 만족스러운 듯 과장된 동작으로 빨랫감 바구니를 옆으로 밀고, 그 뒤 먼지 구덩이 속으로 손을 넣어 아직 축축한 수건 한 장을 꺼냈다. 수건에는 물에 희석되어 거무스름한 분홍색으로 변한 얼룩이 군데군데 묻어 있었다.

"이 수건으로 옷에 묻은 피를 닦은 겁니다."

그는 고개를 끄덕이며 말을 마쳤다.

"훌륭하군."

해들리는 부드러운 말투로 칭찬했다. 그리고 수건을 받아들고 이리저리 뒤집어보더니, 펠 박사에게 시선을 돌리며 미소를 짓고 발견물을 내려놓았다.

"자, 다른 방으로 가볼까? 밧줄이 보고 싶군."

나머지 두 방은 거북할 정도로 노란 불빛으로 물들어 있었는데, 마치 한 개인의 개성을 고스란히 반영한 공간 같았다. 오러크가 피우는 담배 냄새만큼 강하지는 않았지만 방안에 감도는 싸늘한 화학약품 냄새 또한 그러한 분위기에 일조했다. 이곳을 거처라고 칭한다면 그 표현에는 문자 그대로의 뜻만이 아닌 여러 의미가 담겨 있을 터였다. 꽤 넓은 거실에 난 몇 개의 창문에는 저마다 두꺼운 커튼이 드리워져 있었다. 강렬한 조명 아래의 넓은 테이블 위에는 끝이 둥글거나 구부러진 자질구레한 철제 도구들이 여럿 놓여 있었다. 해들리는 "자물쇠 따는 도구 맞지?"라고 하며 휘파람을 불었다. 분해된 여러 개의 자물쇠와 서류 다발도 보였다. 고배율 현미경 및 슬라이드글라스가 든 상자도 있었으며, 시험관 스탠드에는 라벨을 붙여

놓은 시험관 여섯 개가 줄지어 늘어서 있었다. 한쪽 벽은 책으로 가득하고 한구석에는 작은 철제 금고가 있었다. 해들리는 금고를 보고 깜짝 놀라 외마디 탄성을 질렀다.

"이 친구가 도둑이면, 내가 지금까지 접한 중 가장 현대적이면서도 과학적인 도둑이라고 해야겠군. 이런 첨단 방식이 영국에까지 들어왔을 줄은 몰랐네. 이런 건 자네가 시간을 낭비하는 분야 아닌가, 펠? 이게 뭔지 알겠나?"

서머스가 끼어들었다.

"금고 꼭대기에 커다란 구멍이 뚫려 있습니다, 경정님. 토치를 사용해 녹인 거라면, 이처럼 아세틸렌가스를 깔끔하게 다룬 모습은 처음 보는군요. 이 친구는……."

해들리가 말했다.

"토치를 사용한 게 아니라네. 훨씬 교묘하면서도 손쉬운 방식을 사용했어. 바로 크루프사社에서 제조한 약품을 사용한 거지. 나는 화학에 별 조예가 없지만, 이건 알루미늄 분말에 산화제일철을 혼합한 것 같아. 금고 위에서 분말을 혼합한 후, 그 뭐더라, 마그네슘 분말을 추가해 성냥으로 불을 붙이는 거라네. 폭발하진 않아. 그저 수천 도의 열이 발생해 금속을 녹여 구멍을 뚫어버리는 거지……. 테이블 위에 있는 금속 튜브를 봤나? 범죄사 박물관에 그런 물건이 하나 있지. 탐지경이라고 해야 하나, 어안렌즈라고 해야 하나. 물고기 눈처럼 화각이 반구에 가까운 물건이야. 벽에 난 구멍에 끼워 넣으면 옆방에서 일어나는 일을 다 관찰할 수 있을 거야. 자네 생각은 어떤가, 펠?"

"흠, 그렇군."

펠 박사는 아무래도 좋다는 듯 멍한 시선으로 해들리를 바라보며 대답했다.

"자네가 그 물건의 쓸모를 알아내기를 바라네. 이 수수께끼는……. 아, 그런데 밧줄은 어디 있지? 밧줄에 꽤 흥미가 동하는데."

서머스가 대답했다.

"다른 방에 있습니다, 박사님. 안쪽 방 말입니다. 꽤 호사스럽게 꾸며놓았습니다. 동양풍으로 치장한 것 같습니다만……."

어쩌면 서머스는 긴 안락의자에서 하렘을 떠올렸는지도 몰랐다. 겉보기에 불과할 테지만, 그래도 다채로운 색깔로 치장된 안락의자와 벽걸이에서 터키를 연상시키는 화려함과 신비감이 느껴졌다. 커튼에 달린 장식 술이나 싸구려 장식품, 한데 모아 놓은 무기 같은 것들 역시 마찬가지였다. 하지만 이런 곳에서 그런 물건들을 발견하다니 뒤로 넘어갈 정도로 놀랄 일이었다. 해들리는 커튼을 활짝 열었다. 겨울 햇살과 함께 블룸즈버리의 전경이 밀려 들어와, 지금까지 방안을 지배하던 환상의 색채를 퇴색시켰다. 창밖으로 길퍼드 스트리트에 늘어선 건물들의 후면 및 그 아래에 펼쳐진 뒤뜰, 소아 병원 뒷문으로 통하는 구불구불한 골목길이 보였다. 해들리는 풍경에서 이내 시선을 거두고 안락의자 위에 팽개쳐진 한 묶음의 밧줄에 달려들었다.

밧줄은 가늘었지만 굉장히 질긴 재질로 되어 있었고, 오륙십 센티미터마다 매듭이 지어져 있었다. 한쪽 끝에 걸려 있는 이상한 장치를 제외하면 어디서나 흔히 볼 수 있는 밧줄이었다. 그 장치는 커피잔보다 조금 큰 고무 컵이었는데, 굉장히 튼튼한 재질에 가장자리에 미끄럼 방지 처리가 된 모습이 마치 자동차 타이어 같았다.

"이야! 이것 보게. 이거 혹시……."

펠 박사의 말에 해들리가 고개를 끄덕였다.

"이런 물건이 있다는 얘기는 들어봤지만 실제로 보는 건 처음이로군. 사실 존재하리라고 믿지 않았지. 여기 보게나! 공기를 빼 진공상태로 만들 수 있는 고무 컵이야. 애들이 갖고 노는 장난감에서 비슷한 구조를 본 적이 있을 걸세. 스프링이 달린 장난감 총에 이런 작은 진공 고무 컵이 달린 막대를 끼워 매끄러운 카드 같은 곳에 발사하는 거야. 막대가 카드에 맞으면 공기가 빠져나가 표면에 달라붙지."

"그러니까 도둑이 이 기구를 벽에 붙여 진공 압력에 의해 밧줄을 타고 오를 수 있다는 겁니까?"

램폴의 물음에 해들리는 주저했다.

"그런 용도로 사용한다고들 말하지. 물론 나는 절대……."

"어떻게 떼어내죠? 그냥 거기 붙여 놓고 가버리는 겁니까?"

"당연히 공범이 필요하겠지. 이 고무 컵의 바닥 쪽을 누르면 공기가 들어가 진공 압력이 사라지게 되니까. 그렇다 해도 도대체 이 물건을 어떤 식으로 사용했는지 모르겠는걸……."

그때 뭔가 곤혹스럽다는 듯 밧줄을 바라보던 오러크가 헛기침을 했다. 그는 파이프를 입에서 떼더니 사람들의 주위를 환기시키듯 다시 한번 헛기침을 했다.

"자, 여러분, 대화를 방해하고 싶지는 않지만 이건 그저 속임수라고 생각합니다."

그는 은밀한 분위기의 쉰 목소리로 입을 열었다.

해들리가 몸을 홱 돌렸다.

"어째서 말입니까? 뭔가 아는 게 있습니까?"

"돈을 걸어도 좋습니다."

그는 고개를 끄덕이더니 자신의 말을 강조하듯 파이프 자루를 앞으로 내밀었다.

"루니가 쓰던 밧줄입니다. 잠시 건네주시면 제가 한번 살펴보겠습니다. 음, 제가 이것이 루니 소유의 물건이라고 확신하는 것은 아닙니다. 이 바닥에는 별의별 이상한 물건이 다 있으니까요. 하지만……."

그는 밧줄을 집어 들더니, 손가락으로 밧줄을 훑으며 중간 지점까지 이동했다. 그러다가 만족스러운 듯 윙크를 하며 고개를 끄덕였다. 그런 다음 손가락을 이리저리 놀리다가, 갑자기 마술사처럼 두 손을 옆으로 펼쳤다. 밧줄은 두 부분으로 나뉘어 있었다.

“아하! 그렇지요. 저는 이 밧줄이 루니가 사용하던 마술 도구라고 생각했습니다. 눈치채셨습니까? 이 밧줄에는 나사 장치가 되어 있습니다. 한쪽에는 나사가 달려 있고 다른 한쪽은 나사산이 패어 있어, 서로 돌리면 마치 나무에 나사못을 박는 것처럼 연결되지요. 연결 지점은 눈에 보이지 않습니다. 얼마든지 조사해보시면 아실 테지만, 아무리 힘을 가해도 돌리지 않는 한 분리되지 않습니다. 이해하셨습니까? 마술사, 혹은 그런 딱지가 붙은 사람이 관객 몇 명을 불러 밧줄로 자신을 묶어 상자 속에 집어넣도록 합니다. 그때 마술사는 두 손으로 밧줄의 연결 부위를 잡고 있습니다. 관객들은 상자 밖에서 밧줄 끝을 꼭 붙들고는, 마술사가 상자 밖으로 빠져나가지 않도록 감시합니다. 이제 아시겠지요? 마술사는 이빨로 밧줄을 돌려 나사를 풀고는 무릎으로 밧줄을 눌러 팽팽하게 당기는 겁니다. 일단 그렇게 하면 상자에 앉아 온갖 짓을 할 수 있죠. 이 얼마나 경이로운가! 신비로운 마술의 세계여! 지상 최대의 볼거리여!”

오러크는 쉰 목소리로 여기까지 이야기한 후, 웃는 얼굴로 사람들을 돌아보며 파이프를 물고 연기를 깊이 빨아들였다.

“예, 이건 루니가 사용하던 마술 밧줄 중 하나입니다. 전 재산을 걸 수도 있습니다.”

“당신 말을 믿습니다. 그럼 이 진공 고무 컵은 어떻습니까?”

해들리가 말했다.

오러크는 손짓을 할 공간을 확보하기 위해 다시 한번 몸을 약간 뒤로 젖혔다.

"음, 마술사라면 당연한 일이지만, 루니는 마술 트릭을 만들 때 굉장히 비밀스럽게 행동했습니다. 하지만 저는 마술 공연이나 이런 저런 마술 도구를 볼 때 굉장히 주의깊게 관찰하는 편이죠……. 아니, 잠깐만요. 오해하시면 안 됩니다! 루니가 만든 마술 트릭은 굉장히 뛰어났습니다. 훌륭하다고밖에 할 수 없었지요. 하지만 이건 다들 아는 판에 박힌 트릭에 불과합니다. 음, 그가 하려던 것은…… 혹시 인도의 마술 밧줄에 대한 이야기를 들어보셨습니까? 힌두교 수행자가 밧줄을 공중에 던지면 밧줄이 팽팽해지면서 똑바로 서는 겁니다. 그러면 소년이 밧줄을 타고 기어오르죠. 그러다가, 휙! 소년이 갑자기 사라집니다. 어떻습니까?"

오러크가 과장된 손짓을 해 보이자, 파이프에서 흘러나온 담배 연기가 소용돌이치며 위로 올라가다가 이내 사라졌다.

"그 마술을 실제로 하는 것을 본 사람은 없다는 이야기도 들었습니다만."

펠 박사가 껌뻑거리는 눈으로 오러크를 바라보며 말했다.

"바로 그렇습니다! 정확합니다! 바로 그게 문제지요."

오러크는 덤벼들 것 같은 태도로 대답했다.

"루니는 그 마술을 실행하는 방법을 알아내려고 애썼습니다. 그가 성공했는지 어땠는지는 아무도 모를 테지만요. 그 진공 고무 컵은 밧줄을 위로 던졌을 때 어딘가에 고정하기 위한 장치가 아닐까 합니다. 구체적인 방법은 저도 모릅니다."

"그러면 누군가가 밧줄을 타고 기어오르겠군요. 기어 올라가 사라져버리는 겁니까?"

해들리가 가라앉은 목소리로 말했다.

"뭐, 어린아이라면 가능할지도 모르지만……!"

오러크는 이내 생각을 떨쳐버렸다.

"분명히 말씀드리지만, 갖고 계신 그 밧줄로는 성인의 체중을 감당할 수 없습니다. 자, 여러분! 여러분을 위해 제가 직접 창밖에 매달려보고 싶습니다만, 빌어먹을 목뼈를 부러뜨리고 싶지는 않은데다 손목마저 성치 않아서 말입니다."

"그렇게까지 하지 않아도 증거는 충분히 확보한 것 같습니다. 그자가 도주했다고 했나, 서머스? 인상착의는 어떻지?"

득의만면한 서머스는 고개를 끄덕였다.

"체포는 어렵지 않을 겁니다, 경정님. 그는 제롬 버너비라는 이름을 썼는데, 가명일 겁니다. 하지만 한눈에 구별할 수 있는 외형적 특징이 있습니다. 바로 내반족이라는 거죠."

014

교회 종소리의 가르침

뒤이어 울려 퍼진 소리는 먼지마저 들썩일 듯한 펠 박사의 우렁찬 웃음소리였다. 박사는 키득거리는 것에 그치지 않고 아예 폭소를 터뜨렸다. 그는 붉은색과 노란색이 어우러진 안락의자에 앉아 지팡이로 바닥을 쿵쿵 두드리며 껄껄 웃어댔다. 가운데가 푹 꺼진 안락의자는 걱정스러울 정도로 삐걱거렸다.

"한 방 먹었어! 어린애처럼 한 방 먹었지 뭔가. 으하하하! 유령은 펑 하고 사라지고, 증거도 펑 하고 사라졌어. 오, 세상에나!"

"한 방 먹었다니, 무슨 말인가? 우리가 찾던 자의 정체를 알았는데 뭐가 우스운지 모르겠군. 자네는 버너비가 범인이라는 사실이 그다지 납득이 가지 않나 보군?"

"오히려 그가 결백하다는 사실이 명백하게 드러났을 뿐이라네."

펠 박사는 터져 나온 웃음을 가라앉히며 붉은색 손수건을 꺼내 눈가를 닦았다.

"옆방을 둘러봤을 때 딱 이런 물건을 발견하게 되지 않을까 우려했지. 진짜라고 하기에는 지나치게 잘 들어맞아. 버너비는 수수께끼를 내지 않는 스핑크스라네. 그러니까 범죄를 저지르지 않는 범죄자라는 말이지. 특정 범죄를 저지를 사람은 아니야."

"부디 설명이라도 좀……?"

펠 박사는 상냥하게 대답했다.

"해주고말고. 해들리, 주변을 둘러보고 이 공간 전체에서 어떤 점이 연상되는지 말해주게. 도둑이든 범죄자든 다 좋아. 그런 자들 중에서 비밀 은신처를 온통 이런 분위기로 꾸며놓은 사람이 있었나? 이토록 낭만적으로 무대를 꾸며놓을 리가 있느냔 말이지! 테이블 위에는 자물쇠 따는 도구를 올려놓은데다, 수상쩍어 보이는 현미경이라든가 불길해 보이는 화학약품 같은 것들은 또 어떤가? 진짜배기 도둑이나 범죄자라면 은신처가 성공회 교구 위원의 집보다 더 점잖아 보이도록 신경을 쓸 테지. 이런 식으로 꾸며놓으니, 누군가 도둑 흉내 놀이라도 하고 있다고 생각하는 것조차 우스워 보이는군. 하지만 조금만 생각해보면 무엇이 연상되는지 알 거야. 수백 편의 소설이나 영화에서 다룬 모습이지 않나. 난 안다네. 뭐, 꽤 연극적인 분위기이긴 하지만, 내가 좋아하는 분위기지……. 누가 탐정 놀이를 하나 보군."

해들리는 생각에 잠겨 턱을 문지르며 반응을 보이지 않다가, 이내 주변을 둘러보았다. 펠 박사는 계속해서 이야기를 이어나갔다.

"어렸을 때 집에 비밀 통로가 있으면 좋겠다는 소망을 품은 적 없나? 다락방에 뚫려 있는 구멍을 비밀 통로라고 생각하면서 촛불을 들고 그 안을 기어다니다가 집안을 홀랑 태워먹을 뻔한 적은? 위대한 탐정이 되는 놀이를 했던 적은? 아무도 모르는 거리에 비밀 은신처가 있어 가명으로 치명적인 연구를 진행할 수 있으면 좋겠다는 바람을 품은 적은 없었느냐는 말일세. 버너비를 두고 열렬한 아마추어 범죄학자라고 말한 사람이 있었지? 어쩌면 그는 추리소설을 쓰는지도 몰라. 몸만 다 큰 수많은 어린애들이 꿈꾸던 것처럼 그에게는 좀더 복잡한 방식으로 유희를 즐길 수 있는 시간적, 금전적 여유가 있으니까. 그는 또 다른 자아를 만들어낸 걸세. 아무에게도 말하지 않았던 이유야 뭐, 클럽 회원들이 이 사실을 알았다면 박장대소했을 게 분명하지. 하지만 런던 경찰청의 사냥개들이 그의 치명적인 비밀을 가차없이 파헤쳤군. 그리하여 그의 치명적인 비밀은 한낱 농담거리가 되고 말았다네."

"하지만 박사님!"

서머스가 거의 비명을 지르듯 펠 박사를 불렀다.

"잠깐 기다리게!"

해들리는 생각에 잠긴 표정으로 말하며, 서머스에게 조용히 하라는 손짓을 했다. 해들리 경정은 반쯤 화가 난 듯 의심스러운 표정으로 다시 한번 주변을 면밀히 돌아보았다.

"그래, 이곳에 다소 납득이 가지 않는 면이 있다는 사실은 인정하겠네. 영화 속 장면 같은 모습이라는 건 알겠어. 그렇다면 핏자국과 밧줄은 어떻게 된 거지? 이 밧줄은 플레의 것임을 잊지 말게. 그리고 핏자국은……."

펠 박사는 고개를 끄덕였다.

"흠, 그렇지. 오해하지 말게. 사건과 아무 관련 없는 아파트라고는 하지 않았으니까. 그저 버너비가 악마 같은 이중생활을 했다고 너무 진지하게 믿지 말라는 것뿐이야."

"그 점은 금방 알아낼 수 있을 테지. 게다가 이 친구가 살인범이라면, 도둑으로서의 이중생활이 얼마나 결백한지 여부는 신경쓰지 않을 작정이라네. 서머스!"

"예, 경정님!"

"제롬 버너비의 아파트로 가게. 그래, 자네는 아직 모르겠지만, 그자의 다른 아파트를 말하는 거야. 주소는 내가 알려주겠네. 흠, 블룸즈버리 스퀘어 13A번지 3층. 알았나? 그자를 데리고 오게. 어떤 구실을 붙여도 좋으니 반드시 데려와야 하네. 이곳에 대한 어떤 질문에도 대답해서는 안 되고, 또 아무 질문도 하지 말게. 알았나? 그리고 아래층으로 내려가는 길에 집주인을 이 방으로 빨리 올려보내게."

서머스가 당황해서 풀이 죽은 채 서둘러 밖으로 나가자, 해들리는 가구 모서리를 발로 걷어차며 방안을 성큼성큼 돌아다녔다. 의자에 앉아 사뭇 흥미로운 듯 그들을 바라보던 오러크가 파이프를 흔들었다.

"저, 여러분. 저는 사냥개들이 목표물을 덮치는 바로 그 순간을 보고 싶군요. 그 버너비라는 사람이 누군지 모릅니다만, 여러분들은 이미 아시는 사람 같은데요. 혹시 제게 물어보실 것은 없습니까? 루니에 대해 아는 것은 서머스 경사님에게 모두 털어놓았습니다. 경사님이 맞나 모르겠지만. 어쨌든 다른 질문이 있다면…….”

해들리는 깊은 한숨을 내쉬더니 몸을 돌려 다시 일에 착수했다. 그는 서류 가방에서 서류 뭉치를 꺼내 살펴보기 시작했다.

"당신이 한 진술인데…… 맞습니까?"

해들리 경정은 서류 내용을 오러크에게 간략히 읽어주었다.

"여기에 덧붙일 말이 있습니까? 그러니까 플레가 이 거리에 동생이 하숙을 하고 있다고 말한 게 분명합니까?"

"예, 경정님, 그렇게 말했습니다. 동생이 근처에서 어슬렁거리는 모습을 봤다고 했습니다."

해들리는 날카로운 시선을 오러크에게 흘끗 던졌다.

"그건 같은 말이 아니지 않습니까? 그가 한 말이 정확히 뭡니까?"

오러크는 해들리가 사소한 트집을 잡는다고 생각하는 듯했다.

"아, 그러니까, 그 말은 바로 뒤이어 한 말입니다. 루니는 이렇게 말했습니다. '그놈은 그곳에 집을 구했어. 근처에서 어슬렁거리는 모습을 봤다니까.' 이 비슷한 말이었을 겁니다. 틀림없는 사실입니다!"

"하지만 확실히 그렇게 말한 건 아니라는 거잖습니까? 좀더 생각해보시오!"

해들리가 을러댔다.

"이런, 젠장! 생각하고 있잖아요!"

오러크가 공격적인 어조로 항변을 이어갔다.

"좀 진정하시지요. 온갖 이야기를 들었는데 시간이 지나서 무슨 말을 들었는지 물어보고 정확히 기억해내지 못하면 거짓말로 치부해버리다니요. 죄송합니다만 동업자 나리, 이게 제가 최대한 기억해낸 겁니다."

"그 형제에 대해 뭐라도 아는 게 있습니까? 플레와 알고 지낸 이후로 그가 무슨 말이라도 한 적이 있습니까?"

"아무것도 없습니다! 한 마디도 한 적 없어요! 제대로 이해하지 못하시는 것 같군요. 제가 루니에 대해 대다수의 사람들보다 더 잘 안다고 해도 모든 걸 아는 건 아닙니다. 그런 사람은 없어요. 만약 그를 한번 만나보기라도 했다면, 그가 술 몇 잔 나누며 흉금을 털어놓거나 자기 이야기를 할 사람은 아니라는 걸 아셨을 겁니다. 맥주 두어 잔으로 드라큘라를 다루려는 것과 마찬가지라고나 할까요?

잠깐만요! ……그러니까 그저 그가 드라큘라처럼 생겼다는 뜻일 뿐입니다. 루니는 나름대로 꽤 괜찮은 친구였어요."

해들리는 잠시 생각에 잠긴 후 행동 방침을 정했다.

"당신도 짐작할 테지만…… 현재 직면한 가장 큰 문제는 불가능 범죄 사건 정황입니다. 조간신문을 봤을 테지요?"

오러크가 눈을 가늘게 떴다.

"그렇습니다. 왜 그런 질문을 하시죠?"

"두 사람을 살해하는 데 일종의 마술이나 무대에서 사용하는 트릭이 사용된 게 분명합니다. 당신은 마술사나 탈출 연기 전문가들에 대해 잘 안다고 했습니다. 이 사건의 수수께끼를 설명할 트릭을 생각해낼 수 있습니까?"

오러크는 웃음을 터뜨렸고, 그러자 공들여 다듬은 콧수염 아래로 반짝이는 앞니가 드러났다. 그가 즐거워하자 눈가에 잡힌 주름이 한층 깊어졌다.

"아, 글쎄요. 그건 다릅니다. 전혀 다른 영역이란 말이죠. 이것 보세요, 솔직히 말씀드리겠습니다. 창밖에 매달려보겠다는 제안을 드렸을 때 저는 경정님을 유심히 살펴보고 있었습니다. 정말로 제안을 받아들이실지 걱정이 되었으니까요. 아시겠습니까? 그러니까 저에 대한 걱정 말입니다."

오러크는 키득거렸다.

"그 일은 잊어주시죠. 만약 밧줄 하나를 가지고 아무 발자국도 남기지 않고 걸을 수 있는 사람이라면, 어떤 묘기도 부릴 수 있는 기적의 사람이나 다름없습니다. 하지만 다른 부분이라면…….”

그는 얼굴을 찡그리며 파이프로 수염을 가지런히 매만지며 쓸어 올렸다. 그러다가 방 저편에 시선을 고정했다.

“실은 이렇습니다. 저는 이쪽 분야의 권위자는 아닙니다. 그다지 많이 알지 못할뿐더러, 아는 부분도 보통은 입을 다무는 편입니다. 이건 일종의…….”

그는 어깨를 으쓱했다.

“전문가들 사이의 예의라고 이해해주시면 좋겠군요. 또한 밀폐된 상자 속에서 빠져나가거나 흔적 없이 사라지는 종류의 트릭은……. 음, 이 이야기도 못 하겠습니다.”

“왜입니까?”

오러크는 한껏 강조하는 어조로 대답했다.

“왜냐하면, 대부분의 사람들이 마술의 비밀을 알면 굉장히 실망하기 때문입니다. 첫째로 트릭이 너무나 깔끔하면서도 단순할 경우, 사람들은 자신이 그렇게 우스울 정도로 단순한 트릭에 속아 넘어갔다고 절대로 믿지 않습니다. 보통 이런 식으로 반응하지요. ‘아, 젠장, 그딴 소리 하지 마! 그런 거라면 금세 알아차렸을 거라고.’ 둘째, 조수가 트릭을 수행했을 경우 사람들은 한층 더 실망합니다. 이런 식이죠. ‘뭐, 그럼 그렇지. 다른 사람의 도움을 받은 거였군!’ 모든 게 뻔하다는 식으로 반응하는 겁니다.”

오러크는 생각에 잠겨 담배 연기를 빨아들였다.

"사람들에게는 웃긴 구석이 있습니다. 사람들은 마술을 구경하러 옵니다. 마술일 뿐이라고 이미 밝히는데도, 굳이 돈을 지불하고 마술 공연을 보러 온단 말입니다. 그런데도 별 시답잖은 이유를 들어 자신들이 본 것은 진짜 마술이 아니라고 화를 내지요. 자신들이 확인해본 밀폐된 상자나 주둥이를 묶은 자루 속에서 어떻게 빠져나갔는지 설명해주면, 속임수를 썼다며 화를 내는 겁니다. 자신들이 어떻게 속아넘어갔는지 알면 죄다 억지 속임수라고 주장하지요. 자, 분명히 말씀드리지만, 그런 간단한 트릭을 만들고 실행하는 데는 '머리'가 필요합니다. 그리고 훌륭한 탈출 연기 전문가가 되기 위해서는 침착하면서도 강인하고 경험까지 갖춰야 하는 것은 물론 기름칠한 번개처럼 재빨라야 합니다. 하지만 사람들은 자신들을 코앞에서 속여넘기는 데 얼마나 훌륭한 솜씨가 필요한지 알지 못합니다. 그들은 탈출 마술의 비밀을 진짜 마법 같은 불경스러운 행위 비슷한 거라고 생각하는 것 같습니다. 이 세상에서 그런 마법을 부릴 수 있는 사람은 단 한 명도 없는데 말입니다. 자, 엽서처럼 몸을 얇게 만들어 좁은 틈새 사이로 빠져나갈 수 있는 사람은 이 세상에 없습니다. 열쇠 구멍을 통해 기어나오거나 널빤지를 통과할 수 있는 사람도 없습니다. 예를 하나 들어드릴까요?"

"그럽시다."

해들리는 호기심에 찬 시선으로 오러크를 바라보며 대답했다.

"좋습니다. 우선 두 번째 경우의 예를 들어보겠습니다. 밧줄로 묶어 봉인한 자루에서 빠져나가는 트릭을 하나 말씀드리지요•."

오러크는 이제 슬슬 즐기고 있었다.

"우선 마술사가 등장합니다. 원하신다면 사람들 한복판에 등장시켜도 상관없습니다. 마술사는 검정 모슬린이나 새틴으로 만든 가벼운 자루를 들고 나오는데, 자루는 안에 들어가 설 수 있을 정도로 충분히 커야 합니다. 그는 자루에 들어가 섭니다. 그러면 조수가 자루를 위로 올린 후 주둥이에서 십오 센티미터 정도 아래를 움켜쥐고 그 둘레를 긴 손수건으로 단단히 묶습니다. 그러면 사람들은 원하는 만큼 손수건을 몇 번 더 묶고는 매듭을 왁스로 밀봉한 후 그 위에 인장을 찍는 등 할 수 있는 일은 전부합니다……. 모든 일을 마치면 마술사 주변에 장막이 쳐집니다. 삼십 초가 흐른 후 마술사가 밖으로 걸어나옵니다. 한쪽 팔에는 여전히 매듭이나 봉인 및 인장 자국이 고스란히 남은 자루를 걸친 채 말이지요. 짠!"

"그래서요?"

오러크는 씩 웃더니 평상시처럼 콧수염을 매만졌다. 아무래도 콧수염 비트는 습관을 버리지 못하는 것 같았다. 그는 이내 안락의자에 앉은 채 몸을 웅크렸다.

"자, 여러분. 이제 저를 조롱하실 대목입니다. 똑같은 자루가 하나 더 있었던 겁니다. 마술사는 그 자루 중 하나를 잘 접어 조끼 안에 숨기고 있었지요. 그는 자루에 들어가 몸을 이리저리 움직이고,

조수는 그의 머리 위로 자루를 끌어올립니다……. 자, 여기서 또 다른 자루가 등장합니다. 첫 번째 자루의 주둥이 위로 두 번째 자루의 주둥이가 올라오는 겁니다. 대충 십오 센티미터 정도요. 그러면 꼭 첫 번째 자루의 주둥이처럼 보이지요. 그러면 조수는 그 두 번째 자루의 주둥이를 움켜쥐고 진짜로 묶어버립니다. 이때 첫 번째 자루의 주둥이가 살짝 겹쳐지도록 해서, 이음새가 보이지 않도록 하는 게 중요합니다. 짠! 계속해서 매듭을 몇 차례 더하고 봉인도 합니다. 마술사 주변에 장막이 쳐지면, 그는 묶인 자루를 위로 밀어 올려 자신이 들어간 자루를 아래로 떨어뜨립니다. 그러고는 떨어진 자루를 조끼 안쪽에 찔러 넣은 후, 밧줄과 봉인으로 밀폐된 자루를 들고 등장하는 겁니다. 이해하셨습니까? 이제 아시겠지요? 굉장히 단순하면서도 손쉬운 트릭입니다. 하지만 사람들은 어떻게 그런 일을 해냈는지 알아내고 싶어 미칠 지경이 됩니다. 하지만 트릭에 대한 설명을 들으면 이렇게 말하지요. '아, 그렇군. 역시 한패가……!'"

오러크는 어깨를 으쓱했다.

해들리는 경찰로서의 직업적 태도를 견지해야 함에도 불구하고 사뭇 흥미를 보였고, 펠 박사는 어린아이처럼 입을 딱 벌리고 이야기를 경청했다.

해들리가 언쟁을 부추기는 태도로 대꾸했다.

"뭐, 알겠습니다. 하지만 우리가 쫓는 남자, 그러니까 두 건의

• J.C. 캐닐의 놀라울 정도로 훌륭한 책을 참고할 것. — 존 딕슨 카. 저자가 말한 책은 전설적인 마술사 해리 후디니 사후에 출간된 『후디니의 비밀』을 뜻한다. 글쓴이 J.C. 캐닐은 후디니의 동료 마술사였다.

살인을 저지른 남자는 한패가 없었단 말입니다! 게다가 당신이 말한 것은 사라지는 트릭이 아니니…….”

“좋습니다.”

오러크는 머리에 쓴 모자를 한쪽으로 밀어젖혔다.

“그렇다면 엄청난 규모로 이루어지는 사라지는 트릭의 예를 들어보도록 하겠습니다. 이건 무대 마술이라는 점을 염두에 두시길 바랍니다. 굉장히 훌륭한 트릭이지요. 하지만 원한다면 바닥으로 빠져나갈 수 있는 작은 문도 없고 무대 천장에서 내려오는 와이어도 없고 어떤 소도구나 웃기는 장치가 전무한 노천극장에서도 할 수 있습니다. 넓은 공간만 있으면 됩니다. 화려한 푸른색 복장을 한 마술사가 멋진 백마를 타고 등장합니다. 그리고 서커스에서 으레 등장하는 것처럼, 흰 복장을 한 수행원 무리가 야단법석을 떨면서 뒤를 따릅니다. 그들은 원을 그리며 한 바퀴 돌고, 두 명의 수행원이 커다란 부채를 하나씩 들고 휘두릅니다. 아시겠습니까? 그렇게 되면 아주 잠깐 동안 말 위에 탄 마술사가 가려집니다. 이윽고 수행원들은 부채를 내린 다음 평범한 부채라는 사실을 보여주기 위해 관객석으로 던져줍니다. 하지만 말에 타고 있던 마술사는 이미 모습을 감춘 후입니다. 그는 사만 제곱미터나 되는 무대 한가운데서 사라져버린 겁니다. 짠!”

“어떻게 빠져나오는 겁니까?”

펠 박사가 따져 물었다.

"간단합니다! 마술사는 무대에서 빠져나간 게 아닙니다. 그저 관객이 그를 발견하지 못한 거죠. 그가 입은 화려한 푸른색 복장은 종이로 만든 의상입니다. 흰색 복장 위에 종이 옷을 뒤집어쓰고 있는 겁니다. 마술사는 부채가 자신을 가리자마자 푸른색 옷을 찢어 흰색 복장 안에 쑤셔넣습니다. 그러고는 말 아래로 뛰어내려 흰색 복장을 한 수행원들 사이에 합류하면 끝입니다. 굳이 처음부터 수행원들의 수를 세는 수고를 할 사람은 없다는 것이 핵심입니다. 그래서 마술사와 수행원들은 들통나지 않고 무대에서 퇴장할 수 있는 거죠. 이건 거의 모든 마술 트릭의 근간입니다. 관객들은 자신이 무엇을 보는지 알지 못하거나, 존재하지도 않는 것을 보았다고 맹세하지요. 얍! 짜잔! 지상 최대의 볼거리여!"

유치하게 꾸며 놓은 곰팡내 나는 방안은 조용했다. 바람이 창문을 덜컹덜컹 흔들었다. 멀리서 교회 종 울리는 소리가 들렸고, 택시 한 대가 경적을 울리며 지나갔다. 해들리가 수첩을 흔들었다.

"다른 길로 새버린 것 같군. 뭐, 굉장히 교묘하긴 합니다. 이 사건에는 어떻게 적용할 수 있습니까?"

"적용할 수 없습니다."

오러크는 소리는 내지 않았지만 포복절도할 것처럼 보였다.

"뭐, 경정님께서 물어보셨기 때문에 말씀드린 겁니다. 여러분께서 어떤 자를 상대하고 계시는지 알려드리고도 싶었고요. 저는 있는 그대로의 사실을 알려드리는 겁니다, 경정님. 경찰의 사기를 꺾을 생각은 없지만, 만약 상대하는 자가 똑똑한 마술사라면, 차라리 지옥의 불구덩이에서 눈송이를 볼 기회를 찾는 게 빠를 겁니다. 그 정도로 승산이 희박합니다."

오러크는 여기서 손가락을 딱 튕겼다.

"마술사는 그런 일에 대해 훈련을 받은 사람입니다. 직업이니까요. 마술사를 가둘 수 있는 감옥은 세상에 없습니다."

해들리는 어금니를 악물고는 말했다.

"때가 되면 알겠지요. 그런데 아까부터 신경이 쓰였고 지금도 신경쓰이는 게 있는데…… 플레는 왜 사람을 죽이기 위해 동생을 보냈을까요? 플레는 마술사였습니다. 플레야말로 그런 일에 적격인 사람인데 그러지 않았단 말이죠. 그의 동생도 동종 업계에 속한 사람입니까?"

"모르겠습니다. 적어도 그런 이름의 홍보물은 보지 못했습니다. 하지만……."

이때 펠 박사가 끼어들었다. 그는 심하게 쌕쌕거리며 소파에서 몸을 천천히 일으키더니 날카로운 어조로 입을 열었다.

"전투 준비를 하게, 해들리. 이 분 안에 손님이 도착할 테니. 밖을 내다보게나. 하지만 창가에서는 떨어져 있도록 하게."

그는 지팡이로 한쪽을 가리켰다. 그들의 시선 아래 컴컴한 창문이 있는 건물들 사이사이로 구부러진 골목길이 보였다. 그 골목길 입구에 두 사람이 바람을 헤치며 다가오고 있었다. 그들은 길퍼드 스트리트를 통해 안쪽으로 들어온 참이었다. 다행스럽게도 두 사람 모두 고개를 숙이고 있었다. 램폴은 그들 중 한 사람이 로제트 그리모임을 알아차렸다. 다른 한 사람은 키가 큰 남자였는데, 그가 지팡이에 의지해서 걸음을 옮길 때마다 어깨가 크게 들썩거렸다. 그의 한쪽 다리는 뒤틀려 있었고, 오른쪽 부츠는 이상할 정도로 두꺼웠다.

"다른 방에 켜놓은 불을 꺼야겠어."

해들리가 서둘러 말하며 오러크를 돌아보았다.

"큰 부탁을 하나 해야겠군요. 어서 아래층으로 내려가, 집주인더러 이리 올라오지 말고 잠자코 있으라고 하시오. 내가 따로 부를 때까지 주인을 잡아두면 고맙겠습니다. 나간 다음 문은 꼭 닫아두시고!"

오러크는 이미 좁은 복도로 나가 전등 스위치를 내리고 있었다. 펠 박사는 다소 지친 모습이었다.

"여보게, 설마 숨어 있다가 무서운 비밀 이야기를 엿들을 생각은 아니겠지? 이른바 밀스가 말하는 해부학적 구조에 따르면, 나는 그런 바보 같은 짓을 하기에 적합한 체구가 아니라네. 게다가 금방 들키고 말 걸세. 오러크가 피우던 파이프 담배 연기가 자욱하지 않나."

해들리는 불경스러운 말을 중얼거리더니, 가느다란 빛이 들어올 틈만 남긴 채 커튼을 쳤다.

"이럴 수밖에 없어. 겨우 기회를 잡은 참이잖나. 여기 조용히 앉아 있어보세. 두 사람이 뭔가 감추고 있는 게 있다면 아파트에 들어와 문을 닫는 순간 불쑥 입 밖에 낼지도 몰라. 사람들은 그러니까. 그런데 오러크에 대해서는 어떻게 생각하나?"

"이 악몽 같은 사건을 통해 만난 사람들 중 오러크야말로 누구보다 도발적이면서도 우리에게 자극과 광명을 주는 증인인 것 같아. 사실 그는 교회 종소리처럼 우리가 갈 길을 밝혀주었다네."

커튼 틈새로 밖을 살펴보던 해들리가 고개를 돌렸다. 그의 두 눈 사이로 빛이 한줄기 떨어져 흥분한 심정이 드러났다.

"교회 종소리라니? 무슨 종소리 말인가?"

"어떤 교회 종이라도 좋네."

어둠 속에서 펠 박사의 목소리가 들렸다.

"그런 종소리를 떠올릴 때마다 내 이교도적 무지함 속에 광명과 위안이 깃드는 것 같아. 어쩌면 내가 끔찍한 실수를 하지 않도록 도움을 줄지도 모르겠군……. 그래, 지금 난 지극히 제정신이라네."

지팡이 끝으로 바닥 두드리는 소리에 맞춰 그의 목소리도 점점 날카로워졌다.

"빛이야, 해들리! 결국 빛과 종탑에서 울려 퍼지는 영광스러운 계시가 도달한 거라네."

"종탑에 뭔가 다른 게 있었던 건 아니고? 확실한가? 제발 부탁이니 엉뚱한 말은 그만두고 무슨 뜻인지 설명해주지 않겠나? 교회 종소리가 사라지는 트릭을 해결하는 단서를 던져줬다는 뜻인가?"

"아, 아닐세. 불행하게도 그건 아니야. 그저 살인범의 이름을 가르쳐줬을 뿐이라네."

방안에는 정적이 맴돌았다. 흡사 손으로 만질 수 있을 것 같은 무거운 정적이어서, 억누르던 숨이 금방이라도 폭발할 것 같은 분위기였다. 스스로도 못 믿겠다는 듯 멍한 펠 박사의 말투는 그 의심에 설득력을 더해주었다. 아래층에서 뒷문 닫히는 소리가 났다. 두 사람이 계단을 올라오는 발걸음 소리가 조용한 집안에 울려 퍼졌다. 한쪽의 발소리는 날카롭고 가볍고 초조하게 들렸다. 다른 한쪽의 발소리는 다리를 질질 끌다가 무거운 발을 내려놓는 듯한 소리였다. 그와 함께 난간을 지팡이로 두드리는 소리도 들렸다. 소리는 점점 커졌지만 말소리는 전혀 들리지 않았다. 바깥문 열쇠 구멍에 열쇠 꽂는 소리가 들리더니, 이내 용수철 자물쇠가 돌아가면서 문이 열렸다 닫혔다. 아파트 복도의 전등 스위치를 올리는 딸깍 소리가 들렸다. 그리고 두 사람은 서로의 모습을 확인할 수 있을 때까지 기다린 듯, 질식할 때까지 숨을 참던 사람들처럼 말을 쏟아내기 시작했다.

"그래, 내가 준 열쇠를 잃어버렸다고?"

남자의 목소리는 가냘프고 조용했지만, 그 어조는 신랄했다. 애써 억누르고 있지만 조롱하는 태도는 숨겨지지 않았다.

"그러면 결국 어젯밤에 여기 오지 않았다는 거로군?"

"어젯밤엔 오지 않았어요."

로제트 그리모의 목소리였다. 성난 어조였지만 목소리는 평정을 잃지 않았다.

"어젯밤은 물론이고 그전에도 마찬가지였잖아요."

그녀가 웃음을 터뜨렸다.

"이곳에 올 생각은 전혀 한 적이 없는걸요. 당신이 화를 내서 오긴 했지만, 뭐, 그래서 어쩌라고요? 자, 여기 왔어요. 당신 은신처라고 그리 대단한 것 같지는 않네요. 어젯밤에는 날 기다리면서 즐겁게 보냈나요?"

그녀가 앞으로 나서려다가 저지당한 것 같은 움직임이 느껴졌다. 남자의 언성이 높아졌다.

"이 작은 악마 같으니!"

그럼에도 남자의 목소리는 아직 조용한 편이었다.

"네 기분에 도움이 될까 해서 말해주지만, 난 어제 이곳에 오지 않았어. 올 생각도 없었고. 서커스처럼 사람들에게 채찍을 휘둘러 고리를 빠져나가도록 하는 게 네가 해야 할 일이라고 생각하는 것 같은데, 난 이곳에 오지 않았다고. 알아듣겠어? 불타는 고리 따위는 직접 통과해보지그래. 나는 여기 오지 않았어."

"거짓말하지 말아요, 제롬."

로제트의 목소리는 침착했다.

"그렇게 생각하나 보지? 응? 왜지?"

살짝 열린 문을 통해 들어온 빛 때문에 두 사람의 형체가 드러났다. 해들리가 손을 뻗어 요란하게 커튼을 젖혔다.

"우리 또한 그에 대한 대답을 듣고 싶군요, 버너비 씨."

그들이 허를 찔린 사이에 희미한 햇빛이 두 사람의 얼굴에 밀려들었다. 어찌나 허를 찔렸는지, 마치 사진을 찍어놓은 것처럼 멍한 표정이 그대로 드러날 지경이었다. 로제트 그리모는 비명을 지르며 재빨리 팔을 올려 얼굴을 가리려 했지만, 그전에 잠시 드러난 그녀의 얼굴에선 매서우면서도 용의주도하고 위험할 정도로 의기양양해하는 표정이 엿보였다. 제롬 버너비는 미동도 하지 않은 채 서 있었다. 그저 가슴이 오르락내리락할 뿐이었다. 희미한 전등 불빛에 비친 그의 윤곽은, 고풍스러운 챙 넓은 검정 모자 탓에 마치 광고에 등장하는 호리호리한 샌드맨•과 기묘할 정도로 닮아 보였다. 하지만 닮은 부분은 윤곽뿐이 아니었다. 깊게 주름이 팬 얼굴은 강인해 보였는데, 평상시였다면 그의 몸짓과 마찬가지로 허세 섞인 친근한 느낌이었을지도 몰랐다. 턱은 주걱턱이었고, 두 눈은 분노 때문에 색채를 잃은 듯 보였다. 그는 모자를 벗어 잔뜩 멋을 부린 동작으로 안락의자에 던졌는데, 램폴은 그 모습이 꽤 연극적이라고 생각했다. 관자놀이 부분에 백발이 희끗희끗 섞인 갈색 곱슬머리가 마치 깜짝 선물 상자 속에 숨어 있다 튀어나온 것처럼 위로 곤두서 있었다.

"그래서?"

그의 목소리는 가냘팠지만, 허세를 부리는 듯한 익살스러운 태

• **샌드맨** _ 눈에 모래를 뿌려 잠이 들게 하는 요정.

도도 엿보였다. 그는 불편한 다리로 비틀거리며 앞으로 나섰다.

"강도라도 되나 보지? 삼 대 일이라, 좋아. 마침 내 지팡이 속에는 검이 들어 있단 말이지, 아무리……."

"그럴 필요 없어요, 제롬. 경찰이에요."

로제트가 말했다.

버너비는 동작을 멈추더니 커다란 손으로 입가를 문질렀다. 긴장한 듯 보였지만, 그런 모습과 달리 계속해서 농담 같은 소리를 늘어놓았다.

"아! 경찰이시라고? 이거 영광입니다. 아무리 봐도 무단 침입을 하셨는데?"

해들리도 똑같이 빈정거리는 말투로 대꾸했다.

"이 아파트의 세입자시라고요. 그렇다면 집주인도, 임대인도 아니라는 말씀이신데. 만약 무슨 의심스러운 행적이라도 발견되면……. 아, 나는 뭐가 의심스러운지는 모르겠군요. 하지만 버너비 씨, 당신 친구들은 이 동양적인 장소를 알면 꽤 즐거워하지 않겠소?"

해들리의 미소와 말투는 사뭇 노골적이었다. 버너비의 얼굴이 흙빛으로 변하기 시작했다.

"빌어먹을. 여기서 뭘 하는 겁니까?"

그가 지팡이를 반쯤 들어올리며 말했다.

"우선 잊어버리기 전에, 당신네들이 이곳에 들어오면서 한 이야기에 대해 대화를 나눠봅시다…….”

“엿들으셨군?”

“물론입니다. 좀더 엿듣지 못한 게 안타까울 뿐. 그리모 양 말로는 당신이 어제 이 아파트에 있었다던데. 맞습니까?”

“난 여기 오지 않았습니다.”

“오지 않았다……. 맞습니까, 그리모 양?”

그녀는 어느새 혈색이 돌아와 있었다. 평소보다 그녀의 혈색이 더 붉은 이유는, 조용히 미소를 짓고 있었지만 내심 화가 나 있기 때문이었다. 그녀는 숨가쁜 어조로 입을 열었다. 기름한 녹갈색 눈은 한 곳에 못 박힌 채, 마치 아무런 감정도 드러내지 않겠다고 결심한 것처럼 긴장한 기색을 보였다. 그녀는 손가락으로 장갑을 꽉 움켜쥐었다. 숨을 헐떡거리는 것은 두려움보다는 분노가 앞섰기 때문일 터였다.

“다 엿들으셨을 테니…….”

그녀는 잠시 말을 멈춘 후 사람들을 한 명씩 바라보며 뭔가 가늠해보려고 하다가 이내 말을 이었다.

“제가 부정해봤자 소용이 없을 테죠? 왜 우리 이야기에 관심을 갖고 계시는지 모르겠네요. 그 사건과는…… 아버지의 죽음과는 상관없는 일이라고요. 그건 확실해요. 제롬의 정체가 무엇이든…….”

그녀는 이를 드러내며 불안한 미소를 지었다.

“살인범은 아니에요. 하지만 관심을 갖고 계신 이유가 몇 가지 있을 테니, 저도 모두 털어놓을 생각은 있어요. 몇몇 부분은 보이드에게 재차 설명을 들으셔야 할 것 같아요. 그 역시 사실대로 말씀드릴 것 같으니……. 우선 이 말씀을 드려야겠네요. 예, 제롬은 어젯밤에 이 아파트에 왔었어요."

"그걸 어떻게 알고 있습니까, 그리모 양? 당신도 여기 있었습니까?"

"아뇨. 하지만 어젯밤 10시 30분에 이 방 창문에 불이 켜져 있는 걸 봤어요."

15

불 켜진 창문

버너비는 계속해서 턱을 문지르며 흐릿하고 멍한 눈길로 그녀를 내려다보았다. 램폴은 이 남자가 진심으로 놀란 게 분명하다고 생각했다. 너무 놀란 나머지 그녀의 말을 이해하지 못한 채, 마치 처음 보는 사람인 양 그녀를 바라만 보고 있었다. 이윽고 그가 지금까지의 모습과 달리 조용하면서도 상식적인 태도로 입을 열었다.

"이봐, 로제트. 신중하게 굴어야 해. 지금 무슨 말을 하고 있는지 확실히 아는 거야?"

"그럼요. 알고말고요."

해들리가 재빨리 끼어들었다.

"10시 반이라고 했습니까? 그리모 양, 어떻게 그 불빛을 볼 수 있었습니까? 그때는 당신 집에서 우리와 함께 있었을 텐데요."

"아, 아니에요. 기억을 떠올려보세요. 저는 그때 거기 없었어요. 아버지가 죽어가고 있던 요양원 병실에서 의사와 함께 있었죠. 알고 계시는지 모르겠지만, 요양원과 이 건물은 서로 등지고 있답니다. 어쩌다 창가로 갔다가 그 사실을 알았지요. 이 방에 불이 켜져 있었어요. 확신할 수는 없지만 욕실에도 불이 켜져 있었던 것 같은데……."

"욕실 불이라는 건 어떻게 알았습니까? 이곳에 한 번도 온 적이 없다면서?"

해들리가 날카롭게 물었다.

"방금 전 여기 들어오면서 굉장히 주의깊게 살펴봤으니까요."

그녀는 고요하면서도 침착한 미소를 지었다. 램폴은 그 미소를 보자 왠지 모르게 밀스가 떠올랐다.

"어젯밤에는 몰랐어요. 그저 제롬이 이 아파트를 빌렸다는 사실과 창문 위치 정도만 알고 있었지요. 커튼이 제대로 쳐져 있지 않았기 때문에 불이 켜져 있다는 사실을 알았고요."

버너비는 여전히 불가해한 것을 보는 시선으로 그녀를 바라보다 해들리에게 물었다.

"잠깐만요, 저기…… 경위님이라고 부르면 됩니까?"

그는 어깨를 움츠렸다.

"방에 불이 켜져 있었다는 게 확실해, 로제트? 잘못 본 게 아니라?”

“확실해요, 제롬. 이 집은 골목길 모퉁이 왼쪽에 있고, 당신 아파트는 꼭대기 층이잖아요.”

“그래서 나를 봤다는 거야?”

“아니, 불빛만 봤어요. 하지만 이 아파트에 대해 아는 사람은 당신과 나뿐이잖아요. 게다가 당신이 나를 여기 초대하면서, 여기 있을 생각이라고 말했으니까…….”

“맙소사! 얼마나 도를 넘을지 궁금하군그래.”

그는 지팡이에 힘을 줄 때마다 버릇처럼 입매를 아래로 일그러뜨리며, 절뚝거리는 걸음으로 의자에 다가가 털썩 주저앉았다. 그의 창백한 시선은 계속 그녀에게 머물러 있었다. 위로 뻗친 머리카락 때문에 경계하는 표정이 다소 괴상하게 보였다.

“계속해보지그래! 굉장히 재미있어. 그래. 얼마나 뻔뻔하게 이야기를 지어낼 수 있을지 궁금하군.”

“진심이에요?”

그녀는 단조로운 어조로 대꾸했지만, 이내 몸을 돌렸다. 그녀의 결연한 다짐이 무너져버린 것이다. 그녀는 간신히 눈물을 참으며 비참한 얼굴로 말을 이었다.

“난 나 자신에 대해 알고 싶다고요! 그리고…… 당신에 대해서도요!”

그녀는 고개를 돌려 해들리에게 호소했다.

"다 털어놓고 싶다고 말씀드렸죠. 지금은 정말 그러고 싶은지 모르겠어요. 그전에 저 사람이 어떤 사람인지 알아야겠어요. 정말로 동정심이 있는 사람인지, 허세 부리기 좋아하는 마음씨 좋은 오랜……."

버너비가 딱 잘라 말했다.

"당신 가족들의 친구라는 말은 하지 말아줘. 제발 부탁이니 당신 가족들의 친구라는 말은 하지 말라고. 나 개인적으로도 당신이 어떤 사람인지 알았으면 좋겠군. 당신 스스로 진실을 말한다고 착각하고 있는 건지, 그게 아니면 조그만 거짓말쟁이 여우에 불과한지 알았으면 좋겠다는 말이야. 잠시 기사도 정신을 저버린 건 양해해줄 테지!"

그러자 그녀가 거침없이 맞받아쳤다.

"당신이 고상한 척 구는 공갈범은 아닌지도 궁금하군요. 아, 돈을 뜯어낸다는 뜻은 아니고요."

그녀는 다시 한번 불타오르기 시작했다.

"여우라고요? 맞아요. 원하신다면 암캐라고도 부르시죠. 좋아요. 난 여우이기도 하고 암캐이기도 하죠. 하지만 내가 왜 그랬겠어요? 당신이 떨어뜨린 의미심장한 말들로 모든 걸 망쳐버렸기 때문이죠……. 내가 상상한 게 아니라, 당신이 정말로 속뜻을 갖고 말했다면 얼마나 좋을까요? 당신이 성실한 공갈꾼이라고만 확신할 수 있어도……."

해들리가 대화에 끼어들었다.

"의미심장한 말이라는 게 뭐죠?"

"아, 꼭 알고 싶으시다면 말씀드리죠. 아버지의 과거에 대한 일이에요."

그녀는 두 손을 꼭 맞잡았다.

"그중에는 제 출생에 대한 것도 있어요. 기왕에 암캐가 되었으니, 여기에 어떤 멋진 표현을 덧붙여야 할지도 궁금하군요. 하지만 그건 중요한 게 아니고요. 그런 건 조금도 신경쓰이지 않아요. 제가 걱정하는 건 어떤 끔찍한 일…… 그러니까 아버지와 관련된 사건이에요. 내가 모르는! 어쩌면 별 뜻 없는 말이었을지도 몰라요. 하지만…… 왜인지는 모르겠지만 드레이먼 아저씨가 공갈범은 아닐까 하는 생각도 했어요……. 그런데 어젯밤에 제롬이 이곳으로 와달라고 부탁을 한 거예요. 왜? 왜일까? 저는 곰곰 생각해보았어요. 보이드가 매일 밤 나를 만나러 오기 때문에, 그런 사실이 제롬의 허영심을 한없이 자극해 그날 밤을 고른 건 아닐까? 제발 제 심정을 헤아려주세요! 저는 제롬이 뭔가 협박을 하려 든다고는 절대로 생각하기 싫었고 지금도 그래요. 저는 저 사람을 좋아하니까요. 사람을 좋아하는 건 어쩔 수 없는 일이잖아요. 그래서 너무 두려워서……."

"그 점은 우리가 해결할 수 있을지도 모르겠군요. 그 '의미심장한' 말이라는 게 뭡니까, 버너비 씨?"

해들리가 물었다.

긴 침묵이 흐르는 동안 버너비는 자신의 두 손을 내려다볼 뿐이었다. 고개를 숙인 채 느리지만 거친 숨을 내쉬고 있는 모습이 마치 당황한 가운데 마음을 단단히 먹으려고 애쓰는 것처럼 보였다. 그래서 해들리는 그가 고개를 들 때까지 재촉하지 않고 그대로 내버려두었다.

"그런 생각은 전혀 하지 않았는데…… 의미심장한 말이라니. 그래요. 엄밀히 따지면 그런 말을 했다고도 할 수 있을 겁니다. 하지만 맹세하건대, 절대로 고의는 아니었습니다. 그런 생각은 한 번도……."

버너비는 로제트를 바라보았다.

"그저 무심코 튀어나온 말이었어. 혹시 예민한 문제라서 고민하고 있다고만 말하려던 거였니?"

그는 자포자기한 듯 커다란 한숨을 내쉬며 어깨를 으쓱했다.

"내게는 재미있는 추리 게임일 뿐이었어. 그게 전부란다. 남의 사정을 캐는 일이라는 생각조차 못 했지. 맹세하건대, 다른 사람이 마음에 담아두기는커녕 눈치챌 수조차 없을 거라고 생각했었다. 로제트, 만약 내게 관심을 보인 유일한 이유가 나를 공갈범이라고 생각해 겁을 먹어서였다면, 그 사실을 알아서 유감이구나. 아니, 정말 유감일까?"

그는 다시 두 손을 내려다보다가, 주먹을 쥐었다 폈다 반복했다. 그러다가 천천히 방안을 둘러보았다.

"여러분, 이 방을 보시죠. 특히 거실을……. 아, 이미 보셨을 테지요. 그렇다면 그 답도 알고 계실 겁니다. 위대한 탐정 말입니다. 절름발이 멍청이가 꾸던 꿈이었습니다."

해들리는 잠시 주저하다가 입을 열었다.

"그 위대한 탐정은 그리모 교수의 과거에 대해 무엇을 알아냈습니까?"

"아무것도…… 설사 알아냈다 한들, 내가 당신들에게 말할 사람으로 보입니까?"

"당신을 설득할 수 있을지 한번 알아봅시다. 당신 욕실에서 핏자국이 발견되었다는 사실을 알고 있습니까? 어젯밤에 그리모 양이 불빛을 보았다고 말한 곳 말입니다. 또 어젯밤 10시 30분 조금 전에 피에르 플레가 이 건물 현관 앞에서 살해당했다는 사실을 알고 있습니까?"

로제트 그리모는 비명을 질렀고, 버너비는 고개를 홱 들었다.

"플레가 살해……. 핏자국이라고요! 말도 안 됩니다! 어디에 말입니까? 세상에, 무슨 말을 하는 겁니까?"

"플레는 이 거리에 세를 들었습니다. 우리는 그가 살해당했을 때 집으로 돌아가던 중이었다고 추정하고 있습니다. 어쨌든 그는 이 건물 앞 거리에서 그리모 교수를 살해한 사람이 쏜 총에 맞았습니다. 버너비 씨, 당신은 자신의 신원을 증명할 수 있습니까? 예컨대 당신이 절대 그리모 교수와 플레의 형제가 아니라는 사실을 증명할 수 있습니까?"

버너비는 해들리를 바라보다가, 의자에서 비틀비틀 일어섰다.

"맙소사! 당신 미쳤소?"

그의 목소리는 여전히 조용했다.

"형제라니! 아, 이제 알겠군! 아니, 난 그의 형제가 아닙니다. 만약 내가 그의 형제라면 그녀에게 호감을……."

그는 하려던 말을 애써 삼키더니, 로제트를 흘끗 바라보았다. 그의 표정이 다소 험악하게 변하기 시작했다.

"당연히 증명할 수 있습니다. 출생증명서가 어딘가 있을 테니까요. 뭐, 평생 동안 알고 지내온 사람들을 데려올 수도 있습니다. 형제라니!"

해들리는 안락의자로 걸어가 사리를 지어 놓은 밧줄을 집어 들었다.

"이 밧줄은 어떻습니까? 이것도 당신의 위대한 탐정 계획의 일부입니까?"

"그 물건 말입니까? 아닙니다. 그게 뭡니까? 한 번도 본 적 없는 물건입니다. 형제라니!"

램폴이 로제트 그리모를 흘끗 보니, 그녀는 울고 있었다. 그녀는 미동도 하지 않고 서서 두 손을 허리에 얹은 채 단호한 표정이었지만, 두 눈에서 눈물이 넘쳐흐르고 있었다.

"어젯밤에 이 아파트에 오지 않았다는 것도 증명할 수 있습니까?"

해들리가 계속 몰아붙였다.

버너비는 크게 숨을 들이마셨다. 다소 안도한 듯, 무겁던 그의 얼굴이 다소 밝아졌다.

"다행히 증명할 수 있습니다. 나는 어젯밤에 대략 8시부터 11시까지 클럽에 있었습니다. 어쩌면 조금 더 이른 시각에 클럽에 갔는지도 모르겠습니다. 수십 명은 족히 되는 사람들이 증언해줄 겁니다. 구체적인 증인을 대라면, 회원 세 명과 내내 포커를 쳤으니 그 사람들에게 물어보기 바랍니다. 알리바이가 필요합니까? 좋습니다! 이보다 더 강력한 알리바이는 존재하지 않을 겁니다. 나는 여기 오지 않았습니다. 대체 어디서 핏자국을 발견했는지는 모르겠지만, 나는 그런 건 남기지 않았습니다. 나는 플레나 그리모는 물론이고 누구도 살해하지 않았습니다."

그가 주걱턱을 앞으로 내밀었다.

"자, 이제 어떻게 생각합니까?"

해들리 경정은 버너비의 말이 채 끝나기도 전에 로제트 그리모에게 총구를 재빨리 돌렸다.

"아직도 어젯밤 10시 반에 여기에 불이 켜져 있었다고 주장할 생각입니까?"

"그래요! ……하지만 제롬, 난 절대 그런 생각을……!"

"내 부하가 오늘 아침에 이곳에 왔을 때, 계량기는 꺼져 있었고 조명은 들어와 있지 않았습니다만?"

"하, 하지만 사실이라고요! 제가 말씀드리고 싶은 건……."

"버너비 씨가 어젯밤 행적에 대해 사실대로 말했다고 가정해봅시다. 당신은 그가 이곳으로 당신을 초대했다고 했소. 클럽에 갈 계획인 사람이 당신을 이곳으로 초대했을 것 같습니까?"

버너비가 비틀거리며 다가와 해들리의 팔에 한 손을 얹었다.

"진정하시오! 이 점은 확실하게 해둡시다, 경정님. 그건 내가 한 일이 맞습니다. 비열한 책략이긴 하지만, 내가 그렇게 했어요. 이것 봐요, 설명을 드려야겠지요?"

"자, 자, 자!"

펠 박사가 조용하면서도 웅얼거리는 말투로 사정하듯 대화에 끼어들었다. 그는 붉은색 손수건을 꺼내 요란하게 코를 풀며 사람들의 시선을 끌었다. 그러더니 다소 불안해하는 표정으로 사람들을 향해 눈을 깜빡거렸다.

"해들리, 그러지 않아도 현 상황에서는 우리 모두 충분히 혼란스러울 거야. 내가 위로의 말을 좀 하도록 해주게. 버너비 씨는 스스로의 표현대로, 그녀가 고리를 통과하게 하려고 그런 짓을 한 걸세. 흠! 아가씨, 거친 표현을 쓰는 걸 용서해주기 바랍니다만, 깐깐한 표범이라면 섣불리 뛰어들지 않을 테니 괜찮지 않습니까? 그리고 오전에 전등이 켜져 있지 않았다는 점은 생각보다 그리 불길한 문제는 못 된다네. 일 실링 동전을 넣어야 작동하는 계량기 아닌가? 누군가 여기 왔었다는 거지. 그자는 불을 켜놓은 채 떠났고, 불은 거의 밤새도록 켜져 있었을 걸세. 뭐, 그렇게 일 실링어치의 전기를 소모하고 나면 자동으로 조명이 꺼졌을 테지. 서머스가 이곳에 맨 처음 들어왔으니, 우리는 스위치가 켜진 채였는지 아니면 반대였는지 알 도리가 없어. 제기랄, 해들리, 어젯밤에 누가 여기에 왔었다는 건 충분한 증거가 있다네. 문제는 과연 누가 왔느냐는 거지."

박사는 다른 사람들을 바라보았다.

"흠. 두 사람은 당신네들 말고는 이곳을 아는 사람은 아무도 없다고 했소. 버너비 씨, 당신 말을 곧이곧대로 받아들인다고 칩시다. 그렇게 손쉽게 확인해볼 수 있는 이야기가 거짓말이라면 당신은 둘째가라면 서러울 얼간이일 테니. 그런데 다른 누가 이 장소를 분명히 알고 있었단 말이오."

"그저 절대로 이곳에 대해 발설하지 않았다는 말을 할 수밖에 없군요."

버너비가 턱을 문지르며 항변했다.

"누가 내가 이곳에 오는 것을 눈치챘다면 모르지만…… 그렇지 않으면……."

"그렇지 않으면 내가 누구한테 말했다는 뜻이겠죠?"

로제트가 다시 한번 왈칵 성을 냈다. 그녀는 날카로운 윗니로

아랫입술을 깨물었다.

"난 그러지 않았어요. 왜 그러지 않았는지는 모르겠지만……."

그녀는 지독하게 혼란스러워하는 것 같았다.

"하지만 입도 뻥긋하지 않았다고요. 그러니까 그만해요!"

"이곳 열쇠를 갖고 있잖습니까?"

펠 박사가 물었다.

"갖고 있었죠. 하지만 잃어버렸어요."

"언제 잃어버렸습니까?"

"오, 그걸 어떻게 알겠어요? 잃어버린 줄도 몰랐는데요."

그녀는 팔짱을 끼더니, 흥분한 듯 머리를 조금씩 움직이며 방안을 돌아다니기 시작했다.

"열쇠는 가방에 넣어두었어요. 우리가 여기 오려고 할 때가 되어서야 열쇠가 사라졌다는 걸 알아차렸다고요. 하지만 꼭 알아야 할 게 하나 있어요."

그녀는 말을 멈추더니 버너비를 마주보았다.

"나…… 내가 당신을 좋아하는지, 증오하는지 잘 모르겠어요. 이게 탐정 놀이를 좋아하는 끔찍한 취향 탓이라면, 또 당신이 한 말이 모두 사실이고 당신에게 별다른 의도가 없었다면, 그냥 말해버리면 되잖아요. 아버지에 대해 아는 게 뭐죠? 말해줘요! 난 괜찮으니까. 저 사람들은 경찰이니 어차피 알아낼 거예요. 자, 그러니까 꾸며댈 생각일랑 말아요! 당신이 연기하는 꼴은 보기 싫어요. 말해줘요. 형제라는 건 무슨 말이에요?"

해들리가 말했다.

"멋진 충고로군요, 버너비 씨. 당신은 그림을 한 점 그렸소. 그 그림에 대한 질문도 할 테지만, 우선 이 질문의 대답을 듣고 싶습니다. 당신은 그리모 교수에 대해 무엇을 알고 있습니까?"

버너비는 자신도 모르는 사이에 거만한 태도로 창가에 몸을 기대고 있다가 어깨를 으쓱했다. 작고 검은 동공이 박힌 그의 창백한 잿빛 눈이 흔들리더니, 일순간 냉소적인 빛으로 반짝였다.

"로제트, 탐정 활동에 대한 내 노력이 그런 식으로 받아들여졌다는 사실을 진작에 알았더라면, 그럴지도 모른다는 의심이라도 품었더라면 얼마나 좋았을까……. 이제 다 괜찮아. 만약 네가 그토록 걱정하고 있다는 사실을 알았더라면 진작에 말해줬을 거야. 간단히 설명해주지. 네 아버지는 언젠가 헝가리에서 형무소에 수감되어 소금 광산에서 노역을 한 적이 있었다. 그러다가 탈옥에 성공했지. 그렇게 끔찍한 이야기는 아니지?"

"감옥이라고요? 무슨 일 때문이었죠?"

"혁명을 시도했기 때문이었다고 들었지만…… 내 추측으로는 절도죄가 아닐까 싶구나. 내가 솔직하게 털어놓고 있다는 걸 알겠지."

해들리가 재빨리 끼어들었다.

"어떻게 그 사실을 알았습니까? 드레이먼에게 들었습니까?"

"드레이먼도 그 사실을 알고 있군요?"

버너비는 경직되었다가 눈을 가늘게 떴다.

"그래요, 그도 알고 있을 거라고 생각했습니다. 아, 그렇군! 내가 밝혀내려고 했던 다른 사안은 이렇게 해석할 수 있을지도……. 그러고 보니, 당신네들은 뭘 알고 있습니까?"

그가 갑자기 버럭 소리를 질렀다.

"이것 보시오, 나는 다른 사람의 사정을 캐고 다니는 사람이 아니란 말입니다! 그 사실을 입증할 수만 있다면 얼마나 좋을지. 나는 이 사건에 휘말려버렸단 말입니다. 그리모는 나를 가만두지 않았습니다. 그림 이야기를 했었지요? 그 그림은 결과라기보다는 차라리 원인이었습니다. 모두 우연히 벌어진 일이었습니다. 그리모에게 그 사실을 납득시키느라 혼이 났습니다. 이게 다 그 빌어먹을 환등기 강연 때문이었습니다."

"무엇 때문이었다고요?"

"사실입니다! 환등기 강연 말입니다. 약 일 년 반 전의 일이로군요. 어느 날 밤 나는 비를 피하기 위해 급히 아무 곳이나 들어갔습니다. 그곳은 북北런던 어딘가에 있는 예배당이었습니다."

버너비는 얼굴을 찌푸린 채 양손의 엄지손가락을 서로 배배 꼬았다. 처음으로 그의 얼굴에 솔직하면서도 담백한 표정이 드러났다.

"당시 일에 대해서 낭만적인 이야기를 지어내고 싶기도 합니다. 하지만 사실대로 털어놓기를 바라실 테죠. 좋습니다! 어떤 사람이 헝가리에 대한 강연을 하고 있었습니다. 환등 슬라이드로 유령이 나올 것 같은 분위기의 사진을 수없이 보여주면서 교회 신도들을 열광시키고 있었죠. 그런데 그 광경이 제 상상력을 자극했습니다. 정말입니다!"

그의 눈이 반짝거렸다.

"그중에 제가 그린 그림과 비슷한 광경이 담긴 사진이 한 장 있었습니다. 특별히 대단한 사진은 아니었지만, 그 사진에 얽힌 이야기를 들으니 악몽과도 같은 착상이 떠올랐습니다. 부정한 장소에 홀로 떨어져 있는 세 구의 무덤 말입니다. 강연자는 그 묘지를 흡혈귀의 무덤이라고 추정했습니다. 나는 집으로 돌아가 맹렬하게 그 착상을 캔버스 위에 옮겼습니다. 자, 나는 이 그림은 한 번도 본 적이 없는 상상 속의 개념을 표현한 거라고 모든 사람들에게 솔직하게 말했습니다. 하지만 무슨 이유에선지 내 말을 믿는 사람이 없더군요. 그러다가 그리모가 그림을 봤는데……."

해들리가 무표정하게 말을 받았다.

"페티스 씨가 말해줬습니다. 깜짝 놀랐다고 하더군요. 아니면, 당신이 그런 일이 있었다고 그에게 말해줬거나요."

"깜짝 놀랐다고 했습니까? 그렇다고 할 수 있을 겁니다. 그는 어깨 사이에 고개를 파묻더니, 미라처럼 조용히 서서 그림을 바라보더군요. 나는 그 행동을 일종의 찬사로 받아들였습니다. 그러다가 아무것도 몰랐던 나는 이런 불길한 말을 하고 말았습니다."

버너비는 힘이 없다고도 볼 수 있는 미소를 지었다.

"'자네도 무덤 한 구의 봉분이 갈라지고 있다는 사실을 알아볼 수 있을 테지. 이제 막 나오려는 참이라네.' 물론 그때까지도 나는 흡혈귀를 떠올리고 있었습니다. 하지만 그는 그 사실을 몰랐습니다. 일순간 나는 그가 팔레트 나이프를 들고 달려드는 건 아닌가 생각했습니다."

버너비의 이야기는 솔직 담백했다. 그리모는 그 그림에 대해 그에게 질문을 쏟아냈다. 질문을 던지다가 다시 그림을 응시하다가 또다시 질문을 퍼붓기를 반복했다. 아무리 눈치 없는 사람일지라도 수상쩍게 여기지 않을 도리가 없었다. 그 이후로 버너비는 언제나 감시당하고 있다는 불안한 긴장 속에 지내게 되어, 마침내 기본적인 자기방어를 위해서라도 그 수수께끼를 파헤쳐보기로 했다. 그리모의 서재 속 책 안에서 본 몇 줄의 손글씨, 벽난로 선반 위에 걸린 문장이 새겨진 방패, 일상적으로 무심코 던지는 말 등등. 버너비는 딱딱하게 굳은 얼굴에 억지 미소를 지으며 로제트를 바라보다가 이내 이야기를 계속했다. 살인 사건이 발생하기 석 달쯤 전, 그리모는 그를 붙잡고 비밀 서약을 하게 한 다음 진실을 털어놓았다. 그 진실이란 어젯밤에 드레이먼이 해들리와 펠 박사에게 해준 이야기와 정확하게 일치했다. 전염병과 두 명의 죽은 형제 및 탈출 과정 등등.

버너비가 이런 이야기를 하는 동안, 로제트는 믿을 수 없다는 듯 반쯤 넋이 나간 표정으로 창밖을 바라보았다. 하지만 그녀는 마지막엔 안도했다는 듯 눈물지어 보였다.

그녀가 거칠게 숨을 몰아쉬며 외쳤다.

"그게 전부라고요? 이야기는 그게 전부인가요? 그게 제가 지금까지 내내 고민하던 문제란 말이에요?"

버너비는 팔짱을 끼며 대답했다.

"그게 전부란다, 얘야. 내가 그다지 끔찍한 일은 아니라고 했잖니. 하지만 경찰에게 이야기하고 싶지는 않았다. 뭐, 하지만 네가 하도……."

"정신차리게, 해들리."

펠 박사가 해들리 경정의 팔을 툭 치면서 낮은 목소리로 툴툴거리고는 목청을 가다듬었다.

"흠! 그렇습니다. 우리도 이 이야기를 믿는 나름의 이유가 있습니다, 그리모 양."

해들리가 나서서 화제를 전환했다.

"이 모든 이야기가 사실이라고 칩시다, 버너비 씨. 그런데 플레가 처음 모습을 드러내던 날 밤에, 당신도 워릭 주점에 있었습니까?"

"그렇습니다."

"그렇습니까? 그런 사실을 알아냈으면서도, 그와 그리모 교수의 과거 문제를 연결시켜보려는 생각은 하지 못했습니까? 특히 그자가 세 개의 관에 대해 한 말을 듣고 나서도 말입니까?"

버너비는 주저하다가 손을 내저으며 이야기를 시작했다.

"솔직히 그런 생각을 하긴 했습니다. 그날은 수요일 밤이었는데, 그리모와 함께 걸어서 집으로 돌아갔지요. 나는 아무것도 묻지 않았지만, 그가 무슨 이야기를 해줄 거라는 생각이 들었습니다. 우리가 그의 서재에서 벽난로를 사이에 두고 마주앉자, 그는 위스키를 엄청나게 들이켜더군요. 좀처럼 없던 일이었습니다. 그는 난롯불을 잔뜩 노려보고 있었는데……."

"그런데 말입니다."

펠 박사가 갑자기 끼어들었다. 얼마나 순간적이었는지, 램폴이 다 움찔할 지경이었다.

"그는 사적인 서류를 어디에 보관해둡니까? 혹시 알고 있습니까?"

버너비는 날카로운 시선으로 그를 바라보고는 말했다.

"그 점에 대해서라면 밀스가 나보다 더 잘 알고 있을 겁니다."

하지만 그 대답에는 어쩐지 조심스레 베일에 싸놓은 속뜻이 존재하는 것 같았다. 혹시 먼지가 나는 부분일지도?

버너비가 말을 이었다.

"어쩌면 금고에 있을지도 모르겠군요. 내가 아는 한, 그는 커다란 책상 옆에 있는 자물쇠가 달린 서랍 속에 서류를 보관했습니다."

"그렇군요."

"한참 동안 우리 둘 다 아무 말이 없었습니다. 서로 먼저 화제를 꺼내고 싶지만 상대방 역시 같은 생각을 하고 있지 않을까 하는 생각에 거북한 긴장감이 돌 때가 있지 않습니까? 그래서 결국 내가 이야기를 시작하기로 결심하고 말했습니다.

'그자는 누구지?'

그러자 그는 마치 개가 짖어대기 직전에 으르렁대는 것 같은 특유의 신음 소리를 내며 의자에 가만히 앉아 있지 못한 채 이렇게 저렇게 자세를 바꿨습니다. 그러더니 마침내 말하더군요.

'모르겠네. 오래전 일이라서. 어쩌면 그 의사일지도 모르겠군. 그 의사와 닮았단 말이지.'"

"의사라고? 형무소에서 그리모 교수가 전염병으로 사망했다고 선고를 내린 사람 말입니까?"

해들리가 물었다.

로제트 그리모는 몸을 떨더니, 갑자기 두 손으로 얼굴을 가리며 의자에 주저앉았다. 버너비는 점점 더 불안해하기 시작했다.

"그렇습니다. 여보시오, 정말 이 이야기를 계속해야 합니까? 좋습니다, 좋아요! 그는 이렇게 말했습니다.

'시시한 공갈이나 치러 왔겠지.'

오페라 〈파우스트〉에서 메피스토펠레스를 연기하는 살집 있는 오페라 가수를 본 적 있습니까? 그가 내 쪽으로 몸을 돌리며 팔꿈치를 굽혀 두 손으로 의자 팔걸이를 움켜쥔 채 의자에서 일어서는 모습이 딱 그랬습니다. 난롯불로 시뻘게진 얼굴하며 짧게 다듬은 턱수염이라든지 치켜세운 눈썹 등등, 모든 게 말입니다. 내가 말했습니다.

'그래, 하지만 그가 실제로 무슨 일을 할 수 있겠나?'

아시겠지만, 그에게서 뭔가 끄집어내려고 한 질문이었습니다. 정치 범죄 같은 것보다 훨씬 심각한 범죄를 저지른 게 분명하다고 생각했거든요. 그렇지 않다면 오랜 세월이 지난 후에도 이렇게 큰 영향을 미칠 수는 없을 테니까요. 그가 말하더군요.

'아, 아무 짓도 하지 못할 걸세. 그럴 배짱은 없는 놈이니. 절대 아무 짓도 못 할 거야.'"

버너비는 주변을 둘러본 다음 딱 잘라 말했다.

"자, 모두 실토하라고 요구했으니 다 털어놓으리다. 그래도 난 상관없습니다. 다들 알고 있는 일이니. 그리모는 그 특유의 단순 명료한 말투로 짖어대듯 말했습니다.

'자네는 로제트와 결혼하고 싶어 할 테지?'

나는 순순히 인정했습니다. 그러자 그는 이렇게 말했습니다.

'멋지군. 그렇게 하게.'

그러더니 고개를 끄덕이며 의자 팔걸이를 두드리기 시작했습니다. 나는 웃음을 터뜨리고는……. 좋습니다! 로제트가 다른 사람을 더 좋아하는 것 같다는 요지의 말을 했습니다. 그랬더니 그가 이렇게 말하더군요.

'흥! 그 애송이 말이로군! 그건 내가 처리하지.'"

로제트는 냉정하면서도 반짝반짝 빛나는 불가해한 시선으로 그를 바라보다가, 눈을 감다시피 가늘게 떴다. 그런 다음 뭐라 정의할 수 없는 모호한 어조로 입을 열었다.

"그러니까 미리 준비를 마쳤던 거로군요?"

"맙소사, 화내면 안 돼! 네가 더 잘 알고 있으면서. 나는 질문을 받았기 때문에 대답한 것뿐이야. 그가 마지막으로 한 말은, 자신에게 무슨 일이 생기든 입다물고 아무 말도 하지 말라고……."

"하지만 그러지 않았지요……."

"네가 명령했으니까."

그는 다른 사람들에게 몸을 돌렸다.

"자, 여러분, 이제 모두 털어놓았습니다. 금요일 아침에 그가 헐레벌떡 그림을 사러 왔을 때, 저는 굉장히 당혹스러웠습니다. 하지만 그의 일에 상관하지 말라는 말을 들었기 때문에 굳이 뭐라고 하지는 않았습니다."

해들리는 수첩에 열심히, 마지막 페이지까지 다 써버릴 때까지 아무 말도 하지 않고 메모를 계속했다. 이윽고 그가 수첩을 덮은 후 로제트를 바라보았다. 그녀는 안락의자에 기대고 앉아 쿠션 위에 팔꿈치를 괴고 있었다. 모피 코트 안에 검정 드레스를 입고 평소처럼 머리에는 아무런 장식도 하지 않은 채였다. 그 때문인지 그녀의 풍성한 금발과 각진 얼굴이 붉은색과 노란색이 야하게 뒤섞인 안락의자의 색과 잘 어울려 보였다. 그녀는 몸을 떨며 손목을 바깥쪽으로 젖혔다.

"알겠어요. 제가 이 모든 일을 어떻게 생각하는지 물어보시려는 거죠? 아버지에 대해…… 그리고 모든 것에 대해서 말이에요."

그녀는 천장에 시선을 고정했다.

"모르겠어요. 하지만 마음의 짐을 던 기분이에요. 믿기지 않을 정도로 좋은 소식이어서, 누가 거짓말을 하는 게 아닐까 겁이 날 정도라고요. 그건…… 그건 끔찍하고 무서운 이야기지만, 아버지에게 그처럼 악마 같은 면이 풍부했다니 얼마나 기쁜지 몰라요! 아버지가 도둑이었다면……."

그녀는 이 생각에 약간 쾌활해진 듯 미소를 지었다.

"그 사실을 숨기고 있었다고 해도 비난할 수는 없는 노릇이잖아요?"

해들리는 그녀의 솔직하고 대범한 태도에 어쩐지 한 방 먹은 듯했다.

"그런 걸 물어볼 생각은 없었습니다. 묻고 싶은 건 이거요. 당신이 매번 이곳으로 오라는 버너비 씨의 초대를 거절했다면, 오늘 아침에는 갑자기 무슨 바람이 불어 여기 온 겁니까?"

"물론 저 사람과 툭 터놓고 얘기를 하기 위해서죠. 그리고 음…… 뭐라도 마시고 취하고 싶었어요. 아실 거 아니에요? 벽장에서 피 묻은 코트가 나오니, 얼마나 기분이 우울해졌는지……."

그녀는 사람들의 표정이 변하는 모습을 보고 입을 다물더니 조금 뒤로 물러났다.

"언제 뭐가 나왔다고?"

무거운 침묵이 내려앉은 가운데 해들리가 입을 열었다.

"안감에 피가 묻어 있는 코트 말이에요. 가슴 부분이 온통 피로 얼룩져 있었는데……."

그녀는 목에 뭔가 걸린 듯한 말투로 대답했다.

"제, 제가 말씀드리지 않았던가요? 참, 그러고 보니 그럴 기회가 없었잖아요! 우리가 여기 들어서자마자 당신들이 덤벼들었으니까요. 그 모습이 참…… 어쨌든 맞아요! 그 코트는 현관 복도에 있는 벽장에 걸려 있었어요. 제롬이 자기 코트를 걸어두려고 하다가 발견했죠."

"누구의 코트였습니까?"

"누구의 것도 아니었어요! 참 이상한 일 아니에요? 전에는 그런 코트를 한 번도 본 적이 없거든요. 우리집에서 그 코트가 맞는 사람은 아무도 없을 거예요. 아버지가 입기에는 너무 큰데다…… 게다가 아버지라면 두 손을 내저으며 마다할 정도로 화려한 트위드 코트였어요. 스튜어트 밀스가 입으면 푹 파묻혀 보이지도 않을 테고, 드레이먼 아저씨에게 맞을 정도로 크지도 않았어요. 그리고 새 옷이었어요. 마치 아무도 입었던 적이 없는 옷 같았는데……."

"알아냈네."

펠 박사가 두 뺨을 불룩 부풀리며 말하자, 해들리가 쏘아붙였다.

"뭘 알았다는 건가? 이제 사건이 새 국면에 접어든 것 아닌가! 자네는 피를 원한다고 페티스에게 말했지. 자, 이제 피가 등장했네. 지독할 정도로 엄청난 피가 등장하지 않았나! 그것도 엉뚱한 장소에서 말이지. 대체 무슨 생각을 하고 있는 겐가?"

"어젯밤에 드레이먼이 어디서 피를 묻혀 왔는지 알아냈다는 거야."

펠 박사는 지팡이로 한쪽을 가리키며 대답했다.

"그가 그 코트를 입었다는 말인가?"

"아니, 아니야! 다시 생각해보게. 자네 부하가 한 말을 떠올려보라고. 장님이나 다름없던 드레이먼이 굴러떨어지듯 아래층으로 내려와서, 코트와 모자를 걸치려고 벽장을 온통 헤집었다고 하지 않았나? 해들리, 그는 그 코트에 묻은 피가 채 마르기 전에 몸이 닿았던 거라네. 그가 어디서 피가 묻었는지 몰랐다고 해도 놀랄 일은 아니지. 이것으로 꽤 분명해지지 않나?"

"아니, 분명해지다니 무슨 말인가! 다른 골칫거리가 두 배로 생겼는데 한 가지가 해결됐다고 무슨 소용이지? 코트가 한 벌 더 등장하다니! 즉시 그곳으로 가봐야겠네. 나와 함께 가겠습니까, 그리모 양? 그리고 버너비……."

펠 박사는 고개를 흔들었다.

"자네는 그곳으로 가게, 해들리. 나는 당장 확인해봐야 할 게 있어. 사건의 양상을 완전히 뒤틀어버릴 수 있는 문제라네. 이 사건에 가장 치명적이면서도 중요한 문제이기도 하고."

"그게 뭔데?"

"피에르 플레의 셋집."

펠 박사는 말을 마치고 망토를 펄럭이며 사람들을 어깨로 밀치고 밖으로 나갔다.

3rd COFFIN

THE PROBLEM OF SEVEN TOWERS

3rd COFFIN

일곱 탑의 문제

세 번째 관

019

카멜레온 코트

코트가 발견된 후 펠 박사는 페티스와 점심 식사를 하기로 한 시간까지 걷잡을 수 없는 우울의 늪에 빠져들었다. 램폴은 펠 박사가 그런 모습을 보였다는 사실이 믿기지 않았고, 왜 그러는지 이해할 수 없었다.

우선 펠 박사는 곧장 러셀 스퀘어로 돌아가자는 해들리의 말을 거절했다. 가야 하는 해들리와 동행하기를 거부한 것이었다. 박사는 플레의 거처에 가장 중요한 단서가 있다고 말했다. 그리고 램폴에게는 함께 남아 '힘이 꽤 들지도 모르는 좀 더러운 일'을 도와달라고 했다. 마지막으로 그는 스스로에게 진심을 담아 과격한 욕설을 퍼부었는데, 가끔은 비슷한 행동을 하는 해들리마저 뭐라고 하고 싶다는 마음이 들 정도였다.

"그런데 그곳에서 뭘 찾아낼 거라고 기대하는 거지? 서머스가 이미 샅샅이 살펴보았을 텐데!"

해들리가 항변했다.

"기대 따윈 하지 않아. 그저 확실한 앙리의 흔적을 찾아낼 수 있기를 바랄 뿐이지."

박사가 퉁퉁거리며 대답했다.

"말하자면 놈 특유의 자취 같은 것 말일세. 구레나룻이나…… 아, 이 빌어먹을 앙리 같으니!"

해들리는 시 「스페인 수도원의 고백」에 담긴 것과 비슷한 분노의 표현까지는 참고 들어줄 수 있었지만, 행방이 묘연한 앙리에 대한 분노가 어째서 광적인 수준까지 치솟아오르는지는 이해할 수 없다고 말했다. 딱히 분노를 새롭게 부채질할 일이 없었다. 게다가 펠 박사는 버너비의 셋집을 떠나기에 앞서, 집주인 헤이크 양이 하는 말을 듣기 위해 잠시 사람들을 모두 붙잡아두기도 했다. 오러크는 유랑 극단 시절의 추억을 늘어놓으며 씩씩하게 그녀를 아래층에 잡아두고 있었다. 하지만 두 사람 모두 수다쟁이였기 때문에, 추억담을 주도한 사람은 사실상 그가 아니라 헤이크 양이 아닐까 하는 의문이 들 정도였다.

펠 박사도 인정했듯 헤이크 양에 대한 신문은 전혀 생산적이지 못했다. 헤이크 양은 이제 시들어가는 나이였지만 여전히 쾌활한 노처녀였다. 속마음은 선량할지언정 사고방식은 종잡을 수 없는 사람이어서, 집에 잘 들어오지 않는 세입자는 도둑이나 살인범과 다를 바 없다고 생각하는 경향이 있었다. 그녀는 사람들의 설득 덕에 마침내 버너비가 도둑이라는 믿음을 버릴 수 있었지만, 정작 도움이 되는 정보는 거의 주지 못했다. 어젯밤에 집에 없었던 것이다. 헤이크 양은 저녁 8시부터 11시까지 영화를 봤고, 그레이스인 로드에 사는 친구네 집에서 자정 무렵까지 함께 시간을 보냈다. 그녀는 버너비의 방에 다른 사람이 드나들었는지에 대해서는 전혀 아는 바가 없었거니와, 그날 오전까지는 살인 사건이 일어났다는 사실조차 모르고 있었다. 다른 세입자들은 모두 세 명이었다. 1층에는 미국인 학생과 그의 부인이 거주했고, 2층에는 수의사가 홀로 살고 있었다. 세 사람 모두 전날 밤에는 집에 없었다.

블룸즈버리 스퀘어에서 허탕을 치고 돌아온 서머스는 이 세 사람을 조사해보라는 명령을 받았다. 해들리는 로제트 및 버너비와 함께 그리모의 집으로 출발했다. 펠 박사는 이번엔 좀더 말이 통하는 집주인과 대화를 나눌 수 있을 거라는 믿음을 끈질기게 간직했지만, 이번 집주인은 굉장히 과묵한 남자였다.

담뱃가게가 들어서 있는 2번지 건물은 조잡하기 이를 데 없어서, 뮤지컬 공연 무대에 세워둔 전면부만 있는 가짜 집 같았다. 어두운색 페인트를 칠해 음침했고, 담뱃가게에서 풍기는 곰팡이 냄새로 가득했다. 계속해서 기운차게 초인종을 울리자, 담뱃가게 겸 신문 판매소 주인인 제임스 돌버먼이 가게 뒤쪽 어둠 속에서 천천히 모습을 드러냈다. 그는 덩치는 작지만 유독 손이 큰 과묵한 노인이었다. 그가 입은 윤이 나는 검정 모슬린 코트는 구닥다리 소설 속에 등장하는 동굴 속에서 빛나는 갑옷이나, 바싹 마른 페퍼민트 같았다. 이 모든 사건에 대한 그의 견해는 단순했다. 바로 자신과는 상관이 없는 문제라는 것이다.

그는 마지못해 한두 마디씩 잘라 대답하면서 방문객들 뒤에 있는 가게 유리창을 바라보았다. 마치 누군가 안으로 들어와 대화를 중단시켜주기를 바라는 눈치였다. 그렇소, 세입자가 하나 있었지. 맞아, 이름은 플레였는데. 외국인이었소. 플레가 살던 곳은 맨 꼭대기 층에 있는 침대가 딸린 방이었다. 그는 보름 전쯤 선불로 집세를 내고 들어왔다고 했다. 집주인은 그에 대해 아는 바가 없었다. 특별히 문제를 일으키지 않는 한 굳이 알고 싶지도 않았다. 플레에게는 외국어로 혼잣말하는 습관이 있다는 것이 그에 대해 해준 이야기의 전부였다. 그는 플레에 대해 아무것도 몰랐다. 그의 모습을 좀처럼 보지 못했기 때문이다. 그 외에 다른 세입자는 없었다. 제임스 돌버먼은 꼭대기 층 세입자들에게 뜨거운 물을 제공하지 않기 때문이었다.

플레는 왜 맨 위층을 택했습니까? 그걸 내가 어찌 알겠소? 플레에게 직접 물어보지 그럽니까? 플레가 죽었다는 사실을 모릅니까? 알지. 진작 경찰이 여기 와서 멍청한 질문을 하면서 시체의 신원을 확인해달라고 했소. 하지만 내가 상관할 바 아니오. 어젯밤 10시

25분쯤 울린 총성에 대해서 할말은 없습니까? 제임스 돌버먼은 마치 뭔가 말하려는 것처럼 굴다가, 다시 입을 꼭 다물고 한층 더 냉랭한 시선으로 유리창을 바라보았다. 아래층 주방에서 라디오를 켜 놓고 있었어서 아무것도 모르오. 총소리를 들었다 한들 나가보지도 않았을 테고.

플레를 찾아온 사람은 없었습니까? 없었소. 이 근처에 수상하게 보이는 낯선 사람이나 플레와 아는 것처럼 보이는 사람은 없었습니까?

이 질문은 예상치 못한 결과를 낳았다. 집주인의 입은 여전히 몽유병 환자처럼 느릿느릿 움직였지만, 점점 더 말이 많아지더니 급기야 열변을 토하기 시작했다.

그래, 경찰이 꼭 살펴봐야 할 게 있소. 쓸데없이 납세자의 세금을 낭비하지 말고! 이 부근에서 몰래 숨어 다니면서 이것저것 염탐하는 사람을 봤단 말이오. 한번은 플레에게 말을 걸기까지 하더니 냉큼 위쪽 거리로 뛰어가더라고. 정말 험악하게 생긴 손님이었지. 꼭 범죄자 인상이었다오! 그렇게 몰래 숨어 다니는 사람은 마음에 들지 않소. 아니, 그자의 인상착의를 내가 어떻게 설명하라고. 그건 경찰이 할 일 아니오? 게다가 언제나 밤에 나타났다오.

"달리 기억나는 건 없습니까?"

펠 박사가 물었다. 그는 상냥한 태도를 유지하는 것도 거의 한계에 달해서 손수건으로 얼굴을 문지르고 있었다.

"사소한 인상착의라도 말해줄 수는 없습니까? 입고 있던 옷 같은 것 말입니다, 주인장."

돌버먼은 입을 꼭 다문 채 유리창을 바라보며 고심하다가 마지못해 입을 열었다.

"화려한 코트 같은 걸 입고 있었던 것도 같소. 붉은 점이 군데군데 박힌 밝은 노랑색 트위드 코트였나 그럴 거요. 그를 찾아내는 건 당신들 일일 텐데. 위에 올라가보고 싶소? 열쇠는 여기 있소. 입구는 바깥쪽에 있고."

두 사람은 쿵쿵거리며 좁고 어두운 계단을 올라갔다. 조잡한 외관과 달리 내부는 놀랄 정도로 견실했다. 램폴은 화가 나 씩씩댔다.

"박사님 말씀이 옳았군요. 모든 사건이 완전히 뒤집혀버렸으니까요. 코트에 대한 문제 말인데요…… 다른 무엇보다 이 점이 이해가 가지 않습니다. 우리는 지금까지 긴 검정 코트를 입은 사악한 자를 찾고 있지 않았습니까? 그런데 이제는 핏자국이 난 트위드 코트를 입은 자가 나타났단 말입니다. 그것도 화려하다고밖에 할 수 없는 색깔 아닙니까? 도무지 뭐가 뭔지 모르겠습니다. 이 사건 전체의 향방이 코트와 관련된 문제에 달려 있는 걸까요?"

펠 박사는 힘겹게 계단을 오르면서 헉헉거리다가 미심쩍다는 어조로 입을 열었다.

"음, 사건이 완전히 뒤집혀버렸다는 말을 했을 때는 거기까지 생각이 미치지 못했다네. 어쩌면 뒤집혀버렸다는 말을 사용하는 대신 길을 거꾸로 들었다고 해야 할지도 모르겠군. 하지만 사건의 향방은 어느 정도 코트에 달려 있을지도 몰라. 흠. '두 벌의 코트를 갖고 있는 남자'라. 그래, 두 사건에서 범인의 복장이 일치하지는 않지만, 그래도 양쪽 모두 동일범의 소행이라고 생각하네."

"살인범의 정체에 대해 짐작 가는 부분이 있다고 말씀하시는 겁니까?"

펠 박사가 노호했다.

"난 살인범의 정체를 알고 있네! 그런데도 왜 내가 자책하고 싶은 충동을 느끼는지 아나? 그가 내내 바로 코앞에 있었을 뿐 아니라, 사실상 내게 계속해서 진실을 털어놓고 있었기 때문이라네. 하지만 난 그걸 알아차릴 깜냥이 없었지. 그자가 너무나 정직하게 털어놓았기 때문에, 내가 그의 말을 믿지 않고 그가 결백하다고 생각한 것을 떠올리면 미칠 지경이라네!"

"그렇다면 사라지는 트릭도 밝혀내셨습니까?"

"아니, 그건 어떻게 했는지 모르겠어. 자, 다 왔네."

맨 위층에는 방이 하나뿐이었다. 천장에 난 더러운 채광창을 통해 바닥에 희미한 빛이 스며들었다. 아무런 장식도 없는 초록색 판자문이 조금 열려 있었다. 안쪽은 한동안 창문을 연 적이 없는 게 분명한, 천장이 낮은 동굴 같은 분위기의 방이었다. 펠 박사는 이리저리 더듬어본 끝에, 하늘거리는 전등갓 아래 가스등 점화구를 감싸고 있는 그물을 찾았다. 고르지 못한 가스등 불빛 아래 잘 정돈되어 있지만 먼지가 뽀얗게 앉은 방안이 모습을 드러냈다. 푸른 양배추 무늬가 있는 벽지와 흰색 철제 침대가 눈에 띄었다. 책상 위에는 종이쪽지 한 장이 접힌 채 잉크병 아래에 놓여 있었다. 그것이야말로 피에르 플레의 기괴하면서도 뒤틀린 두뇌가 남긴 단 하나의 흔적이었다. 마치 색이 바랜 야회복과 실크해트 차림으로 책상 옆에 서서 마술 공연을 펼치는 플레의 모습이 보이는 것만 같았다. 거울 위에 걸려 있는 액자 속에는, 금색 검정색 붉은색 잉크로 쓴 구불구불한 장식 문자로 낡은 경구가 적혀 있었다. 거미줄처럼 가늘고 긴 소용돌이를 이루고 있는 문구는 다음과 같았다. **복수는 나의 것, 내가 보복하리라. 주께서 이렇게 말씀하시니.•**

그런데 그 글귀는 거꾸로 걸려 있었다.

고요한 가운데 펠 박사가 쌕쌕거리는 소리밖에 들리지 않았다. 그는 천천히 책상으로 다가가 접어놓은 쪽지를 집어 들었다. 램폴이 보기에는 지나치게 멋을 부린 글씨체였다. 그 안에 적혀 있는 짧은 전갈은 거의 선언과도 같은 분위기였다.

제임스 돌버먼 귀하

사전에 퇴거 통보를 하는 대신, 변변치 않지만 몇 가지 소지품을 남겨두도록 하겠소. 두 번 다시 그 물건들이 필요하지 않을 테니. 나는 무덤으로 돌아가오.

피에르 플레

"왜 이렇게 '무덤으로 돌아가겠다'라는 말을 반복하는 걸까요? 마치 꼭 무슨 의미가 있는 것처럼 보이는군요. 물론 그렇지 않을 수도 있겠지만……. 플레라는 사람은 정말로 존재할까요? 존재하기는 하지만 다른 사람이 가장한 것이다, 이렇게 생각할 수도 있지 않겠습니까?"

펠 박사는 램폴의 질문에 대답하지 않았다. 그는 바닥에 깔린 낡아빠진 양탄자를 조사하면서 점차 우울의 늪에 깊이 빠져들기 시작했다. 그가 신음했다.

"흔적 하나 없군. 하다못해 버스 승차권 하나 남겨두지 않았어. 수상한 구석도 보이지 않고 뭔가 치운 것 같지도 않아. 정말이지 아무런 흔적도 없어. 소지품이라고? 아니, 그자의 소지품은 보고 싶지 않아. 서머스가 이미 살펴봤을 테니. 어서 가세. 돌아가서 해들리와 합류해야겠네."

두 사람은 구름이 잔뜩 낀 날씨에 마찬가지로 우울한 기분을 느끼며 러셀 스퀘어까지 걸음을 옮겼다. 그들이 현관 계단에 발을 디디자, 응접실 창문을 통해 두 사람을 발견한 해들리가 현관으로 나와 문을 열어주었다. 응접실에서 사람들 목소리가 희미하게 새어 나왔다. 해들리는 응접실 문이 닫혀 있음을 확인한 후, 화려하게 장식된 현관 복도의 어둠 속에서 그들을 맞이했다. 그의 뒤로 일본식 갑옷의 악마 같은 가면이 고개를 들고 있어 그의 얼굴은 꽤 우스꽝

● 신약성서 로마서 12장 19절.

스러워 보였다.

펠 박사는 쾌활하다시피 한 태도로 입을 열었다.

"문제가 발생한 것 같은데. 자, 말해보게. 난 아무것도 보고할 게 없네. 내 모험이 실패로 끝날지도 모른다고 우려는 했지만, 내가 뛰어난 예언자라는 사실이 밝혀진다고 해도 그다지 위로가 될 것 같진 않군. 무슨 일 없나?"

"그 코트 말인데……."

해들리는 이내 입을 다물었다. 그는 더 수위를 높일 수 없을 정도로 분노한 상태였다. 해들리는 화제를 돌리더니 끝내 쓴웃음을 짓고 말았다.

"들어가서 얘기하지, 펠. 어쩌면 자네라면 이해할 수 있을지도 모르겠군. 맹건이 거짓말을 하는 게 아닐까 생각도 해봤지만, 그가 거짓말할 이유가 있을 것 같진 않아. 그런데 그 코트는…… 확실하게 손에 넣었다네. 완전히 새 옷이었지. 주머니에는 아무것도 없었어. 한 번이라도 입었다면 보통 있게 마련인, 모래알이나 보풀, 담뱃재 같은 것도 없었네. 처음에는 두 벌의 코트에 대한 문제라고 생각했는데, 이제는 뭐라고 해야 할까……. 자네라면 카멜레온 코트의 비밀이라고 부를지도 모르겠군."

"그 코트가 어쨌다는 건가?"

"색이 변해 있었다네."

펠 박사는 눈을 깜빡거리더니, 새롭게 흥미가 솟은 표정으로 해들리를 유심히 보았다.

"이 사건 때문에 자네 머리가 이상해졌다고는 꿈에라도 상상 못 할 일이지만, 혹시 정말 그렇게 된 건 아닌가? 색이 변했다고? 설마 코트가 이제는 밝은 에메랄드 녹색이라는 말을 하려는 건 아니겠지?"

"그러니까 언제부터 색이 변해 있었는가 하면…… 일단 따라오게!"

해들리가 응접실 문을 거칠게 열자 방안에 깔린 긴장감은 더욱 고조되었다. 응접실 안은 묵직하고 고풍스러운 가구들로 사치스럽게 치장되어 있었다. 여러 개의 청동 받침대 위에 등불이 놓여 있고, 천장 가장자리에는 금박으로 치장한 조명이 빙 둘러져 있었다. 빳빳한 재질의 커튼에는 레이스가 지나치게 많이 달려 있어서, 마치 얼어붙은 폭포를 연상케 했다. 모든 조명에 불이 켜져 있었다. 버너비는 소파에 느긋하게 앉아 있고, 로제트는 화가 난 듯 종종걸음으로 방안을 서성거렸다. 한쪽 구석에 놓인 라디오 옆에는 에르네스틴 뒤몽이 두 손을 허리춤에 얹은 채 아랫입술로 윗입술을 덮고 서 있었다. 재미있어하는 것 같기도, 빈정대는 것 같기도 한 표정이었다. 어쩌면 둘 다일지도 몰랐다. 마지막으로 보이드 맹건이 벽난로를 등지고 서 있다가, 옷에 불이 붙었다고 생각하기라도 한 듯 살짝 움찔하며 자리를 옮겼다. 하지만 그런 행동은 난롯불 때문이 아니라 북받쳐 오르는 듯한 흥분 탓이었다.

"……그 빌어먹을 옷이 제게 딱 맞는다는 건 알고 있습니다!"

맹건이 험악한 태도로 같은 말을 반복했다.

"알고 있다니까요. 인정하겠습니다. 그 코트는 제 몸에 맞지만 제 옷은 아닙니다. 우선 저는 언제나 방수 처리가 된 옷만 입습니다. 지금도 현관에 걸려 있지 않습니까? 그다음으로 저는 그런 코트를 살 여유가 없단 말입니다. 값을 매기자면 이십 기니는 족히 나갈 옷일 테죠. 게다가……."

해들리가 등장하자 마치 문을 두드린 것처럼 사람들의 시선이 쏠렸다. 뒤이어 펠 박사와 램폴이 방안으로 들어오자 맹건은 조금 진정한 것 같았다.

"지금 하던 이야기를 다시 한번 해주지 않겠습니까?"

해들리가 말했다.

맹건은 담배에 불을 붙였다. 충혈된 검은 눈동자 속에 성냥불이 희미하게 비쳤다. 그는 성냥을 흔들어 불을 끄고, 담배를 빨았다가 이내 연기를 토해냈다. 마치 선의로 기꺼이 유죄 선고를 받겠다고 결심한 듯한 태도였다.

"개인적으로는 왜 다들 저를 걸고넘어지고 싶어 하는지 이해할 수가 없습니다. 제 몸에 맞는 코트라고 해서 다 제 옷은 아닐 텐데 말입니다. 누군지는 몰라도 왜 자기 옷장 속을 여기저기 쏟아내고 싶어 하는지 이해가 가지 않아요……. 여보게, 테드. 자네에게 설명해주지."

그는 램폴의 팔을 붙들더니 그를 끌고 벽난로 앞으로 향했다. 마치 법정에서 증거물을 제출하려는 듯한 모습이었다.

"어젯밤에 저녁 식사를 하러 이곳에 도착한 다음 현관 벽장으로 가서 내 코트를 걸어두었어. 방수 처리가 된 코트라는 걸 기억해주게. 보통은 옷 정도 거는 일에 굳이 불을 켜진 않는 법이지. 그저 손으로 더듬어 비어 있는 고리를 발견하면, 거기에 코트를 걸어두면 끝나는 일이니까. 나도 굳이 귀찮게 불을 켤 생각은 없었지만, 마침 가져온 책 한 꾸러미를 선반에 올려두고 싶었거든. 그래서 스위치를 올려 불을 켰어. 그랬는데 맨 안쪽 구석에 평소엔 보지 못했던 코트가 한 벌 걸려 있는 게 아니겠나. 경찰이 가져간 노란색 트위드 코트와 거의 같은 사이즈였지. 색만 다를 뿐, 거의 같은 옷이라고 할 수 있어."

"평소에는 보지 못했던 코트라."

펠 박사가 같은 말을 되풀이했다. 그는 턱을 바짝 당기더니 흥미로운 표정으로 맹건을 바라보았다.

"어째서 그런 생각을 했습니까? 다른 사람의 집에서 코트가 여럿 걸려 있는 모습을 보고, 그중 한 벌이 평소에 보지 못한 코트라는 생각이 든다? 내 경험상 벽에 걸려 있는 코트야말로 집안에서 가장 주목받지 못하는 물건일 텐데 말이오. 보통은 어떤 코트가 자기 옷이라는 생각만 희미하게 할 뿐, 다른 사람의 코트에 대해서는 그리 주의를 기울이지 않을 텐데?"

"하지만 저는 이 집안사람들의 코트를 다 안단 말입니다. 게다가 그 코트에 유독 신경이 쓰였던 건, 바로 버너비 씨가 입고 온 옷이라고 생각했기 때문입니다. 그가 온다는 말은 듣지 못해서, 왜 그가 왔을까……."

버너비는 대단한 허세를 부리며 맹건에게 너그러운 태도를 취해 보였다. 그는 더이상 캐글리오스트로 스트리트의 아파트에서 안락의자에 앉아 상대의 말에 쉽게 발끈하던 사람이 아니었다. 이제 그는 연극적으로 손을 내저으며 어른다운 태도로 젊은이를 나무라고 있었다.

"맹건은 관찰력이 뛰어난 친구입니다, 펠 박사님. 저 젊은이 눈썰미가 얼마나 빼어나다고요. 하하! 특히 나와 관련된 부분에 대해서는 더욱 그렇지요."

"무슨 불만이라도 있습니까?"

맹건이 낮고 조용한 어조로 반문했다.

"……어쨌든 이야기를 계속 들어볼까? 우리 로제트도 담배 한 대 피우지 않겠어? 그런데 그건 내 코트가 아니라는 말을 해야 할 것 같은데."

맹건은 점점 화가 치밀어 올랐다. 그 자신도 화가 나는 이유를 정확히 모르는 것 같았다. 하지만 그는 펠 박사를 향해 다시 이야기를 시작했다.

"어쨌든 그 코트가 걸려 있는 걸 보았습니다. 그후 오늘 아침에 버너비 씨가 이 집에 와서 안감에 피가 묻은 코트를 발견했는데…… 음, 그 밝은색 코트는 어젯밤과 같은 자리에 걸려 있었습니다. 물론, 두 벌의 코트가 있었다는 게 유일한 설명일 겁니다. 하지만 이건 말도 안 되는 일 아닙니까? 어젯밤의 그 코트는 이 집안 사람 그 누구의 것도 아니라고 맹세할 수 있습니다. 그 트위드 코트 역시 마찬가지라는 사실은 박사님께서도 아실 겁니다. 그렇다면 어떤 코트가 살인범의 옷일까요? 어쩌면 둘 다일까요? 혹은 둘 다 아닐까요? 게다가 그 검정색 코트는 좀 괴상하게 생겼는데……."

"괴상하다고?"

펠 박사가 너무 날카로운 말투로 끼어들었기 때문에 맹건은 고개를 돌려 그를 바라보았다.

"괴상하다니, 무슨 뜻이오?"

라디오 옆에 서 있던 에르네스틴 뒤몽이 앞으로 나섰다. 그녀가 신고 있던 굽 낮은 구두에서 조그맣게 삐걱거리는 소리가 났다. 오늘 아침 그녀는 한층 더 여위어 보였다. 높게 솟은 광대뼈는 더욱 두드러졌고 반면 콧날은 훨씬 납작해 보였으며 부은 눈은 튀어나올 것만 같았다. 전체적으로 몰래 눈치를 보는 듯한 모습이었다. 하지만 그런 초췌한 모습에도 그녀의 검은 눈동자는 여전히 번뜩이고 있었다.

"흥, 뭘 하는 건지!"

그녀는 신랄하지만 어딘지 어색한 손짓을 하며 입을 열었다.

"대체 무엇 때문에 이런 바보 같은 일을 계속하는 건가요? 왜 저한테 물어보지 않죠? 그런 일이라면 저 사람보다 제가 훨씬 더 잘 알 텐데요. 안 그런가요?"

그녀는 미간을 찌푸리며 맹건을 쏘아보았다.

"아니, 아니. 당신이 거짓말을 하고 있다고 생각하는 게 아니에요. 당신도 알잖아요. 하지만 일을 죄다 뒤죽박죽 만들고 있으니 말이죠. 펠 박사님 말씀대로 간단한 문제라고요……. 그래요. 그 노란색 코트는 어젯밤에 벽장 안에 있었어요. 저녁 식사를 하기 전 초저녁부터요. 맹건 씨가 검정색 코트를 봤다고 한 바로 그 자리에 걸려 있었지요. 내가 직접 봤다고요."

"하지만……."

맹건이 소리쳤다.

"자, 자, 진정합시다."

펠 박사가 굵은 목소리로 달래듯이 입을 열었다.

"정리해봅시다. 부인, 당신이 벽장 안에서 코트를 보았다면, 평소와는 좀 다르다는 생각은 들지 않았습니까? 그 코트가 이 집안 사람들 게 아니라면 기묘한 일 아닌가요?"

"아뇨, 전혀 그렇지 않아요."

그녀는 맹건을 향해 고갯짓을 했다.

"저는 이 사람이 오는 걸 보지 못했어요. 그래서 그의 코트라고 생각했죠."

"그렇다면 누가 문을 열어주었습니까?"

펠 박사가 나른한 표정으로 맹건에게 물었다.

"애니가 열어줬습니다. 하지만 제 옷은 직접 걸었습니다. 맹세하지만……."

"애니가 집안에 있다면 벨을 눌러 그녀를 부르는 게 좋겠군, 해들리. 카멜레온 코트의 문제는 굉장히 흥미롭군. 오, 바커스 신이여, 이 얼마나 흥미롭습니까! 자, 부인, 당신이 우리 친구 맹건에 대해 말한 것과 마찬가지로, 나 역시 당신이 거짓말을 한다고 생각하지 않습니다. 조금 전에 나는 램폴에게 어떤 특정 인물이 불행히도 지금까지 얼마나 진실하게 굴었는지 말한 바 있지요. 흠! 그건 그렇고, 자네 애니와 얘기를 나눠봤나?"

"아, 물론이지."

해들리가 대답하는 순간, 로제트 그리모가 큰 걸음으로 그를 지나쳐 벨을 눌렀다.

"그녀는 곧이곧대로 말해주었다네. 어젯밤에 외출해서 12시가 지나도록 귀가하지 않았다고 하는군. 하지만 이 건에 대해서는 물어보지 않았다네."

"이게 다 무슨 소동인지 모르겠어요!"

로제트가 고함을 질렀다.

"대체 무슨 차이가 있는 거죠? 코트 색깔이 노랑인지 검정인지 결정하려고 멍청하게 시간을 허비하다니. 그보다 더 도움되는 일을 할 수 있지 않나요?"

맹건이 그녀를 향해 몸을 돌렸다.

"굉장히 큰 차이가 있다는 걸 알고 있잖아. 내가 헛것을 보았을 리 없어. 아니, 그렇다고 뒤몽 부인이 헛것을 보았다고 생각하는 것도 아니라고! 하지만 둘 중 한 사람의 말이 맞을 테지. 그러나 애니가 확인해줄 것 같지도 않군. 젠장! 아무것도 모르겠어!"

"지극히 맞는 말이야."

버너비가 말했다.

"이봐요, 좀 닥치는 게 어떻습니까?"

맹건이 대꾸했다.

해들리는 두 사람 사이로 걸어가 조용히 핵심을 찌르는 말을 던졌다. 버너비는 얼굴이 창백해져 다시 소파에 몸을 묻었다. 응접실 안에 있는 사람들은 노골적으로 신경전을 벌이기 시작했다. 하지만 애니가 종소리를 듣고 응접실에 들어오자, 사람들은 애써 침착한 태도를 취하려 하는 듯했다. 애니는 코가 크고 조용하면서도 진중한 성격의 젊은 아가씨라 허튼소리를 할 사람으로는 보이지 않았다. 일은 잘할 것 같았지만, 또한 굉장히 지친 것 같기도 했다. 그녀의 머리 위에는 마치 새겨놓은 듯 모자가 정확한 위치에 얹혀 있었다. 그녀는 문가에 서서 몸을 약간 숙인 채 침착한 갈색눈으로 해들리를 바라보았다. 다소 흥분한 듯했지만, 신경질적인 정도는 아니었다.

"어젯밤에 깜박 잊고 물어보지 못한 게 하나 있는데……."

해들리 경정은 긴장을 풀지 않은 채 운을 띄웠다.

"흠! 맹건이 왔을 때 당신이 문을 열어주었소?"

"예, 경정님."

"몇 시쯤이었지?"

"잘 모르겠는데요."

그녀는 당혹스러운 표정이었다.

"저녁 식사 삼십 분 전이었던 것 같아요. 정확히는 모르겠어요."

"그가 코트와 모자를 거는 모습을 보았소?"

"예, 경정님! 절대 제게 시키지 않으시니까요. 물론 지시를 받았다면……."

"하지만 옷을 거는 벽장을 들여다보지는 않았을 텐데?"

"아, 그런가……. 그래요, 경정님, 들여다봤어요! 그러니까 맹건 씨에게 문을 열어드리고 곧장 식당으로 돌아갔는데, 그때 아래층 주방에 가야 할 일이 생각났어요. 그래서 현관 복도를 지나 주방으로 향했죠. 그런데 맹건 씨가 옷장 옆 불을 켜놓고 가버리신 걸 보고는, 그쪽으로 가서 불을 끄다가……."

해들리는 앞으로 몸을 내밀었다.

"자, 이제 잘 생각해보시오! 오늘 아침에 벽장 안에서 발견된 밝은색 트위드 코트를 알고 있을 테지? 그 코트를 알고 있소? 좋아요! 코트가 걸려 있던 벽장 안 고리가 기억납니까?"

"예, 경정님, 기억나요."

그녀는 입술을 꽉 깨물었다.

"오늘 아침 버너비 씨가 그 코트를 발견하셨을 때, 저는 현관 복도에 있었거든요. 다른 분들도 옆에 계셨지요. 밀스 씨가 그 코트는 있던 곳에 그대로 놔두어야 한다고 하셨어요. 왜냐하면 핏자국이 있었기 때문에 경찰이……."

"맞습니다. 애니, 문제는 그 코트의 색깔인데…… 어젯밤에 벽장 안을 들여다봤을 때, 그 코트의 색은 옅은 갈색이었소, 아니면 검정색이었소? 기억해낼 수 있습니까?"

그녀는 그를 빤히 바라보았다.

"예, 경정님, 당연히 기억이……. 그런데 옅은 갈색이랑 검정색이라니요? 무슨 말씀이시죠? 음, 경정님, 분명히 말씀드리지만, 둘 다 아니었어요. 그 고리에는 아무것도 걸려 있지 않았으니까요."

방안에 한꺼번에 여러 목소리가 울려 퍼지며 서로 부딪혔다. 맹건은 분노했고, 로제트는 히스테리가 아닐까 싶을 정도로 비웃기 시작했으며, 버너비는 재미있다는 듯 미소를 지었다. 오직 에르네스턴 뒤몽만이 진력이 난다는 듯 경멸스러운 표정으로 조용히 바라보고만 있었다. 해들리는 일 분은 족히 그런 사람들의 모습을 주의 깊게 관찰하다가, 절대로 꺾이지 않을 것 같은 증인의 얼굴을 향해 시선을 옮겼다. 애니는 두 주먹을 꽉 쥔 채 목을 쭉 뺀 채였다. 해들리는 아무 말도 없이 눈에 띄게 난폭한 태도로 창가로 다가갔다.

그러자 펠 박사가 낄낄 웃으며 격려했다.

"자, 기운 내게. 다른 색으로 또 변한 건 아니지 않나. 이런 말을 했다간 자네가 던지는 의자에 머리를 맞을지도 모르겠지만, 이건 굉장히 중요한 사실을 알려주는 단서가 분명해. 흐음, 그래! 맞아. 어서 가세, 해들리. 점심을 먹어야 할 것 아닌가! 점심 식사 말일세!"

밀실 강의

테이블에 식후 커피가 올라왔다. 와인병은 텅 비어 있었고, 저마다 담배에 불을 붙인 채였다. 해들리와 페티스, 램폴, 펠 박사는 페티스가 묵는 호텔의 넓고 어스레한 식당에서 불이 밝혀진 붉은 갓의 램프가 있는 테이블 주변에 둘러앉아 있었다. 대부분의 손님은 식당을 떠나 다른 테이블에 앉아 있는 사람은 얼마 되지 않았다. 네 사람은 느긋하게 자리를 차지한 채 부른 배를 두드렸다. 난롯가가 가장 편안하게 느껴지고 창밖에는 눈발이 희끗희끗 흩날리는 겨울 오후였다. 희미하게 검은빛을 발하는 갑옷과 문장 아래 앉아 있는 펠 박사는 누구보다도 봉건시대 귀족 같은 모습이었다. 그는 조그마한 에스프레소잔을 경멸의 눈초리로 바라보았다. 조금 전에 그 잔을 한번에 비워버릴 뻔했던 것이다. 그는 담배 든 손으로 연극적인 손짓을 하며 사람들의 시선을 끌어모으더니, 목청을 가다듬었다.

펠 박사는 친근하면서도 단호한 어조로 선언했다.

"이제 강의를 시작하리다. 추리소설에서 '완전한 밀실'이라고 알려져 있는 상황의 일반적인 원리와 발전에 대한 강의라오."

해들리가 신음했다.

"이렇게 훌륭한 점심 식사를 한 다음에 들을 강의는 아닌 것 같군. 게다가 우리에게는 할 일이 있지 않나. 자, 내가 조금 전에 말한 바와 같이……."

펠 박사는 가차없이 이야기를 반복했다.

"이제 강의를 시작하리다. 추리소설에서 '완전한 밀실'이라고 알려져 있는 상황의 일반적인 원리와 발전에 대한 강의라오. 흐흠. 마음에 들지 않는 독자들은 이 장을 건너뛰어도 좋소. 어험. 자, 여러분, 내가 지난 사십 년 동안 훌륭한 소설을 읽으면서 생각을 갈고닦아왔기 때문에 할 수 있는 말이지만……."

"그런데 그런 불가능한 상황을 분석하실 거라면, 왜 추리소설을 재료로 삼아 논하시려는 겁니까?"

페티스가 끼어들었다.

펠 박사는 솔직하게 털어놓았다.

"왜냐하면 우리는 추리소설 속 등장인물이며, 그렇지 않은 척하면서 독자들을 기만할 수는 없기 때문이오. 추리소설에 대한 논의에 공들여 짜낸 변명거리를 끌고 들어오는 짓은 하지 맙시다. 그보다는 소설 속 등장인물들에게 허락된 가장 숭고한 활동에 대해 솔직한 태도로 기뻐하는 게 어떻겠소?

그러면 이제 논의를 시작하겠소. 하지만 여러분, 규칙을 정하기 위해 언쟁을 벌일 생각은 없소이다. 오로지 개인적인 취향이나 선호도에 대한 이야기를 할 생각이니까. 우리는 키플링의 말을 다음과 같이 바꿔 말할 수 있소. '살인 사건의 수수께끼를 만드는 방식은 예순아홉 가지가 있으며, 각각의 방법은 모두 옳다.' 자, 그런데 만약 그 각각의 방식 하나하나가 모두 흥미롭다고 말한다면, 아무리 예의 바르게 표현해도 나는 새빨간 거짓말쟁이일 거요. 하지만 그건 중요하지 않소. 내가 완전한 밀실을 다룬 작품이 다른 추리소설보다 훨씬 흥미롭다고 말한다 해도, 그건 편견에 지나지 않을 테지. 나는 내가 등장하는 소설 속에서 살인 사건이 여러 번 일어나고 유혈이 낭자하고 기괴한 분위기가 형성되는 걸 좋아하오. 내가 만든 플롯에서 생생한 색채가 느껴지고 상상력이 번뜩였으면 좋겠소. 실제로 벌어진 사건이라는 인상을 심어주는 것만으로는 독자들의 마음을 근본적으로 사로잡을 수 없기 때문이지. 물론 이 모든 생각은 나의 행복하고 즐거우면서도 합리적인 편견에서 비롯된 거라는 점을 인정하고, 또 뜨뜻미지근한 작품이건 훌륭한 작품이건 다른 작품들을 비난할 생각은 없소.

하지만 이 점만큼은 확실히 해둬야 하는 것이, 조금이라도 선정적인 내용을 좋아하지 않는 몇몇 사람들이 자신의 취향이 곧 법이라고 우기기 때문이오. 그들은 '있음 직하지 않다'라는 표현으로 비난의 낙인을 찍어버린다오. 그렇게 그들은 별생각 없는 사람들에게 '있음 직하지 않다'라는 것이 곧 '나쁘다'라는 그릇된 믿음을 심어주지.

자, '있음 직하지 않다'라는 표현은 어떤 경우든 추리소설을 비난하는 용도로 사용해서는 안 된다, 이렇게 지적하는 것은 사리에 맞다고 할 수 있소. 불가능성에 대한 희구야말로 우리가 추리소설을 좋아하는 가장 큰 이유 중 하나이기 때문이오. A가 살해당하고 B와 C에게 강력한 혐의가 걸려 있다고 해봅시다. 그런 경우에 결백한 것처럼 보이는 D가 범인일 수도 있다는 것은 있을 수 없는 일일 거요. 그러나 그가 범인이라오. 만약 G에게 알파벳의 모든 글자와 순서를 짚듯 처음부터 끝까지 짚어봐도 완벽한 알리바이가 있다면, G가 범죄를 저질렀다는 건 있을 수 없는 일일 테지. 하지만 그가 범인이라오. 탐정이 해변에서 석탄 조각을 하나 주웠는데, 그런 하잘것없어 보이는 물건이 중요한 단서가 되는 일은 있을 수 없을 것 같소. 하지만 중요한 단서가 될 거요. 요컨대 '있음직 하지 않다'라는 말은 한낱 농담처럼 점점 의미를 상실해가는 지경에 이를 수밖에 없소. 소설이 끝날 때까지 개연성 따위는 따져서는 안 되는 거요. 그런 다음 우리처럼 시대에 뒤떨어진 사람들은 그럴 것 같지 않은 사람을 살인범으로 삼고 싶어 하기 마련인데, 그러니 진범이 맨 처음 용의 선상에 오른 사람보다 범인처럼 행동하지 않는다거나 그의 동기가 반드시 명료하게 드러나지 않는다고 해서 불평할 수는 없을 테지요.

'이런 일은 있을 수가 없어!'라고 소리치거나, 얼굴 반쪽을 가린 악마나 두건을 뒤집어쓴 유령, 혹은 사람 홀리는 금발 세이렌에 대해 불평을 늘어놓는 건, 그저 '난 이런 이야기를 좋아하지 않아'라고 말하는 것이나 다름없소. 그건 괜찮소. 뭔가를 좋아하지 않는다는 말은 울고불고 떠들어댈 권리가 있으니까. 하지만 이런 취향의 문제를 왜곡해 작품의 가치, 심지어 이야기의 개연성까지 판단하는 기준으로 삼아버리는 건, '이러한 사건들이 연이어 일어나는 건 말도 안 되는 일인데, 그건 내 마음에 들지 않는다'라고 말하는 것과 진배없는 거요.

이 문제의 본질은 어디에 있는 것 같소? 완전한 밀실을 예로 삼아 한번 살펴보도록 합시다. 밀실이라는 상황이야말로 다른 어떤 배경보다 설득력 없다는 이유로 뜨거운 공격을 받고 있으니 말이오.

이런 말을 하게 되어 기쁘지만, 대부분의 사람들은 밀실을 좋아한다오. 하지만 그런 사람들조차 종종 미심쩍어할 정도로 여기에는 빌어먹을 걸림돌이 있소. 나 또한 종종 그런 생각을 한다고 기꺼이 인정하리다. 그러니 우선 밀실이라는 상황에 대해 다각도로 검토해 무엇을 발견할 수 있을지 한번 알아봅시다. 밀실에 대한 설명을 듣고 나면 왜 미심쩍은 기분이 드는 걸까? 그건 우리가 특별히 회의적인 사람이라서가 아니라, 그저 어딘지 모르게 실망스러운 느낌을 받기 때문이오. 일단 그런 감정이 든다면, 부당한 방향으로 더욱 생각의 발을 들여놓거나, 이 모든 이야기가 믿을 수 없고 불가능하며 지극히 터무니없다고 주장하게 되는 것도 당연한 일이오."

펠 박사는 들고 있는 담배로 한쪽을 가리키며, 쩌렁쩌렁한 소리로 말을 이었다.

"간단히 말해서, 오러크가 오늘 우리에게 실제로 공연되는 마술에 대해 해준 말이야말로 핵심을 찔렀다고 할 수 있소. 맙소사, 여러분! 실제로 발생하는 일에 대해서도 그렇게 이죽댄다면, 소설은 대체 어떤 기회를 가질 수 있는 겁니까? 마술 트릭이 실제로 이루어지고 마술사가 능수능란하게 그 트릭을 다룬다는 사실이 그 모든 것을 한층 더 속임수로 받아들여지게 하는 것 같소이다. 그런 일이 추리소설에서 일어나게 되면, 사람들은 믿기 힘든 이야기라고 하지요. 만약 믿을 수 없는, 그러나 믿지 않을 수 없는 일이 현실에서 일어난다면, 그 설명을 듣고 난 후에는 실망했다고 하고. 양쪽 영역에서 발생하는 실망감의 본질은 같다고 할 수 있소. 바로 지나친 기대감 때문이지.

그런 거요. 마술이나 소설의 결과가 굉장히 황홀하다면, 왜 그런지 그 원인 역시 황홀해야 한다고 기대한다는 말이오. 사람들은 그 원인이 실제 마법 같지 않으면 멍청할 정도로 시시하다고 하지. 이런 건 페어플레이라고 할 수 없소. 살인범의 변덕스러운 행동에 대해 불평하는 것이야말로 무엇보다 부당한 일이라오. 모든 평가의 잣대는 정말로 가능한지 여부에 두어야 하는 것 아니겠소? 만약 그렇다면, 현실에서 실제로 일어나고 있는 일인가 여부는 논의할 필요가 없는 거요. 한 남자가 밀실에서 탈출하오. 그렇다면? 그는 우리의 즐거움을 위해 자연법칙까지 파괴한 것처럼 보이는데, 그에게 '인간 행동 법칙의 개연성'을 파괴할 권리가 있는 건 모름지기 당연하지 않소! 만약 누가 물구나무를 선다고 한다면, 우리는 그가 그러는 동안 다리를 땅에 붙이고 있어야 한다는 조항을 내걸 수 없는 거요. 심사를 하려면 그 점을 염두에 두어야 합니다. 결말이 재미없다고 느껴진다면 그렇게 말할 수 있소. 그 외에 개인적인 취향에 대해서라면 뭐라고 말해도 좋지. 하지만 있을 수 없다느니, 설득력이 없다느니 하는 어처구니없는 말은 하지 않도록 극도로 조심해야 할 거요."

"좋아, 잘 알겠네."

해들리는 의자에 앉은 채 몸을 배배 꼬며 입을 열었다.

"나는 그 문제에 대해 그다지 큰 관심이 없어서 말이지. 하지만 자네가 이 강의를 고집하는 건, 어쩌면 이 사건에 적용할 수 있는 지점이 있기 때문이라서……?"

"그렇지."

"그렇다면 왜 완전한 밀실 같은 얘길 꺼내는 건가? 그리모 살해 건이 가장 큰 수수께끼는 아니라고 말한 사람은 자네 아닌가! 가장 중요한 수수께끼는 텅 빈 거리 한복판에서 총에 맞은 사람이라고…….”

“아, 그것 말인가?”

펠 박사가 경멸하는 듯 손을 내젓자 해들리는 그를 노려보았다.

“그 문제라면 교회 종소리를 듣는 순간 대번에 알아차렸다네. 쯧쯧, 말본새가 그게 뭔가! 지금 나는 진지하게 말하고 있네. 지금 골치가 아픈 건 그 방에서 어떻게 탈출했느냐 하는 거야. 그러니 밀실에서 벌어지는 다양한 살인 방식을 몇 가지 유형으로 분류하는 식으로 대략적인 얼개를 그려보면서, 작은 실마리라도 잡을 수 있을지 살펴볼 작정이라네. 이 범행은 그 유형 중 하나에 속하니 말이지. 아니, 속해야 하네! 아무리 광범위하게 변용한다 한들, 핵심적인 몇 가지 방식 중 하나일 뿐일 테니.

흐음! 자, 문과 창문이 하나씩 있고, 튼튼한 벽으로 둘러싸인 방이 있소. 문과 창문이 모두 잠겨 있는 경우, 그 방에서 탈출하는 방법으로 비밀 통로가 있다는 방향의 이야기는 하지 않도록 하지. 요즘에는 거의 쓰지 않는 방법이기도 하고, 자존심 강한 작가라면 그런 방법이 있다는 사실을 굳이 언급할 필요조차 없을 테니 말이오. 또한 이런 페어플레이에 어긋나는 방식을 살짝 변주한 트릭 역시 논할 필요가 없소. 예컨대 벽 널빤지를 밀어보면 손이 하나 겨우 들어갈 정도의 틈이 생긴다든지, 천장에 나이프를 떨어뜨릴 정도의 구멍에 마개를 틀어막아 보이지 않게 한다든지, 아무도 지나간 적이 없는 것처럼 천장 다락에 먼지를 뿌려둔다든지 하는 것 말이오. 이런 건 똑같은 반칙을 축소한 것에 지나지 않지. 비밀 통로가 골무처럼 작건 헛간 문처럼 크건 상관없이 그 본질은 동일한 것 아니겠소? 적당히 분류하자면……. 페티스 씨가 좀 적어주시겠소?"

"물론입니다. 말씀하시죠."

페티스가 씩 웃으며 대답했다.

"첫째! 실제로 밀실이 존재하고 그곳에서 범행이 이루어졌지만, 살인범은 그 방에서 탈출하지 않았다. 사실은 살인범은 그 방에 없었기 때문이다. 그 이유는 다음과 같소.

1. 살인이 아니라 여러 우발적인 일이 이어져 우연히 살인처럼 보이는 경우. 그 방이 밀실이 되기 전에 도난이나 습격, 상해, 가구 파손 같은 일이 일어나 살인 사건이 발생했을 때 몸싸움이 벌어졌다는 인상을 심어준다. 이후 피해자는 우연히 밀실 안에서 사망하거나 정신을 잃어 이 모든 일들이 같은 시기에 일어났다고 간주된다. 이런 경우 사망 원인은 보통 둔기에 의한 두부 외상으로 여겨지지만, 실제로는 가구에 부딪힌 것이다. 테이블 모서리나 의자의 뾰족하게 튀어나온 부분일 가능성도 있지만, 가장 인기 있는 대상은 벽난로 앞 철제 울타리이다. '셜록 홈스' 시리즈 단편 중 「등이 굽은 사내」 이래로 이런 철제 울타리 때문에 수많은 사람들이 사망했다. 이런 형식의 플롯 중 무엇보다 지극히 만족스러운 것은 바로 현존하는 최고의 추리소설, 가스통 르루의 『노란 방의 비

밀』이다.

2. 본질은 살인이지만 피해자가 자살하거나 사고사를 당할 수밖에 없는 상황으로 내몬 경우. 암시를 통해 유령이 나오는 방이라는 인상을 심어주는 경우도 있지만, 그보다는 외부에서 가스를 주입하는 것이 더욱 일반적이다. 이런 가스나 독극물 때문에 피해자가 미쳐 날뛰게 되어, 마치 몸싸움이 있었던 것처럼 방안을 때려 부순 후 나이프로 제 목을 그어 자살하게 된다. 이런 방식의 변주로 샹들리에의 뾰족한 부분에 머리를 들이받거나, 철사에 목을 매거나, 심지어 맨손으로 자신의 목을 조르는 경우도 있다.

3. 방안의 평범한 가구 같은 곳에 보이지 않도록 미리 설치해둔 기계적 장치에 의한 살인의 경우. 오래전에 사망한 이가 장치해둔 함정이 자동으로 작동하거나, 살인범이 최근에 새롭게 장치해두었을 수도 있다. 현대 과학을 이용한 악마 같은 기벽의 결과라고 할 수 있다. 예를 들어 전화 수화기 속에 총탄 발사 장치를 숨겨두어, 피해자가 수화기를 들어 귀에 가져다 대면 총탄이 그의 머리를 관통하는 것이다. 권총 방아쇠에 실을 매달아 놓고, 물이 얼면 팽창하는 원리를 이용해 실이 당겨지도록 하는 방법도 있다. 태엽을 감으면 총탄이 발사되는 시계는 꽤 인기가 있다. 꼭대기에 끔찍할 정도로 큰 소리로 울리는 벨이 달려 있어, 다가가서 그 벨을 끄려고 시계를 건드리는 순간 칼날이 튀어나와 배를 갈라놓는 정교한 대형 괘종시계도 있다. 천장에서 날아와 등받이가 높은 의자에 앉은 사

람의 머리를 노려 두개골을 박살내는 무거운 추도 있다. 체온에 의해 충분히 온도가 올라가면 치명적인 가스를 내뿜는 침대나, 아무런 흔적을 남기지 않는 독침, 혹은……."

펠 박사는 각각의 항목마다 담배로 지적하는 동작을 취하며 계속해서 말을 이었다.

"이와 같은 기계장치에 의존하다 보면, 좁은 범위의 밀실에 머무르기보다는 보편적인 '불가능한 상황'의 영역으로 넘어가게 되지. 이런 방법은 수도 없을 정도로 존재하기 때문에 사람을 감전시키는 장치까지 등장할 정도라오. 일렬로 진열해둔 그림 앞에 전선을 쳐두는 거지. 체스 판에 전기장치를 해둔다거나, 심지어 장갑에 전기가 통하도록 만드는 방법도 있소. 찻주전자 같은 것을 포함한 모든 가구에 죽음이 도사리고 있는 거요. 하지만 이런 장치들은 이번 사건과는 별 관련이 없는 것 같으니, 이만하고 다음으로 넘어갑시다.

4. 자살이지만 살인처럼 보이도록 의도한 경우. 고드름으로 자신을 찔러 자살하면, 고드름이 녹아 밀실 안에서 아무런 흉기가 발견되지 않으니 살인 사건으로 추정된다. 고무줄 한쪽 끝에 총을 묶은 후 자살하면, 손에 쥐고 있던 총이 풀려나 고무줄에 끌려 굴뚝 속으로 사라져버린다. 밀실 사건이 아니더라도 이런 방식은 다음과 같이 변주할 수 있다. 권총에 실로 무거운 물건을 매어둔 채 총을 발사하면, 권총은 다리 난간 너머 물속으로 사라진다. 그리고 같은 형식으로, 권총이 창밖으로 튀어나가 눈더미 속으로 파묻히는 방식

도 있다.

5. 살인이지만 착각과 연기에 의해 문제가 발생하는 경우. 피해자는 아직 살아 있다고 여겨지지만, 실제로는 이미 사람들이 감시하고 있는 문 너머 밀실 안에 살해당한 채 쓰러져 있다. 살인범은 피해자의 복장을 하거나 사람들이 오해하도록 뒷모습만 보여준 채 서둘러 문안으로 들어간다. 그리고 곧바로 변장을 제거하고 자신의 신원을 드러내며 그 문을 통해 돌아 나온다. 피해자가 아닌 다른 사람이 문밖으로 나왔다는 착각을 심어주는 것이다. 어쨌든 살인범에게는 알리바이가 생기게 된다. 나중에 시체가 발견되더라도, '변장한' 피해자가 방안으로 들어가고 나서 어느 정도 시간이 지난 후에 살인이 일어났다고 추정되기 때문이다.

6. 밀실 밖에 있던 살인범이 저지른 살인이지만, 살인범은 밀실 안에 있었던 것처럼 보이는 경우."

펠 박사는 이 대목에서 잠시 말을 끊고 화제를 전환했다.

"나는 이런 경우를 설명하기 위해 이런 살인 유형을 '장거리 살인' 내지는 '고드름 살인'이라는 포괄적 명칭으로 분류하고자 하오. 보통은 이런 기본 원리의 변형이기 때문이지. 아까 고드름 이야기를 꺼냈는데, 여러분도 내가 무슨 뜻으로 그 예를 들었는지 이해할 거요. 문은 잠겨 있고 창문은 살인범이 드나들기에 너무 작소. 하지만 피해자는 방안에서 칼에 찔린 것처럼 보이고, 흉기는 사라져버린 상태라오. 자, 그 고드름은 바깥에서 총알처럼 발사된 것이오.

그런 일이 현실적으로 가능한지 여부를 앞서 언급했던 신비로운 가스와 마찬가지로 논외로 한다면, 그 고드름은 흔적도 없이 녹아버리게 되오. 추리소설에서 최초로 이 트릭을 사용한 것은, 애나 캐서린 그린•의 작품『머리글자만 남았다』일 거요.

그런데 그녀에게는 여러 전통을 처음 시작했다는 책임이 있소. 그녀는 오십 년도 전에 출간된 자신의 첫 번째 추리소설••에서 고용주를 살해하는 비서의 범례를 확립해놓았소. 오늘날 추리소설의 통계를 살펴보면, 비서야말로 여전히 가장 빈번하게 살인을 저지르는 직업군이라는 사실을 알 수 있을 거요. 집사는 시대에 뒤떨어진 직업이고, 휠체어를 탄 병자는 지나치게 용의자처럼 보이지 않소? 게다가 차분한 독신 중년 여성들은 이미 오래전에 탐정이 되기 위해 살인광이 되기를 포기하고 말았지. 의사 역시 오늘날에는 행동거지가 훨씬 나아졌소. 물론 아직도 자질이 탁월한 나머지 미친 과학자같이 되어버리는 경우도 있지만. 변호사는 변함없이 비뚤어진 족속이긴 해도, 실제로 위험한 경우는 얼마 안 될 거요. 하지만 유행은 돌고 도는 법! 에드거 앨런 포는 팔십 년 전 살인범에게 '굿펠로'라는 이름을 붙여 엉겁결에 진상을 털어놓았는데, 오늘날 가장 인기 있는 작가마저 최종 악당에게 '굿맨'이라는 이름을 붙이면서 똑같은 짓을 반복하고 있단 말이지. 어쨌든 이런 비서야말로 여전히 집안에 두기에 누구보다 위험한 사람들일 거요.

고드름 이야기로 돌아가봅시다. 이 방식을 실제로 시험한 공로

• **애나 캐서린 그린** _ 19세기 미국의 추리소설 작가. 코넌 도일의 셜록 홈스가 등장하기 이전에 이미 탐정의 성공적인 모델을 제시했으며, 특히 작품 속에서 여성 탐정을 정착시킨 선구자격 존재로 평가된다.

•• **첫 번째 추리소설** _ 1878년에 발표된 『레번워스 사건』을 가리킨다.

는 메디치 가문에 돌려야 할 거요. 그리고 '플레밍 스톤' 시리즈• 중 시인 마르티알리스의 경구가 언급된 작품이 있는데, 그런 치명적인 방식의 기원이 서기 1세기 로마에 있다고 밝히고 있지. 고드름을 총으로 쏜 적도 있고, 직접 던진 적도 있고, 석궁으로 발사한 적도 있소. 『마흔 가지 얼굴』••에 등장하는 멋진 주인공 해밀턴 클리크가 벌인 모험 중에도 비슷한 내용이 있소이다. 이렇게 녹아버리는 투사 무기의 변형으로는 암염 탄환도 있고, 심지어 얼린 혈액으로 만든 탄환도 있소.

하지만 이런 방식은 밀실 밖에 있던 자가 저지른 밀실 안 범행에 대해 내가 말하려는 바를 몇 개 예로 든 것에 불과하오. 다른 방법들도 여럿 있소. 지팡이 속에서 가느다란 칼을 꺼내 여름 별장의 담쟁이덩굴 사이로 피해자를 찌르고 검을 거둔다거나, 검이 너무 가느다란 나머지 자신이 찔렸다는 사실조차 깨닫지 못한 채 밀실 안으로 걸어 들어가 갑자기 쓰러져 죽어버리는 경우도 있지. 또한 아래쪽에서는 접근할 수 없는 창밖으로 고개를 내밀도록 피해자를 꾀어낸 다음, 우리의 친근한 흉기인 얼음덩이를 위에서 떨어뜨리는 방법도 있소. 그런 경우 얼음은 머리를 박살낸 후 녹아버리기 때문에 흔적이 남지 않는 거요.

이 항목 아래에 독사나 독충을 살인 흉기로 사용한 경우를 추가해도 무방할 테지. 마찬가지로 3번 항목 아래에 추가할 수도 있을 거요. 뱀은 상자나 금고뿐 아니라 화분이나 책 속, 샹들리에, 지팡이 같은 곳에도 교묘하게 숨겨놓을 수 있소. 심지어 기괴한 전갈 조각을 새겨놓은 호박 파이프가 입에 무는 순간 진짜 전갈이 되었다는 유쾌한 이야기도 하나 떠오르는구려. 하지만 여러분, 이제까지 밀실에서 발생한 가장 위대한 장거리 살인으로 추리소설 역사를 통틀어서도 가장 훌륭한 단편 중 하나인 이 작품을 추천하고 싶소이다. 사실 이 작품은 토머스 버크의 「오터몰 씨의 손」이나 체스터턴의 「통로의 남자」, 자크 푸트렐의 「13호 독방의 문제」와 함께 범접할 수 없는 최고 수준이라는 영예를 차지하고 있소. 바로 멜빌 데이비슨 포스트의 「둠도프 살인 사건」으로, 여기서 장거리 살인을 저지른 존재는 바로 태양이었소. 밀실 창문을 통해 들어온 햇빛이 둠도프의 하얀 메틸알코올병을 돋보기 삼아 벽에 걸려 있던 총의 뇌관을 점화시켜, 침대에 누워 있던 그 증오스러운 자의 가슴에 총이 발사된 거요. 그리고 또 이런 사례가 있는데…….

잠깐만! 어흐흠. 더이상 돌아가지 않는 편이 좋겠군. 이 마지막 항목을 끝으로 분류를 끝내도록 합시다.

7. 살인 사건이지만 5번 항목과 정확히 반대 효과에 의존하는 경우. 이 경우, 피해자는 실제보다 오래전에 사망한 것으로 추정된다. 피해자는 밀실 안에서 무해한 약물에 취해 잠에 빠져든다. 문을 두드려도 그는 일어나지 않는다. 살인범은 겁에 질린 척 억지로 문을 열고 제일 먼저 안으로 들어간다. 그러고는 칼로 찌르거나 목을 긋든지 해서 피해자를 살해하며, 다른 목격자들에게 그 상처는

● **'플레밍 스톤' 시리즈** _ 미국의 작가 캐럴린 웰스가 1909년부터 발표한 추리소설 시리즈.

●● **「마흔 가지 얼굴」** _ 미국의 작가 토머스 W. 핸슈가 1912년에 발표한 추리소설.

원래 있었던 것이라는 암시를 심어놓는다. 이런 방식을 최초로 발명한 영광은『빅 보 미스터리』를 쓴 이즈리얼 쟁윌에게 돌아가야 한다. 이는 그후로도 여러 가지 방식으로 변형되어 사용되었기 때문이다. 보통은 칼로 찌르는 방식을 사용하는데, 그 장소는 선상이나 폐가에서부터 온실이나 다락에 이르기까지 다양하다. 심지어 이 방식은 야외에서도 적용되는데, 이 경우에는 피해자가 먼저 정신을 잃고 쓰러지면 살인범이 그에게 다가가는 식이다. 그리하여……."

"잠깐만! 좀 기다려주게!"

해들리가 주의를 끌기 위해 테이블을 쾅 내려치며 끼어들었다. 만족스러울 정도로 혀를 매끄럽게 굴리고 있던 펠 박사가 기분 좋은 표정으로 고개를 돌려 그를 바라보았다. 해들리는 본론으로 들어갔다.

"아주 훌륭하군그래. 자넨 모든 밀실 상황을 다루었네만……."

"모든이라고 했나?"

펠 박사가 눈을 크게 뜨며 콧방귀를 뀌었다.

"당연히 아니고말고. 그 정도로는 개별 항목에 등장하는 방법들을 철저히 다루었다고 할 수 없네. 그저 즉석에서 거칠게 윤곽만 건드렸을 뿐. 하지만 그 정도로 만족하기로 하고, 다른 분류 항목에 대한 이야기를 해볼까 하네. 예를 들어 문과 창문에 수작을 부려 안쪽에서 잠기게 하는 다양한 방법 같은 것들 말이지. 흐음! 그래서 여러분, 이야기를 계속하면……."

"아직 내 말 끝나지 않았네."

해들리가 끈질기게 말을 이었다.

"내가 자네 전문 분야에 의문을 하나 제기해보지. 그런 묘기를 부릴 수 있는 온갖 방식을 늘어놓으면서 실마리를 잡을 수 있을 거라고 했지. 자네는 일곱 가지 항목에 대해 말했어. 하지만 이 사건은 자네가 분류해놓은 항목 어디에도 해당되지 않는군. 자네가 분류한 항목 모두가 '살인범은 그 방에서 탈출하지 않았다. 사실은 살인범은 그 방에 없었기 때문이다'라는 전제하에 있지 않나? 그러니 전부 탈락일 수밖에! 밀스와 뒤몽이 거짓말을 하는 게 아니라고 가정하는 한, 우리가 딱 하나 확실히 알고 있는 건 살인범은 실제로 그 방안에 있었다는 것이니까! 그 점에 대해서는 어떻게 생각하나?"

페티스는 의자 끝에 걸터앉아 있었는데, 봉투 위로 고개를 숙이고 있어 붉은 갓을 씌운 램프 불빛에 벗어진 머리가 반짝거렸다. 그는 지금까지 금박을 입힌 말쑥한 연필로 펠 박사의 이야기를 깔끔하게 받아 적던 중이었다. 이제 그가 고개를 들어 펠 박사를 살펴보았다. 그의 눈은 한층 더 튀어나와 마치 개구리 같았다.

"아, 그렇지."

펠 박사는 짧은 기침을 하며 대답했다.

"하지만 5번 항목에는 암시적인 부분이 있다고 생각하네만. 착각 말일세! 만약 밀스와 뒤몽 부인이 정말로 누군가가 방안으로 들어가는 것을 본 게 아니라, 두 사람이 뭔가에 속아넘어갔다거나 이 모든 게 환등기처럼 환각이었다고 하면 어떨까?"

해들리가 말했다.

"환각이라니, 말도 안 되는 소리 말게. 미안하지만 나도 그런 생각은 해보았다네. 어젯밤에 밀스를 닦달했고, 오늘 아침에 한두 마디 더 타진해보기도 했지. 살인범의 정체가 무엇이건, 그자는 환각도 아니었고 분명히 문을 통해 안으로 들어갔다네. 그림자를 드리우고 걸어갔을 때 복도가 울릴 정도로 확실히 실체가 있었어. 말을 하고 문을 쾅 닫을 정도로 실체가 있는 인간이었다는 말이네. 그 점에는 동의하나, 펠?"

펠 박사는 암담한 표정으로 고개를 끄덕이더니, 불 꺼진 담배를 멍하니 빨아들였다.

"아, 그래. 그 점은 동의하네. 그는 실체가 있는 자였고, 분명 안으로 들어갔지."

페티스가 급사를 불러 커피를 더 가져오라고 주문하는 동안에도 해들리는 계속해서 밀어붙였다.

"우리가 알고 있는 이야기가 사실이 아니라고 가정한다 해도, 심지어 이 모든 게 환등기가 만들어낸 환각이라고 가정한다 해도, 그리모를 죽인 것은 환등기가 만들어낸 그림자 따위가 아니라네. 실제 손으로 발사한 실제 총탄이 그를 살해했지. 그리고 다른 항목에 대해서도, 그리모가 기계장치가 발사한 총에 맞은 게 아니라는 건 분명해. 그렇다고 자네가 든 예처럼 권총을 굴뚝 위로 날려버린 것도 아니니, 그리모가 권총 자살을 한 것도 아니야. 우선 총구를 그 정도로 떨어뜨린 채 자기 자신에게 권총을 쏠 수는 없네. 또한 권총이 굴뚝을 통해 빠져나간 다음 지붕을 가로질러 캐글리오스트로 스트리트로 날아가 플레를 쏴 임무를 완수한 다음 땅에 떨어졌다는 것이야말로 있을 수 없는 일이지. 제기랄, 펠. 점점 자네 말투를 닮아가는군. 지금 당장이라도 본청에서 전화가 걸려올 것 같으니 이제 정신 좀 차리고 싶군. 대체 왜 그러나?"

펠 박사는 작은 눈을 크게 뜨고 램프 불빛을 바라보다가 테이블 위에 주먹을 천천히 내려놓았다.

"굴뚝이라니! 굴뚝이었어! 세상에! 어쩌면……. 맙소사! 해들리, 난 어쩌면 이렇게 바보일까?"

"굴뚝이 어떻다는 건가? 살인범이 굴뚝으로 드나들 수 없다는 건 이미 확인하지 않았나?"

"그래, 물론이지. 하지만 그런 뜻으로 한 말이 아니라네. 희미한 빛이 보이기 시작했어. 달빛처럼 희미한 빛일지도 모르지만. 그 굴뚝을 다시 한번 봐야겠네."

페티스가 키득거리며 금박 연필로 종이를 톡톡 두드렸다.

"어쨌든 이 논의도 좀더 보충할 수 있지 않을까요? 한 지점에 대해서는 경정님 의견에 동의합니다. 문이나 창문, 굴뚝 같은 것을 조작할 방법을 대충 언급해주실 수 없을까요?"

펠 박사는 어느덧 다른 곳에 팔려 있던 정신을 되찾아 다시 열정적으로 이야기를 시작했다.

“이런 말을 하게 되어 유감스럽지만, 추리소설에서 굴뚝은 탈출 수단으로서 인기가 별로 없소이다. 물론 비밀 통로로 따지자면 굴뚝의 인기는 최고일 거요. 텅 비어 있어 뒤쪽에 비밀의 방을 숨긴 굴뚝이라든지, 벽난로 뒤쪽을 커튼처럼 여닫을 수 있는 굴뚝도 있고, 심지어는 벽난로가 통째로 돌아가거나 벽난로 바닥돌 아래에 방이 숨어 있는 경우도 있소. 게다가 굴뚝을 통해 온갖 종류의 물건을 아래로 떨어뜨릴 수 있는데, 대부분 독극물인 경우가 많지. 하지만 살인범이 굴뚝을 기어올라 탈출하는 예는 굉장히 희귀하오. 불가능에 가까운 일이라는 건 차치하고, 문이나 창문에 장난질을 치는 것보다 훨씬 지저분한 일이니까. 문과 창문이라는 두 가지 주요 분류 사항에 대해서는, 문이 훨씬 인기가 많으니 안쪽에서 잠긴 것처럼 보이게 조작하는 방법에 대해 몇 가지 예를 들어보리다.

1. 열쇠 구멍에 여전히 열쇠를 꽂아둔 채 조작하는 경우. 이는 과거부터 인기리에 널리 사용되던 방식이지만, 오늘날에는 이런 방식과 그 변형은 너무나 잘 알려져 있어 이를 진지하게 사용하는 사람은 아무도 없다. 바깥쪽에서 열쇠 몸통 부분을 펜치로 쥐고 돌리는 게 그 방식인데, 그리모의 서재 문을 열기 위해 우리가 사용한 방식도 바로 이것이다. 한 가지 유용한 소규모 장치는 바로 오 센티미터 정도 되는 가느다란 금속 막대에 길고 튼튼한 실을 묶는 것이다. 방을 나서기 전에 이 막대를 열쇠 손잡이 부분에 난 구멍에 끼

워두는데, 막대가 지렛대 역할을 할 수 있도록 한쪽은 위로 다른 한쪽은 아래로 향하게 한다. 실은 아래로 늘어뜨려서 문 밑을 통해 바깥쪽으로 잡아뺀다. 그후 바깥쪽에서 문을 닫는다. 이때 실을 당기는 것만으로도 지렛대를 돌려 자물쇠를 잠글 수 있다. 그런 다음 실을 이용해 헐거워진 막대를 흔들거나 끌어당겨, 막대가 떨어지면 문 밑으로 끌어당겨 빼낸다. 이와 같은 원리를 다양하게 응용할 수 있는데, 모두가 실을 활용하는 것이다.

2. 자물쇠나 빗장은 건드리지 않고 그저 문의 경첩을 제거하는 경우. 이 방식은 깔끔한 트릭으로, 잠겨 있는 찬장을 털고자 하는 어린 학생들도 대부분 잘 알고 있다. 그러나 당연하게도 경첩은 문 바깥쪽에 달려 있어야 한다.

3. 빗장을 조작하는 경우. 여기에서도 실을 사용한다. 이번에는 핀이나 감침질 바늘을 이용한 장치로, 문 안쪽에 꽂아둔 핀의 지렛대 작용과 열쇠 구멍을 통과하는 실의 움직임으로 바깥쪽에서 빗장을 거는 방식이다. 내가 모자를 벗어 경의를 표하는 상대인 파일로 밴스가 이런 묘기를 최고로 변용하는 모습을 보여주었다.• 보다 간단하지만 그다지 효과적이지 못한 응용으로는 한 가닥의 끈을 사용하는 방식이 있다. 갑자기 잡아당기면 매듭이 풀려버리는 이른바 '멍텅구리 매듭'으로, 기다란 끈 한쪽 끝에 고리를 만들어둔다. 이 고리를 빗장 손잡이에 걸고 아래로 늘어뜨려 문 밑을 통해 밖으로 빼낸다. 그런 다음 문을 닫고 좌우로 끈을 움직이면 빗장이 걸리

• S.S. 밴 다인의 『카나리아 살인 사건』에 나온다.

게 된다. 그후 끈을 홱 잡아당기면 손잡이에 걸려 있던 매듭이 풀리게 되고, 끈은 아래로 떨어진다. 엘러리 퀸이 보여준 또 다른 방식은 피해자의 시체를 이용하는 것인데•, 문맥을 고려하지 않은 채 거두절미하고 그 대목만 인용하는 것은 지나치게 거친 행동이기 때문에, 그 훌륭한 신사에 대해 공정한 처사가 아닐 것이다.

4. 걸쇠를 조작하는 경우. 이 방식은 보통 걸쇠 아래에 무언가를 괴어 놓는 것으로, 밖에서 문을 닫은 후 괴어 놓은 것을 제거하면 걸쇠가 걸리게 된다. 단언컨대 가장 좋은 방식은 이전 항목에서도 유용하게 사용한 적이 있던 얼음을 이용하는 것으로, 얼음 조각을 걸쇠 아래에 괴어 놓는 것이다. 그후 얼음이 녹으면 걸쇠가 걸린다. 그저 문을 쾅 닫기만 해도 그 충격에 걸쇠가 걸리는 경우도 있다.

5. 착각을 이용하는 경우. 간단하지만 효과적인 방식이다. 범행을 저지른 살인범이 바깥쪽에서 문을 잠그고 열쇠를 수중에 지닌다. 하지만 열쇠는 여전히 잠긴 방안에 있다고 추정된다. 살인범은 가장 먼저 공포에 질린 척 소동을 벌이며 시체를 발견한다. 그러고는 문 위쪽에 달린 유리창을 박살낸 후, 열쇠를 몰래 쥐고 있던 손을 그 안으로 집어넣어, 마치 안쪽 열쇠 구멍에 열쇠가 꽂혀 있던 것처럼 열쇠를 발견한 척하며 문을 연다. 또한 이 방식은 평범한 나무문 판자를 부술 때도 이용된다.

그 외에도 이것저것 다양한 방법이 있소. 예를 들어 바깥쪽에서 문을 잠그고 역시 실을 이용해 열쇠를 방 안쪽으로 되돌려두는 방법도 있지만, 이번 사건에는 어느 하나 적용되지 않는다는 건 다들 알 거요. 문이 안쪽에서 잠겼다는 사실을 확인하지 않았소? 뭐, 안쪽에서 문을 잠글 수 있는 방법은 꽤 여러 가지가 있지만, 이번에는 그런 방식을 사용한 것이 아니오. 밀스가 내내 그 방문을 지켜보고 있었으니. 이 방은 그야말로 기계적 의미에서 잠겨 있던 것이지. 문이 감시하에 놓여 있었으니, 확인 사살을 당한 셈이라오."

페티스가 미간을 찡그리며 입을 열었다.

"다 알고 있는 진부한 이야기를 끌어오고 싶지는 않지만, 불가능한 것을 제외하면, 아무리 있을 수 없을 법한 일처럼 보일지라도 마지막에 남은 것이 진실••이라는 말이 그럴듯해 보입니다만. 박사님께서는 문을 제외하셨고, 또 굴뚝도 제외하신 것 같군요?"

"그렇소이다."

펠 박사가 툴툴거리자 해들리가 따져 물었다.

"그렇다면 우리는 한 바퀴 빙 돌아 창문으로 다시 돌아간 게로군? 자네는 이번 사건에서 사용되지 않았음이 분명한 범행 방식을 끝없이 늘어놓았지. 하지만 그 선정적인 목록에서 범인이 빠져나가는 데 사용했을 수 있는 유일한 방식을 쏙 빼놓은 채 일언반구도 하지 않았어……."

펠 박사가 외쳤다.

"왜냐하면, 창문이 잠겨 있지 않았기 때문이라네. 모르겠나? 만

• 엘러리 퀸의 『중국 오렌지 미스터리』에 나온다.
•• 셜록 홈스가 그의 친구 존 왓슨에게 한 말을 인용한 것.

약 창문이 잠겨 있었더라면, 창문을 다루는 온갖 종류의 재미난 방식들을 알려줬을 걸세. 초창기의 가짜 못대가리서부터 오늘날의 철제 셔터 속임수에 이르기까지, 자취를 죽 더듬어갈 수도 있다네. 창문을 박살낸 다음 신중하게 걸쇠를 돌려 창틀을 잠그는 방법도 있지. 밖으로 나가서 그저 유리 전체를 새로 갈아끼우고 둘레를 퍼티로 접착하기만 하면, 새로 끼운 유리가 원래 있었던 것처럼 보여 창문은 안쪽에서 잠긴 셈이 된다네. 하지만 이 사건에서 창문은 잠겨 있지도 않았거니와, 심지어 닫혀 있지도 않았어. 그저 밖에서 접근하기가 어려울 뿐이지."

"어딘가에서 인간 파리에 대한 글을 읽은 것도 같지만……."

페티스가 조심스레 의견을 냈다.

펠 박사는 고개를 흔들었다.

"인간 파리가 굉장히 매끄러운 벽에 붙어 걸어 다닐 수 있을지에 대한 토론일랑은 관둡시다. 나는 뭐든지 기분 좋게 받아들이는 성격이라 그 파리가 확실하게 내려앉을 공간만 있다면 인간 파리의 존재를 믿을지도 몰라요. 바꿔 말하면 그는 어딘가에서 출발해서 어딘가에 도착해야 한다는 뜻이오. 하지만 그러지 않았소. 지붕에도 내려앉지 않았고, 아래쪽 땅에도 마찬가지라오."

펠 박사는 두 주먹으로 양쪽 관자놀이를 두드렸다.

"하지만 그 사항에 대해 한두 가지 의견을 듣고 싶으시다면, 기꺼이……."

그는 갑자기 말을 멈추더니 고개를 들었다. 이제 식당 안은 사람들도 다 빠져나가 고요했다. 저쪽 끝에 줄지어 늘어선 창문에 비치는 희미한 빛 사이로 눈발이 나풀거리는 모습이 힐끗힐끗 보였다. 그 분위기 속에 나타난 사람은 윤곽만 보였다. 그는 잠시 주저하면서 좌우를 둘러보다가 사람들을 향해 서둘러 다가왔다. 해들리는 그가 맹건이라는 사실을 알아차리고 조용히 감탄사를 내뱉었다. 맹건의 얼굴은 창백했다.

"무슨 일이라도 생겼습니까?"

해들리는 가능한 한 냉정한 태도로 물으며, 의자를 뒤로 밀치고 일어났다.

"설마 코트색이 또 변했다거나 하는 건……."

"그렇습니다."

맹건은 테이블 옆에 서서 헐떡거리며 숨을 몰아쉬었다.

"집으로 가보시는 게 좋을 것 같습니다. 드레이먼의 상태가 이상합니다. 뇌졸중 발작 같은 게 일어난 것 같습니다. 아니, 죽지는 않았습니다. 하지만 상태가 심각합니다. 발작을 일으켰을 때 그는 경정님께 연락을 취하려던 중이었습니다. 지금은 미친 사람처럼 자기 방에 누군가가 있었다느니, 불꽃이라느니 굴뚝 같은 이야기를 늘어놓고 있습니다."

018

굴뚝

응접실에는 또다시 세 사람이 기다리고 있었다. 세 명 모두 신경이 곤두서서 바짝 긴장한 채였다. 벽난로를 등지고 선 스튜어트 밀스마저 끊임없이 헛기침을 하고 있었는데, 로제트는 그 소리 때문에 반쯤 미친듯이 보였다. 에르네스틴 뒤몽은 벽난로 옆에 조용히 앉아 있었다. 맹건이 펠 박사, 해들리, 페티스, 램폴을 안내해 응접실로 들어왔을 때의 풍경은 이와 같았다. 조명은 꺼진 채였다. 레이스가 달린 두꺼운 커튼 뒤로 눈 내리는 오후의 차가운 기운만이 밀려 들어오고 있었다. 다 꺼져가는 벽난로 불빛 위로 밀스의 그림자가 드리워졌다. 버너비의 모습은 보이지 않았다.

뒤몽은 밀스의 그림자에서 시선을 돌리지 않은 채 입을 열었다.

"드레이먼은 만나실 수 없어요. 지금 의사가 그와 함께 있어요. 나쁜 일은 한꺼번에 닥치는군요. 어쩌면 그는 정신이 나갔을지도 몰라요."

로제트는 팔짱을 낀 채 고양이 같은 우아한 모습으로 이리저리 서성거리다가, 사람들이 들어오는 모습을 보고 갑자기 태도가 돌변해 신랄하게 쏘아붙였다.

"이제 더이상은 참을 수 없어요. 이런 상태가 계속될지도 모르잖아요. 이게 대체 무슨 일인지 짐작 가는 데라도 있어요? 아버지가 어떻게 살해당했는지 아시나요? 아버지를 살해한 사람은요? 제발 무슨 말씀이라도 해보세요. 차라리 제가 범인이라고 고발이라도 해보시라고요!"

"드레이먼 씨에게 무슨 일이 일어났는지 있는 그대로 설명해주겠습니까? 언제 그 일이 일어났는지도요. 생명이 위독한 상태입니까?"

해들리의 목소리는 침착했다. 뒤몽 부인이 어깨를 으쓱하고는 말했다.

"그럴 수도 있을 거예요. 그는 심장이…… 잘 모르겠네요. 갑자기 쓰러졌고, 지금은 의식이 없는 상태랍니다. 그가 다시 깨어날 수 있을지 물으신다면, 그것도 모르겠다는 대답을 드릴 수밖에 없어요. 그에게 무슨 일이 일어났는지, 또 무엇 때문에 그렇게 되었는지 우리는 아는 바가 전혀 없어서……."

밀스가 다시 한번 헛기침을 했다. 그는 어딘지 모르게 우쭐대며 꾸민 듯한 미소를 띠고 있었는데, 그 모습이 꽤 섬뜩했다. 그가 입을 열었다.

"경정님, 누군가 그를…… 어, 그러니까 살해할 의도로 공격한 건 아닐까 하는 의심을 품고 계신다면 그런 생각은 떨치시는 게 좋을 겁니다. 저희 모두에게 확인해보실 수 있을 테니까요. 기묘하게 보일지도 모르지만 우리는…… 그 뭐라고 해야 하나, 둘씩 짝을 지어 갈라져 있었습니다. 그러니까 어젯밤에 함께 있었던 사람들이 오늘 오후에도 함께 있었다는 뜻입니다. 아폴론의 무녀와 저는……."

그는 근엄한 태도로 에르네스틴 뒤몽을 향해 목례했다.

"위층 제 작은 사무실에 함께 있었습니다. 그리모 양과 우리 친구 맹건은 여기에서 함께 있었는데……."

로제트가 재빨리 고개를 들더니 말했다.

"처음부터 들으시는 게 좋겠어요. 맨 처음에 드레이먼 아저씨가 여기 내려왔다는 이야기를 보이드에게 들으셨나요?"

"아니, 난 아무것도 말하지 않았어."

맹건이 다소 가시 돋친 말투로 대답했다.

"그 코트 사건 이후로 저는 누구에게라도 확인을 받고 싶은 심정이었습니다."

그는 주변을 빙 둘러보았다. 관자놀이께 근육이 팽팽했다.

"약 삼십 분 전 일이었습니다. 로제트와 저는 여기서 단둘이 있었지요. 그전에는 버너비 씨와 말다툼을 한 참이었습니다. 뭐, 늘 있는 일이죠. 모두가 고함을 지르며 그 코트 건에 대해 말다툼을 벌였습니다. 너 나 할 것 없이 사이가 벌어졌죠. 이윽고 버너비 씨는 나가버렸습니다. 그때까지 드레이먼 씨의 모습은 전혀 보이지 않았습니다. 오늘 아침까지도 방에서 나오지 않았죠. 그런데 드레이먼 씨가 이 방에 들어오더니, 어떻게 경정님께 연락을 취할 수 있는지 물어보더군요."

"그가 뭔가 발견한 겁니까?"

로제트가 콧방귀를 뀌었다.

"그게 아니면 우리가 그렇게 생각하기를 바랐던 거죠. 얼마나 비밀스럽게 굴었는지 몰라요! 그는 평소처럼 비틀거리며 나타나더니, 보이드가 말한 것처럼 어디서 경정님을 찾을 수 있는지 물었어요. 그래서 보이드가 무슨 일이냐고 물었는데……."

"그가 뭔가 중요한 것을 알아낸 것처럼 보였습니까?"

"예, 그랬어요. 우리 둘 다 거의 펄쩍 뛸 지경이었……."

"어째서요?"

로제트가 차갑게 말했다.

"경정님께서도 그러셨을걸요. 만약 경정님께서 결백하시다면 말이에요."

그녀는 어깨를 움찔했지만 여전히 팔짱은 풀지 않은 채였다. 마치 추위에 떨고 있는 모습처럼 보였다.

"그래서 우리가 '대체 무슨 일이에요?' 물었어요. 그러자 아저씨는 살짝 휘청거리더니 이렇게 말하더군요.

'내 방에서 뭔가 없어진 걸 발견했단다. 그래서 어젯밤에 잊고 있던 게 갑자기 생각났지 뭐냐.'

그러더니 무슨 말을 잔뜩 늘어놓았는데, 무슨 잠재의식 속 기억에 대한 것 같았어요. 요점은 그다지 명확하지 않았지만요. 한마디로 요약하자면 환각이라고나 할까요? 어젯밤에 수면제를 복용한 다음 침대에 누워 있는데, 누가 자기 방안으로 들어왔다지 뭐예요."

"사건이 일어나기…… 전에 말입니까?"

"그래요."

"그의 방에 들어간 사람이 누구였습니까?"

"바로 그거예요! 아저씨도 모르거나 말하고 싶지 않았거나, 둘 중 하나였겠죠. 그것도 아니라면 그 모든 기억이 그저 꿈이었을 테고요. 물론 기억이 사실일 수도 있어요."

로제트의 말투는 여전히 차가웠다.

"다른 선택지는 떠올리지 못하겠네요. 우리가 질문을 던지자, 아저씨는 머리만 두드리며 '정말로 말할 수 없어'라고 얼버무리는 게 아니겠어요? 아, 아저씨의 그런 태도는 이만저만 짜증이 나는 게 아니라고요! 당당하게 나서서 말하고자 하는 바를 말하지 못하는 사람은 딱 질색이에요! 우리는 둘 다 짜증이 나서……."

"아, 그는 정신이 멀쩡했습니다."

맹건은 점점 더 기분이 불편해지는 모습이었다.

"다만…… 젠장, 내가 그 말만 하지 않았더라도……."

"무슨 말 말입니까?"

해들리가 재빨리 물었다.

맹건은 어깨를 움츠린 채 우울한 표정을 하고는 난롯불을 바라보았다.

"이런 말을 했습니다.

'그렇게 대단한 걸 발견했다면, 그 끔찍한 사건 현장으로 올라가 단서를 좀더 찾아보지 그럽니까?'

예, 저는 화가 나 있었습니다. 그런데 그는 제 말을 진지하게 받아들이더군요. 잠시 동안 저를 빤히 바라보더니, 이렇게 말하는 게 아니겠습니까?

'그래, 그럴 작정이라네. 확인해두는 편이 낫겠어.'

그러더니 밖으로 나갔습니다. 이십 분쯤 지났을까, 누가 아래층으로 급히 내려오는 시끄러운 소리가 들렸습니다. 우리는 밖으로 나가보진 않았는데……."

그는 갑자기 입을 다물었다.

로제트가 놀랄 정도로 무심한 태도로 그에게 말했다.

"다 말해버리는 게 좋을 거야. 다른 사람들에게 알려져도 난 상관없으니까. 저는 아저씨의 뒤를 밟아 뭘 하는지 보고 싶었어요. 하지만 우린 둘 다 그러지 않았죠. 이십 분쯤 지난 후, 아저씨가 여기저기 부딪히며 아래층으로 내려오는 소리가 들렸어요. 이윽고 마지막 계단까지 다 내려온 것 같았는데, 마치 숨을 쉬지 못하는 것 같은 소리가 나더니 뒤이어 뭔가 바닥에 쿵 떨어지는 소리가 났어요. 보이드가 문을 열어보니 아저씨가 몸을 웅크린 채 쓰러져 있었어요. 얼굴이 온통 시뻘겠고, 이마 주변에 튀어나온 혈관이 온통 파랗게 부풀어 있었어요. 얼마나 끔찍한 모습이었는지! 당연히 우리는 의사를 불렀어요. 아저씨는 악을 쓰며 '굴뚝'과 '불꽃', 두 단어만 계속 반복했어요."

에르네스틴 뒤몽은 난롯불에서 눈을 떼지 않은 채 여전히 무심하게 앉아 있었다. 밀스는 깡충 뛸 듯한 모습으로 앞으로 한 걸음 나선 다음, 고개를 떨구며 입을 열었다.

"이야기를 이어서 하도록 허락해주시겠습니까? 아마 제가 빠진 부분을 채워 넣을 수 있을 것 같습니다. 물론 아폴론의 무녀께서 허락해줘야겠지만……."

"흥, 허튼소리 말아요!"

뒤몽이 고개를 들며 소리쳤다. 그녀의 얼굴은 그늘이 드리워져 있었음에도 고래수염 같은 불굴의 의지가 엿보였다. 램폴은 그녀의 두 눈이 이글이글 타오르는 것을 보고 깜짝 놀랐다.

"당신은 언제나 바보 같은 짓을 하고 다닌다니까요. 내 말 틀려요? 무녀가 이러니 무녀가 저러니 하는 말 따위나 하면서. 좋아요, 내가 말해줘야만 할 것 같군요. 난 무녀라서 당신이 그 불쌍한 드레이먼을 좋아하지 않는다는 것도, 우리 로제트도 그를 좋아하지 않는다는 것도 다 알고 있어요. 맙소사! 당신이 사람이나 연민에 대해 대체 뭘 안다고……. 드레이먼은 살짝 정신이 이상할지는 모르지만, 좋은 사람이에요. 그의 판단이 틀렸을지도 모르죠. 약에 절어 사는 사람일지도 모르고요. 하지만 그는 마음 깊이 선량한 사람이에요. 그러니 만약 그가 죽는다면, 나는 그의 영혼을 위해 기도하겠어요."

"어…… 그러면 이야기를 계속할까요?"

밀스가 동요하는 기색도 없이 말했다.

"그래요, 어서 계속하시죠."

그녀는 그의 말을 흉내내며 대답하더니, 다시 입을 다물었다.

"아폴론의 무녀와 저는 맨 위층 제 사무실에 있었습니다. 아시다시피 서재 맞은편 방입니다. 그런데 다시 문이 열리더군요. 저는 서류 작업중이었는데, 드레이먼 씨가 올라와 서재 안으로 들어가는 모습이 보였고……."

"그가 거기서 무엇을 했는지 보았습니까?"

해들리가 물었다.

"안타깝지만, 아니요. 그가 문을 닫아버렸으니까요. 아무 소리도 들리지 않았기 때문에, 그가 무엇을 하고 있었는지 섣부른 짐작조차 할 수 없을 것 같습니다. 얼마간 시간이 흐른 뒤에 그가 밖으로 나왔는데, 숨을 헐떡거리며 휘청거리고 있었다는 말씀밖에는…….”

“그게 무슨 뜻입니까?”

밀스는 얼굴을 찌푸렸다.

“유감입니다만, 경정님, 정확히 말씀드리는 건 불가능합니다. 그가 마치 격렬한 운동을 실컷 한 것 같다는 느낌을 받았다는 것 말고는요. 그래서 그가 발작을 일으켰거나, 최소한 발작이 앞당겨졌다는 점에는 의심의 여지가 없습니다. 뇌졸중의 징후가 분명했으니까요. 제가 아폴론의 무녀가 한 말을 정정해도 괜찮다면, 이건 그의 마음인지 심장인지와는 별 관련이 없는 일이었습니다. 음……. 아직 언급되지 않은 사실을 하나 덧붙여도 괜찮겠습니까? 발작이 일어난 후 그를 일으키려 하는데, 그의 손과 소매가 검댕으로 뒤덮여 있는 게 눈에 띄었습니다.”

“다시 굴뚝이로군.”

페티스가 굉장히 조심스러운 목소리로 중얼거렸다.

해들리는 펠 박사 쪽으로 몸을 돌렸다. 램폴은 펠 박사가 어느새 방안에서 사라져버린 사실을 깨닫고 깜짝 놀랐다. 펠 박사처럼 덩치가 큰 사람이 그처럼 아무도 모르게 밖으로 나갈 확률은 원칙적으로 그리 높지 않았다. 하지만 그는 사라지고 없었다. 램폴은 그가 어디 있는지 알 것 같았다.

해들리가 황급히 말했다.

“그를 쫓아 위층으로 가보게. 언제나처럼 그 빌어먹을 속임수 따위는 쓰지 못하도록 잘 지켜보도록 하고. 자, 밀스 씨…….”

램폴은 해들리가 딱딱거리며 캐묻는 소리를 들으며 어두운 복도로 나섰다. 집안은 쥐죽은듯 조용했다. 얼마나 조용했던지, 아래층에서 갑자기 새된 전화벨 소리가 울리는 바람에 그는 계단을 오르다 화들짝 놀랐다. 위층 드레이먼의 방문을 지나치는 순간, 안쪽에서 갈라진 숨소리와 뒤꿈치를 들고 살금살금 방안을 서성거리는 소리가 들렸다. 열린 문을 통해 의사의 왕진 가방과 모자가 의자 위에 놓여 있는 모습이 보였다. 맨 위층에는 조명이 전혀 들어와 있지 않았다. 다시 한번 극도로 고요해져서, 맨 아래층에서 전화를 받는 애니의 목소리가 똑똑히 들릴 지경이었다.

서재 안은 어스레했다. 창밖에는 눈발이 살짝 휘날리고 있었지만, 칙칙한 저녁놀이 진홍빛으로 지고 있어 희미하지만 비극적인 분위기를 자아내는 햇빛이 방안으로 흘러 들어왔다. 그 햇빛을 받아 문장을 새긴 방패가 여러 빛깔로 타오르고, 벽난로 위에 엇갈린 채 걸려 있는 펜싱 검이 반짝거리고, 책장 위에 놓인 흰색 흉상의 그림자가 길게 드리워졌다. 방 분위기처럼 반쯤은 학구적이고 반쯤은 야만적인 샤를 그리모의 망령이 죽음 후에도 이곳을 배회하며 키득거리고 있는 것 같았다. 그림을 걸어두려고 비워둔 넓은 양판兩板 벽면이 조롱하듯 그를 마주했다. 펠 박사는 검정 망토를 걸친 채 지팡이에 의지하며 미동도 않고 창밖 석양을 하염없이 바라보고 있었다.

문 삐걱거리는 소리가 났지만 그는 알아차리지 못했다. 램폴이 입을 열자 그의 목소리는 마치 메아리처럼 울려 퍼졌다.

"혹시……?"

펠 박사가 눈을 깜빡거리며 뒤를 돌아보았다. 뭔가에 진절머리가 나서 폭발했는지, 쌕쌕거리며 토해낸 숨결이 살갗을 에는 듯한 공기 속에서 수증기가 되어 피어올랐다.

"응? 램폴인가? 혹시 뭐 말인가?"

"뭔가를 발견하셨나 해서 말입니다."

"뭐, 진상은 아는 것 같네. 진상은 알고 있다고."

그의 대답에서 고집스러운 태도 같은 것이 느껴졌다.

"오늘밤에는 그걸 입증할 수 있을 걸세. 흐음. 허허. 그래, 알겠나? 어떻게 해야 할지 고민하느라 계속 여기 서 있었다네. 오래된 문제라네, 친구. 해마다 나이를 먹어갈수록 점점 더 어려워지는 문제일 테지. 세월이 흐를수록 하늘은 점점 숭고해지고, 낡은 의자는 점점 더 안락해진다네. 그리고 사람의 마음은……."

그는 한 손으로 이마를 쓸어내렸다.

"정의란 무엇인가? 나는 지금까지 다루었던 사건 대부분의 말미에서 이런 질문을 던지곤 했지. 수많은 얼굴들이 떠오르는군. 병든 영혼과 그릇된 소망도……. 뭐, 신경쓰지 말게. 아래층으로 내려가야 하나?"

"그렇지만 벽난로를 살펴봐야 하지 않습니까?"

램폴이 고집스레 우기며 난롯가로 다가갔다. 벽난로를 살펴보고 두드려보기도 했지만, 여전히 아무 이상한 점도 발견할 수 없었다. 난롯가에는 검댕이 약간 흩어져 있었고, 검댕으로 시꺼먼 벽난로 안쪽 벽에는 길게 비뚤어진 자국이 하나 나 있었다.

"무슨 이상한 점이라도 있습니까? 결국 비밀 통로가 있었던 겁니까?"

"아, 아니라네. 자네가 말하는 의미대로라면 이상한 점은 없어. 굴뚝을 통해서 빠져나간 사람은 없다네."

램폴이 기다란 굴뚝 입구에 손을 집어넣어 이리저리 더듬기 시작하자 펠 박사는 한마디 덧붙였다.

"아니, 유감스럽지만 자넨 시간 낭비를 하고 있는 것 같군. 거기서는 아무것도 찾을 수 없을 걸세."

"하지만 그 동생 앙리는……."

램폴은 필사적으로 항변했다.

"맞아, 동생 앙리에 대한 일이라네."

문가에서 무거운 목소리가 들렸다.

목소리는 전혀 해들리의 목소리 같지가 않아서, 일순간 두 사람은 누구인지 알아차릴 수 없었다. 해들리가 구겨진 종이 한 장을 손에 들고 문가에 서 있었다. 얼굴 표정은 그늘에 가려져 보이지 않았다. 하지만 그의 어조가 생기 하나 없이 건조해서, 램폴은 굉장히 실망스러운 일이 일어났다는 사실을 알아차렸다. 해들리는 방안으로 들어와 살며시 문을 닫은 후 어둠 속에 우뚝 선 채 조용히 말을 이었다.

"한 가지 가설에 그렇게 홀려 있었던 건 우리 실수였어. 그 가설에 목을 매고 있었건만 이제 모든 수사를 원점에서 새롭게 시작해야 하는군. 펠, 오늘 아침 자네가 이 사건이 완전히 뒤집혀버렸다고 말했을 때 이 정도일 거라고까지 짐작했다고는 믿지 않네. 그저 뒤집혀버린 게 아니라, 아예 존재하지도 않았어. 우리의 가장 큰 버팀목이 활활 타올라 사라져버렸다네. 이 빌어먹을 전보가 말도 안 되는 소리를……!"

그는 금방이라도 꾸깃꾸깃 뭉쳐버리기라도 할 듯한 시선으로 종이쪽지를 바라보았다.

"런던 경찰청에서 방금 전화로 연락이 왔다네. 부쿠레슈티에서 답신이 도착했어."

펠 박사가 고개를 끄덕이며 말했다.

"자네가 무슨 말을 하려는지 알 것 같은 불길한 기분이 드는군. 그러니까 그 동생 앙리는……."

"동생 앙리라는 자는 존재하지 않네. 호르바트 형제 중 셋째는 삼십 년도 더 전에 사망했어."

방안을 희미하게 채운 붉은 햇빛이 점점 우중충하게 변해갔다.

서재 안은 춥고 조용했고, 일몰을 맞이하는 런던이 웅성거리는 소리가 저멀리서 들려왔다. 해들리는 넓은 책상 쪽으로 다가가 다른 사람이 읽을 수 있도록 구겨진 종이쪽지를 책상 위에 펼쳤다. 노란색 비취 버펄로의 그림자가 비웃기라도 하듯 종이 위에 드리워졌다. 방 저편에 세 구의 무덤을 그린 그림이 길게 찢어져 있는 모습이 보였다. 해들리는 계속해서 말을 이었다.

"착오가 있을 가능성은 없다네. 이 사건은 굉장히 널리 알려져 있었던 것 같으니. 그쪽에서 보낸 전보는 굉장히 장문이었지만, 전화로 들은 내용 중 중요한 부분만 빠짐없이 옮겨 적었으니 그걸 보여주겠네."

원하는 정보를 찾는 것은 어렵지 않았음. (중략) 1900년에 시에벤트루멘 형무소에 간수로 재직했던 현 직속 부하 두 명이 기록을 보증하는 바임. 기록된 사실은 다음과 같음. 카로이 그리마우드 호르바트, 피에레 플레이 호르바트, 니콜라스 레베 호르바트는 클라우센부르그 대학교 교수 카로이 호르바트와 프랑스인 아내 세실 플레 호르바트 사이에서 태어난 자식들임. 1898년 11월 브라소에 있는 쿠나르은행에 강도 사건이 발생했으며, 1899년 1월에 세 형제는 그에 대한 혐의로 이십 년 징역형을 선고받음. 은행 경비원은 부상으로 사망. 도난당한 돈은 회수하지 못했고, 어딘가에 은닉한 것으로 추정. 세 명 모두 1900년 8월에 창궐한 전염병의 공포 속에서 교도소 의사의 협조하에 사망 판정을 받는 대담한 탈옥을 감행, 전염병 사망자 묘지에 매장됨. 간수였던 J. 라네르와 R. 고르게이가 한 시간 후 표식을 남기기 위해 나무 십자가를 가지고 무덤으로 돌아갔다가, 카로이 호르바트의 봉분이 파헤쳐진 사실을 알아차림. 조사에 따르면 관 뚜껑이 열린 채 안은 텅 비어 있었음. 다른 두 무덤을 파헤치니 피에레 호르바트는 피투성이인 채 의식은 없었지만 아직 살아 있었고, 니콜라스 호르바트는 이미 질식사한 상태였음. 니콜라스 호르바트는 사망 사실을 철두철미하게 확인 후 다시 매장, 피에레는 다시 교도소에 재수감됨. 추문은 은폐되었고, 탈주자에 대한 추적은 이루어지지 않았음. 이 이야기는 전쟁이 끝날 때까지 밝혀지지 않았음. 피에레 플레이 호르바트는 시간이 지나도 불안정한 정신이 회복되지 않았음. 1919년 1월, 형기를 마치고 출소. 셋째 형제가 사망했다는 점에 대해서는 의심의 여지가 없다고 보증함.

부쿠레슈티 경찰 총경, 알렉산드르 쿠자

해들리는 쪽지를 다 읽은 후 계속해서 말을 이었다.

"아, 그래. 우리가 살인범으로 유령을 추적하고 있었다는 사소한 점을 제외하면, 이 전보는 우리가 재구성한 사건 개요를 충분히 입증하고 있어. 동생 앙리는, 아니 정확히 말하면 동생 니콜라스는 무덤에서 빠져나오지 못했다네. 아직 무덤 속에 있는 거야. 그러니 모든 사건이……."

펠 박사가 주먹으로 종이를 천천히 두드렸다.

"내 잘못이네, 해들리."

박사는 순순히 인정했다.

"내 잘못이야, 해들리. 오늘 아침에 내 인생 최대의 실수를 저지를 뻔했다고 말했었지? 나는 동생 앙리가 건 최면에 빠져 있었어! 다른 가능성을 떠올릴 수조차 없었으니까. 어째서 그 셋째 형제에 대해 알 수 있는 게 별로 없었는지 이제 알겠군. 그래서 내 지긋지긋한 오만함이 온갖 환상적인 해석을 늘어놓았던 게 아닐까?"

해들리가 대꾸했다.

"뭐, 실수를 인정하는 것만으로는 아무 소용이 없네. 플레가 남긴 그 미치광이 같은 말을 대체 어떻게 해석하면 좋단 말인가? 개인적인 복수라! 복수 좋지! 하지만 이제 단서는 모두 사라져버렸고, 수사를 할 실마리조차 남아 있지 않네. 단 하나도! 그리모와 플레에 대한 복수라는 동기를 제외한다면, 대체 뭐가 남았단 말인가?"

펠 박사는 다소 화가 난 태도로 지팡이를 들어 한쪽을 가리키며 노성을 질렀다.

"뭐가 남았는지 모르겠나? 지금까지 얻은 단서로 두 건의 살인 사건을 설명할 수 없다면, 은퇴해서 정신병원에나 들어가버리지 그러나?"

"그렇다면 누가 이 모든 사건을 복수극처럼 보이도록 꾸며냈단 말인가? 난 이제 어떤 말이라도 다 믿어버릴 수 있을 것 같군. 하지만 좋은 생각이라고 하기에는 좀 미묘해 보이는데. 진범은 우리가 이렇게까지 과거를 깊이 파헤칠 거라는 사실을 어떻게 알았을까? 자네의 존재는 둘째치고, 몇 가지 요행수가 없었더라면 거기까지 도달할 수 없었을 테지. 또 진범은 우리가 그리모 교수를 헝가리 범죄자와 연결시키고, 그와 플레의 관계나 다른 사람들과의 관계를 알아낼 거라고 어떻게 알았단 말인가? 가짜 흔적이라고 하기에는 지나치게 잘 은폐된 단서가 아닌가?"

해들리는 주먹으로 다른 쪽 손바닥을 내리치며 방안을 서성거리기 시작했다.

"게다가 생각을 하면 할수록 더욱 혼란스러워진단 말일세! 두 사람을 죽인 자가 셋째 형제라고 생각할 만할, 빌어먹을 정도로 멋진 근거가 있었지……. 또 가능성을 따져볼수록 니콜라스가 죽었다는 사실을 의심해야 하는 게 아닐까 하는 쪽으로 생각이 기울고 있다네. 그리모는 막냇동생이 자신을 쏘았다고 제 입으로 말하지 않았나! 죽어가는 사람이 자신이 죽을 거라는 걸 아는 마당에 거짓말을 할 이유가 무엇이란 말인가? 어쩌면…… 잠깐만! 자네는 그가 말한 사람이 플레일지도 모른다고 생각하는 건가? 플레가 여기 와서 그리모를 쏘고, 그후 다른 누군가가 플레를 쏘았다고? 그러면 많은 수수께끼가 풀리긴 하지만……."

그때 램폴이 입을 열었다.

"끼어들어 죄송하지만, 그렇게 본다면 플레 역시 셋째 동생에 대한 이야기를 계속해서 늘어놓은 이유를 설명할 수 없습니다! 동생 앙리는 죽었거나 살아 있거나, 둘 중 하나입니다. 만약 그가 죽었다고 한다면, 두 명의 피해자 모두 그에 대해 내내 거짓말을 해야 할 이유가 대체 뭘까요? 만약 그가 정말로 죽었다면, 그는 그야말로 살아 돌아온 유령일 겁니다."

해들리가 서류 가방을 휘둘렀다.

"알고 있네. 바로 그게 내가 지금 하고 있는 말 아닌가! 우리는 누군가의 말을 믿어야 해. 그렇다면, 여러 요인에 영향을 받아 판단을 잘못 내렸을 수도 있는 이 전보를 믿느니, 살해당한 두 사람의 말을 믿는 게 좀더 합리적이지 않을까? 아니면…… 흠! 그가 죽은 게 사실이라고 해도, 살인범이 그 죽은 동생이 살아 돌아왔다고 꾸며댔다면?"

그는 말을 끊고 고개를 끄덕이더니 창밖을 바라보았다.

"이제 좀 근접해가는 것 같군. 이거라면 모든 모순점을 해소할 수 있지 않을까? 진범은 두 형제가 거의 삼십 년 동안 만난 적이 없는 인물인 척 가장한 거야. 어떤가? 그러면 살인 사건이 발생했을 때 우리는 그 꾸며댄 인물을 추적하겠지, 물론 우리가 그 꼬임에 넘어간다면 말이지만. 그렇게 된다면 우리는 이 사건을 복수극으로 단정해버리고 말테지. 어떤가, 펠?"

펠 박사는 심각한 태도로 얼굴을 찌푸리며 테이블 주변을 쿵쿵 돌아다녔다.

"나쁘지 않아……. 아니, 다른 인물로 가장했다는 추정은 나쁘지 않다네. 하지만 그리모와 플레가 정말로 살해되어야 할 동기가 대체 뭐지?"

"무슨 뜻이지?"

"양쪽을 이어주는 끈이 있어야 할 것 아닌가? 그리모를 죽여야 할 동기라면, 분명하든 모호하든 여러 가지가 있을지도 모르네. 밀스나 뒤몽, 버너비도 그렇고……. 그래, 누구라도 그리모를 죽일 동기가 있을지도 모르지. 또한 플레를 죽일 동기가 있는 사람도 있을 테지. 하지만 내가 지적할 수밖에 없는 건, 살인범이 누구든 피해자와 같은 그룹에 속한 사람은 아니라는 거야. 그리모와 같은 그룹에 속한 사람이 이전까지 한 번도 본 적이 없는 플레를 살해해야 할 이유가 뭘까? 이 두 건의 살인이 동일인의 소행이라면, 그 연결 고리는 어디에 있지? 블룸즈버리에서 존경받는 교수와 전과 기록이 있는 떠돌이 마술사 사이의 연결 고리 말일세. 살인범의 머릿속에서 이 두 사람을 함께 묶을 수 있는 인간적인 동기를 찾는다면, 그들의 과거가 아니라면 대체 어디에서 찾을 수 있단 말인가?"

"두 사람 모두의 과거와 관련된 사람이 한 명 떠오르는군."

"누구? 뒤몽이라는 여자 말인가?"

"그래."

"그렇다면 동생 앙리 흉내를 낸 남자는 어떻게 되는 거지? 다른 점에 대해서는 무엇이든 멋대로 단정해도 좋지만, 그 여자가 살인범이 아니라는 점은 분명하네. 아니라네, 이 친구야. 뒤몽은 용의자라기에는 그저 적당하지 않은 정도가 아니라, 아예 그런 일을 저질렀을 가능성이 없어."

"난 그렇게 보지 않아. 여보게, 뒤몽이 그리모를 살해하지 않았다는 자네의 신념은 그녀가 그리모를 사랑했을 거라는 생각에 전적으로 의지하고 있다네. 그게 이유가 될 수는 없어, 펠. 전혀 이유가 될 수 없다고! 그 여자가 말한 온갖 기상천외한 이야기를 떠올려보면……."

"밀스와…… 공모하고서 말인가?"

펠 박사는 냉소적인 시선을 던지며 쩌렁쩌렁 대꾸했다. 그는 다시 숨을 쌕쌕거리고 있었다.

"달빛이 없는 야음을 틈타 의기투합해서 상상력을 발휘해 꾸며낸 이야기로 경찰을 속여넘기는 공모자들이 있다고 가정해본다면, 한패가 되기에 그 두 사람만큼 서로 어울리지 않는 자들을 떠올릴 수 있겠나? 그녀는 가면을 쓰고 있을지도 몰라. 그러니까 비유적 의미에서 가면을 쓴 인생을 살아왔다는 말일세. 밀스 역시 가면을 쓰고 있을지도 모르지. 하지만 그 두 사람의 가면과 그들의 행동을 함께 묶어버리는 건 지나친 억측일세. 나는 문자 그대로 실제 가면 쪽을 선호하네. 게다가 에르네스틴 뒤몽은 이 두 건의 살인 사건의 범인에서 완전히 제외된다는 것을 명심하게나. 왜냐고? 세 건실한 시민의 증언에 따라, 플레가 사망한 시각에 그녀는 이 서재 안에서 우리와 얘기를 나누고 있었기 때문이야."

그는 잠시 생각에 잠겼다. 그의 눈에 다시 반짝이는 생기가 돌기 시작했다.

"아니면 자네는 2세를 끌어들일 작정인가? 로제트는 그리모의 딸이지. 그렇다면 비밀이 많아 보이는 스튜어트 밀스가 사실은 죽은 동생 앙리의 아들이라고 하면 어떨까?"

해들리는 대답하려던 말을 간신히 삼킨 후, 펠 박사의 표정을 살피다가 책상 끄트머리에 걸터앉았다.

"이야기가 어떻게 흘러갈지 짐작이 가는군. 내 잘 알고말고."

그는 불길한 의혹을 해소하겠다는 태도로 자기 주장을 밀고 나갔다.

"말도 안 되는 환상 같은 얘기를 또 늘어놓기 시작할 테니, 자네와 언쟁을 벌여봤자 별 소용이 없겠지. 왜 내게 그 이야기를 믿게 하려고 그토록 안달인 건가?"

"첫째, 밀스는 거짓말을 하지 않았다는 사실을 억지로라도 자네 머릿속에 쑤셔넣고 싶기……."

"그렇다면 이런 허무맹랑한 이야기를 늘어놓는 건, 나중에 가서 그가 사실은 앙리의 아들이 아니라는 사실을 입증하기 위해서인가? 이런 질 낮은 속임수는 이미 죽음의 시계 사건에서 내게 써먹은 석이 있지 않나?"

펠 박사는 퉁명스러운 태도로 툴툴거리며 그의 말을 무시했다.

"둘째, 나는 진범을 알고 있기 때문이라네."

"우리가 만나보고 얘기를 나눈 사람들 중에 진범이 있다고?"

"오, 그렇다네. 그렇고말고."

"그렇다면 그를 체포할 수……?"

펠 박사는 붉게 달아오른 얼굴에 공허하면서도 험악한, 거의 불쌍하기까지 한 표정을 지으며 잠시 책상을 응시했다.

마침내 그가 기묘한 어조로 대답했다.

"그래, 주께서는 우리 모두를 구원하시니. 자네는 범인을 체포해야 할 걸세. 자네가 그러는 동안, 나는 집으로 돌아가서……."

"집으로?"

"그로스의 실험을 적용해볼 생각이라네."

박사는 돌아섰지만, 곧장 나가버리지는 않았다. 우중충한 햇빛이 보라색으로 변해 아래로 가라앉고 흙빛 그림자가 방안을 가득 메우는 동안, 그는 찢어진 그림을 오래 바라보며 서 있었다. 마지막으로 요동치는 햇빛을 받고 있는 그림 속에 마침내 주인을 모두 찾은 세 무덤이 보였다.

투명 인간

그날 밤 펠 박사는 서재에 딸린 작은 방안에 틀어박혔다. 펠 박사 자신은 과학 실험이라 부르지만 펠 부인은 '끔찍한 장난질'이라 부르는 일을 하기 위해 마련한 장소였다. 하지만 장난질을 좋아하는 것은 인간의 첫째가는 특성이어서, 이번에는 테드와 도러시 램폴마저 실험을 돕겠다고 나섰다. 그러나 펠 박사가 지나치게 진지한 태도를 취하며 이례적으로 몹시 불안해하는 모습을 보였기 때문에, 두 사람은 거기서 농담을 하는 것은 악취미에 불과할 거라는 불편한 기분이 들어 그를 내버려두었다. 지칠 줄 모르는 해들리는 어느새 사람들의 알리바이를 확인하기 위해 가버린 후였다. 램폴은 마지막으로 질문 하나를 던지는 것으로 이 문제에서 손을 떼기로 했다.

"그 불타버린 편지 뭉치를 읽어보려 하신다는 건 알겠습니다. 그 편지가 중요하다고 생각하시는 것도 압니다. 그런데 뭘 발견할 수 있을 거라고 기대하시는 겁니까?"

"최악의 것을 발견하게 될 것 같아. 어젯밤에 나를 완전히 바보로 만들 수도 있었던 것 말일세."

펠 박사는 이렇게 대답하더니, 졸린 듯 고개를 흔들며 문을 닫았다.

램폴과 도러시는 벽난로를 사이에 둔 채 마주보고 앉아 있었다. 밖에는 눈발이 어지러이 나부끼고 있어서, 이날 밤에는 위험을 무릅쓰고 멀리 외출할 수 있는 것도 아니었다. 처음에 램폴은 맹건과의 오랜 우정을 새롭게 다지기 위해 그를 저녁 식사에 초대하려고 했다. 하지만 전화를 걸어보니, 맹건은 로제트가 외출할 수 없을 게 분명하니 자신도 그녀와 함께 있는 게 좋겠다고 말했다. 펠 부인도 교회에 가 집을 비웠기 때문에 남은 두 사람은 서재에 틀어박혀 논쟁을 벌이기 시작했다.

"어젯밤부터 내내, 불에 탄 편지를 그로스의 방식으로 판독해낸다는 이야기를 들었어. 하지만 그게 뭔지 아는 사람은 아무도 없는 것 같더군. 당신은 화학 비슷한 것에 조예가 있지 않아?"

램폴의 질문에 도러시가 의기양양한 태도로 대답했다.

"난 그게 뭔지 알아. 오늘 오후에 당신네들이 급히 돌아다니는 동안 조사를 좀 해봤거든. 더 나아가 돈을 걸 수도 있어. 그 방법은 간단하기는 해도 잘되지는 않을 거야. 제대로 될 리 없다는 데 뭐든지 걸겠다니까!"

"그로스의 책을 읽은 거야?"

"뭐, 영문판으로 읽었지. 단순한 내용이었거든. 이런 내용이 적혀 있더라고. 난롯불 속에 편지를 던져본 사람이라면 새까맣게 타버린 편지 조각 위로 글자가 꽤 선명하게 떠오르는 모습을 알아차린 적이 있을 거라나. 보통은 검정 배경에 흰색이나 회색 글자이지만, 가끔은 그 반대로 나타나는 경우도 있다고 하네. 그런 광경 본 적 있어?"

"그렇다고 할 수 없을 것 같은데. 영국으로 건너오기 전에는 타오르는 불을 직접 바라본 경우는 거의 없었으니까. 그게 사실일까?"

그녀가 얼굴을 찌푸렸다.

"글자가 인쇄되어 있는 마분지 상자 같은 거라면…… 그러니까 가루비누 상자 같은 거라면 제대로 될지도 모르지. 하지만 종이에 쓴 평범한 글자라면…… 어쨌든 이렇게 하는 거야. 투명한 등사지를 여러 장 준비해서 판자에 압정으로 고정한다. 불타버린 종잇조각을 하나씩 집어 풀을 칠한 등사지 위에 놓은 뒤 잘 눌러서……."

"불에 타서 일그러진 상태인데도? 섣불리 손을 댔다가는 바스러지고 말 텐데?"

"아, 그거! 그로스 말로는 요령이 있어. 타버린 조각을 부드럽게 만들어야 해. 등사지 위에 높이가 오에서 팔 센티미터 정도인 사각형 틀을 하나 올려놔서, 종잇조각이 모두 틀 안쪽에 위치하도록 하는 거야. 그런 다음 축축한 천을 틀 위에 팽팽하게 올려놓기를 몇 번을 반복하는 거지. 그렇게 하면 종잇조각이 습기를 먹어 편평하게 펴진다고 하더라고. 종이가 완전히 펴져서 더이상 변하지 않으면, 각각의 종잇조각 둘레의 등사지를 잘라내야 해. 그런 다음 유리판 위에서 종잇조각들을 원래대로 짜맞추는 거야. 꼭 지그소 퍼즐처럼 말이지. 그 일이 끝나면 첫 번째 유리판 위에 새 유리판을 겹쳐 놓고 가장자리를 고정해둬. 그런 다음 두 장을 한꺼번에 불빛에 비춰보는 거지. 그런데 당신이 원하는 건 뭐든지 걸어도 좋은……."

"한번 해보는 게 어때?"

램폴은 그 아이디어에 감동한 나머지 크게 흥분하고 말았다.

타버린 종이를 가지고 한 실험은 완벽히 성공했다고는 할 수 없었다. 우선 그는 주머니에서 오래된 편지를 꺼내 성냥으로 불을 붙였다. 조심스럽게 불을 붙이려 필사적으로 애를 썼지만, 불길은 순식간에 번지고 말았다. 편지는 온몸을 비틀며 타오르다가 그의 손을 벗어나 허공으로 날아올랐다가 난롯가 앞에 내려앉았다. 종이는 마치 말아놓은 우산처럼, 오 센티미터도 채 되지 않을 정도로 오그라든 검정 재가 되고 말았다. 두 사람은 무릎을 꿇은 채 온갖 각도에서 재를 살펴보았지만, 아무런 글자도 보이지 않았다. 램폴은 종이를 몇 장 더 태워봤지만, 죄다 부드러운 천 조각처럼 날아올랐다가 난롯가에 떨어져 가루가 될 뿐이었다. 그러자 그는 이제 점점 부아가 치밀어 손에 닿는 모든 것을 불태우기 시작했다. 그리고 더욱더 화가 날수록 자신이 제대로 하기만 한다면 성공할 수 있을 것 같다는 알 수 없는 확신 역시 강해졌다. 타자기로 친 종이도 시험해보았다. 그는 펠 박사의 타자기로 '지금이야말로 선량한 사람들이 당을 구하러 찾아올 때다'•라는 문장을 여러 차례 쳐댔다. 그 결과 양탄자는 온통 재투성이가 되고 말았다.

램폴은 한쪽 뺨을 바닥에 가져다 댄 후 한쪽 눈을 감은 채 널린 재를 살펴보며 투덜댔다.

"게다가 숯이 된 것도 아니라고. 완전히 타서 재가 되어버렸군. 지나치게 타버려서 조건을 충족시키지 못한 거야. 아하! 보인다! '당'이라는 글자가 똑똑히 보여. 처음에 쳤던 크기보다 훨씬 작긴 하지만. 검정색 바탕에 글자가 움푹 팬 것 같군. 하지만 이것 봐봐. 손으로 쓴 편지에선 뭐 발견한 거 없어?"

도러시 역시 글귀를 하나 발견했고, 그녀 역시 점점 더 흥분하기 시작했다. 지저분한 회색 편지지 위에 '이스트 11가'라는 글귀가 눈에 띄었다. 두 사람은 주의에 주의를 거듭했지만 부서지기 쉬운 종잇조각은 매번 가루가 되었다. 하지만 두 사람은 마침내 다음 몇 가지 단어를 분명히 판독해냈다. '토요일 밤', '여자', '숙취', '진'.

• 타자 연습에 주로 사용되는 문장으로, 비교적 다양한 알파벳을 사용하는 문장이기 때문에 폰트 구분을 위한 샘플 문장으로도 많이 쓰인다.

램폴은 마침내 만족할 수 있었다.

"만약 이 종잇조각에 습기를 먹여 평평하게 만들 수 있다면, 더 잘될 거야!"

그는 단언했다.

"단지 걱정되는 건 어떤 편지에서든 뜻을 알아낼 정도로 단어를 충분히 판독해낼 수 있느냐 하는 거야. 하지만 우리는 아마추어일 뿐이잖아. 그로스라면 내용 전체를 판독해낼 수 있었을 거야. 그런데, 펠 박사님은 대체 뭘 찾아낼 거라고 기대하는 걸까?"

그 점이 바로 밤늦도록 계속된 논쟁의 주제였다. 램폴은 다음과 같이 지적했다.

"사건이 완전히 뒤집어져버렸는데, 이제 동기는 어디서 찾아야 하는 거지? 그게 모든 문제의 핵심이야. 그리모와 플레, 이 두 사람을 연결시킬 수 있는 동기가 없다고! 그런데 어젯밤에 당신이 말한 그 대담한 가설은 어떻게 됐어? 범인은 페티스 아니면 버너비라고 한 얘기 말이야."

"아니면 그 웃긴 얼굴의 금발머리 계집애인지도 모르지."

그녀는 유독 강조하며 그의 말을 정정했다.

"있잖아, 내가 가장 마음이 걸리는 건, 코트가 색깔이 변했다가 결국 사라져버렸다고 하는 일련의 사건이야. 코트 문제가 사건을 다시 그 집으로 곧장 이끄는 것 같지 않아?"

그녀는 했던 말을 곱씹고는 말했다.

“내 생각은 완전히 달라졌어. 페티스나 버너비가 연루되었을 것 같진 않아. 심지어 그 금발머리 계집애도 범인이 아니야. 지금 와서 확신하지만, 살인범일 가능성이 있는 사람은 다음 두 사람으로 좁혀져.”

“그래?”

“드레이먼이 아니라면 오러크일 거야. 내 말 잘 들어봐.”

그녀는 단호하게 말하면서 고개를 끄덕였다.

램폴은 절대 아니라고 말하고 싶은 마음을 억누르며 마지못해 인정했다.

“그래, 나도 오러크가 범인일지도 모른다는 생각은 해봤어. 하지만 당신은 단 두 가지 이유만으로 그를 용의자로 꼽고 있잖아. 첫째는 그가 공중그네 곡예사니 하늘을 날아 도망가는 식으로 이 범행을 저질렀다고 이야기를 갖다 붙이는 거지. 하지만 내가 아는 한 그건 불가능해. 둘째는 더욱 중요한 이유인데, 당신은 그가 이 사건과 전혀 관계가 없어 보인다는 이유로 그를 용의자로 지목한 거야. 별다른 이유 없이 주변을 어슬렁거리고 있으니, 그런 사람은 언제나 수상쩍다는 식이잖아? 내 말 맞지?”

“그럴지도.”

“그다음으로 드레이먼은…… 그래, 이제 드레이먼이야말로 과거 그리모와 플레 두 사람과 관련된 유일한 사람일지도 몰라. 바로 그게 중요한 점이야! 흠. 또 저녁 식사 때부터 밤 11시라는 늦은 시각까지 모든 사건이 벌어지는 동안 그를 본 사람이 아무도 없어. 하지만 그가 범인이라는 건 믿을 수가 없단 말이지. 이렇게 해보면 어떨까? 어젯밤에 일어난 일을 대충이나마 시간표로 만들어보는 거야. 그러면 일목요연하게 정리할 수 있지 않을까? 저녁 식사를 시작하기 전부터 일어난 일을 빠짐없이 기록해야겠지. 보다 사소한 점들에 대해서는 상당 부분 추측을 해야 할 테니, 굉장히 엉성한 시간표가 될 거야. 실제 살인이 일어난 시각과 사건에 대한 몇 사람의 진술 외에는 명확히 알고 있는 게 그리 많지 않지만, 그래도 한번 시도는 해볼 수 있겠지. 사실 우리가 저녁 식사 전에 한 일조차 기억이 희미하긴 하지만. 그래도 이 정도로 해보면……."

그는 봉투를 한 장 꺼내 재빨리 써 내려갔다.

(대략) 6:45 - 맹건이 도착해 코트를 현관 복도 벽장 안에 걸다가 검정 코트가 걸려 있는 모습을 본다.

(대략) 6:48 - (그녀가 오기까지 삼 분 정도 지났다 가정하고) 애니가 맹건이 켜놓은 현관 복도 벽장 조명을 끈다. 그때 코트는 이미 보이지 않는다.

(대략) 6:55 - (시간을 명시할 수는 없지만, 저녁 식사 전이라는 것은 분명함) 뒤몽 부인이 현관 복도 벽장을 들여다보았을 때에는 노란색 코트가 걸려 있다.

"이렇게 정리해봤어. 짐작일 뿐이지만, 맹건이 자기 코트를 걸고 불을 켜놓은 채 자리를 떠난 시각부터 애니가 불을 끄기 위해 다가온 시각 사이의 굉장히 짧은 시간 안에 뒤몽이 서둘러 나와 그 안을 들여다본다는 건 좀 어렵지 않을까 해서."

도러시는 눈을 가늘게 떴다.

"아, 잠깐만! 당신이 그걸 어떻게 알아? 불이 꺼져 있었다면, 그녀가 어떻게 노란 코트가 걸려 있는 걸 봤다는 거지?"

두 사람은 잠시 동안 서로를 바라보며 아무 말도 하지 않았다. 이윽고 램폴이 입을 열었다.

"이야기가 재미있어지는군. 일이 그런 식으로 진행됐다 치자고. 하지만, 그녀는 무슨 이유로 굳이 벽장 안을 들여다보았을까? 요점은 이거야. 내가 쓴 순서대로 사건이 일어난 게 확실하다고 한다면, 이렇게 사건을 재구성하는 것은 나름 사리에 맞아. 우선 검정 코트가 걸려 있고, 맹건이 그 코트를 목격한다. 자, 그러고는 맹건이 자리를 뜬 직후, 무슨 이유에서인지는 몰라도 누군가 검정 코트를 훔친다. 따라서 애니는 아무것도 보지 못한다. 나중에 그 코트는 밝은 트위드 코트로 바뀐다. 그럴듯하게 들리잖아? 하지만……!"

램폴은 들고 있던 연필을 앞으로 쑥 내밀며 외쳤다.

"만약 다른 방식으로 사건이 진행된 거라면 어떨까? 그렇다면 누군가가 거짓말을 하고 있거나, 이 모든 일이 불가능해지는 거지. 그런 경우 맹건이 언제 도착했는지는 문제가 되지 않아. 이 모든 일은 고작해야 몇 분, 심지어 몇 초 안에 일어났던 게 분명하니까. 알겠어? 보이드가 다가와 코트를 걸고 자리를 뜬다. 뒤몽이 다가와 안을 들여다보고 자리를 뜬다. 그 직후에 애니가 다가와 불을 끄고 자리를 뜬다. 그런 눈 깜짝할 사이에 검정 코트가 노란색으로 바뀌었다가 사라져버린 거라고. 이건 불가능한 일이야."

도러시가 활짝 웃으며 말했다.

"훌륭해! 그렇다면 거짓말을 한 사람은 누구지? 아마 당신 친구는 아니라고 할 것……."

"당연히 그렇고말고. 거짓말을 한 사람은 뒤몽이라는 여자야. 당신이 원하는 건 뭐든지 걸어도 좋아!"

"그녀는 범인이 아니야. 입증된 사실이라고. 게다가 난 그녀가 좋은걸."

램폴이 을러댔다.

"지금은 내 머리를 복잡하게 만들지 마. 이 시간표를 계속 작성해서 다른 뭔가를 찾아낼 수 있는지 한번 보자고. 하아. 어디까지 했더라? 그래. 저녁 식사 시간은 7시 정각에 놓도록 하지. 저녁 식사는 7시 30분에 끝났다고 알고 있으니까. 그렇다면…….

7:30 – 로제트 그리모와 맹건이 응접실로 간다.

7:30 – 드레이먼이 위층에 있는 자신의 방으로 간다.

7:30 – 에르네스틴 뒤몽은 어디에 있는지 알 수 없다. 집안에 있는

것은 확실하다.

7:30 – 밀스는 아래층 서재로 간다.

7:30 – 그리모는 아래층 서재에 있는 밀스에게 가서, 손님이 올 예정이니 9시 30분쯤 위층으로 올라오라고 말한다.

"우아! 이거 곤란한걸. 나는 이 다음에 그리모가 응접실로 가서 맹건에게 10시에 손님이 올 예정이라고 말했다고 쓸 생각이었어. 하지만 그렇게는 안 되겠군. 맹건은 로제트와 함께 있었는데, 그녀는 그것을 전혀 몰랐으니까! 문제는 말이지, 보이드 맹건이 언제 그 말을 들었는지 확실히 말하지 않았다는 거야. 하지만 그건 중요하지 않아. 아마 그리모가 그를 살짝 데리고 가서 말을 건넸던지 했던 거겠지. 비슷한 이야기인데, 뒤몽 부인이 손님이 9시 30분에 올 거라는 이야기를 언제 들었는지도 모르겠군. 아마 맹건보다 좀더 일찍 들었을 거야. 어쨌든 결과적으로는 별 차이 없을 테지."

"그렇다고 확신하는 거야?"

도러시가 담배를 찾으며 물었다.

"흐음! 뭐, 계속해보자고."

(대략) 7:35 – 그리모가 자신의 서재로 올라간다.

7:35 ~ 9:30 – 아무 일도 일어나지 않는다. 아무도 움직이지 않는다. 눈이 많이 내린다.

(대략) 9:30 – 눈이 그친다.

(대략) 9:30 – 에르네스틴 뒤몽이 그리모의 서재에서 커피 쟁반을 가지고 나온다. 에르네스틴 뒤몽이 서재에서 나갈 때, 그리모는 오늘밤에 손님이 오지 않을 것 같다고 말한다.

9:30 – 밀스가 위층으로 올라온다.

"그다음에는 이렇다 할 사건이 일어나지 않은 것 같군. 밀스는 3층에 있었고, 드레이먼은 자기 방에, 로제트와 맹건은 라디오를 켜놓은 응접실에 있었는데…… 잠깐! 잊고 있었던 게 있어. 초인종이 울리기 조금 전, 로제트는 창밖 어딘가에서 쿵 하는 소리를 들었다고 했어. 마치 누군가 높은 곳에서 떨어지는 듯한 소리였다는데……."

"라디오를 켜놓았다면 그 소리는 어떻게 들었는데?"

"그렇게 크게 틀어놓은 건 아니었을 텐데……. 아니, 그건 그래. 가짜 페티스의 목소리가 들리지 않을 정도로 큰 소리였으니까. 하지만 우선 정리부터 해보자고."

9:45 – 초인종이 울린다.

9:40 ~ 9:50 – 에르네스틴 뒤몽이 현관으로 나가 방문객과 이야기를 나눈다. (목소리를 분간할 수는 없었음.) 그녀는 명함을 받고 방문객을 안으로 들이지 않고 문을 닫는다. 명함을 살펴보지만 아무것

도 적혀 있지 않다. 그녀는 주저하다가 위층으로 올라간다…….

9:45 ~ 9:50 – 에르네스틴 뒤몽이 위층으로 올라가자, 방문객은 어떤 방법을 썼는지 안으로 들어와 로제트 그리모와 보이드 맹건이 있는 응접실 문을 잠그고, 페티스의 목소리를 흉내내서 두 사람이 부르는 소리에 대답하고는…….

"자꾸 방해하긴 싫은데……."

도러시가 그의 말을 잘랐다.

"두 사람이 밖을 향해 큰 소리로 방문객이 누군지 묻기까지 좀 지나칠 정도로 오래 걸린 것 같지 않아? 그러니까, 누가 그렇게 오래 기다리냐고. 내가 손님이 올 거라는 사실을 알고 있었다면, 문이 열리는 소리가 들리자마자 '실례지만 누구신가요?'라고 외쳤을 텐데 말이야."

"뭘 입증하고 싶은 거야? 아무것도? 확실해? 당신 그 금발머리 아가씨에게 너무 가혹한 거 아냐? 두 사람이 알고 있던 시각보다 조금 일찍 방문객이 도착했다는 거 기억해? 당신이 그런 생각을 한 것 자체가 편견의 소산일 뿐이야. 계속해볼까? 9시 45분에서 9시 50분 사이, 그러니까 X가 집안으로 들어온 순간부터 그가 그리모의 서재로 들어가기까지의 시간 동안 있었던 일을 하나하나 짚어보자고."

9:45 ~ 9:50 - 방문객은 에르네스틴 뒤몽을 따라 위층으로 올라가, 3층 복도에서 그녀를 앞지른다. 그는 모자를 벗어 코트 주머니에 넣지만, 가면은 벗지 않는다. 그리모는 문가로 나오지만, 방문객의 정체를 알아차리지 못한다. 방문객은 재빨리 안으로 뛰어들어가 문을 쾅 닫는다. (이 사실은 에르네스틴 뒤몽과 스튜어트 밀스의 진술에 의해 입증되었음.)

9:50 ~ 10:10 - 밀스가 복도 맞은편에서 서재 문을 지켜본다. 뒤몽도 계단에서 같은 문을 지켜본다.

10:10 - 총성이 울린다.

10:10 ~ 10:12 - 응접실에 있던 맹건은 복도로 통하는 문이 잠겼다는 사실을 알아차린다.

10:10 ~ 10:12 - 에르네스틴 뒤몽은 실신할 정도로 몸 상태가 나빠져서 자신의 방으로 간다. (주의 : 드레이먼은 자신의 방에서 자고 있어서 총성을 듣지 못한다.)

10:10 ~ 10:12 - 응접실에 있던 맹건은 복도로 통하는 문이 잠겼다는 사실을 알아차리고 문을 부수려고 시도하지만 실패한다. 그러자 그는 창밖으로 뛰어내린다.

10:12 - 우리가 집 앞에 도착한다. 현관문은 잠겨 있지 않다. 우리는 서재로 올라간다.

10:12 ~ 10:15 - 펜치로 서재 문을 연다. 그리모가 총상을 입은 채 발견된다.

10:15 ~ 10:20 – 수사 개시. 구급차를 부른다.

10:20 – 구급차가 도착한다. 그리모를 요양원으로 옮긴다. 로제트가 그와 함께 구급차에 탑승한다. 보이드 맹건은 해들리의 지시를 받고 경찰에 전화를 걸기 위해 아래층으로 내려간다.

램폴은 나름 만족한 듯 입을 열었다.

"이걸 보면 로제트와 보이드는 확실히 용의 선상에서 제외되지. 심지어 분 단위로 시간을 적어둘 필요도 없어. 구급요원들이 올라왔고, 의사가 진찰을 마친 뒤 그리모를 아래층으로 운반해 구급차에 실었어. 만약 구급요원들이 들것을 든 채 계단 난간을 타고 미끄러져 내려갔다고 해도, 그를 아래로 운반하는 것 자체만으로도 오 분은 족히 걸렸을 거야. 세상에! 이렇게 적어두니 마치 활자로 찍은 것처럼 명백하잖아! 그들이 요양원에 도착하기까지는 훨씬 더 시간이 걸렸을 텐데……. 그런데 플레가 캐글리오스트로 스트리트에서 총에 맞은 시각은 정확히 10시 25분이었어! 자, 로제트는 구급차를 타고 함께 요양원으로 갔지. 구급요원들이 도착했을 때, 맹건은 집 안에 있었어. 그는 그들과 함께 위층으로 올라왔다가 그들과 함께 내려갔으니까. 꽤 완벽한 알리바이 아냐?"

"이런, 내가 그 두 사람들에게 죄를 씌우고 싶어 안달한다고 생각하지 마! 특히 보이드는 꽤 괜찮은 사람 같더라. 만난 적은 몇 번 없었지만 말이야."

그녀는 얼굴을 찡그렸다.

"이건 구급차가 그리모의 집에 10시 20분 이전엔 도착하지 않았다는 당신의 추측이 맞을 때만 성립하는 이야기잖아."

램폴은 어깨를 으쓱했다.

"만약 구급차가 그전에 도착했다면 길퍼드 스트리트에서 하늘을 날아서 도착했다는 뜻이겠지. 10시 15분이 지나서야 구급차를 불렀으니, 구급차가 그리모의 집에 오 분 안에 도착했다면 그건 기적이나 다름없는 일이라고. 아니, 보이드와 로제트는 용의 선상에서 제외야. 게다가 방금 기억난 게 있어. 그녀는 여러 명의 증인이 지켜보는 가운데 요양원에 있었는데, 그때 그녀는 버너비의 아파트 창문에 불이 켜져 있는 것을 보았어. 10시 30분이었지. 자, 나머지 사항을 기록해보고, 다른 사람들을 무죄방면시킬 수 있는지 알아보자고."

10:20 ~ 10:25 - 구급차가 도착해서 그리모를 싣고 출발한다.

10:25 - 캐글리오스트로 스트리트에서 플레가 총에 맞는다.

10:20 ~ (적어도) 10:30 - 스튜어트 밀스는 우리와 함께 서재에 남아 심문에 응한다.

10:25 - 뒤몽 부인이 서재로 들어온다.

10:30 - 로제트는 요양원에서 버너비의 아파트 창문에 불이 켜져 있는 것을 목격한다.

10:25 ~ 10:40 – 뒤몽 부인은 우리와 함께 서재에 남는다.

10:40 – 로제트가 요양원에서 돌아온다.

10:40 – 해들리가 소집한 경찰이 도착한다.

램폴은 의자에 깊숙이 앉아 휘갈겨 쓴 메모를 재빨리 훑어본 후, 마지막 항목 아래에 긴 장식체 글자를 그려 넣으며 메모를 마쳤다.

"우리가 살펴봐야 하는 시점까지 시간표를 완성했을 뿐 아니라, 재론의 여지 없이 결백한 사람들의 명단에 두 사람을 더하게 되었군. 밀스와 뒤몽은 제외. 그리고 로제트와 보이드도 제외. 드레이먼을 제외하면 이 집안사람들 모두의 행적이 설명되는군."

잠시 침묵이 흐른 후 도러시가 항의했다.

"하지만 이렇게 되면 훨씬 복잡해지는걸. 그 코트에 대해 당신 머릿속에 떠오른 번뜩이는 영감은 어찌된 거야? 당신은 누군가 거짓말을 했다는 식으로 말했잖아. 그렇다면 보이드 맹건과 에르네스틴 뒤몽 중 한 명이 거짓말을 했다는 뜻이지. 그런데 두 사람 모두 용의 선상에서 제외돼버렸는걸. 아니면 그 애니라는 여자가…… 하지만 그건 아니겠지?"

다시 한번 두 사람은 마주보았다. 램폴은 얼굴을 찌푸리며 시간표를 접어 주머니 속에 넣었다. 밖에선 밤바람이 끊임없이 휘몰아쳤고, 문 닫힌 작은 방안에선 펠 박사가 여기저기 부딪히며 서성거리는 소리가 들렸다.

다음날 아침 램폴은 늦잠을 자고 말았다. 피곤하기도 했거니와 날씨마저 잔뜩 흐려서, 그는 10시가 지날 때까지 눈을 뜨지 않았다. 조명을 켜야 할 정도로 날이 어두운데다 온몸에 감각이 없을 정도의 강추위였다. 그는 어젯밤 이후로 펠 박사를 보지 못했다. 아침 식사를 하러 아래층 안쪽에 있는 작은 식당으로 내려가보니 하녀가 분개한 표정으로 베이컨과 달걀 요리를 차리고 있었다.

비다가 램폴에게 알려주었다.

"박사님께서는 조금 전 세수를 하러 올라가셨어요. 과학 실험인지 뭔지 때문에 밤을 꼬박 새우시다니요. 오늘 아침 8시에 의자에서 주무시고 계신 걸 발견했답니다. 펠 부인께서 뭐라고 하셔도 전 몰라요. 정말로 뭐라고 하실 수도 있어요. 해들리 경정님께서는 방금 도착하셨어요. 지금 서재에 계십니다."

해들리는 초조한 듯 구두 뒷굽으로 벽난로 앞의 철제 울타리를 걷어차고 있었다. 마치 개가 바닥을 긁는 듯한 모습이었다. 그는 다소 간절한 모습으로 무슨 새로운 소식이 없느냐고 물었다.

"자네, 펠을 보았나? 펠이 그 편지를 조사해봤을까? 만약 그렇다면……."

램폴은 해들리에게 설명한 후 물었다.

"경정님께서는 무슨 소식이라도……."

"그래, 중요한 소식이 있지. 페티스와 버너비 모두 용의 선상에서 제외됐다네. 두 사람 다 철통같은 알리바이가 있지 뭔가."

바람이 윙윙거리며 에이델파이 테라스를 지나치자 긴 창틀이 덜컹거렸다. 해들리는 계속해서 구두 뒷굽으로 난로 앞 깔개를 긁어대며 이야기를 이어나갔다.

"어젯밤 버너비와 함께 카드놀이를 한 사람 세 명을 만나봤다네. 그런데 그중 한 명이 중앙형사법원 판사더군. 현직 판사가 그의 결백을 입증해준 이상 버너비를 법정으로 끌어내기란 보통 어려운 일이 아닐 테지. 토요일 밤에 버너비는 8시부터 거의 11시 30분까지 포커를 치고 있었다는군. 그리고 오늘 아침 베츠가 그날 페티스가 관람했다고 하는 연극을 상연한 극장에 들러보았다네. 그래, 그는 정말로 연극을 보았어. 극장 바에서 일하는 친구가 그의 얼굴을 똑똑히 기억하고 있었다네. 10시 5분쯤 되어 2막이 끝난 모양이야. 그 몇 분간의 막간 휴식 시간 동안, 그 종업원은 바에 온 페티스에게 위스키소다를 가져다줬다고 기꺼이 맹세했다네. 다시 말해서, 일 킬로미터도 넘게 떨어진 곳에서 그리모가 총에 맞은 바로 그 순간 그는 술을 마시고 있었던 거지."

램폴은 잠시 침묵한 후 입을 열었다.

"저도 그럴 거라고 생각했습니다. 하지만 제 귀로 직접 들으니……. 이것 좀 봐주시겠습니까?"

그는 어젯밤에 작성해둔 시간표를 건넸다. 해들리는 그것을 받아들고 훑어보았다.

"아, 그래. 나도 직접 시간표를 만들어봤는데, 이게 꽤 괜찮아

보이는군. 특히 로제트와 맹건에 대한 부분이 견실해. 물론 그 두 사람에 대해 정확히 시간을 특정할 수는 없을 테지만. 그래도 이건 계속 갖고 있어야겠군."

그는 시간표가 적힌 봉투를 손바닥으로 두드렸다.

"용의자를 좁힐 수 있다고 인정할 수밖에 없겠는걸. 다시 한번 드레이먼에게 가봐야겠네. 오늘 아침 그 집에 전화를 걸었는데, 그리모의 시신이 저택에 도착해서 그런지 몰라도 다들 신경쇠약에 걸리기 직전이더군. 그래서 드레이먼이 아직도 정신을 완전히 차리지 못한 채 모르핀을 맞고 있다는 이야기 정도 말고는 로제트에게 별다른 말은 들을 수 없었다네. 우리는……."

두 사람의 귀에 지팡이를 짚으며 느릿느릿 움직이는 익숙한 발걸음 소리가 들리자, 해들리는 하던 말을 멈췄다. 그 발소리의 주인은 마치 해들리의 말을 들은 듯 문 바로 뒤에서 주저하고 있었다. 이윽고 펠 박사가 문을 열고 안으로 들어왔다. 그가 쌕쌕거리며 안으로 들어왔을 때, 그의 눈은 완전히 빛을 잃은 채였다. 그가 발산하는 파멸의 예감이 탁한 공기 중에 완전히 스며들어버린 듯, 그는 마치 이 모진 아침 날씨의 일부인 것처럼 보였다.

"어때? 그 편지에서 알고 싶어 하던 것을 알아냈나?"

해들리가 재촉했다.

펠 박사는 부스럭거리며 담배를 찾아낸 후 검정 파이프에 불을 붙였다. 그리고 대답을 하는 대신 뒤뚱거리며 난롯가로 걸어가, 불

속에 성냥개비를 던져 넣었다. 그런 다음 마침내 소리 내어 웃기 시작했는데, 그마저도 굉장히 자조하는 듯한 쓴웃음이었다.

"그래, 알고 싶었던 것을 알아냈네. 해들리, 나는 지난 토요일 밤에 이런저런 가설을 내놓으면서 의도치 않게 자네를 두 번이나 그릇된 방향으로 이끌었지. 어처구니없을 정도로 멍청해서 아찔할 지경이야. 내가 어제 사건의 진상을 알아내 자존심을 구제하지 못했더라면, 바보들에게 안배된 마지막 형벌을 받아 마땅했을 정도였다네. 하지만 내가 저지른 것은 단순한 실수가 아니었어. 우연과 상황 때문에 훨씬 끔찍한 실수로 발전하고 말았던 거야. 그 둘이 서로 결합해 실제로는 그저 흔해빠진데다 하찮기까지 할 뿐인 추악한 살인 사건을 끔찍하고 불가해한 수수께끼로 만들어버리고 말았다네. 아, 살인범도 굉장히 교묘하긴 했지. 그 점은 인정하네. 하지만…… 그래, 난 알고 싶었던 것을 알아냈어."

"그래서? 그 편지에는 뭐가 적혀 있었나? 대체 뭐가 적혀 있었단 말인가?"

"아무것도."

펠 박사가 느릿느릿 대답했다. 그 무거운 어조에는 왠지 으스스한 기운이 깃들어 있었다.

"그 말은, 실험이 잘되지 않았다는 말인가?"

해들리가 외쳤다.

"아니, 실험이 잘됐다는 뜻이라네. 그러니까 그 편지에는 아무것도 없었다는 뜻이지."

펠 박사는 쩌렁쩌렁 울리는 목소리로 대답했다.

"손으로 적은 거라고는 선 하나, 낙서 한마디 같은 작은 흔적도 찾아낼 수 없었네. 게다가 찾아낼지도 모른다고 토요일 밤에 이야기했던 그 치명적인 비밀에 대해서라면 작은 실마리는 고사하고 ㅂ 자도 보이지 않더군. 그런 뜻으로 한 말일세. 뭐, 발견한 게 있기는 했지. 판지에 가까운 두꺼운 종이 몇 장에 알파벳 한두 자가 인쇄되어 있긴 하더군."

"그렇다면 왜 편지를 불태운……?"

"왜냐하면, 편지가 아니었기 때문이지. 바로 그거라네. 그 때문에 우리가 길을 잘못 든 거야. 아직도 그게 무엇인지 모르겠나? 자, 해들리, 이런 이야기는 이제 마치고 머릿속에서 온갖 잡다한 것들을 치워버리는 게 좋겠네. 자네는 보이지 않는 살인범을 만나고 싶겠지? 그 빌어먹을 시체 뜯어먹는 괴물, 우리 꿈속을 헤집고 다니는 투명 인간을 만나고 싶지 않은가? 좋아. 내 자네에게 소개해주지. 차를 가져왔나? 그러면 어서 가세. 자백을 이끌어낼 수 있을지 한번 시험해볼 작정이라네."

"누구한테서……?"

"그리모의 집안사람 중 한 명에게서. 어서 가세."

램폴은 드디어 희미하게나마 결말이 드러나고 있다는 생각이 들자 두려워지기 시작했다. 그의 혼란스러운 머리로는 어떤 일이 일어나게 될지 도통 짐작이 가지 않았다. 해들리는 출발하기 전에 반쯤 얼어붙은 엔진을 공회전시켜야 했다. 가는 길에 몇 번인가 교통 체증에 발목이 잡혔지만, 해들리는 평소와는 달리 욕설 한마디 내뱉지 않았다. 하지만 세 사람 중 가장 조용한 사람은 바로 펠 박사였다.

러셀 스퀘어에 있는 그리모의 집은 전부 블라인드가 내려와 있었다. 망자가 집안에 있다고 생각하니 어제보다 훨씬 더 생기가 없어 보였다. 얼마나 고요했던지 펠 박사가 초인종을 누르자 밖에서도 집안에 울리는 종소리가 들릴 지경이었다. 꽤 오래 기다린 끝에, 모자도 앞치마도 착용하지 않은 애니가 문을 열었다. 그녀는 핏기가 하얗게 가셔 잔뜩 긴장한 얼굴이었지만 그래도 여전히 차분했다.

"뒤몽 부인을 만나고 싶소만."

펠 박사가 말했다.

해들리는 여전히 무표정한 얼굴이었지만, 그럼에도 고개를 홱 돌려 펠 박사를 바라보지 않을 수 없었다. 애니는 뒤로 물러섰다. 그러자 마치 복도 안 어둠 속에서 목소리가 흘러나오는 것 같았다.

그녀가 응접실 문을 가리키며 대답했다.

"뒤몽 부인은 저기…… 저 안에 계십니다. 제가 불러드릴……."

그녀는 뒷말을 잇지 못했다.

펠 박사는 고개를 저었다. 그는 깜짝 놀랄 정도로 조용히 다가가 조심스럽게 응접실 문을 열었다.

칙칙한 갈색 블라인드가 내려져 있었고, 그 사이로 흘러 들어오는 빛은 두꺼운 레이스 커튼 때문에 희미했다. 방안은 평소보다 더 넓어 보였지만, 가구는 어둠에 가려 보이지 않았다. 단 하나, 흰색 공단을 안감으로 댄, 희미하게 빛나는 검정 금속 물체만은 예외였다. 그것은 뚜껑을 열어둔 관이었다. 그 주위에서 가느다란 양초 몇 자루가 타오르고 있었다. 나중에 램폴이 기억하기로는, 당시 그가 서 있던 곳에서 망자의 얼굴은 그저 코끝 정도만 보일 뿐이었다. 하지만 그 양초들만으로도, 공기를 가득 메운 희미한 꽃향기와 향냄새만으로도 초자연적인 변화가 일어나, 칙칙한 런던의 풍경이 험준한 바위에 바람이 휘몰아치는 헝가리의 산악 지대 어딘가로 바뀌어 버린 듯했다. 그곳은 흐릿하게 빛나는 황금 십자가가 악마를 막아주고, 마늘 다발이 먹이를 찾아 헤매는 흡혈귀를 쫓아버리는 곳이었다.

하지만 세 사람의 눈에 처음 들어온 것은 그런 모습이 아니었다. 에르네스틴 뒤몽이 관 옆에 서서 한 손으로 관 가장자리를 붙잡고 있었다. 높은 곳에 놓여 있는 길고 가느다란 촛불이 하얗게 세어가는 그녀의 머리카락을 금빛으로 물들였다. 촛불은 마치 무너져 버린 것처럼 굽어버린 그녀의 어깨에도 부드럽고 은은하게 내려앉았다. 그녀가 천천히 뒤로 고개를 돌리자, 퀭하게 들어가고 눈물자국으로 지저분한 그녀의 눈이 보였다. 이제는 눈물마저 말라붙어 울지도 못하는 듯했다. 그녀의 가슴께가 경련하듯 오르락내리락했다. 그녀는 긴 술이 달린 두껍고 화려한 노란색 숄을 어깨에 두르고 있었는데, 붉은 양단과 수놓인 구슬이 촛불을 받아 다채로운 색깔로 빛났다. 그 모습이 이국적이고 야성적인 방의 분위기를 완성시켜주는 것 같았다.

마침내 뒤몽 부인은 사람들의 존재를 알아차렸다. 갑자기 그녀는 두 손으로 관 가장자리를 움켜쥐었는데, 마치 망자를 보호하려는 행동 같았다. 그녀는 여전히 그림자 같은 모습으로, 일렁이는 촛불 아래 한 손을 반대편으로 뻗었다.

"부인, 고백하는 게 당신에게 좋은 일일 겁니다. 나를 믿으세요. 당신에게 좋은 일일 거요."

펠 박사가 굉장히 다정한 태도로 입을 열었다.

잠깐 동안 램폴은 그녀가 숨을 쉬지 않는 게 아닐까 생각했다. 이 세상 것이 아닌 것 같은 촛불 빛 속에서, 그녀의 동작 하나하나가 세세히 눈에 들어왔다. 이윽고 그녀는 얕은 기침을 하는 듯한 소리를 냈는데, 이는 단지 히스테릭한 웃음을 터뜨리기 직전의 고통에 지나지 않았다.

"고백이라고요? 당신네 바보들은 모두 그렇게 생각하나 보죠? 뭐, 아무래도 상관없어요. 고백이라니! 살인했다는 고백이라도 하라는 건가요?"

"아닙니다."

펠 박사가 말했다.

무거운 어조로 입 밖에 낸 짧은 한마디가 방안을 가로질러 그녀에게 도달했다. 이제 그녀는 펠 박사를 노려보기 시작했다. 그녀가 펠 박사를 두려움 섞인 시선으로 바라본 것은 이번이 처음이었고, 그러는 동안 펠 박사는 그녀를 향해 다가갔다.

“아니, 당신은 살인범이 아니라오. 당신이 어떤 사람인지 내가 말해주리다.”

이제 그는 촛불을 등져 어둠에 묻힌 채 그녀를 내려다보며 우뚝 서 있었다. 그의 말투는 여전히 다정했다.

“어제 오러크라는 남자가 여러 가지 이야기를 해주었다오. 그중에는 무대 안이든 밖이든 대부분의 마술은 공모자가 필요하다는 이야기가 있었소. 이 사건도 예외는 아니지. 당신은 이 사건을 저지른 마술사 겸 살인범의 공범이라오.”

“투명 인간 말이로군요.”

에르네스틴 뒤몽은 말을 마친 후 갑자기 신경질적으로 웃음을 터뜨렸다.

“투명 인간이지.”

펠 박사는 이렇게 말한 후, 조용히 해들리를 향해 몸을 돌렸다.

“참다운 뜻에서 투명 인간일세. 우리는 미처 모르고 있었지만, 투명 인간이라는 이름은 끔찍하면서도 역설적인 농담이었다네. 왜냐하면 말 그대로였으니까. 끔찍한 일이기도 하지만, 어떤 면에서는 치욕적인 일이기도 하네. 우리가 내내 찾아 헤매던 이 사건의 범인을 보고 싶은가? 살인범은 바로 여기 누워 있다네. 하지만 하느님께서는 지금 우리가 그를 심판하기를 금하실 테지."

그는 핏기를 잃어 하얗게 된 얼굴로 입술을 굳게 다물고 있는 샤를 그리모 교수의 시체를 느릿느릿 가리켰다.

020

두 발의 탄환

펠 박사는 계속해서 그녀를 응시했다. 그녀는 관을 지키려는 듯 또다시 몸을 웅크린 채 관 옆에 달라붙었다.

박사가 말을 이었다.

"부인, 당신이 사랑하던 남자는 죽었소. 이제는 법망의 손길이 미치지 않는 곳에 있거니와, 그가 무슨 짓을 했든 충분히 대가를 치른 셈입니다. 지금 우리가, 그러니까 당신과 내가 당면한 문제는 딱 하나, 이 사실을 감춰 살아남은 사람들이 상처받지 않도록 하는 거요. 살인에 직접적으로 가담하지는 않았을지라도, 당신이 사건에 연루되었다는 사실은 부정할 수 없을 거요. 나를 믿어주시겠소, 부인? 만약 당신을 끌어들이지 않고도 이 사건의 전모를 설명할 수 있었더라면, 분명 그렇게 했을 겁니다. 당신이 겪은 고통은 잘 알고 있으니 말이오. 하지만 이 문제에 대해 완전히 설명하려면 그런 식으로는 불가능하다는 사실을 부인 스스로도 잘 알 거요. 우리는 이 사건을 덮을 수 있도록 해들리 경정을 설득해야만 하오."

그의 목소리에 담긴 무언가가, 다시 말해 기디언 펠이라는 사람이 가진 지칠 줄 모르고 한없이 샘솟는 불변의 동정심 같은 것이, 눈물을 흘린 후 찾아오는 졸음처럼 그녀의 마음을 부드럽게 건드린 듯했다. 그녀의 히스테리는 어느덧 누그러져 있었다.

"알고 있나요?"

그녀는 질문을 던진 후 잠시 침묵을 지키다가, 이내 애원하다시피 다시 물었다.

"날 속일 생각은 말아요! 정말로 알고 있나요?"

"그래요. 정말로 알고 있소."

그녀가 가라앉은 목소리로 말했다.

"위층으로 올라가세요. 그의 서재로요. 그러면 곧 따라가겠어요. 지…… 지금은 당신을 마주 대할 수가 없어요. 생각 좀 하고……. 제가 올라갈 때까지는 아무에게도 얘기하지 말아주세요. 제발! 아니, 전 도망치지 않아요."

펠 박사는 거친 손짓으로 해들리의 입을 막은 후, 다 함께 밖으로 나갔다. 세 사람은 여전히 입을 굳게 다문 채 어두운 계단을 터벅터벅 디디며 3층으로 올라갔다. 중간에 마주친 사람도, 눈에 띈 사람도 없었다. 세 사람은 다시 한번 서재 안으로 들어갔다. 서재 안이 너무 컴컴해서 해들리는 모자이크 유리 갓을 씌운 램프를 켰다. 그는 문이 꼭 닫힌 것을 확인한 후 거친 동작으로 돌아섰다.

"지금 자네는 그리모가 플레를 살해했다고 말하는 건가?"

해들리가 따져 물었다.

"그렇다네."

"요양원에서 수많은 목격자들의 눈에 둘러싸여 의식을 잃은 채 죽어가던 사람이 어떻게 캐글리오스트로 스트리트에 가서……."

펠 박사가 조용히 대답했다.

"그때 살해했던 게 아니야. 그 점이 자네가 모르고 있는 부분이지. 그 때문에 자네는 잘못 생각한 거라네. 내가 뒤집혀버렸다는 표현을 사용하는 대신 길을 거꾸로 들었다고 하는 게 더 나을지도 모른다고 한 것은 바로 이런 뜻이었어. 플레가 그리모보다 더 먼저 살해당했다네. 무엇보다 상황이 나빴던 건, 그리모가 문자 그대로 정확한 사실을 우리에게 말하려고 했기 때문이야. 그는 자신이 살아날 가망이 없다고 생각했기 때문에 우리에게 진실을 털어놓았던 거라네. 가끔씩 빛을 발하는 그의 선량한 성품이 드러난 행동일 테지만, 그 탓에 우리는 그의 말을 잘못 해석하고 말았어. 내가 제대로 설명할 수 있을지 모르겠지만 한번 해볼 테니, 일단 자리에 앉게. 일단 자네가 세 가지 요점을 파악할 수만 있다면, 추론을 해볼 필요도 내 설명을 들을 필요도 없을 걸세. 그 자체로 설명이 될 테니까."

펠 박사는 쌕쌕거리며 몸을 굽혀 책상 앞에 놓인 의자에 앉았다. 그는 잠시 멍하니 램프를 바라보다가, 이내 말을 이었다.

"세 가지 요점이란 다음과 같네. (1) 동생 앙리는 존재하지 않는다. 형제는 단 두 명뿐이다. (2) 두 명의 형제 모두 사실대로 이야기하고 있었다. (3) 시간에 관련된 문제가 사건을 거꾸로 해석하도록 만들었다.

이 사건에선 많은 일들이 굉장히 짧은 시간 사이에 집중되어 있었다네. 찰나의 시간이었지. 우리는 살인범을 투명 인간인 것처럼 묘사했지만, 실상 이 사건에서 가장 중요한 부분은 시간 착오의 문제였다는 점에서 역설적이었다고 할 수 있어. 자네도 돌이켜 생각해보면 쉽게 알아차릴 수 있을 걸세.

어제 아침 일을 다시 떠올려보게나! 내게는 이미 캐글리오스트로 스트리트에서 일어난 사건이 좀 이상하다고 생각할 만한 지점들이 있었다네. 총격이 발생한 시각은 정확히 10시 25분이었다고 했지. 신뢰할 수 있는 목격자 세 명 모두 일 초도 틀리지 않고 정확히 같은 시간에 대해 증언했다네. 어떻게 세 사람 모두 제각기 그토록 놀랄 정도의 정밀한 시간 감각을 보여줄 수 있었을까? 느슨한 의문이긴 했지만, 그런 생각이 들지 않을 수 없었지. 일반적으로 거리에서 사고가 발생하는 경우, 아무리 냉철한 목격자라 할지라도 보통은 자신의 시계를 주의해서 들여다보며 시간을 확인하지는 않거든.

또는 아무리 주의한다고 해도, 세 사람의 시간이 기묘할 정도로 서로 일치한다는 게 가능할까? 하지만 그들은 신뢰할 수 있는 사람들이었으니, 그렇게 정확한 시간 감각을 발휘할 수 있었던 것에는 무슨 이유가 분명 있었을 테지. 그들은 그 특정 시간을 직접적으로 안 게 틀림없다네.

당연히 이유가 있었지. 살해당한 남자가 쓰러진 곳 바로 맞은편에는 조명이 켜진 보석 가게의 진열창이 있었다네. 그 주변에서 유일하게 불이 켜진 곳이었어. 즉, 그들의 시선이 미치는 범위 내에서 가장 눈에 띄는 곳이었다네. 그 진열창에서 나온 빛이 살해당한 남자를 비추고 있었으니까. 그래서 순경이 살인범을 찾으러 제일 먼저 달려간 곳도 바로 보석 가게였지. 그래서 사람들이 보석 가게 진열창에 주목하게 된 것도 지극히 당연한 일이었다네. 그런데 그 진열창에서 사람들과 마주하고 있었던 건, 대번에 시선을 사로잡을 정도로 특이한 디자인을 한 커다란 시계였어. 순경이 시간을 확인했던 건 당연한 일이었고, 다른 사람들 역시 그렇게 하는 게 자연스러웠을 거야. 따라서 세 사람이 증언한 시간이 일치했던 거라네.

하지만 단 한 가지, 당시에는 그다지 중요하게 보이지 않았던 것 때문에 골머리를 좀 앓았다네. 그리모가 총에 맞은 후, 해들리는 그 집으로 부하들을 소집했어. 그런 다음 즉시 플레를 용의사로서 연행하기 위해 부하 중 한 명을 파견했다네. 자, 그렇다면 해들리의 부하들이 여기 도착한 시각은…… 대충 몇 시쯤이었지?"

"대충 계산해보면 10시 40분쯤이었습니다. 제가 시간표에 기록해두었습니다."

램폴이 대답했다.

"그리고 해들리는 곧바로 플레를 잡아오라고 경찰 한 명을 보냈다네. 이 친구는 캐글리오스트로 스트리트에 언제 도착했을까? 플레의 사망 추정 시각보다 십오 분에서 이십 분 정도 뒤였다네. 그런데 그런 짧은 시간 동안 무슨 일이 있었지? 믿을 수 없을 정도로 수많은 일들이 일어났다네! 플레는 어느 의사의 진료실로 옮겨졌고, 사망했으며, 검시가 이루어졌고, 플레의 신원을 밝히기 위해 헛된 애를 썼지. 그런 다음 신문 기사의 말을 빌리자면 '잠시 시간이 지체된 후' 차량이 호출되어 플레를 시체 안치소로 운반했다네. 그사이에 이 모든 일들이 다 일어난 거라네! 해들리의 부하 형사가 플레를 연행하기 위해 캐글리오스트로 스트리트에 도착했을 때에는 모든 일이 마무리된 후였으니까. 그때 위더스 순경은 현장으로 돌아와 집집마다 탐문을 하고 있었다네. 사건 발생 당시의 흥분된 분위기는 완전히 가라앉아 있었고. 아무래도 믿기 어렵다는 생각이 들더군.

안타깝게도 나는 너무 멍청했기 때문에, 어제 아침에 보석 가게 진열창에서 그 시계를 보았을 때만 해도 그 중요성을 깨닫지 못했다네.

다시 한번 돌이켜 생각해보게. 어제 아침 우리 셋은 우리집에서 아침 식사를 했지. 그때 페티스가 찾아와서 함께 얘기를 나눴어. 얘기가 끝난 때가 몇 시였지?"

잠시 침묵이 흘렀다.

"정확하게 10시 정각이었어."

해들리는 이렇게 대답하다가, 갑자기 손가락을 딱 튕겼다.

"그래! 그가 떠날 채비를 하려는 순간 빅벤이 10시를 울렸으니까."

"바로 그렇다네. 페티스가 돌아가자, 우리는 모자를 쓰고 코트를 걸친 다음 차를 타고 곧장 캐글리오스트로 스트리트로 향했어. 자, 모자를 쓰고 아래로 내려가 일요일 아침의 인적 없는 도로에서 차를 몰아 가까운 곳까지 가기까지 얼마나 걸릴지 넉넉히 시간을 잡아보게. 토요일 밤의 복잡한 교통 상황에서도 십 분밖에 걸리지 않은 곳이었다네. 이 모든 과정을 더해도 총 이십 분을 넘기기는 어렵지 않을까 하는데……. 하지만 캐글리오스트로 스트리트에서 자네가 보석 가게의 위치를 가르쳐주었을 때, 그 값비싼 시계는 정확히 11시를 가리키고 있었다네.

그때까지도 나는 멍청한 생각에 잠겨 있었기 때문에, 시계를 보고도 이상하다는 생각은 전혀 하지 못했다네. 마치 그 전날 밤에 목격자 세 명이 모두 흥분해서 아무 생각도 하지 못한 것과 마찬가지였지. 자네도 기억하겠지만, 바로 그 직후에 서머스와 오러크가 우리를 버너비의 아파트로 불러들였어. 우리는 꽤 오랫동안 조사를 했고, 오러크와도 이야기를 나누었네. 그런데 오러크가 이야기를 하는 와중에 무슨 소리가 들렸지. 이른 시각이라 죽은 듯한 정적이 깔려 있고 가끔 바람이 거리를 스쳐지나가는 소리만 났는데, 글쎄 교회 종소리가 들리지 뭔가.

자, 교회 종은 몇 시부터 치기 시작하지? 11시가 지나면 종을 치지 않네. 그때는 이미 예배가 시작된 이후일 테니. 보통은 11시가 되기 전에 예배 시간을 알리는 종을 치기 마련이야. 하지만 그 독일산 시계가 가리키는 시각을 확고부동하게 믿는다면, 그 시점에서는 11시가 훨씬 지났을 게 분명할 테지. 그때 내 둔한 머리가 깨어나기 시작했다네. 나는 빅벤이 울렸던 것을 기억하고는, 캐글리오스트로 스트리트까지 걸린 시간을 가늠해보았다네. 교회 종소리와 빅벤의 조합 대對 겉만 번지르르한 외국제 시계라. 교회와 국가의 조합이라니, 말하자면 양쪽 모두 빅벤이 틀렸을 리 없다는 뜻이지……. 다시 말해서, 그 보석 가게 진열창 안의 시계는 적어도 사십 분 이상 시간이 빨랐던 거야. 따라서 전날 밤 캐글리오스트로 스트리트에서 일어난 총격 사건이 일어난 시각은 10시 25분일 리가 없어. 실제로는 9시 45분보다 조금 더 이른 시각에 일어났던 게 분명하네. 대충 짐작하자면 9시 40분쯤 되었을까?

자, 조만간 이 사실을 눈치챈 사람이 나타날 걸세. 어쩌면 이미 눈치챈 사람이 있을지도 모르지. 이런 사실은 반드시 심리 법원에서 밝혀지기 마련이니까. 누군가 나서서 정확한 시간에 대한 이의를 제기할 거야. 그때가 되면 자네는 내가 바라는 대로 즉시 진상을 파악하게 될지, 아니면 한층 더 혼란스러워할지, 나도 잘 모르겠군……. 하지만 캐글리오스트로 스트리트의 사건이 발생한 때가 가면을 쓴 남자가 이 집 초인종을 누른 시각인 9시 45분보다 몇 분인가 이른 시각이었다는 분명한 사실은 여전히 유효하다네."

"하지만 난 여전히 이해가 가지……."

해들리가 항변했다.

"불가능한 상황 말인가? 아니, 자네에게 모든 이야기를 처음부터 어떻게 풀어낼지 확실한 방향을 잡아놓았다네."

"그래, 그렇다면 좀 정리해서 설명해주지 않겠나? 만약 그리모가 자네 말대로 9시 45분이 되기 전에 캐글리오스트로 스트리트에서 플레를 쏘았다면……."

"그런 말은 하지 않았네."

"뭐라고?"

"내가 처음부터 차근차근 설명해줄 테니, 잘 들으면 알게 될 걸세. 지난주 수요일 밤, 그러니까 플레는 무덤을 헤치고 나온 듯 처음으로 과거로부터 빠져나와 워릭 주점에서 다소 소름 끼치는 협박을 늘어놓으며 형과 맞섰지. 그때 그리모는 그를 죽이기로 결심한 거야. 자네도 알겠지만, 사건 전체를 놓고 보면 그리모야말로 플레를 죽일 동기가 있는 유일한 사람이지 않나. 그런데 세상에나! 해들리, 그에게는 정말로 동기가 있었다네! 그는 과거는 완전히 묻어버린 채, 안전하고 부유하며 존경받는 삶을 살고 있었지. 그런데 갑자기 문이 휙 열리고 삐쩍 마른 낯선 남자가 싱긋 웃으며 들어왔는데, 그게 바로 동생 플레였던 거야. 그리모는 탈옥을 하는 과정에서 생매장당한 동생들을 내버려두어 그중 한 명을 살해한 사람이라네. 나머지 한 명 역시 우연히 발견되지 않았더라면 마찬가지로 살해당하고 말았겠지. 그리모가 본국으로 송환되어 교수형당할 가능성도 아직 남아 있었을 거야. 그래서 플레는 그를 추적해서 찾아낸 거라네.

자, 그날 밤 갑자기 플레가 술집 안으로 뛰어들어 형과 대치했을 때 한 말을 정확히 떠올려보게. 플레가 그런 식으로 말을 한 이유를 곰곰이 생각해보면, 그가 아무리 불안정한 정신 상태였다 할지라도, 남들에게 과시하고 싶었던 것만큼 미친 사람은 아니었다는 것을 알아차릴 수 있을 거야. 만약 그가 그저 사적인 복수를 꾀한 거라면, 어째서 그리모가 친구들과 함께 있는 자리에 나타나 그런 식으로 암시적인 말을 늘어놓았을까? 그는 죽은 동생을 들먹이며 협박했다네. 그가 죽은 동생에 대해 얘기한 것은 그때가 유일했지. '그는 당신에게 나보다 훨씬 위험한 존재일' 거라고 말한 이유는 무엇일까? 그 죽은 동생이 그리모를 교수대에 보낼 수 있기 때문이었다네! '당신 목숨을 원하는 건 내가 아니라 내 동생'이라고 말한 이유는? 또 '내 동생을 보내는 게 좋을지' 물어본 이유는? 그런 말을 한 직후에, 굳이 자신의 주소를 꼼꼼하게 적은 명함을 그리모에게

준 이유는 무엇일까? 그러한 사실을 그가 한 말과 이후 행적과 연결시켜보면, 명함을 준 행위에는 굉장히 중요한 의미가 있다는 사실을 알 수 있네. 목격자들 앞에서 협박하느라 내용은 에둘러 표현했지만, 그가 한 말의 속뜻은 바로 이런 거였지. '형은 우리가 어렸을 적 함께 강탈한 돈으로 뒤룩뒤룩 살찐 부자가 되었군그래. 난 가난한데다 더이상 일하는 게 지긋지긋해. 그러니 내가 건네준 주소로 찾아와 이 문제에 대해 의논해보는 게 어때? 아니면 경찰을 불러 형을 체포하도록 할까?'"

"공갈을 친 게로군."

해들리가 조용히 말했다.

"그래. 플레는 비록 한 가지 생각에 사로잡혀 정신이 좀 이상해졌을지언정, 바보와는 거리가 먼 사람이었지. 자, 그러면 그가 그리모에게 마지막으로 협박을 하면서 자신의 속뜻을 어떻게 비틀어 표현했는지 살펴보도록 할까?

'동생과 엮이면 나 역시 위험에 처할 테지만, 그쯤은 감수할 각오가 되어 있소.'

그후로도 언제나 그랬지만, 이 경우에도 그는 그리모에게 엄정한 사실 그대로를 말하고 있었던 거라네. '셋째와 마찬가지로 나 역시 형에게 살해당할지도 몰라. 하지만 위험은 감수하겠어. 그러니 내가 친절하게 형을 찾아갈까, 아니면 죽은 동생이 형을 교수대에 보내도록 할까?' 이런 식으로 말이지.

플레가 살해당하던 날 밤, 그의 행동을 떠올려보게. 신이 나서 마술 도구를 때려 부수고 불태워 없애버렸다는 이야기 기억나나? 그러면서 오러크에게 뭐라고 말했지? 우리가 현재 알고 있는 사실을 고려해서 그가 한 말을 유심히 살펴보면, 단 한 가지 해석밖에 내릴 수 없어. 그는 이렇게 말했다네.

'내 일은 다 끝났네. 이제 더이상 이런 물건들이 필요할 일은 없을 거야. 내가 말하지 않았나? 나는 형제를 만나러 갈 거라네. 그는 마침내 우리 두 사람의 해묵은 문제를 정리할 거야.'

물론 그리모가 요구를 들어주겠다고 합의했다는 뜻이었지. 바로 궁핍한 생활은 영원히 끝났다는 뜻이었다네. 많은 돈을 받아 이전의 자신을 무덤에 묻힌 죽은 사람처럼 생각할 거라는 뜻이기도 했고. 하지만 그는 엉겁결에 비밀이 드러나는 일은 피하고 싶었기 때문에 좀더 알아듣기 쉬운 표현을 사용할 수는 없었던 거야. 그럼에도 그는 형이 굉장히 교활한 사람이라는 점을 잘 알고 있었다네. 과거에 뼈저리게 경험한 적이 있었으니까. 그렇다고 오러크에게 지나친 주의를 줄 수는 없었어. 형이 정말로 돈을 줄 작정일 수도 있으니까. 하지만 만약을 대비해서 단서를 하나 던져준 거라네.

'만약 내 신변에 무슨 일이 생기면, 내가 사는 거리에서 그를 찾을 수 있을 걸세. 정확히 말하자면 그는 그곳에 거주하는 건 아니지만, 그곳에 방을 하나 갖고 있거든.'

마지막 말에 대해서는 곧이어 설명해주겠네. 하지만 우선 그리모에게로 돌아가보세. 자, 그리모는 절대로 플레와 협상을 할 생각이 없었다네. 그리하여 플레는 죽을 운명이었던 거야. 그리모는 교활하고 날카로우며 연극적인 성격이었다네. 그리고 자네도 알다시피, 우리가 만난 사람들 중 누구보다도 마술적인 착시 효과에 커다란 관심을 가진 사람이었지. 그는 귀찮은 동생의 헛소리에 시달리지 않겠다고 결심했다네. 따라서 플레는 죽어야 했지만, 그건 보기보다 쉬운 일이 아니었지.

플레가 남몰래 찾아왔었더라면 그를 처치하는 일은 간단했을 테지. 플레와 자신을 연결시킬 수 있는 사람은 이 세상 어디에도 없을 테니까. 하지만 플레 역시 그런 실수를 할 정도로 무딘 사람은 아니었다네. 그는 그리모의 친구들 앞에서 대놓고 자신의 이름과 주소를 공표해버리고, 비밀스러운 그리모의 과거에 대한 암시를 던졌다네. 일이 성가시게 되어버린 거야! 플레가 다른 사람의 손에 살해당했다는 사실이 명백히 밝혀진다면, 누군가 이렇게 말할 가능성이 충분하니까. '세상에! 그때 그 사람 같은데……?' 그렇게 되면 곧장 그에게 위험한 조사가 시작될지도 모르지. 왜냐하면 플레가 다른 사람들에게 그리모에 대해 어떤 이야기를 했는지는 하늘만 알 테니 말이야. 하지만 틀어쥐고 있는 그리모의 약점 중 가장 치명적인 것은 플레가 다른 곳에 발설하지 않았을 가능성이 크네. 이 때문에 죽여서라도 입을 막아야 했던 거지. 플레에게 무슨 일이 일어나든, 또 그가 어떤 방식으로 사망하든, 수사 방향은 그리모를 향할

공산이 컸네. 단 하나의 길은 플레가 자신의 생명을 노린다는 이야기를 노골적으로 퍼뜨리는 것이었다네. 그래서 너무 티내지 않으려 조심하면서 자기 자신에게 협박 편지를 보냈고, 교묘한 방식으로 집안사람들을 동요시켰으며, 마지막으로 자신이 직접 플레를 방문하려고 했던 날 밤에 플레가 자신을 찾아오겠다고 협박했다는 이야기를 모두에게 알린 거라네. 그가 어떻게 이런 훌륭한 살인 계획을 세웠는지는 곧 알게 될 걸세.

그리모가 노렸던 효과는 바로 이것이었다네. 토요일 밤에 자신을 살해하기 위해 찾아온 플레의 모습이 목격되어야 한다. 그 광경을 지켜볼 목격자가 있어야 한다. 플레가 서재 안으로 들어갈 때 목격자 두 사람 외에는 아무도 없어야 한다. 무슨 소동이 일어난 듯한 소리가, 즉 몸싸움을 벌이다가 총이 발사되고 누군가 쓰러지는 소리가 들린다. 문이 열리면 그리모 혼자만이 발견된다. 그리모 자신은 옆구리에 총을 맞아 끔찍한 몰골을 하고 있지만, 총탄이 스쳤을 뿐 큰 부상은 아니다. 흉기는 발견되지 않는다. 창밖에는 플레가 갖고 있던 밧줄이 걸려 있어, 플레는 도주했다고 추정된다. 그런데 일기예보에서는 그날 밤에 눈이 오지 않을 거라고 했던 것 기억하나? 그래서 발자국을 추적하는 것은 불가능할 거라고 생각했던 거지. 자, 다시 본론으로 돌아가서, 그리모는 이렇게 말한다. '놈은 나를 죽였다고 생각했어. 나는 죽은 척을 했으니까. 놈은 달아났어. 아니, 경찰을 부르지는 마, 불쌍한 놈이니. 난 크게 다치지 않았어.'

다음날 아침 플레는 자신의 방안에서 숨진 채로 발견된다. 자신의 가슴에 총구를 대고 방아쇠를 당겨 자살한 모습이다. 권총은 그의 곁에 놓여 있다. 유서는 테이블 위에 놓여 있다. 그는 그리모를 살해하고 말았다고 생각해서, 자포자기하는 심정으로 자기 자신에게 방아쇠를 당긴 것이다……. 자, 친구들, 이것이 그리모가 연출하려고 했던 마술이라네."

"하지만 어떻게 그렇게 할 수 있었지? 게다가 사건이 그런 식으로 흘러가지도 않았어!"

해들리가 따져 물었다.

"맞아. 계획은 참담한 실패로 막을 내렸다네. 마술의 후반 부분, 그러니까 플레가 이미 캐글리오스트로 스트리트의 자기집에서 살해당했는데도 어떻게 그리모의 서재로 찾아올 수 있었는지에 대해서는, 그에 걸맞은 무대에서 다루도록 하지. 그리모는 뒤몽 부인의 조력을 받아 이미 일련의 준비를 마친 후였다네.

그는 플레에게 담뱃가게 맨 위층에 있는 플레의 방에서 만나자고 말했다네. 토요일 밤 9시 정각에 만나서 현금으로 일을 마무리 짓자고 한 거야. 플레가 신나서 일자리를 때려치우고 마술 도구들을 불태워버린 후 라임하우스에 있는 극장을 떠난 시각이 8시 15분쯤이었다는 사실을 떠올려보게나.

그리모가 토요일 밤을 선택한 까닭은, 아무도 침해할 수 없는 그의 습관에 따라 저녁 내내 서재에 혼자 틀어박힐 수 있는 날이었기 때문이라네. 이유 여하를 막론하고 누구도 그를 방해할 수 없었지. 또 그가 토요일 밤을 택한 또 하나의 이유는, 지하실 문과 이어진 외부 통로를 이용해 집을 드나들어야 할 필요가 있었기 때문이라네. 토요일 밤은 지하에 방이 있는 애니가 외출하는 날이니까. 자네도 기억하겠지만, 증언에 따르면 7시 30분에 그가 서재로 올라간 후부터 9시 50분에 서재 문을 열고 방문객을 안으로 들일 때까지 그를 본 사람은 아무도 없었다네. 뒤몽 부인은 9시 30분에 커피잔을 치우러 올라갔을 때 그와 얘기를 나눴다고 주장했지. 내가 왜 그 이야기를 믿지 않는지는 잠시 후에 말해주지. 사실, 그때 그리모는 서재에 없었다네. 그는 캐글리오스트로 스트리트에 있었어. 뒤몽 부인은 9시 30분에 서재 문 근처에 숨어 있다가, 무슨 핑계를 대든지 모습을 드러내라는 지시를 받았다네. 어째서일까? 그리모가 밀스에게 9시 30분에 위층으로 올라와, 맞은편 방에서 서재 문을 감시하라는 지시를 내렸기 때문이라네. 밀스는 그리모가 펼치려는 마술에 속아넘어가는 관객 역할을 맡았던 거지. 그런데 그가 위층으로 올라와 서재 문을 바라보다가, 무슨 이유에서든 그리모와 나누고 싶은 얘기가 생각날 수도 있지 않겠나? 그런 경우를 대비해서 뒤몽이 그 자리에 있다가 사전에 그를 차단할 예정이었던 거지. 뒤몽은 아치형 입구에서 대기하고 있다가, 만약 밀스가 호기심을 드러내면 그를 쫓아낼 작정이었다네.

밀스가 마술에 속아넘어가는 관객 역할을 맡았다고 했지? 어째서일까? 왜냐하면 그는 비록 답답할 정도로 양심적인 사람이라 그리모의 지시를 정확하게 이행할 테지만, 그럼에도 불구하고 플레를 굉장히 두려워하고 있어서 그 투명 인간이 계단을 따라 올라오는 모습을 보더라도 간섭하지 않을 것이기 때문이라네. 가면 쓴 남자가 서재로 들어가기까지의 몇 초간의 위험한 순간 동안, 밀스는 그를 공격하기는커녕 감히 자기 사무실에서 나올 생각조차 하지 못할 게 분명했지. 예컨대 맹건은 물론이고 드레이먼 같은 사람조차 그런 상황이었다면 그에게 달려들었을 거야. 하지만 밀스는 사무실에서 나오지 말라는 지시를 받았으니 지시대로 행동했을 거라네. 그리고 그가 선택된 마지막 이유는 그의 키가 몹시 작기 때문이었다네. 이게 무슨 뜻인지는 곧 명백해질 걸세.

자, 그는 9시 30분에 3층으로 올라와 서재 문을 지켜보라는 지시를 받았어. 이는 투명 인간이 바로 그 직후에 등장할 예정이기 때문이었다네. 실제로는 좀 늦어지긴 했지만. 그런데 이 차이에 주목하게. 밀스는 그의 도착 시각을 9시 30분이라고 들었는데, 맹건은 10시 정각이라고 들었던 거야! 그 이유는 명백하네. 누군가가 1층에서 방문객이 정말로 현관문을 통해서 들어왔다는 뒤몽의 증언을 확인해주어야 했기 때문이지. 하지만 맹건이 방문객에게 호기심을 느낄 수도 있었다네. 만약 처음에 그리모가 농담 삼아 방문객이 아마 오지 않을 것 같고 나타나더라도 10시 이전은 아닐 거라는 말을 하지 않았더라면…… 그 투명 인간에게 맞서려 했을 수도 있고. 그래서 어떻게든 그의 마음을 딴데로 돌려, 투명 인간이 그 위험한 응접실 문을 지나 위층으로 올라갈 때까지 그가 주저하도록 만들 필요가 있었던 거지. 게다가, 만약 최악의 상황이 발생한다 하더라도, 맹건과 로제트는 응접실 안에 쭉 갇혀 있었을 거라네.

다른 사람들은 어떻게 처리했을까? 애니는 외출했고, 드레이먼에게는 연주회 표를 주었다네. 버너비는 카드 게임을 할 게 분명했고, 페티스는 극장에 갔지. 이렇게 해서 무대가 깨끗하게 정리되었다네.

9시 조금 전, 아마 십 분쯤 전에, 그리모는 지하실 문으로 이어진 연결 통로를 통해 몰래 집을 빠져나갔다네. 하지만 문제는 이미 발생해 있었지. 일기예보와 달리 아까부터 눈이 펑펑 내리고 있었던 거야. 하지만 그리모는 그다지 심각한 문제라고 생각하지 않았다네. 9시 30분까지는 일을 마치고 돌아올 수 있으니, 그때까지도 눈이 계속해서 거세게 내려 자기 발자국을 덮어줄 거라고 믿었던 게지. 게다가 나중에 방문객은 창문을 통해 밧줄을 타고 아래로 달아난 것으로 할 작정이었으니, 플레의 발자국이 남아 있지 않은 것도 별문제는 되지 않을 거라고 생각했다네. 어쨌든 그의 계획은 그때 물리기에는 너무 진행된 상태였어.

그는 오래된 물건이라 추적이 불가능한 콜트 리볼버 권총에 탄환을 단 두 발만 장전하고 집을 나섰다네. 어떤 모자를 썼는지는 모르겠지만, 입고 나간 코트는 수두 자국 같은 점이 찍혀 있는 밝은 노란색의 바로 그 트위드 코트였다네. 그는 자기 치수보다 몇 단계나 더 큰 코트를 사두었지. 아무도 그가 입을 거라고 생각지 못할 정도로 튀는 코트여서, 만약 다른 사람들이 무심코 보더라도 아무도 그라는 사실을 알아보지 못할 것이기 때문이었다네. 그는…….”

그때 해들리가 끼어들었다.

“잠깐만! 코트 색깔이 바뀐 것은 어떻게 된 일인가? 그건 초저녁에 일어난 일일 텐데. 대체 무슨 일이 일어난 거지?”

“다시 한번 기다려달라는 말을 할 수밖에 없군. 그리모의 마지막 마술 이야기를 할 때까지 말일세. 그건 그 마술의 일부였다네.

자, 그리모의 목적은 플레의 방을 방문하는 것이었지. 그곳에서 그는 잠시 동안 플레와 화기애애하게 얘기를 나누었다네. 이런 식으로 말을 했을 거야. ‘아우야, 이런 가축우리 같은 곳을 벗어나야 하지 않겠니! 이제는 내가 돌봐줄 테니, 힘들게 일할 필요 없이 편하게 살려무나. 이런 쓰잘머리 없는 물건일랑 다 버리고 우리집으로 오지 않으련? 집주인에게 퇴거 통보 같은 걸 따로 하는 대신, 이따위 물건이나 다 줘버리렴.’ 아무 말로나 플레를 구워삶아 집주인에게 ‘나는 영원히 떠나오’, 혹은 ‘나는 무덤으로 돌아가오’ 같은 애매한 내용의 편지를 남기게 하는 게 목적이었던 거라네. 나중에 플레가 권총을 쥐고 죽은 채 발견되었을 때, 그런 말은 유서로 해석될 수 있으니 말이지.”

펠 박사는 몸을 앞으로 구부렸다.

"그런 다음 그리모는 콜트 권총을 꺼내 재빨리 플레의 가슴에 밀어붙인 채 빙긋 미소를 지으며 방아쇠를 당길 생각이었던 거야.

플레의 방은 빈 건물의 맨 꼭대기 층이었다네. 자네도 봐서 알겠지만, 놀라울 정도로 벽이 두껍고 튼튼하지. 집주인은 맨 아래 지하층에 사는데다, 캐글리오스트로 스트리트에서 남의 일에 관심이 없기로는 둘째가라면 서러운 사람이었다네. 총성이 울렸다 한들 신경쓸 사람이 아닌 마당에, 플레의 가슴에 밀착해서 쏘는 바람에 총성이 줄어들었으니 더 말할 필요가 없겠지. 그래서 그리모는 시체가 발견되기까지는 꽤 시간이 걸릴 테고, 다음날 아침까지는 절대로 들통날 걱정이 없을 거라고 확신했다네. 그러면 시체가 발견되기까지 그리모는 뭘 해야 할까? 그는 플레를 살해한 후 같은 권총으로 자신에게 작은 상처를 낼 작정이었다네. 필요하다면 몸 안에 총탄을 박아 넣는 일조차 서슴지 않았겠지. 수십 년 전에 일어난 세 개의 관 사건에서도 알 수 있듯, 그는 황소 같은 체질에 불굴의 정신력까지 갖춘 사람이었으니까. 그런 다음 그는 권총을 플레 곁에 내려놓았을 테지. 또 지극히 냉정하게 손수건이나 탈지면으로 셔츠 위 상처를 압박한 후 임시방편으로 반창고를 사용해 코트 안쪽으로 손수건을 고정했을 걸세. 그런 다음 집으로 돌아와, 플레가 자신을 만나러 온 것처럼 위장하는 마술을 부렸을 거야. 플레가 그를 쏜 다음 캐글리오스트로 스트리트로 돌아와 같은 총을 사용해서 자살했다, 이 사실에 의혹을 품는 검시관은 없을 테지. 여기까지는 내가 알아듣게 설명했나? 이 범행에서는 실제 사건 순서가 거꾸로 뒤집혀버린 거야.

아까 말했듯이, 그 점은 그리모가 의도한 바였다네. 만약 그의 의도대로 잘 흘러갔더라면 굉장히 기발한 살인 방식이었을 테지. 아무도 플레가 자살했다는 사실을 의심할 없을 테니까.

자, 이 계획을 수행하는 데에는 딱 하나 난점이 있었다네. 만약 그가 플레의 집을 방문하는 모습이 다른 사람의 눈에 띈다면, 목격자가 그가 누군지 알아차릴 수 있든 없든 이만저만한 문제가 아니었겠지. 경찰은 플레가 자살했다고 쉽게 믿어주지 않을 테니까. 그 거리에서 건물로 통하는 입구는 단 하나, 담뱃가게 옆에 있는 현관뿐이었어. 게다가 그는 눈에 잘 띄는 코트 차림으로 사전에 인근을 살펴보고 다니기도 했다네. 담뱃가게 주인 돌버먼까지 그가 돌아다니는 모습을 진작에 본 적이 있으니 말이지. 그는 이런 어려움을 타개할 해결책을 버너비의 비밀 아파트에서 찾아냈다네.

그리모야말로 누구보다도 캐글리오스트로 스트리트에 있는 버너비의 아파트를 속속들이 아는 사람일 가능성이 높지 않을까? 버너비가 한 말을 기억하나? 몇 개월 전 버너비가 그 그림을 그렸을 때, 그리모는 그에게 숨은 동기가 있지 않을까 의심해서 이것저것 캐물었다고 했지. 그런데 그는 거기서 그치지 않고 버너비를 감시까지 했다네. 그런 상상 속 위험을 느끼던 사람이었으니, 실제 행동에 나선 것은 당연한 수순이었을 테지. 그는 아파트의 존재를 알고 있었어. 감시를 거듭한 끝에 로제트가 아파트 열쇠를 갖고 있었다는 사실도 알았을 테고. 그리하여 마침내 플레가 나타나자, 그리모는 범행 방법을 떠올리고는 로제트의 열쇠를 훔쳤던 거라네.

버너비가 아파트를 빌린 건물은 플레가 살고 있던 건물과 같은 라인에 있다네. 그곳 건물들은 죄다 서로 다닥다닥 붙어 있고 지붕은 평평하기 때문에, 낮은 난간을 넘기만 하면 지붕을 타고 거리 끝에서 끝까지 갈 수 있지. 두 사람 모두 꼭대기 층에 살고 있었다는 사실을 떠올려보게. 우리가 버너비의 아파트를 조사하러 올라갔을 때, 아파트 문 바로 옆에 뭐가 있었는지 기억나나?"

해들리가 고개를 끄덕였다.

"그래, 물론 기억나고말고. 지붕으로 통하는 천장 문에 이어진 사다리가 있었지."

"바로 그렇다네. 그리고 플레의 방 바로 밖에 있는 층계참의 지붕은 높이가 낮은데다, 채광창까지 달려 있었지. 그리모는 캐글리오스트로 스트리트를 걸어 직접 들어온 게 아니라, 우리가 버너비의 아파트 창문에서 본 그 골목을 통해 접근했던 거라네. 버너비와 로제트가 그랬던 것처럼 뒷문을 통해 안으로 들어와, 꼭대기 층까지 올라간 후 재차 지붕으로 빠져나간 거야. 그런 다음 지붕을 넘고 넘어 플레가 거주하던 건물까지 이동한 후, 채광창을 통해 층계참으로 내려갔다네. 그래서 방안에 들어갔을 때나 나갔을 때나 눈에 띄지 않을 수 있었지. 게다가 그는 그날 밤 버너비가 어딘가에서 카드 게임을 하고 있으리라는 사실을 확실히 알고 있었어.

그런데 모든 일이 잘못 돌아가기 시작했다네.

그는 틀림없이 플레가 집에 돌아오기 전에 방에 도착했을 걸세. 지붕으로 들어오는 모습을 플레에게 들켰다가는 의심을 샀을 테니까. 하지만 우리가 아는 바에 따르면, 플레는 이미 조금이나마 형을 의심하고 있었다네. 어쩌면 그리모가 플레에게 긴 마술용 밧줄을 하나 가져오라고 부탁했기 때문일지도 모르지……. 그리모는 그 밧줄을 나중에 플레를 범인으로 지목하는 여러 증거 중 하나로 삼고 싶어 했어. 그게 아니라면, 그리모가 지난 며칠 동안 캐글리오스트로 스트리트에 출몰했다는 사실을 플레가 알고 있었던 건 아닐까? 탐색을 마친 후 지붕을 타고 버너비의 아파트로 급히 돌아가는 그리모의 모습을 보고, 그가 이 거리에 방을 임대한 거라고 믿었을 가능성도 있지.

두 형제는 밤 9시에 가스등을 켜놓은 그 방안에서 만났다네. 두 사람이 무슨 얘기를 나눴는지는 알 도리가 없지. 영원히 모를 거야. 하지만 그리모가 플레를 달래 그의 의혹을 잠재운 것은 확실해 보여. 두 사람은 기분 좋게 옛정을 회복해 옛일은 모두 잊기로 했을 테지. 그리모는 농담을 섞어가며 플레를 설득해서 집주인에게 남기는 편지를 쓰도록 했다네. 그런 다음……."

"자네 설명에 딴죽을 거는 것은 아닌데, 어떻게 그런 사실을 알게 되었나?"

해들리가 조용히 물었다.

"그리모가 말해주었다네."

해들리는 그를 물끄러미 바라보았다.

"그래. 나는 시간 순서에 대해 끔찍한 오해를 했다는 사실을 깨닫고 나서야 비로소 이해할 수 있었다네. 자네들도 곧 알게 될 거야. 하지만 일단 이야기를 계속하겠네.

플레는 편지를 썼다네. 그리고 외출 준비를 하기 위해 모자를 쓰고 코트를 입었지. 그리모가 그렇게 하라고 시킨 이유는 뻔했다네. 플레가 밖에서 용무를 마치고 막 돌아와 자살한 것처럼 보이도록 하고 싶었기 때문이었어. 물론 그 용무는 그리모를 찾아가는 유령 방문이었지. 두 사람이 외출 준비를 다 마치자, 그리모는 그에게 덤벼들었다네.

플레가 무의식적으로 조심하고 있었는지, 혹은 힘센 그리모를 당할 수가 없어 급히 몸을 빼내 문 쪽으로 달아났기 때문인지, 그것도 아니라면 이리저리 몸싸움을 벌이다가 일어난 일인지는 잘 모르겠네. 어쨌든 그리모는 플레의 코트에 총구를 대고 있다가, 플레가 그에게서 빠져나오려고 몸을 비트는 통에 끔찍한 실수를 범하고 말았다네. 총을 쏴버린 거지. 엉뚱한 곳에 대고. 총탄은 목표의 심장을 관통하는 대신 견갑골 아래쪽을 꿰뚫었네. 나중에 그리모를 죽음으로 몰고 간 상처와 거의 같은 위치였다네. 물론 플레는 등뒤에서 맞았지만 말이지. 어쨌든 플레는 치명적인 상처를 입었지만 즉

사하지는 않았다는 말일세. 두 형제가 똑같은 방법으로 서로 주거니 받거니 상대를 살해한 것을 보면, 참으로 시적인 아이러니라고 할 수밖에 없군.

당연히 플레는 쓰러졌다네. 그로서는 달리 할 수 있는 게 없었거니와, 그보다 더 현명한 행동도 없었을 테지. 만약 그가 쓰러지지 않았더라면 그리모가 한 발 더 쐈을지도 모르니까. 하지만 그리모는 순수한 공포 탓에 잠시 정신이 없었던 게 분명해. 이 일 때문에 모든 계획이 무너질지도 몰랐네. 세상에 그런 곳을 쏴서 자살하는 사람이 과연 있을까? 만약 그런 사람이 존재할 수 없다면 신의 자비를 구해야 할 상황이었지. 게다가 그보다 더 심각한 건, 그가 플레를 한번에 쓰러뜨리지 못했기 때문에, 플레가 총에 맞기 전 비명을 질렀다는 사실이었네. 그리모는 방으로 달려오는 사람들의 발소리가 들리는 것만 같았지.

하지만 지옥 같은 순간에도 그는 침착하게 행동할 수 있는 분별력과 배짱을 잃지 않았다네. 그는 엎어져 미동도 않는 플레의 손에 권총을 쥐여주었어. 그리고 밧줄 다발을 주워 들었지. 계획이 여기저기 망가지고 꼬여버렸지만, 어떻게든 계속 진행하지 않으면 안 되었으니까. 하지만 그는 총을 한 발 더 쏴 사람들의 귀에 총성이 들릴 위험을 감수하거나 더 시간을 낭비할 정도로 분별력이 부족한 사람은 아니었다네. 그래서 재빨리 방을 나섰지.

그가 어디로 갔는지 알겠나? 지붕이었다네. 지붕이야말로 그에게 남은 마지막 기회였어. 사방에서 사람들의 발소리가 들리는 것 같은 기분이었겠지. 어쩌면 폭풍이 몰아치는 헝가리 산악 지대의 세 개의 관에 대한 소름 끼치는 기억이 되살아났을지도 모르겠군. 사람들이 그가 내는 소리를 듣고 지붕을 따라 쫓아오는 것 같았을 거야. 그래서 그는 버너비의 아파트를 향해 정신 없이 달려, 건물 안 어둠 속으로 내려갔다네.

그제야 비로소 제정신이 들기 시작했다네.

그런데 그사이에 무슨 일이 일어났을까? 피에르 플레는 치명상을 입은 상태였지. 하지만 일찍이 생매장당하고도 살아남을 수 있도록 해주었던, 그의 강철 같은 흉곽은 건재했다네. 그리고 살인자는 가버린 후였지. 그래서 플레는 포기하지 않았을 거야. 그에게는 도움이 필요했네. 그러니까…… 의사의 도움 말일세, 해들리. 자네는 왜 어제 플레가 거리의 반대 방향, 그러니까 막다른 곳을 향해 걷고 있었는지 물었지. 자네도 신문에서 읽었을 테지만, 그곳에 의사가 살고 있었기 때문이라네. 그가 나중에 실려갔던 바로 그 의사 말일세. 그는 더이상 가망이 없었고, 그도 알고 있었어. 하지만 당하고만 있을 수는 없었다네! 그는 여전히 모자와 코트를 걸친 채 일어섰지. 게다가 손에는 총이 들려 있었다네. 그는 쓸모가 있을지도 모른다고 생각해서 권총을 주머니에 쑤셔넣었어. 그리고 아래층으로 내려갔네. 가능한 한 중간에 멈추려 하지 않으면서 말이야. 거리는 아무런 낌새도 채지 못한 듯 조용했고, 그는 계속 걸음을 이어나갔다네…….

왜 그가 길 한복판에서 날카롭게 주변을 두리번거리며 걸어갔는지 생각해본 적 있나? 누군가를 찾아가려는 게 아니라, 살인범이 주변에 숨어 있다가 다시 공격할지도 모른다고 생각했기 때문이라는 게 가장 합리적인 설명이겠지. 그는 자신이 안전하다고 생각했을 거야. 앞쪽에 두 남자가 빠른 속도로 걸어가고 있었으니까. 그는 불이 켜진 보석 가게를 지나, 우측 전면에 있는 가로등을 보았다네…….

그런데 같은 시각, 그리모는 무엇을 하고 있었을까? 그는 누군가 쫓아오는 소리는 듣지 못했지만, 바깥 상황이 궁금해서 반쯤은 미칠 지경이었겠지. 그래도 옥상으로 돌아가 살펴볼 용기는 없었다네. 그런데 잠깐만! 뭔가 눈에 띌 만한 것이 있다면, 거리를 잠시 살펴보는 것만으로도 충분히 알 수 있지 않을까? 아래층 현관으로 내려가 고개를 내밀고 거리를 훔쳐볼 수 있지 않을까? 이 건물에는 인기척이 느껴지지 않으니 절대로 위험하지 않을 것이다. 그리모는 이렇게 생각했다네.

그는 조용히 아래층으로 내려갔다네. 그러고는 살며시 문을 열었지. 당시 그는 코트 단추를 푼 채 안에는 밧줄을 몸에 두른 채였다네. 그가 문을 열자 맞은편에 있는 가로등 불빛이 정면으로 그에게 쏟아졌지. 그때 그가 마주친 것은 길 한복판을 천천히 걸어오고 있던 남자, 바로 십 분도 채 지나지 않은 과거에 죽은 줄만 알고 다른 건물에 내버려두고 온 남자였다네.

이렇게 해서 두 형제가 마지막으로 대면한 거지.

가로등 불빛을 받은 그리모의 셔츠는 표적이 되었네. 플레는 고통과 흥분 때문에 광기로 가득차 있어서 단 한 순간도 주저하지 않았다네. 그는 비명을 지르며 이렇게 외쳤지.

'두 번째 탄환은 네 몫이다!'

그러고는 자신을 쏜 바로 그 권총의 방아쇠를 당겼네.

최후로 짜낸 노력이 너무나 큰 부담이었던 거야. 더 큰 출혈이 발생했고, 플레 자신도 알았네. 그는 다시 한번 비명을 지르며, 이제는 텅 빈 권총을 그리모에게 던지려고 하다가 허공에 떨구고 말았지. 이윽고 그는 앞으로 쓰러지고 말았네. 그게 바로 캐글리오스트로 스트리트의 세 명의 목격자가 들었던 총성이라네. 그리모는 문을 닫기 직전에 가슴에 총을 맞고 말았던 거야."

20

사건 해결

"그래서?"

펠 박사가 잠시 말을 멈추고는 고개를 떨구자, 해들리가 재촉했다.

"당연한 말이지만, 목격자 세 명은 그리모를 보지 못했네."

펠 박사는 오랫동안 침묵을 지키다가 쌕쌕거리며 말을 이었다.

"그는 문밖으로 전혀 나가지 않았거든. 계단에 한 발짝도 디디지 않았지. 즉, 눈 무더기 한복판에서 살해당한 것처럼 보였던 남자로부터 육 미터 안쪽으로는 접근하지 않은 거라네. 당연하게도 플레는 이미 부상을 당한 상태라 마지막 경련으로 피가 뿜어져나왔어. 당연하게도 상처가 난 방향을 가늠해서 어느 곳에서 총이 발사되었는지 아무리 추론해봐야 소용없는 일이었다네. 당연하게도 권총은 눈더미 속에 떨어져 문자 그대로 깨끗하게 씻기는 바람에 지문 하나 남지 않았고."

"맙소사!"

해들리의 입 밖에서 나온 말이 지극히 침착했기 때문에, 그는 마치 무슨 성명이라도 발표하는 것 같았다.

"모든 사실관계에 부합하는군. 그런데도 나는 그런 생각조차 하지 못했으니……. 어쨌든 계속해보게. 그리모는 어떻게 됐지?"

"그리모는 문 안쪽에 있었네. 그는 자신이 가슴에 총을 맞았다는 사실을 알았지만, 그리 대수롭지 않을 거라고 생각했지. 훨씬 가혹한 상황에서도 살아남은 사람이었으니, 그에게는 총에 맞은 것보다 다른 일들이 훨씬 중요했을 거야.

결국 그리모는 스스로 내려고 했던 상처를 입은 것에 불과했다네. 그런 상처 따위는 껄껄 웃어넘길 일에 지나지 않았지. 하지만 그의 계획은 완전히 엉망진창이 되고 말았네. 그가 보석 가게에 진열된 시계의 시간이 빠르다는 사실을 어찌 알았겠나? 심지어 플레가 사망했다는 사실조차 몰랐다네. 플레가 총상을 입은 상태에서도 거리를 걷고 있는 모습을 보았기 때문이지. 그는 운이 자신을 버렸다고 생각했지만, 보석 가게의 시계라는 행운은 실은 그의 편이었다네. 하지만 그가 그 사실을 어찌 알았겠나? 그가 단 하나 확신할 수 있었던 것은, 플레가 그의 작은 방에서 자살한 모습으로 발견되는 일은 절대로 없으리라는 것이었지. 그래, 그가 보기에 플레는 중상을 입었을지언정 여전히 말은 할 수 있었어. 그런 그가 거리 한복판에 나와 있었고, 경찰 한 명이 그를 향해 달려오고 있었네. 그리모는 완전히 실패했다고 생각했지. 뭐라도 꾀를 내지 않는 한 교수대에 매달릴 수밖에 없었던 거야. 플레가 계속 입을 다물고 있지는 않을 테니까.

총에 맞은 직후 이런 생각들이 물밀듯이 밀려와 온갖 망상이 그의 머릿속을 가득채웠을 걸세. 어쨌든 그는 이 어두운 복도 안에 계속 머물러 있을 수 없었어. 게다가 상처를 살펴본 후 핏자국을 남기지 않도록 조치도 해야 했다네. 어디서? 물론 위층에 있는 버너비의 아파트였지. 그는 위층으로 올라가 문을 열고 전등을 켰다네. 여전히 밧줄을 감고 있었지만…… 더이상 밧줄이 필요하지 않았지. 그때쯤이면 플레가 경찰과 얘기중일지도 모르는데, 그가 자신을 찾아왔다고 꾸며댈 수는 없는 노릇이었으니까. 그는 밧줄을 풀어 내팽개쳤다네.

그런 다음 그는 상처를 살펴보았어. 밝은 트위드 코트 안감은 온통 피투성이였고, 속옷에도 피가 묻어 있었다네. 하지만 상처는 그리 대단하지 않았지. 그는 손수건과 반창고를 가지고 있었기 때문에, 투우장에서 소뿔에 받힌 말을 치료하는 것처럼 상처를 대충 막을 수 있었다네. 그는 세상에 카로이 호르바트를 죽일 수 있는 건 아무것도 없다는 생각에, 이제 킬킬 웃을 수 있을 정도로 여유가 생겼지. 그제야 평소와 다름없이 마음이 평온하고 상쾌해졌다네. 그는 직접 상처를 수습했고, 그 때문에 버너비의 아파트 욕실에 핏자국이 남았지. 그런 다음 그는 머리를 짜내기 시작했다네. 지금 몇 시지? 맙소사! 늦어버렸잖아. 9시 45분이라니. 놈들이 잡으러 오기 전에 어서 여기를 빠져나가 집으로 돌아가야 해…….

그리고 불을 켜둔 채 아파트를 나섰다네. 밤이 더욱 깊어져 일실링어치 전기를 다 써버리면 저절로 전등이 꺼질 테니, 다른 사람들이 알 리가 없지 않은가? 약 사십오 분 후 로제트 양이 불이 켜져 있는 광경을 본 것은 바로 이 때문이었다네.

하지만 그는 집으로 돌아가는 길에 제정신을 온전히 차린 것 같아. 아마 이런 생각을 했을 테지. 나는 결국 붙잡힐까? 그건 피할 수 없을 것 같군. 하지만 바늘구멍만 있더라도 빠져나갈 길이 있지 않을까? 아무리 희박해도 일말의 가능성은 있어. 다른 건 몰라도 그가 불굴의 투사라는 건 분명했지. 날카로운 두뇌와 연극적인 성격을 겸비했으며, 상상력이 풍부하면서도 냉소적이고 지극히 상식적인 악당이었어. 하지만 그는 또한 불굴의 투사였다는 사실을 잊어서는 안 되네. 그가 속이 온통 시커먼 사람이 아니라는 건 자네도 알 테지. 그는 동생을 살해할 수 있는 사람이야. 하지만 친구나 자신을 사랑하는 여성도 살해할 수 있을지는 의문이로군. 어쨌든 그가 빠져나갈 수 있는 길은 없었을까? 실낱같아 거의 희망이 없어 보였지만, 딱 하나의 가능성이 남아 있었다네. 그것은 바로 본래 계획, 즉 플레가 그리모의 집으로 그를 찾아와 상해를 가한 것처럼 가장하는 계획을 밀어붙이는 것이었지. 플레는 여전히 권총을 갖고 있었으니까. 그리모의 주장과 자신이 준비해둔 목격자들의 증언을 더하면, 그는 그날 저녁 내내 집에서 나간 적이 없었던 것으로 할 수 있었을 거라네! 또 하나, 플레가 그를 찾아왔다는 것 역시 다들 맹세해줄 터였지. 그렇게 된다면 빌어먹을 경찰이 무엇을 입증하려 한들 걱정할 게 뭐가 있겠는가? 안 될 게 뭔가? 눈? 눈은 그쳤고, 애초에 플레의 발자국은 남아 있지 않은 걸로 꾸밀 작정이었지. 물론 그리모는 플레가 사용한 것으로 보이려 했던 밧줄을 놓고 오고 말았어. 하지만 어차피 잡히느냐, 빠져나가느냐, 반반 확률 아닌가? 그래서 그는 마지막으로 악마 같은 대담성을 발휘해 극한 상황을 돌파할 수 있는 유일한 길을 택한 거라네.

플레는 9시 40분쯤에 그리모를 쏘았네. 그리모가 집으로 돌아왔을 때는 9시 45분, 혹은 그보다 조금 늦은 시각이었지. 발자국을 남기지 않고 집안으로 들어간 방법? 간단하네! 황소 같은 체질에 가벼운 상처만 입은 남자에게는 그리 어렵지 않은 일이었지. 나는 그의 상처가 정말로 대단치 않았다고 믿는다네. 만약 그가 이 방식을 택해 집으로 들어가지 않았더라면, 그는 지금까지 살아남아 교수형에 처해질 운명이었을 걸세. 그리모는 계획한 대로 지하실로 통하는 연결 통로와 지하실 문을 통해 안으로 들어왔다네. 어떻게 그럴 수 있었느냐고? 자, 당연히도 연결 통로로 내려가는 계단은 눈에 덮여 있었네. 하지만 계단 입구는 옆집에 인접해 있지 않은가? 그래. 그리고 연결 통로 계단 아래쪽에 있는 지하실 문 위쪽엔 현관 지붕이 있지. 그래서 지하실 문 바로 앞쪽에는 눈이 전혀 쌓이지 않았어. 만약 흔적을 남기지 않고 거기까지 내려갈 수만 있다면…….

그는 그럴 수 있었지. 옆집 앞뜰이라는 다른 방향에서 연결 통로에 접근할 수 있었으니까. 그런 다음 훌쩍 뛰어내려 아래쪽에 눈이 쌓이지 않은 부분에 내려앉으면 끝나는 일이었어……. 누군가 현관 초인종이 울리기 직전에 뭔가 무거운 것이 떨어지는 것 같은 쿵 소리가 들렸다고 증언한 게 기억나지 않나?"

"하지만 그는 초인종을 누르지 않았잖나!"

"오, 그렇지 않아. 그는 초인종을 분명 눌렀다네. 하지만 안쪽에서 누른 것이었지. 그는 지하실 문을 통해 집안으로 들어간 다음, 에르네스틴 뒤몽이 기다리고 있는 곳까지 올라갔다네. 두 사람은 이미 마술 공연을 할 준비를 갖추고 있었지."

"알겠네. 그렇다면 이제는 마술 이야기를 할 차례로군. 그건 어떻게 된 건가? 그리고 자네는 일이 어찌된 건지 어떻게 알았지?"

펠 박사는 의자 등받이에 몸을 기댄 채, 마치 사실관계를 한데 그러모으듯 양쪽 손가락 끝을 가볍게 마주 두드렸다.

"어떻게 알았느냐고? 음, 내가 처음에 시사했던 것은 저 그림의 무게였던 것 같은데."

그는 졸린 듯한 태도로, 찢어진 채 벽에 기대어둔 커다란 그림을 가리켰다.

"그래. 저 그림의 무게 말일세. 다른 사실을 떠올리기 전까지만 해도 그리 도움은 되지 않았지만……."

"그림의 무게? 아, 그래, 저 그림이 있었지."

해들리가 으르렁거리는 소리를 냈다.

"까맣게 잊고 있었군. 어쨌든 저 그림이 이 빌어먹을 사건에서 얼마나 중요한 거지? 그리모는 저 그림으로 무엇을 할 작정이었나?"

"흐음, 그래. 내가 이상하게 생각했던 것도 바로 그 점이었다네."

"그런데 그림의 무게라니, 이 친구야! 별로 무겁지도 않은데. 한 손으로 집어 들어 허공에서 한 바퀴 돌릴 수 있을 정도라고."

펠 박사는 다소 흥분한 표정으로 자세를 고쳐 앉았다.

"바로 그거야. 정곡을 찔렀군. 나는 한 손으로 저 그림을 들어 한 바퀴 빙 돌려보았다네……. 그런데 그렇다면 어째서 그 그림을 3층까지 운반하는 데 택시 기사 외에도 추가로 한 사람이 더 필요했을까?"

"뭐라고?"

"자네가 들은 그대로라네. 우리는 그에 대한 언급을 두 번이나 들었지. 그리모가 저 그림을 버너비의 작업실에서 가지고 나갈 때는 아래층까지 손쉽게 들고 내려갔어. 그런데 그가 그날 오후 늦게 같은 그림을 가지고 집으로 돌아왔을 때는, 위층으로 운반하는 데 두 사람이 필요했단 말이지. 갑자기 왜 그렇게 무거워진 걸까? 자네가 직접 봤으니 알겠지만 그림에 유리를 끼운 것도 아니라네. 그리모는 그날 아침에 그림을 사서 오후 늦게 집으로 돌아올 때까지 어디에 있었을까? 저 그림은 재미 삼아 들고 다니기에는 지나치게 크지 않느냐는 말이지. 게다가 그리모는 왜 저 그림을 꽁꽁 포장해 달라고 그토록 고집을 부렸을까?

그는 저 그림을 뭔가를 숨기기 위한 목적으로 구입했고, 그 두 남자는 별생각 없이 물건을 위층으로 운반한 거라고 생각하는 게 설득력 없는 추론은 아닐 테지. 저 꾸러미 안에 숨겨야 할 물건이라. 굉장히 큰 물건일 텐데……. 가로가 이 미터에 세로도 일 미터가 넘는다면…… 흠…….”

해들리가 항변했다.

“하지만 뭔가 숨기고 들어왔을 리가 없네. 만약 그랬다면 우리가 이 방에서 발견했을 게 아닌가? 게다가 저 그림 모양의 꾸러미라면, 그 물건은 틀림없이 납작한 것일 테지. 그렇지 않으면 포장했다 한들 눈에 띄었을 테니까. 대체 어떤 물건이 가로세로 너비가 각각 이 미터, 일 미터가 넘고 그림을 싼 포장지 안에 숨길 수 있을 정도로 얇단 말인가? 저 그림만큼 거대한데다, 원할 때마다 시야에서 감쪽같이 사라지게 할 수 있는 물건이 대체 뭐지?”

"거울이라네."

해들리는 벼락이라도 맞은 듯 아무 말도 하지 못하다가 의자에서 벌떡 일어섰다. 펠 박사는 졸린 듯이 이야기를 이어나갔다.

"거울이라면 자네가 말한 대로 감쪽같이 사라지게 할 수 있지. 이 벽난로의 굴뚝 자체는 굉장히 넓어. 우리 모두는 연기가 빠져나가는 통로에 주먹을 집어넣으려 한 적이 있지? 거울을 그 통로 위쪽에 있는, 외부 바람을 막는 연실 돌출부에 올려두기만 하면 된다네. 마술까지도 필요 없어. 그저 말도 안 될 정도로 팔과 어깨가 강하다면 그걸로 족하네."

"그러니까 이건 빌어먹을 무대 마술이라는……."

해들리가 부르짖었다.

"무대 마술을 새로 다듬은 거지. 자네가 직접 시험해보면 알겠지만, 실제로 굉장히 훌륭한 방식이라네. 자, 방안을 둘러보게. 문이 보이지? 문 바로 맞은편 벽에 뭐가 보이나?"

"아무것도. 그는 양쪽에 놓여 있던 책장을 치워 넓은 공간을 비워놓지 않았나? 텅 빈 널빤지 벽뿐이라네."

"바로 그렇다네. 그러면 서재 문과 저 벽을 잇는 선상에 무슨 가구라도 있나?"

"아니, 다 치워져 있군."

"그렇다면 복도에 나가 서재 안을 들여다본다면, 그저 검은 양탄자만 있을 뿐 아무 가구도 보이지 않고, 뒤쪽에는 텅 빈 오크 패널 벽면만 보이겠지?"

"그래."

"자, 테드, 문을 열고 복도를 내다보게나. 그쪽의 벽과 양탄자는 어떤가?"

램폴은 보지 않아도 알고 있었지만, 일부러 내다보는 척했다.

"똑같군요. 바닥에는 이 방과 마찬가지로 단색 양탄자가 깔려 있습니다. 그리고 벽 패널도 똑같은 재질이로군요."

"맞았어! 그런데 해들리."

펠 박사는 여전히 졸린 듯한 말투였다.

"저쪽 책장 뒤에 있는 거울을 꺼내주겠나? 어제 오후 드레이먼이 굴뚝에서 발견해 거기 넣어둔 거라네. 굴뚝에서 그걸 내리다가 발작을 일으켰던 거야. 작은 실험 하나 해볼까? 이 집 사람들이 올라와 방해할 것 같지는 않지만, 누가 올라온다 해도 쫓아내면 되는 일이니. 해들리, 이 거울을 문 바로 안쪽에 세워두고 싶어. 밖에서 볼 때 문은 안쪽 우측으로 열리는데, 문을 열었을 때 문의 가장 바깥쪽이 거울에서 몇 센티미터만 떨어질 수 있도록 거울을 적당한 위치에 세워주겠나?"

해들리 경정은 별 어려움 없이 책장 뒤에서 거울을 찾아내 밖으로 끌어냈다. 양복점에 있는 회전거울보다 더 큰 물건이어서, 실제로 가로세로 폭 모두 문보다 몇 센티미터가량 더 길었다. 아래쪽 편평한 부분을 카펫 위에 받쳐 세워 놓고, 정면에서 봤을 때 우측 편에 있는 지지대를 펼쳐 지탱하게 되어 있는 구조였다. 해들리는 궁금하다는 표정으로 거울을 바라보았다.

"문 안쪽에 세우라는 말이지?"

"그래. 문은 거울까지 지근거리만 남겨둔 채 활짝 열려야 하네. 문과 거리가 가장 가까워졌을 때 거리가 오륙 센티미터 정도 되도록 말이지……. 힘 좀 써보라고!"

"하긴 하겠지만, 자네가 하는 일이 아니라고 그런…… 뭐, 이렇게 하면 밀스처럼 복도 맞은편 사무실에 앉아 있는 사람은 거울 한복판에 반사된 자신의 모습을 보게 될 텐데."

"아니, 전혀 그렇지 않아. 거울의 각도를 살짝 돌리기만 하면 충분하네. 내가 손수 조절해야 하다니, 이 얼마나 딱한지. 내가 생각하는 방향으로 거울의 각도를 조절하면, 밖에서 봤을 때 자신의 모습은 보이지 않는다네. 직접 확인해보게. 내가 거울을 조절하는 동안 두 사람 모두 밀스가 있던 곳에 가 있게나. 내가 부를 때까지 이쪽은 보지 말고."

해들리는 이 무슨 멍청한 짓이냐는 듯 투덜거렸지만, 큰 흥미를 느낀 듯 쿵쿵거리며 램폴을 따라갔다. 두 사람은 펠 박사가 부르는 소리를 듣기까지 돌아보지 않고 기다렸다가, 신호가 오자 몸을 돌렸다.

복도는 어두컴컴하고 천장이 꽤 높았다. 바닥에 깔린 검정색 양탄자는 닫힌 문 아래까지 길게 이어져 있었다. 문밖에 나와 있는 펠

◎ 마술 장치에 대한 도해 | Diagram to Illustrate Illusion

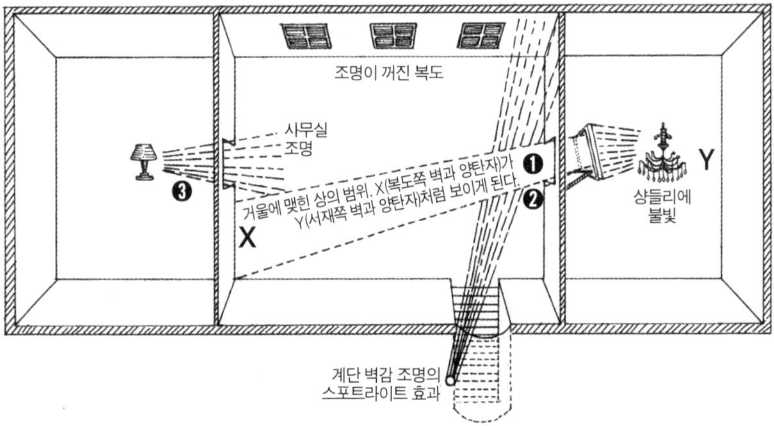

◎ 설명

❶ 감시자의 눈에 거울에 비친 남자의 상이 보이는데, 그 남자의 실제 모습은 거울에 비친 상보다 십 센티미터가량 더 커 보인다. 감시자가 십 미터가량 떨어진 곳에 앉아 있어, 그의 눈이 굉장히 낮은 곳에 위치하기 때문이다.

❷ 문을 열고 닫는 공범

❸ 감시자

이 마술 장치를 실험해보고자 한다면, 꼭 준수해야 하는 중요한 사항이 하나 있다. 그것은 어떤 빛도 거울에 직접 닿아서는 안 된다는 점이다. 만약 그렇게 된다면 빛이 거울에 반사되어 거울의 존재를 드러내게 된다. 계단 벽감으로부터 흘러 들어오는 불빛이 문을 집중적으로 비춰 스포트라이트 효과를 내지만, 그 각도에서 불빛은 거울에 직접 닿지 않아 상이 맺히지 않는다. 복도에는 조명이 없고, 사무실 조명은 그렇게 멀리까지 닿지 못한다. 서재 안에는 꽤 높은 천장에 샹들리에가 달려 있는데, 그 불빛은 거의 수직으로 거울 위쪽을 비추게 된다. 그래서 복도에는 거울의 그림자가 거의 드러나지 않는다. 설사 그림자가 생긴다 해도, 문 앞에 선 남자의 그림자가 겹쳐지기 때문에 제대로 알아보기 어렵다.

박사는 조각상을 휘감은 베일을 벗기려고 준비중인 뚱뚱한 기념식 사회자 같은 모습이었다. 그는 문에 걸리지 않도록 오른쪽으로 약간 떨어진 곳에 벽을 등지고 서서, 한 손을 길게 뻗어 문고리 위에 올려둔 채였다.

"자, 시작하겠네!"

그는 툴툴대는 듯한 어조로 이렇게 말하더니, 재빨리 문을 열고 그런 상태로 잠시 머뭇거리다가 다시 문을 닫았다.

"어떤가? 무엇을 보았나?"

"방안이 보이더군. 적어도 그렇다는 느낌을 받았네. 양탄자도, 뒤쪽 벽도 보였으니까. 이제 보니 굉장히 큰 방 같군."

"자네는 방안을 본 게 아니라네. 거울에 비친 복도를 본 게지. 자네가 서 있는 곳 바로 오른편에 있는 패널 벽과 그 아래의 검은 양탄자 말일세. 방이 크게 보인 이유는 바로 이 때문이지. 거울에 반사된 상이기 때문에 자네가 본 거리는 두 배가 되니까. 자네도 알겠지만, 이 거울은 문보다 더 크다네. 그리고 이 문은 안쪽 오른편으로 열리기 때문에 문 자체는 거울에 비치지 않지. 유심히 살펴보면 문 위쪽 가장자리를 따라 마치 그림자 같은 선이 보일지도 모르겠군. 거울이 문보다 더 크기 때문에, 어쩔 수 없이 문 안쪽 꼭대기 부분이 삼 센티미터가량 거울에 비치고 만 거야. 하지만 자네들은 눈에 들어오는 광경에 주의를 쏟을 테니…… 그런데 내 모습은 보였나?"

"아니, 자네는 저기 멀리 떨어져 있었지 않나. 손을 뻗어 문고리를 잡은 채 옆으로 물러나 있었지."

"맞아. 뒤몽이 그런 식으로 서 있었다네. 자, 전체적인 구조가 어떻게 작동했는지 설명하기 전에 마지막 실험을 해볼까? 테드, 자네는 저 책상 앞에 놓인 의자에 앉아보게. 밀스가 앉아 있던 곳 말이야. 자네는 그보다 훨씬 키가 크지만, 그래도 이 개념을 설명할 수는 있을 걸세. 나는 문밖에 서서 문을 연 채 거울에 비친 내 모습을 볼 작정이라네. 자, 자네들이라면 앞모습이든 뒷모습이든 나를 못 알아볼 리 없겠지. 게다가 나는 다른 사람들보다 훨씬 구별하기 쉬운 외모 아닌가? 자네들이 본 그대로 말해주게나."

유령 같은 불빛 아래 문이 살짝 열리자, 그 효과는 사뭇 으스스했다. 펠 박사의 모습이 문 안쪽에 나타나, 문지방을 밟고 서 있는 또 한 명의 펠 박사와 마주본 채 서 있었다. 문 안쪽의 펠 박사는 미동도 않은 채 놀란 얼굴을 하고 있었다.

"보다시피 나는 문에 손을 대고 있지 않네."

두 사람의 귀에 커다란 목소리가 들렸다. 움직이는 입술이 일으키는 착각 탓에, 램폴은 문 안쪽에 있는 펠 박사가 말하는 거라고 맹세까지 할 수 있을 정도였다. 거울은 마치 공명판처럼 소리마저 반사하는 것 같았다.

"다른 사람이 내 오른편에 서서 친절하게 문을 여닫아주기만 하면 된다네. 나는 문에 손을 대서는 안 되거든. 그렇게 하면 거울에 비친 내 상 역시 같은 행동을 취할 테니까. 어서 말해보게. 뭐가 눈에 띄었지?"

"어째서인지 한쪽이 훨씬 키가 커 보입니다."

램폴은 거울에 비친 상을 관찰하며 대답했다.

"어느 쪽이지?"

"복도에 나와 있는 실제 박사님 쪽입니다."

"바로 그렇다네. 우선 자네는 멀리 떨어져 있는 곳에서 봤기 때문에 그런 거라네. 거기다 무엇보다 중요한 이유는 바로 자네가 앉아 있기 때문이야. 밀스 정도로 작은 사람이라면 나는 마치 거인처럼 보이겠지. 그렇지 않은가? 흠, 맞아. 자, 내가 굉장히 빨리 움직일 수 있다고 가정해볼까? 정말 놀랄 정도로 빨리 움직일 수 있다고 말이야. 내가 재빨리 문을 향해 달려들면, 동시에 내 오른쪽에 있던 공범이 재빨리 나와 보조를 맞춰 사람 홀리는 동작으로 문을 쾅 닫아버리는 거라네. 사물이 온통 뒤섞여버린 착각 속에서 안쪽 거울에 맺힌 내 모습은 어떻게 보……?"

"앞으로 튀어나오면서 박사님을 밖으로 내몰려는 것처럼 보일 테죠."

"그래. 자, 해들리, 수첩을 갖고 있다면 이리로 와서 그 증언을 읽어주지 않겠나?"

해들리가 각도를 맞춰놓은 거울을 뒤로 물린 후 세 사람은 다시 서재에 모였다. 펠 박사는 쌕쌕거리는 한숨 소리를 내면서 의자에 몸을 묻었다.

"미안하네, 친구들. 그토록 신중하고 체계적이며 정확한 밀스의 증언을 듣고 진작에 진상을 깨달아야 했어. 밀스가 한 말을 정확하게 기억하고 있는지 한번 볼까? 해들리, 대조해주겠나? 흠."

펠 박사는 주먹 쥔 손으로 머리를 두드리며 얼굴을 찌푸렸다.

"이런 말이었지.

'그녀가 문을 두드리려는 찰나 저는 깜짝 놀라고 말았습니다. 그 키 큰 남자가 그녀의 뒤를 따라 위층까지 곧장 올라와버렸기 때문입니다. 그녀는 고개를 돌려 그를 발견하고는 큰 소리로 그에게 몇 마디 퍼부어댔습니다……. 키 큰 남자는 아무 대답도 하지 않았어요. 그는 문가로 걸어간 후 느긋하게 코트 옷깃을 내리고 모자를 벗어 코트 주머니에 집어넣었습니다.'

다들 이해했나? 그는 그런 행동을 할 수밖에 없었다네. 서재 안에서 실내복을 입고 있어야 할 사람이 모자 차림이나 코트 깃을 세운 모습을 보여줄 수는 없는 노릇 아닌가? 그런데 나는 의문이 하나 들었다네. 듣자 하니 그는 가면을 벗지 않았다던데, 어떻게 그렇게 절도 있는 동작으로……?"

"맞아, 가면은 어디로 간 거지? 밀스의 말로는 그는 절대로……."

"밀스는 그가 가면을 벗는 것을 보지 못했다네. 그 이유는 밀스의 증언 이야기를 마치면 바로 알려주도록 하지.

'뒤몽 부인이 뭐라고 큰 소리로 외치며 뒷걸음질로 벽에 닿을 때까지 물러난 다음 서둘러 문을 열었던 것 같습니다. 그리모 교수님이 문 앞에 모습을 드러냈는데…….'

모습을 드러냈다! 그는 정확히 이렇게 말했지. 체계적인 성격의 우리 증인은 기분 나쁠 정도로 정확했다네. 하지만 뒤몽은 어땠지? 거기서 첫 번째 실수가 발생하고 말았어. 그녀는 서재 문 앞에 서 있다가 무서운 사람을 보고 겁에 질렸는데, 자신을 보호해줄 수 있는 남자, 즉 밀스가 바로 사무실 안에 있는데도 반대쪽으로 뒷걸음질쳤어. 보호를 받기 위해서는 앞으로 달려가야 하지 않았을까? 어쨌든 밀스의 증언을 계속 따라가보도록 하지. 밀스는 그리모가 안경을 끼고 있지 않았다고 했어. 안경을 쓴 채 가면을 쓸 수는 없었을 테니까. 하지만 실내에 있는 사람이라면 안경을 꺼내 쓰는 게 자연스러운 행동 아닐까? 밀스의 증언에 따르면, 그리모는 그 낯선 방문객처럼 내내 주머니에 손을 넣은 채 꼼짝도 않고 서 있기만 했다네. 밀스는 이렇게 말했지.

'제 생각에는 아무래도 조금 전까지 벽에 등을 기댄 채 떨고 있던 뒤몽 부인이 그의 등뒤로 문을 닫아버린 것 같아요. 부인이 문고리를 잡고 있던 모습이 떠오르는군요.'

이 또한 자연스러운 동작은 아니야! 그녀는 밀스의 말을 부정했지만, 그의 판단이 옳았던 거라네."

펠 박사는 어깨를 으쓱했다.

"거기까지 생각이 미쳤지만 아무런 소용이 없었다네. 더 큰 난관에 부딪혔거든. 만약 그리모가 서재 안에 혼자 있었다면, 그는 그저 거울에 비친 자신의 모습을 향해 안으로 들어갔다고 한다면, 그가 입고 있던 옷은 어떻게 되었을까? 긴 검정색 코트며 챙이 달린 갈색 모자에 심지어 가면은 어떻고? 그것들은 서재 안에서 발견되지 않았어. 그러다가 에르네스틴 뒤몽이 예전에 오페라나 발레 공연에서 사용하는 의상 제작자였다는 사실이 기억났다네. 여기에 오러크가 해준 이야기도 떠올랐지. 그제야 알게 되었다네."

"그렇다면?"

"그리모가 전부 불태워버린 거야. 오러크가 설명해준, 말 위에서 사라진 마술사 기억하나? 그 마술사의 의상과 마찬가지로 종이로 만든 옷이었기 때문에 태워버릴 수 있었던 거야. 그는 진짜 옷을 태우는 위험을 감수할 수는 없었네. 무엇보다 시간이 오래 걸리는 일이었을 테니, 그보다 더 빨리 옷을 처리할 방도를 찾아야 했지. 그래서 종이 옷을 입고 있다가 찢어서 태워버린 거야. 그런 다음 색종이를 태웠다는 사실을 숨기기 위해, 글자 하나 끼적이지 않은 편지지를 갈기갈기 찢어 그 위에 놓고 또다시 태워버렸다네. 위험한 편지라니! 오, 바커스 신이여, 그런 멍청한 생각을 하다니, 나 자신을 죽여버리고 싶은 심정이라네!"

그는 주먹을 휘둘렀다.

"그리모가 중요한 서류를 넣어두는 책상 서랍을 살펴보았을 때 그 안에는 아무런 핏자국이나 얼룩이 보이지 않았으니, 그런 서류에 손을 댔을 리가 없지 않은가! 게다가 종이를 태워버린 이유가 또 하나 있는데…… 두 사람은 발사 파편을 감춰야만 했던 거라네."

"발사라니?"

"서재 안에서 울린 총성을 잊어버린 것은 아니겠지? 물론 목격자들이 실제로 들은 총성은 폭죽 소리였다네. 자네도 알다시피, 드레이먼은 가이 포크스의 날에 사용할 폭죽을 항상 비축해두고 있지 않나? 그리모는 그걸 훔쳤던 거야. 드레이먼은 폭죽이 사라진 것을 발견하고 계획을 알아차린 거라네. '불꽃'이라는 말을 계속 중얼거렸던 것도 이 때문이었어. 자, 폭죽이 터지면 파편이 여기저기 멀리 튀게 된다네. 이런 파편은 두꺼운 판지를 덧댄 재질이라 불에 잘 타지 않지. 그래서 불속에 집어넣어 완전히 태워버리거나, 다른 종이 더미 속에 감춰야 했어. 나는 그 파편의 일부를 찾아냈다네. 물론 우리는 그전에 실제 탄환이 발사된 게 아니라는 사실을 알아차렸어야 했어. 그 콜트 리볼버 권총에 들어 있던 것 같은 신식 탄환은 무연화약을 사용하지. 자네가 가르쳐준 지식 아닌가? 화약 냄새는 코를 찔러도 연기는 나지 않아. 그런데 심지어 창문이 열려 있었는데도 서재 안에는 희뿌연 연기가 남아 있었다네.

자, 그러면 사건 개요를 설명하도록 하겠네! 주름진 두꺼운 종이로 만든 그리모의 복장 중에는 검정색 코트도 있었다네. 이 옷은 검정색에 길이가 긴데다가 앞섶에는 반짝거리는 옷깃이 달려 있어서, 옷깃을 밑으로 내리면 마치 실내복처럼 보이는 의상이었지. 종이로 만든 모자도 있었어. 모자에는 가면이 붙어 있어서, 모자를 뒤로 넘기면 가면도 함께 벗겨져 두 소품을 함께 접어 주머니에 넣을 수 있었지. 그리모의 진짜 실내복은 그가 외출했을 때 이미 서재 안에 걸려 있었다네. 그리고 그날 초저녁에 두 사람은 그 검정색 의상을 현관 벽장 안에 부주의하게 걸어두었던 거야.

불운하게도 맹건이 그 의상을 목격했다네. 뒤몽은 계속 신경을 쓰고 있었기 때문에 그가 그 옷을 봤다는 사실을 알고 있었다네. 그래서 그가 가버리자 재빨리 벽장에서 의상을 꺼내 더 안전한 곳으로 옮겨놓은 거야. 당연히 그녀는 노란색 트위드 코트가 걸려 있는 모습은 보지 못했어. 그리모가 그날 밤의 모험을 준비하기 위해 코트를 3층으로 가져간 후였으니까. 그런데 어제 오후에 그 코트가 벽장 안에서 발견됐으니, 그녀는 어쩔 수 없이 그 코트가 내내 그곳에 있었다고 둘러댄 걸세. 그리하여 카멜레온처럼 색이 변하는 코트가 등장했던 거라네.

토요일 밤에 그리모가 플레를 살해하고 자신도 총에 맞은 채 집으로 돌아왔을 때 어떤 일이 일어났는지, 이제 자네들도 재구성해 볼 수 있을 테지. 그와 공범은 맨 처음 마술을 시작하려는 순간부터 위험한 난관에 부딪히고 말았다네. 알다시피 그리모가 예정보다 늦게 돌아온 거야. 원래는 9시 30분까지 돌아올 계획이었지만, 실제로 집에 도착한 시각은 9시 45분이었지. 늦으면 늦을수록, 방문객이 찾아올 거라고 맹건에게 말했던 시각이 점점 가까워졌네. 그러니 맹건은 언질을 받은 대로 방문객을 기다리고 있을 게 뻔했어. 그야말로 일촉즉발의 상황이어서, 그 냉정한 그리모마저 거의 돌아버릴 지경이었을 거라고 생각하네. 그는 지하실 문을 통해 공범이 기다리는 1층으로 올라갔지. 안쪽에 피가 묻은 트위드 코트는 현관 벽장에 걸어두었다네. 그는 그 코트를 곧 처분할 생각이었겠지만 죽는 바람에 그러지 못했어. 뒤몽은 조심조심 문을 열고 밖으로 손을 뻗어 초인종을 누른 다음 자신이 방문객을 맞이하는 척했다네. 그러는 동안 그리모는 준비한 복장으로 갈아입고 있었고.

하지만 두 사람은 너무 지체하고 말았네. 맹건이 누가 왔다고 생각해서 그를 불렀던 거지. 그리모는 평소처럼 머리가 잘 돌아가지 않았던데다 다소 초조하기까지 해서 큰 실수를 저지르고 말았다네. 곧바로 들통나는 일을 피하기 위해, 하지 않아도 될 일을 한 거야. 빌어먹을 무일푼 애송이가 일으킨 소란 때문에 실패하는 꼴을 보고 싶지 않았던 게지. 그래서 그는 페티스의 목소리와 말투를 흉내내 대답을 한 다음 문을 잠가 두 사람을 응접실 안에 가두었다네. 그리모와 마찬가지로 목소리가 저음인 사람은 페티스밖에 없다는 사실을 알고 있나? 그래, 이건 충동적으로 저지른 실수였다네. 하지만 그의 바람은 단순했어. 마치 운동장을 달리는 축구 선수처럼 빨리 움직여, 이 순간만큼은 어떻게든 자신을 붙잡으려는 손아귀에서 빠져나가고 싶다는 것뿐이었지.

마술은 성공리에 막을 내렸네. 그는 서재 안에 혼자 남겨졌어. 입고 있던 재킷은 아마 피투성이였을 테니 뒤몽이 가져갔을 걸세. 그래서 그는 셔츠 단추를 풀어헤친 채 상처에 붕대를 감고, 그 위에는 검정색 의상을 걸친 차림이었지. 이제 문을 잠그고 진짜 실내복으로 갈아입고 종이 의상을 불태워버린 후, 거울을 굴뚝 위로 밀어 넣으면…….

다시 말하지만, 그게 마지막이었다네. 다시 한번 피가 치솟기 시작했으니까. 보통 사람이 그 정도 상처를 입었더라면 그가 지금까지 겪은 중압감을 견딜 수 없었을 테지. 그는 플레가 쏜 탄환 때문에 죽은 게 아니야. 거울을 비밀 장소에 밀어 올리는 초인적인 일을 했을 때, 폐가 너덜너덜한 고무처럼 파열되고 만 거라네. 그리모가 운명을 깨달은 것은 그때였겠지. 마치 동맥이 끊어진 것처럼 입에서 피를 토하기 시작했을 때, 소파에 부딪히고 의자를 넘어뜨리며 비틀비틀 걸음을 옮겨 마지막 힘을 쥐어짜 폭죽에 불을 붙였을 때 말일세. 모든 증오와 책략과 계획을 쏟아부었건만, 그의 눈앞에서 세상은 더이상 움직이지 않고 천천히 암흑으로 변해갈 뿐이었다네. 그는 비명을 지르려 했지만 목구멍이 피로 가득차 말을 할 수조차 없었어. 그 순간 샤를 그리모는 갑자기 가능하리라고는 절대 믿지 않았던 일이 일어난다는 사실을 알게 되었지. 그의 쓰라린 인생에서 마지막까지 남아 있던 최고의 환상이 산산조각 나버리고 있다는 사실을 깨달았던 거라네……."

"그래서?"

"그는 자신이 죽어가고 있다는 사실을 알았던 거야. 비밀스럽게 꿈꿔왔던 일이 마침내 일어나고 있었지. 그는 기뻐했다네."

눈이 내리면서 잿빛 하늘이 다시 어두워지기 시작했다. 냉기가 내려앉은 방안에 펠 박사의 목소리가 을씨년스럽게 울려 퍼졌다. 그때 문이 열리더니 지옥에 떨어진 듯한 얼굴을 하고 서 있는 여자의 모습이 보였다. 비참한 얼굴에 검정 드레스 차림이었지만, 어깨에는 망자에 대한 사랑의 의미로 붉은색과 노란색이 어우러진 숄이 여전히 걸쳐져 있었다.

"그는 고백을 했던 거라네."

펠 박사는 변함없이 낮고 단조로운 어조로 말을 이었다.

"자신이 플레를 살해하고 플레가 그를 살해하려 했던 진실을 밝히려 했던 거지. 그저 우리가 이해하려 하지 않았을 뿐이야. 나 역시 그 시계를 보고 캐글리오스트로 스트리트에서 무슨 일이 일어났는지 알 때까지 그의 말을 이해하지 못했어. 이런 이런, 자네 모르겠나? 우선 그가 죽기 직전에 남긴 마지막 진술을 떠올려보게.

'그 짓을 한 건 내 동생이야. 총을 쏠 줄은 몰랐는데. 그 애가 어떻게 방에서 빠져나갔는지는 하느님만이 아실 테지.'"

"그러니까 캐글리오스트로 스트리트에 있는 플레의 방을 말했던 거로군. 죽은 줄 알고 플레를 방치했던 그 방 말이지."

"그래. 그리모가 가로등 불빛을 받으며 문을 열었을 때, 끔찍한 충격이 갑자기 그를 덮쳤던 거야. 다음 진술을 생각해보게.

'한순간 그 애는 거기 있었고, 다음 순간 사라지고 말았어. 연필과 종이를 가져다주게, 어서! 내 동생이 누구인지 말하고 싶네. 그래야 내가 미쳤다는 생각을 하지 못할 테니.'

물론 그는 플레에 대해 아는 사람은 아무도 없다고 생각했겠지. 자, 여기까지 밝혀냈으니, 그가 자신이 죽어가고 있다는 말을 들은 후 제대로 나오지도 않는 목소리로 이 모든 수수께끼에 대해 우리에게 설명하고자 했던 뒤죽박죽 혼란스러운 이야기를 한번 검토해보세.

우선 그는 우리에게 호르바트 형제들과 소금 광산에 대한 이야기를 하려고 했다네. 그런 다음 플레를 살해한 것과 플레가 자신에게 한 짓을 털어놓았지. '자살이 아니다'라고 말이야. 그는 거리에서 플레를 보자 플레의 죽음을 자살로 위장하는 것은 불가능하다고 생각했다네. '그 애가 밧줄을 사용했을 리가 없어'라는 말은, 이제는 플레가 밧줄을 사용한 것으로 꾸밀 수 없다는 뜻이었다네. 그 밧줄을 쓸모가 없다고 생각해서 버리고 왔으니 말이지. '지붕'이라는 말은 이 집 지붕을 지칭한 게 아니라, 그가 플레의 방을 빠져나갈 때 건너갔던 다른 건물들의 지붕을 뜻한 것이었어. '눈'이라는 말은, 눈이 그쳐 그의 계획을 망쳐버렸다는 뜻이었다네. '빛이 너무 밝다'라는 말은 가장 중요한 대목이라네, 해들리! 그가 거리를 내다보았을 때, 가로등 불빛이 지나치게 밝았지. 그래서 플레가 그를 발견해서 총을 쏠 수 있었던 거야. '권총이 있었어'라는 말은, 당연히 플레가 권총을 갖고 있었다는 뜻이었지. '여우(폭스)'라는 말은, 자신은 가면을 썼다는 뜻이었다네. 그가 하려던 것은 가이 포크스 분장이었으니까. 그리고 마지막으로 '그를 탓하지 마. 불쌍한……'이라는 말은 드레이먼을 가리키는 게 아니었어. 그가 수치스러워한 행동이자 이제껏 한 번도 해본 적이 없었던 행동, 즉 다른 사람을 사칭한 행위에 대해 마지막으로 사과한 거라네. 그는 이렇게 말할 작정이었어. '그를 탓하지 마. 불쌍한 페티스. 그를 끌어들일 생각은 없었어.'"

오랫동안 아무도 입을 열지 않았다.

해들리는 멍하니 고개를 끄덕였다.

"그래. 한 가지만 빼놓고 다 알겠네. 저 그림은 왜 난도질한 거지? 그리고 그 칼은 어디로 갔고?"

"내 상상일 뿐이긴 하지만, 그림을 난도질한 이유는 마술에 생생한 분위기를 더하고 싶었기 때문이 아닐까? 칼에 대해서는 솔직히 아는 바가 없네. 아마도 그리모는 칼을 사용한 다음, 거울과 마찬가지로 굴뚝 속 연실 돌출부에 올려두었겠지. 그러면 그 투명 인간이 이중으로 무장한 것처럼 보였을 테니까. 하지만 지금은 그 안에서도 찾아볼 수 없군. 아무래도 어제 드레이먼이 발견해서 가져간 것 같……"

"그 부분만은 당신이 틀렸어요."

문득 다른 사람의 목소리가 들렸다.

두 손을 포개어 숄 위 가슴께에 올린 에르네스틴 뒤몽이 아직도 문가에 서 있었다. 그녀는 미소를 띠고 있었다.

"당신이 한 이야기 다 들었어요. 어쩌면 나를 교수대에 보낼 수도, 혹은 그러지 못할 수도 있겠군요. 하지만 그건 중요하지 않아요. 오랜 세월을 함께 지내고 나니, 샤를이 없는 세상에서 홀로 살아가는 인생은 별 가치가 없다는 걸 알게 되었으니까……. 내가 그 칼을 가져갔어요. 사용할 곳이 하나 더 있으니까요."

그녀는 여전히 미소를 잃지 않았고, 두 눈 속에는 긍지로 가득한 불길이 타오르고 있었다. 램폴은 그녀가 두 손 안에 뭔가 숨기고 있는 것을 보았다. 그녀가 갑자기 휘청거리는 것을 보았지만, 붙잡으려 했을 때는 너무 늦고 말았다. 그녀는 결국 앞으로 고꾸라졌다. 펠 박사는 느릿느릿 의자에서 일어나, 그녀와 마찬가지로 창백한 얼굴로 그녀를 내려다보았다.

"내가 다시 한번 범죄를 저지른 게로군, 해들리. 이번에도 진상을 알아내고 말았다네."

작가 정보

존 딕슨 카 또는 카터 딕슨

John Dickson Carr or Carter Dickson

애거사 크리스티, 엘러리 퀸과 함께 추리소설 황금기를 이끈 존 딕슨 카는 불가능 범죄, 밀실 트릭, 역사 미스터리부터 평전과 비평에 이르기까지 다양한 활약을 보인 미국 최고의 미스터리 작가 중 한 사람이다.

1906년 펜실베이니아에서 태어난 그는 어린 시절을 워싱턴에서 보냈다. 독서를 좋아했던 아버지의 영향을 받아 어릴 때부터 책을 좋아했는데, 프랭크 바움의 '오즈의 마법사' 시리즈, O. 헨리, 코넌 도일, 펠 박사의 모델이기도 한 체스터턴, 『사고 기계』의 자크 푸트렐, 『노란 방의 비밀』의 가스통 르루, 캐럴라인 웰스의 밀실 미스터리 등을 독파했다. 역사소설이나 모험소설에도 마음을 빼앗겼는데, 알렉상드르 뒤마의 『삼총사』는 특히 좋아하는 작품이었다.

1927년 8월, 카는 유럽행 배에 올라 파리를 중심으로 삼 개월 동안 유럽에 머무른다. 그 기간에 역사소설을 썼지만 작품이 마음에 들지 않아 불쏘시개로 썼다고 전해진다. 파리 유학을 마치고 미국으로 돌아온 카는 파리를 무대로 한 '앙리 방코랭' 시리즈의 한 편을 써서 필명으로 발표하는데, 이 작품은 데뷔 장편 『밤에 걷다It Walks by Night』(1930)의 원형이 되는 소설로 문제편과 해답편으로 나뉘어 두 달 동안 연재되었다. 카는 이 중편을 개고해 대형 출판사에 투고한 끝에 1930년 2월 '밤에 걷다'라는 제목으로 영국와 미국에서 동시 출간했고, 미국에서는 두 달 만에 7쇄를 찍는 기염을 토했다.

카가 묘사하는 작품 속 세계는 미국인이 그렸다고는 생각지 못할 정도로 영국적인데, 1933년 영국에 간 이후 그곳에서 오랜 세월을 보내고 커다란 애정을 쏟았기 때문이다. 카의 작품은 당시 미스터리 비평의 일인자였던 도러시 세이어스에게 인정받아, 미국인으로는 처음으로 영국 추리 클럽Detection Club에 입회를 승인받는 영예를 얻기도 했다.

밀실 수수께끼와 불가능 범죄의 대가

수수께끼로 가득찬 퍼즐 미스터리를 좋아하는 독자라면 정교하게 구성된 카의 독창적 이야기를 좋아하지 않을 수 없다. 상식적으로 도무지 일어날 수 없는 사건과 기발하고 정교한 트릭에 정통한 그는, 범인이 누구인가Whodunit보다는 어떻게 범죄가 벌어졌는가Howdunit에 초점을 맞춘 작가다. 추리소설에서 가장 어려운 분야로 밀실을 꼽은 그는 특히나 밀실 수수께끼에 정통하여 '밀실의 카'라고 불리기도 한다.

카는 호러와 오컬트에 심취해 종종 미스터리에 고딕적 분위기를 혼합시켰다. 그의 작품에는 오래되고 으스스한 저택 같은 기괴한 장소, 늪, 잘린 머리, 수상한 공작과 공작부인, 창백한 신부, 박쥐와 밤에 날뛰는 짐승 등이 등장한다. 이러한 요소들은 『화형 법정』(1937), 『밤에 걷다』 등에서 발견된다. 그가 어쩌면 추리소설과 부합하지 않을 법한 초현실적 요소를 작품에 끌어들인 것은 합리적 추리를 극대화시키기 위한 하나의 방법으로 보인다.

하지만 이러한 트릭과 독특한 분위기는 뛰어난 연출력과 스토리텔링 능력이 아니었다면 빛을 발하지 못했을 것이다.

카의 탐정들

존 딕슨 카가 창조한 탐정 중 가장 잘 알려진 인물은 법학 박사이자 왕립역사학회 회원이며 런던 경찰청의 명예 고문인 기디언 펠이다. 펠 박사가 처음 등장한 『마녀의 은신처Hag's Nook』(1933)는 독자 사이에서도 평가가 높은 작품이다.

『세 개의 관』(1935)은 밀실 수수께끼 소설 인기투표에서 단독 1위에 오른 장편이다(그 외에는 『구부러진 경첩The Crooked Hinge』(1938)과 『유다의 창The Judas Window』(1938)이 각각 4위와 5위에 뽑혔다). 두 개의 불가능 범죄가 이야기의 중심에 자리잡고 있는 『세 개의 관』은 카가 고안한 수많은 수수께끼 중에서도 가장 복잡하며 교묘한 것으로 알려져 있다. 또한 흡혈귀 전설과 생매장, 그림의 비밀 등 부차적인 수수께끼가 더해져 최대의 효과를 발휘한다. '밀실 강의'라고 이름 붙은 17장의 장난기와 독자를 향한 서비스 정신, 많은 곳에 숨겨진 복선과 서술의 함정 등등, 모든 것이 밀실물의 최고봉이라고 하기에 모자람이 없다.
부처상을 닮은 거구의 법정 변호사 헨리 메리베일 경도 카의 유명한 주인공이다. '메리베일 경' 시리즈는 카터 딕슨이라는 이름으로 발표됐는데, 가장 유명한 작품은『유다의 창』이다. 또 다른 주인공으로는 불가능 범죄를 전담하는 런던 경찰청의 D3과 소속 형사인 마치 대령도 있다. 카의 탐정은 다른 등장인물과 마찬가지로 비현실적일 만큼 화려한 구석이 있다. 파이프로 담배를 피우고 갈색 머리카락과 수염을 가진 마치 대령은 단편에만 등장한다.
시리즈 탐정이 등장하지 않는 것으로는『화형 법정』과『황제의 코담뱃갑』(1942)이 대표작으로, 모두 명작이라는 이름이 아깝지 않은 장편이다. 과거와 현재 사건의 교차와 결말의 반전이 이 장편들의 특징으로, 모든 작품을 통틀어 가장 강렬한 인상을 남긴다.『황제의 코담뱃갑』은 추리소설의 여왕 애거사 크리스티조차 혀를 내둘렀다는 심리 트릭으로 유명하다.

역사 미스터리

딕슨 카가 남긴 또 하나의 위대한 업적이라면 역사 미스터리라는 새로운 장르를 개척한 것이다. 역사 미스터리에는 해결되지 않은 역사적 사건의 진상을 추리하거나 사실을 어느 정도 살려 독자적인 이야기를 만들어내는 두 가지 형식이 있는데, 카는 양쪽에서 모두 선구적이라고 할 수 있는 작품을 써냈다. 많은 사람들이 이 시기 카의 작품 수준이 낮아졌다고 이야기하곤 하지만, 이런 그의 영향으로 이후 조지핀 테이의『시간의 딸』(1951)과 같은 작품이 태어날 수 있었다.

말년에 이르러 필력이 떨어진 것은 사실이지만, 카는 루스 렌들이나 피터 러브시 같은 작가의 재능을 가장 빨리 간파하고 따뜻하게 격려하기도 하는 등 신인 발굴과 미스터리 비평에도 크게 기여했다. 1949년에는 도일의 유족 공인 평전『아서 코넌 도일 경의 생애The Life of Sir Arthur Conan Doyle』를 써서 다시 한번 베스트셀러 작가의 반열에 오른다. 1954년에는 이 평전 집필 당시 친해진 도일의 아들 에이드리언 코넌 도일과 함께『셜록 홈즈 미공개 사건집』을 펴냈다. 에드거 상을 수상한 코넌 도일 평전을 비롯해 사십 년에 걸친 미스터리 저술에 대한 공로를 인정받아 그는 1970년에 에드거 상 특별상을 수상했다.

미스터리 강국으로 알려진 일본에서도 존 딕슨 카의 영향을 받은 작가들이 탄생했다. 주로 본격 추리 작가들로, 우리에게도 잘 알려진 소년탐정 김전일의 할아버지 '긴다이치 고스케' 시리즈를 내놓은 요코미조 세이시,『문신 살인 사건』의 다카기 아키미쓰, 야마구치 마사야를 비롯하여『점성술 살인 사건』의 시마다 소지와 '관' 시리즈의 아야쓰지 유키토도 직간접적 영향을 받았다. 하지만 장점으로 손꼽히는 밀실 트릭이나 오컬트적 분위기 때문에 오히려 다소 마니아 취향의 작가라는 인식이 강하다.

한국에서 존 딕슨 카는 애거사 크리스티나 코넌 도일에 비해 대중적 인기가 떨어지는 편이다. 그가 미스터리 장르 세계에 끼친 영향력과 업적으로 보자면 평가를 제대로 받지 못하고 있다 할 수 있다.

존 딕슨 카는 1977년 폐암으로 사망했다.

/

작 품 목 록

존 딕슨 카로 발표한 소설(이하 '역사 미스터리'까지)

Poison In Jest (1932)

The Burning Court (1937) - 『화형 법정』(엘릭시르, 2013, 미스터리 책장 시리즈)

The Emperor's Snuff-Box (1942) - 『황제의 코담뱃갑』(엘릭시르, 2014, 미스터리 책장 시리즈)

The Nine Wrong Answers (1952)

Patrick Butler for the Defense (detective Patrick Butler) (1956)

Most Secret (1964)

The Hungry Goblin: A Victorian Detective Novel (1972, 윌키 콜린스가 탐정으로 등장)

앙리 방코랭 시리즈

It Walks By Night (1930) - 『밤에 걷다』 (임경아 옮김, 로크미디어, 2009)

Castle Skull (1931)

The Lost Gallows (1931)

The Waxworks Murder (1932, 미국판 제목은 The Corpse In The Waxworks)

The Four False Weapons, Being the Return of Bencolin (1938)

기디언 펠 박사 시리즈

Hag's Nook (1933)

The Mad Hatter Mystery (1933)

The Blind Barber (1934)

The Eight of Swords (1934)

Death-Watch (1935)

The Hollow Man (1935, 미국판 제목은 The Three Coffins) - 『세 개의 관』(엘릭시르, 2017, 미스터리 책장 시리즈)

The Arabian Nights Murder (1936) - 『아라비안 나이트 살인』(임경아 옮김, 로크미디어, 2009)

To Wake the Dead (1938)

The Crooked Hinge (1938) - 『구부러진 경첩』(이정임 옮김, 고려원북스, 2009)

The Black Spectacles (1939, 미국판 제목은 The Problem Of The Green Capsule) - 『초록 캡슐의 수수께끼』(임경아 옮김, 로크미디어, 2010)

The Problem of the Wire Cage (1939)

The Man Who Could Not Shudder (1940)

The Case of the Constant Suicides (1941)

Death Turns the Tables (1941, 영국판은 The Seat of the Scornful라는 제목으로 1942년 출간)

Till Death Do Us Part (1944)

He Who Whispers (1946)

The Sleeping Sphinx (1947)

Below Suspicion (1949)

The Dead Man's Knock (1958)

In Spite of Thunder (1960)

The House at Satan's Elbow (1965)

Panic in Box C (1966)

Dark of the Moon (1968)

역사 미스터리

The Bride of Newgate (1950)

The Devil in Velvet (1951) - 『벨벳의 악마』(유소영 옮김, 고려원북스, 2009)

Captain Cut-Throat (1955)

Fire, Burn! (1957)

Scandal at High Chimneys: A Victorian Melodrama (1959)

The Witch of the Low Tide: An Edwardian Melodrama (1961)

The Demoniacs (1962)

Papa La-Bas (1968)

The Ghosts' High Noon (1970)

Deadly Hall (1971)

카터 딕슨으로 발표한 소설(이하 '헨리 메리베일 경 시리즈' 포함)

The Bowstring Murders (1934)

Fear Is the Same (1956)

Drop to His Death (1939, 존 로드와 합작. 미국판 제목은 Fatal Descent)

헨리 메리베일 경 시리즈

The Plague Court Murders (1934)

The White Priory Murders (1934)

The Red Widow Murders (1935)

The Unicorn Murders (1935)

The Punch and Judy Murders (1936, 미국판 제목은 The Magic Lantern Murders)

The Ten Teacups (1937, 미국판 제목은 The Peacock Feather Murders)

The Judas Window (1938, 미국판 제목은 The Crossbow Murder) - 『유다의 창』(임경아 옮김, 로크미디어, 2010)

Death in Five Boxes (1938)

The Reader is Warned (1939)

And So To Murder (1940)

Murder in The Submarine Zone (1940, 미국판 제목은 Nine - And Death Makes

Ten. Murder in the Atlantic라는 제목으로도 출간된 적 있음)

Seeing is Believing (1941, 또는 Cross of Murder)

The Gilded Man (1942, 또는 Death and The Gilded Man)

She Died A Lady (1943)

He Wouldn't Kill Patience (1944)

The Curse of the Bronze Lamp (1945, 영국판은 Lord of the Sorcerers라는 제목으로 1946년 출간)

My Late Wives (1946)

The Skeleton in the Clock (1948)

A Graveyard To Let (1949)

Night at the Mocking Widow (1950)

Behind the Crimson Blind (1952)

The Cavalier's Cup (1953)

단편집

The Department of Queer Complaints (1940, 카터 딕슨) - 『기묘한 사건 사고 전담반』(임경아 옮김, 로크미디어, 2010)

The Third Bullet and Other Stories of Detection (1954)

The Exploits of Sherlock Holmes (1954, 에이드리언 코넌 도일과 공저) - 『셜록 홈즈 미공개 사건집』(권일영 옮김, 북스피어, 2008)

The Men Who Explained Miracles (1963, 펠 박사 및 메리베일 경 등장)

The Door to Doom and Other Detections (1980, 라디오 극본 포함)

The Dead Sleep Lightly (1983, 라디오 극본)

Fell and Foul Play (1991)

Merrivale, March and Murder (1991)

논픽션

The Murder of Sir Edmund Godfrey (1936)

The Life of Sir Arthur Conan Doyle (1949)

해 설

카의 정수, 『세 개의 관』

'카의 최고작을 꼽으라면 가장 기발한 작품을 꼽으면 될 텐데, 나는 『할로 맨The Hollow Man』•에 표를 던진다.'•• – 줄리언 시먼스(영국 추리소설가, 평론가)

'이 책을 읽지 않고 밀실 작품에 대해 이야기한다는 것은, 〈스타워즈〉를 보지 않고 SF영화를 이야기하는 것과 마찬가지이다.'••• – 아리스가와 아리스(일본 추리소설가)

유명 추리작가들의 찬사에서 짐작할 수 있는 것처럼 『세 개의 관』은 딕슨 카의 작품 중에서도 다섯 손가락 안에 꼽을 만한 작품으로 꼽히며, 밀실 추리소설의 역사에서도 절대 빼 놓을 수 없는 걸작이다.

• **『할로 맨』**_『세 개의 관』의 영국판 제목.

•• 『블러디 머더』(줄리언 시먼스, 김명남 옮김, 을유문화사, 2012)

••• 『아리스가와 아리스의 밀실 대도감(有栖川有栖の密室大圖鑑)』(1999, 現代書林, 미번역)

『세 개의 관』에서는 문자 그대로 불가사의한 살인 사건이 벌어진다. 드나들 틈 없는 방에서 연기처럼 사라졌으며, 또 사람들이 있는 가운데 사람을 죽이면서도 쌓여 있는 눈 위에 발자국조차 남기지 않는 살인자……. 과연 논리적인 설명이 가능할까 싶을 정도로 난해한 사건이다. 이 작품에서는 상당히 복잡하고 까다로운 수준의 트릭이 사용되었기 때문에 웬만큼 밀실 추리소설에 조예가 깊은 독자라도 진상을 알아채는 것이 쉽지 않으리라는 생각이 든다(처음 읽었을 때를 떠올려보자면, 사건의 진상이 어떤 것이었을지 도무지 예측조차 할 수 없어서 그저 이야기를 따라갈 수밖에 없었으며, 결국 펠 박사의 설명을 읽으며 감탄했던 기억이 난다).

그러나 조금 더 신경을 써서 『세 개의 관』을 읽어보면, 이 작품을 단순히 '밀실 추리소설의 걸작'으로만 간주하기는 어려울 정도로 훨씬 넓은 외연을 가지고 있음을 파악할 수 있다. 카는 밀실 외에도 '목격자의 눈에 보이지 않는 살인자', '눈이 쌓인 길을 다니면서도 흔적을 남기지 않은 범인' 등 상식적으로는 불가능한 상황을 여러 가지 던져놓고 있다. 하나만으로도 웬만한 작품의 소재로 써먹을 정도의 복잡한 수수께끼가 유기적으로 결합되면서 독자의 예상을 뛰어넘는 결말—'의외의 범인', '막판의 반전'—로 이어진다.

유혈이 낭자한 연속 살인이 벌어짐에도 불구하고 작품 분위기는 개성 넘치는 등장인물들 덕택에 부드럽고 유머러스하다. 이 작품에서 살인 사건의 수수께끼를 거뜬히 풀어내는 날카로운 통찰력의 소유자 기디언 펠 박사는 카가 창조한 주인공들 중 독자들이 가장 좋아하는 인물로도 꼽힌다. 펠 박사는 육체적인 면과 성격적인 면에서 카가 존경했던 선배 작가인 G.K. 체스터턴을 모델로 삼았던 것으로 알려져 있는데, '펠 박사' 시리즈의 첫 권 『마녀의 은신처Hag's Nook』에서 등장할 때의 묘사를 보면 체스터턴을 떠올릴 독자도 많을 것이다.

> 그의 몸은 매우 뚱뚱하여 보통 두 개의 지팡이에 의지하여 걸었다. … 풍성하고 요란스러운 그의 머리카락은 언제나 앞이마에 흘러내렸다. 그의 크고 둥근 얼굴은 늘 불그스레하고, 몇 겹으로 겹쳐진 턱 언저리에는 실룩거리는 듯한 미소가 감돌았다. 그러나 그의 얼굴에서 가장 중요한 것은 반짝거리는 눈빛이었다. 그는 폭넓은 검은 리본이 달린 안경을 끼었는데, 그 큰 머리를 앞으로 숙일 때에는 안경 너머로 작은 두 눈이 반짝거리는 것이었다.•

『마녀의 은신처』에서 펠 박사를 돕는 역할을 했던 테드와 도러시 램폴 부부가 이 작품에도 등장해 1930년대 미국에서 유행했던 스크루볼 코미디 영화의 한 장면처럼 애정 넘치는 대화를 나누기도 한다. 그들은 대화하는 모습이 눈앞에 그려질 듯한 생생한 목소리로 흥미로운 이야기를 나누며 사소한 것 같으면서도 사건의 진상으로 연결되는 힌트를 약간씩 남겨준다.

이 작품은 제17장에서 펠 박사가 펼쳐 보이는 '밀실 강의'로도 높은 평가

• 『마녀의 은신처』(이가형 옮김, 삼중당)

를 받는다. 밀실에 대해 단순히 '출입구가 없는 방' 정도로만 아는 초보자라도 이 강의를 통해 추리소설 속의 밀실이 어떤 역할을 하는지, 어떤 식으로 밀실 트릭이 이루어지는지 쉽사리 이해할 수 있을 정도로 명쾌하여 훌륭한 '평론'으로서의 면모도 보여준다.• 그러나 이 17장은 밀실 트릭에 대한 설명으로 그치지 않고 추리소설에 대한 카의 가치관도 보여준다. 카는 이 유명한 밀실 강의를 시작하기에 앞서 "마음에 들지 않는 독자들은 이 장을 건너뛰어도 좋"다고 선언하며(실제로 밀실 강의 내용은 이야기 전개에 필요불가결한 내용은 아니다), 심지어는 "우리는 추리소설 속 등장인물"이라는 펠 박사의 천연덕스러운 고백(?)을 통해 이 작품이 허구임을 독자에게 상기시킨다. 특히 "나는 내가 등장하는 소설 속에서 살인 사건이 여러 번 일어나고 유혈이 낭자하며 기괴한 분위기가 형성되는 걸 좋아하오. 내가 만든 플롯에서 생생한 색채가 느껴지고 상상력이 번뜩였으면 좋겠소"라는 말에서는 (비록 펠 박사의 입을 빌렸지만) 카의 진심이 그대로 드러난다.

또한 추리소설에 대해 불만을 가진 사람들에게 반론을 펼치기도 한다.

> "마술이나 소설의 결과가 굉장히 황홀하다면, 왜 그런지 그 원인 역시 황홀해야 한다고 기대한다는 말이오. 사람들은 그 원인이 실제 마법 같지 않으면 멍청할 정도로 시시하다고 하지. 이런 건 페어플레이라고 할 수 없소. 살인범의 변덕스러운 행동에 대해 불평하는 것이야말로 무엇보다 부당한 일이라오. 모든 평가의 잣대는 정말로

가능한지 여부에 두어야 하는 것 아니겠소? 만약 그렇다면, 현실에서 실제로 일어나고 있는 일인가의 여부는 논의할 필요가 없는 거요. (중략) 결말이 재미없다고 느껴진다면 그렇게 말할 수 있소. 그 외에 개인적인 취향에 대해서라면 뭐라고 말해도 좋지. 하지만 있을 수 없다느니, 설득력이 없다느니 하는 어처구니없는 말은 하지 않도록 극도로 조심해야 할 거요."

이 작품에서의 트릭은, 과연 같은 트릭을 이용한 사건이 현실에서도 일어날 수 있을까 묻는다면 아마 불가능하리라고 대답하겠지만 그렇다고 절대 그렇다고는 장담할 수 없을 정도로 분명한 설득력을 가지고 있다. 펠 박사가 논한 트릭의 '정말로 가능한지의 여부'는 작가 활동 기간 내내 불가능 범죄에 도전해왔던 카의 추리소설에 대한 서약이자 신조였음에 틀림없다.

밀실의 거장 : 불가사의를 풀어낸 사나이

수수께끼는 인간의 호기심을 자극한다. 추리소설을 읽기 시작한 독자들은 다양한 수수께끼(범인은 누구인가? 어떻게 범죄를 저질렀는가? 등등)를 풀어보겠다는 마음을 가지고 있기 마련이며, 추리작가들은 이에 발맞춰 평범한 것보다는 어려운 수수께끼, 나아가서는 해결이 불가능하게 보이는 사건을 만들어내려고 노력한다.

『세 개의 관』에는 '다른 사람의 눈에 보이지 않을 뿐만 아니라 공기보다

● 미국의 미스터리 평론가 하워드 헤이크래프트가 엮은 평론집 『추리소설의 예술The Art of Mystery Story』(1946)에는 이 작품의 제17장 밀실 강의가 그대로 수록되어 있다.

더 가벼운 듯 보이는 살인범'이 등장한다. 웬만한 독자라면 큰 호기심을 갖고 도전하기 충분한 수수께끼이다. 과연 이 불가사의하게 보이는 범죄는 어떻게 저질러졌을까? 문제가 거창할수록 용두사미로 끝날 수도 있는데, 작가 존 딕슨 카는 '불가사의를 풀어낸 남자'•라고 일컬어지는 작가답게 초자연적인 것처럼 보이는 사건을 합리적으로 설명해나간다.

아시는 분은 아시겠지만, 존 딕슨 카는 '밀실의 거장The Master of the Locked Room'이라는 명예로운 호칭을 가지고 있다. 이런 별명이 붙은 데에는 두 가지 이유, 즉 질과 양 면에서 그의 밀실 추리소설이 돋보이기 때문이다. 먼저 질적인 면을 보자면 그의 밀실 추리소설은 언제나 독자뿐만 아니라 작가들 사이에서도 높은 평가를 받는다. 단편 추리소설의 거장이자 그 자신도 밀실 트릭에 애착을 가졌던 작가 에드워드 D. 호크는 영미권 추리소설 관계자를 대상으로 최고의 장편 밀실 추리소설에 대한 설문 조사를 하여 15편의 걸작을 선정한 바 있다••.

최고의 장편 밀실 추리소설 15

1위 『세 개의 관』(1935) – 존 딕슨 카

2위 『지옥의 가장자리Rim of the Pit』(1944) – 헤이크 탤벗

3위 『노란 방의 비밀The Mystery of Yellow Room』(1907) – 가스통 르루

4위 『구부러진 경첩The Crooked Hinge』(1938) – 존 딕슨 카

5위 『유다의 창The Judas Window』(1938) – 카터 딕슨

6위 『빅 보 미스터리The Big Bow Mystery』(1891) – 이즈리얼 쟁윌

7위 『모자에서 튀어나온 죽음Death from a Top Hat』(1938) – 클레이튼 로슨

8위 『중국 오렌지 미스터리The Chinese Orange Mystery』(1933) – 엘러리 퀸

9위 『아홉 곱하기 아홉Nine Times Nine』(1940) – H.H. 홈스
10위 『공작새 깃털 살인 사건The Peacock Feather Murders』(1937) – 카터 딕슨
11위 『킹은 죽었다The King Is Dead』(1952) – 엘러리 퀸
12위 『어두운 거울 속에』(1950) – 헬렌 매클로이
13위 『페이션스를 죽이지 않을 것이다He Wouldn't Kill Patience』(1944) – 카터 딕슨
14위 『마술사가 너무 많다』(1966) – 랜덜 개릿
14위 『보이지 않는 녹색Invisible Green』(1977) – 존 슬라덱

19세기 후반부터 1970년대 후반까지의 작품이 혼재한 가운데, 카의 작품은『세 개의 관』이 1위에 오른 것을 비롯해 무려 다섯 편(5위, 10위, 13위는 카터 딕슨 명의의 작품)이 포함되어 있으니, 그의 작품 수준은 의문을 품을 여지가 없다고 해도 과언이 아닐 것이다. 이후 여러 차례, 여러 매체에서 걸작 밀실 작품에 대한 설문이 이루어졌는데, '영어권' 혹은 '세계'라는 조건의 순위라면 카의 작품은 언제나 들어간다.

카의 전기를 쓴 더글러스 G. 그린은 "밀실을 다룬 걸작들의 목록은 언제나 두 부류로 나뉜다. 하나는 정교한 해결 방법을 고안해낸 존 딕슨 카의 작품들로, 그 자신만의 작품 영역을 가지고 있다. 또 다른 하나는 다른 작가들에 의한 밀실 작품들이다"라는 찬사를 보냈다.

한편 양적인 면에서도 그의 밀실 추리 작품은 타의 추종을 불허한다. 밀실 미스터리 서지 연구가인 로버트 에이디의 저서『밀실 살인Locked Room Murders』(1991)에서 카의 작품 수를 세어보면 장·단편을 통틀어 무려 125편에 달한다.

● 이 호칭은 카의 전기 『존 딕슨 카: 불가사의를 풀어낸 사나이John Dickson Carr: The Man Who Explained Miracles』(1994) 제목에서 차용했다. 전기 제목은 펠 박사, 헨리 메리베일 경, 마치 대령 등이 등장하는 카의 단편집 『불가사의를 풀어낸 사람들The Men Who Explained Miracles』(1963)에서 유래한 것이다.

●● 이 설문 결과는 그가 엮은 단편집 『All But Impossible! An Anthology of Locked Room and Impossible Crime』(1981)의 서문에 실려 있다.

이처럼 카는 그 어느 작가도 감히 따라오기 어려운 '밀실의 거장' 자리에 올라 있으며, 그의 이름은 곧 밀실을 상징하고 있다.

작가들을 유혹하는 밀실 트릭

현대적 추리소설은 밀실과 함께 탄생했다. 에드거 앨런 포는 1841년 「모르그 거리의 살인」을 발표했는데, 파리 시내의 건물 4층에서 발생한 엽기적인 모녀 살인 사건은 무엇보다도 사람이 드나들 수 없는 밀폐된 방에서 벌어졌다는 점에서 독자의 눈길을 끌어들이는 데 충분했다. 소설 속 최초의 명탐정 뒤팽은 사건의 진상을 밝혀내면서 '밀실'이라는 매력적인 소재를 유감없이 사용했다.

그로부터 제법 긴 세월이 흐르는 동안 추리소설의 흐름은 시대와 장소에 따라 다양하게 변해왔지만 적어도 하나만큼은 거의 바뀌지 않았는데, 바로 작가와 독자가 벌이는 두뇌싸움이다. 범인이 누구인가를 밝혀 놓고 시작하는 작품에서조차 독자들이 어떤 반전을 기대하는 분야가 추리소설이다. '정통파 추리소설'을 쓰는 작가는 자신 있게 '독자에 대한 도전장'을 던지기까지 한다. 이들이 제시하는 수수께끼는 철벽같은 알리바이, 알쏭달쏭한 살인 방법, 미지의 흉기 등 다양하지만, 그중에서도 가장 대표적이고 많이 다루어졌으면서도 여전히 매력적으로 여겨지는 소재는 바로 밀실 트릭이다. 밀실을 간단히 설명하자면 문과 창문 등이 안에서 잠겨 있어 누구도 드나들 수 없는 상태의 방을 의미하는데, 실제로는 이보다 훨씬 넓은 범위를 포괄하고 있다. 예를 들어 사방이 트여 있더라도 출입구가 잠겨 있는 고층 건물의 옥상, 커다란 창문이 있지만 사다리 정도로는 올라갈 수 없는 높은 탑의 방, 좀더 시야를 넓혀보면 잠수함이나 우주선같이 아무나 드나들 수 없는 장소도 밀실이라고 할 수 있다. 궁극적으로는 남의 눈에 띄지 않고 드나들 수 없는 장소라면 모두 밀실이라고 보아도 무방하다. 작가들은 완전히 밀폐된 공간이라는 삼차원적 세계에서는 도무지 이해하기 어려운, 마치 초자연적으로 보이는 사건을 독자들에게 내놓기 때문에 흔히 '불가능 범죄'라고도 한다. 밀실은 작가에게는 독창성의 의욕을, 읽는 독자에게는 흥미를 주지만 만족시키기는 쉽지 않다.

『세 개의 관』의 밀실 강의가 나온 이후, 직업 마술사이자 추리소설작가인 클레이턴 로슨의 『모자에서 튀어나온 죽음』(1938)에서는 마술사 겸 탐정인 '위대한 멀리니'가 밀실에 대해 설명했으며, 일본의 에도가와 란포는 『탐정소설의 수수께끼探偵小說の「謎」』(1956)에서 밀실 트릭에 대해 정리했다. 이하의 밀실 트릭은 위 세 사람의 이론을 토대로 해서 요약한 것이다.

밀실 살인 트릭은 크게 두 가지, 즉 아무도 드나들 수 없는 진정한 밀실, 그리고 밀실처럼 보이지만 실제로는 완전한 밀실이 아닌 경우로 나눌 수 있으며, 이를 기본으로 세부적인 분류가 가능하다.

1. 사람 출입이 실제로 불가능한 진짜 밀실

① 밀실 내에서 우연한 사고에 의한 죽음(살인으로 오해)

② 자살 의도 없는 피해자 본인에 의한 죽음 유도 (정기적으로 먹는 약을 독약으로 바꿔치기/정신 상태를 혼란시켜 자해하도록 유도)

③ 미리 설치해 둔 기계적 장치에 의한 살인

④ 타살을 위장한 자살 (흉기 등을 없애서 범죄로 보이도록 유도)

⑤ 범인이 밀실 안에 있었던 것처럼 보였으나 실제로는 외부에서 살인 (근접 거리에서 벌어진 살인으로 여겨지도록 조작)

⑥ 외부에서 치명상을 입은 후의 죽음 (피해자가 외부에서 상처를 입고 방에 들어와 문을 잠근 후 사망)

⑦ 자살을 위장한 타살. ②와 비슷하지만 유서 등을 남겨서 자살로 보이도록 한다.

⑧ 인간 이외의 생물에 의한 살인

2. 밀실처럼 보이지만 진짜 밀실이 아닌 곳

① 출입문, 창문 혹은 지붕 등을 조작 (외부에서 자물쇠를 조작하거나 문 아닌 곳으로 출입한다)

② 범인이 문을 잠근 후 사건 발견자로서 들어와 열쇠를 현장에 몰래 놓아둔다 (혹은 복제된 열쇠 이용)

③ 밀실이 열린 후 살인 (피해자가 이미 죽은 것으로 여겨졌지만, 실제로는 목격자들에 섞인 범인에 의해 살해된다)

④ 피해자가 밀실 내에 없었던 경우 (다른 장소에서 죽인 뒤 시체를 옮긴

후 사람들의 눈을 속여 밀실을 만든다)

⑤ 범인이 밀실 안에 숨어 있었던 경우 (범인이 범죄를 저지른 후 밀실을 만들고 숨어 있다가 문이 열렸을 때 모두의 시선이 시체에 몰린 사이에 빠져나간다)

⑥ 범인이 피해자를 죽인 후 자신도 살해된 것으로 위장하여 자살

⑦ 범인이 피해자의 도움을 얻음 (피해자와 범인이 공범이어서 밀실을 조작하거나, 혹은 피해자가 전혀 의도하지 않은 상황에서 범인을 돕는 결과가 되는 경우)

그밖에도 평론가이자 작가인 앤서니 바우처, 일본 작가 아마기 하지메, 니카이도 레이토 등이 밀실론論을 언급한 바 있다.

하워드 헤이크래프트는 저서 『오락을 위한 살인Murder for Pleasure』(1941)에서 추리작가가 되려면 작품에서 피해야 하는 항목을 열거한 바 있는데, 첫 번째가 바로 밀실이었다. "밀실 수수께끼는 멀리하라. 오늘날에도 그에 대해 새로움과 흥미를 갖게 할 수 있는 것은 오직 천재밖에 없다."

그러나 헤이크래프트의 충고로부터 칠십 년의 세월이 흘렀지만, 추리작가의 밀실에 대한 관심과 애정은 줄어든 것 같지 않다. 과학수사의 발전과 곳곳에 깔린 감시카메라와 같은 첨단 기술은 새로운 아이디어의 창조에 장애물로 작용하고 있지만, 밀실만큼 단순하면서도 궁극적인 수수께끼는 드물고, 어려운 것에 새롭게 도전하는 작가는 여전히 나타나고 있다. 영미뿐만 아니라 프랑스, 일본에 이르기까지 밀실 추리소설은 여

전히 인기가 있다. 영국의 추리작가 H.R.F. 키팅은 밀실 트릭을 "추리소설을 쓰려고 생각하는 작가에게는 궁극적인 유혹"이라고 하면서 밀실에 대한 매력을 단 한 줄의 문장으로 표현했다. "불가능 범죄는 읽는 것과 마찬가지로 생각해내는 것도 즐겁다."

한국의 밀실 추리소설

외국에 비해 우리나라에서 밀실 추리소설의 창작은 매우 드문 편이다. 원인을 추측해보자면, '밀실'이라는 단어가 사회적으로 부정적인 인상(이를테면 '밀실 합의', '밀실 행정' 등)이 강한 탓에 일반 독자의 흥미를 끌기 힘들고, 밀실 트릭을 구성하는 것이 어려워 작가들도 그다지 적극적인 시도를 하지 않는 것 같기도 하다.

그러나 역사적으로는 오래된 편이다. 지금까지 확인한 바로는 잡지 《조광》에 1935년 11월부터 1936년 1월까지 연재되었던 신경순의 『제2의 밀실密室』을 우리나라의 첫 밀실 추리소설로 볼 수 있을 듯하다(같은 해 김내성이 일본에서 첫 추리소설을 발표했으며, 『세 개의 관』이 출간된 해이기도 하다). 황금정(현재의 을지로)에 있는 국제은행의 대형 금고 속에서 신원불명의 남자가 둔기에 머리를 맞은 시체로 발견되는데, 가해자가 나간 자취는 물론 피해자가 들어간 자취조차 없는 완전한 밀실 상태여서 사건은 미궁에 빠진다. 이야기는 흥미진진하게 진행되었지만, 3회까지 연재 후 예고 없이 중단되고 말았다. 검열에 걸렸거나 작가의 신변에 무슨 일이 생긴 것 같진 않으니(비슷한 시기 그의 이름으로 실린 글을 찾아볼 수 있다), 아마도 밀실이라는 거창한 수수께끼를 먼저 던졌다가 마땅한 해결책을 마련할 수 없어 마무리를 못 한 것이 아닐까 하는 추측을 할 뿐이다. 이처럼 처음부터 단추를 잘못 끼운 탓인지는 모르겠지만, 이후 한국 추리문학계에서 밀실은 작가의 통과의례 정도로만 그쳤을 뿐 많은 독자들에게 기억을 남겨준 작품을 찾아보기가 어렵다. 하지만 국내 추리문학상 수상작들을 살펴보면 밀실을 소재로 한 작품이 여럿 있다. 미스터리 클럽 주최 한국 추리문학상 수상작인 정건섭의 『덫』(1983), 그리고 한국 추리문학 대상 수상작인 노원의 『위험한 외출』(1988), 백휴의 『사이버 킹』(1997), 도진기의 『유다의 별』(2014) 등이다. 『유다의 별』을 제외하고는 아쉽게도 모두 절판되었지만, 공공 도서관에는 구비되어 있으므로 밀실 추리소설에 관심이 있는 독자께서는 한번쯤 관심을 가져주시길 바란다.

박광규(추리소설 해설가 · 전《계간 미스터리》편집장)

세 개의 관
The Three Coffins
/

초판 발행 2017년 5월 15일

지은이 존 딕슨 카 / **옮긴이** 이동윤 / **펴낸이** 염현숙

책임편집 김세화 / **편집** 임지호 이현 / **외주교정** 김지연
아트디렉팅 이혜경 / **본문조판** 이보람 / **그림** 신은정
저작권 한문숙 김지영 / **마케팅** 우영희 정진아 김혜연 / **홍보** 김희숙 김상만 이천희
제작 강신은 김동욱 임현식 / **제작처** 영신사
독자모니터 엄정현

펴낸곳 (주)문학동네 / **출판등록** 1993년 10월 22일 제406-2003-000045호 / **임프린트** 엘릭시르
주소 10881 경기도 파주시 회동길 210
문의 031-955-2637(편집) 031-955-8896(마케팅) 031-955-8855(팩스)
전자우편 editor@elmys.co.kr / **홈페이지** www.elmys.co.kr

ISBN 978-89-546-4029-9 (03840)

엘릭시르는 출판그룹 문학동네의 임프린트입니다.